ein Ullstein Buch

ein Ullstein Buch
Nr. 20104
im Verlag Ullstein GmbH,
Frankfurt/M – Berlin – Wien

Ungekürzte Ausgabe

Umschlagentwurf:
Jürgen Spohn

Mit Genehmigung der Nymphenburger
Verlagshandlung, München
Printed in Germany 1981
Gesamtherstellung: Mohndruck
Graphische Betriebe GmbH, Gütersloh
ISBN 3 548 20104 0

März 1981

CIP-Kurztitelaufnahme
der Deutschen Bibliothek

Flesch-Brunningen, Hans:
Die Frumm: Roman / Hans Flesch-
Brunningen. – Ungekürzte Ausg. –
Frankfurt (M); Berlin; Wien:
Ullstein, 1981.
(Ullstein-Buch; Nr. 20104)
ISBN 3-548-20104-0
NE: GT

Hans Flesch-Brunningen

Die Frumm

Roman

ein Ullstein Buch

Angela Frumm

Man sieht oft auf einen kleinen Menschen einen großen Schatten fallen. Er wird größer, wenn der kleine Mensch größer wird, verdeckt ihn zeitweise vollständig und bleibt, auch wenn die Schattenquelle schon versunken ist. Er kann bleiben bis ans Ende.

Die Frau, von der hier, vielleicht bis zum Überdruß, die Rede sein soll, ist in mancher Beziehung als ein Typus ihres Zeitalters anzusehen, insoweit sie, wie eben so viele andere Menschen – Übermenschen, Untermenschen und gewöhnliche Menschen – zu Zwangsabenteuern verdammt zu sein schien, offenbar ausgeschlossen von den durchschnittlichen Freuden und Leiden eines kleinbürgerlichen oder proletarischen Daseins. Um Eigenschaftswörter soll nicht gestritten werden.

Besonderes – individuelle Farbtöne – ist an Angela nicht hervorzuheben, es sei denn dies: ihr Leben war gekennzeichnet durch ein ständiges Auf und Ab, durch einen atem- und blickbenehmenden Wechsel von Jubel und Qual, Freuden und Peinlichkeiten, die bis ins Tragische hinauswuchsen, vielmehr: entarteten. Diesen Äußerlichkeiten entsprach, vielleicht dadurch bedingt, ihre Seelenlage, hervorgerufen durch ein inneres Hin und Her; Freundlichkeiten lösten Gemeinheiten ab, Zärtlichkeit brutale, wenn auch nicht sehr lautstarke Gewalt.

Eine Ausnahmestellung war für Angela dadurch gegeben, daß sie ein außerhalb der Ehe geborenes Geschöpf war. Ihr Vater, ein schöner und gütiger Mensch, Sohn eines Schullehrers aus dem Waldviertel, ließ sich das Schicksal seines ihm gar nicht unerwünscht gekommenen Kindes durchaus angelegen sein – solange sein eigenes Leben währte, was leider nicht allzulange war, da ihm ein Messerstich in einer ideologischen Wirtshausrauferei kurz nach dem Ersten Weltkrieg ein schnelles, aber auch schmerzhaftes Ende bereitete. Und jetzt soll endlich, was bisher versäumt worden ist, festgestellt werden, daß die Zeit der vor uns ablaufenden Handlung von der ersten großen Völkerauseinandersetzung 1914 bis lange nach dem zweiten großen Krieg, also bis in die sechziger Jahre dieses Jahrhunderts, reicht, wo sich die Lebensäußerungen Angelas im Sand der Jahre verlaufen.

Von ihrer Mutter sei noch gesagt, daß sie ein reizendes, sangesfreudiges Wesen war, vielleicht etwas leichtfertig und nicht eben geistesstark, wodurch sie bis zu neun außerehelichen Kindern kam, größtenteils Töchtern. Sie fand ebenfalls ein relativ frühes Ende – von eigener Hand. Der Ort des Geschehens wird weitgehend mit dem ausgedehnten Gebiet der ehemaligen österreichisch-ungarischen Monarchie umrissen: mit dem Waldviertel in Nieder-Österreich; den sogenannten »Windischen Büheln« in der südlichen Steiermark um die Stadt Radkersburg; mit Salzburg; Marburg; vor allem mit Wien und seiner weinseligen Umgebung. Dazu kommen aber auch gewisse Teile des Landes Norwegen, vor allem die Hafenstadt Drontheim.

Die erste Ortsverlegung Angelas, die den Namen ihres Vaters Frumm trug, der sie später legitimiert hatte, erfolgte auf dessen Veranlassung aus einem kleinen Ort seines unwirtlichen Waldviertels zu den Vaters-Vettern in einen noch kleineren, wenn auch viel wärmeren und wirtlicheren Ort unweit von Radkersburg, wo die kleine Tochter in der Nähe des ihr zugetanen Vaters, der hier eine staatliche Oberförsterstellung bekleidete, leben und auch schon in jungen Jahren in der Wirtschaft der Verwandten mithelfen konnte, vielmehr mußte, denn die schwere Arbeit auf den Kartoffeläckern und auch im Weinberg war wenig nach dem Geschmack des zarten Wesens. Man sollte bei dieser Gelegenheit erwähnen, daß es sich um eine Pacht handelte, deren ökonomische Seite noch durchaus feudal-mittelalterliche Züge an sich hatte, nicht unähnlich der »mezzadria« bei den toskanischen Bauern. Als Vertreterin der höheren Autoritäten, vor allem als Eintreiberin der Pacht fungierte damals eine Frau Direktor Görlitzer, die auch den ersten Schatten auf Angelas Leben warf. Man mußte mit freundlichen Gesten über den Hof auf sie zulaufen und ihr die mit einem riesigen Ring geschmückte Hand küssen – wie einem Bischof. Angelas Wachstum machte noch immer keine Fortschritte, was aber ihrer verbissenen und wenig traurigen Energie keinen Abbruch tat. Damals ließ jemand über sie das volkstümliche Verschen hören:

Wie klein sie ist,
wird offenbar.
Die winzigen Augen sind
listig und klar.

Auch in diese Gemeinschaft brachte der Waffenstillstand 1918 mit Italien und dem neuen Königreich Jugoslawien nichts als Zerfall, Abwanderung und Tod mit sich. Die Nähe der ungarischen Grenze und das dort auf völlig neuartigen Ideen und Prinzipien aufgebaute kommunistische Regime dienten als zusätzlicher Faktor der Auflösung und Verlockung, dem jedoch die zwar bereits aufbruchreife, aber doch noch ausgesprochen jugendliche Angela keineswegs unterlag. Sie machte sich allein auf die Strümpfe: in herbstlichen Regengüssen nach Wien. So wurde sie eine Wienerin.

Nun herrschten in jenem Rumpfösterreich in den zwanziger und frühen dreißiger Jahren keineswegs ruhige oder gar erfreuliche Zustände. Wirtschaftskrisen schlimmster Art wie Inflation und Arbeitslosigkeit wirkten sich auf die Innenpolitik mit Unfrieden, ja latentem Bürgerkrieg aus. Gewalttaten der Rechten wechselten mit – wenn auch geringeren – Gewalttaten der Linken; Attentatsversuche und Morde mit Überfällen des Lumpenproletariats mit Grausamkeiten der Polizei gegenüber der Arbeiterschaft. Der Staat, den man die erste Republik Österreich nannte, war ein unseliger Staat, der seine Existenz notdürftig von Bittgängen Hochgestellter bei starken Nachbarstaaten wie dem damaligen Italien fristete, einem unbekannten Schicksal entgegentreibend.

Auch Angela hatte anfangs in Wien hart gegen die Unbilden der Wirtschafts- und Finanzlage zu kämpfen. Über jene Zeit ist die Überlieferung, vor allem was ihren Lebensunterhalt angeht, und mit welchen manchmal wohl zweifelhaften Mitteln sie ihn bestritt, naturgemäß lückenhaft. Bald jedoch wendete sich das Blatt. Sie erreichte einen der Wellenberge in ihrem Leben.

Dies hing auch bei dieser diminutiven Frau mit Triumph und Enttäuschungen der sogenannten Liebe zusammen. Das Objekt war ein Oberkellner aus Meidling, der den Beinamen Springinkerl führte, ein ungemein lebhafter, irrlichterierender und vielleicht sogar wenig verläßlicher Mensch, jener Berufsklasse angehörig, die im damaligen Wien nicht zu verachtende Verdienstmöglichkeiten mit einem gewissen Ansehen der Echtheit und Bodenständigkeit verband. Sie war glücklich mit ihm, weil er auch sie auf seiner ehrgeizigen Laufbahn mitzureißen schien.

Der Weg führte aus dem XII. in den II. Bezirk, also in die Judenvorstadt Leopoldstadt, wo sehr bald auch Angela in einem Café Dansant mit dem verführerischen Namen La Princesse als Tänzerin ein mehr als ausreichendes Auskommen fand, ihre Einkünfte manchmal sogar durch wenig moralische Zusatzgaben mancher Herren aus dem Publikum vielfach vermehrte. Sie teilte damals mit dem Springinkerl eine bescheidene, von ihr äußerst reinlich gehaltene Wohnung unweit ihrer Arbeitsstätte.

Im Einklang mit jenen Urgesetzen, nach denen alles Eindeutige zweideutig, alles Einfache verwickelt wird, endete auch dieses Liebesverhältnis. Den äußeren Anlaß dazu lieferte wieder eine Liebesaffäre – geradezu selbstverständlich bei dem Frauenfreund, dem sonst so angenehmen Springinkerl.

Pech wollte es, daß dieser Anlaß eine Jüdin war, das Fräulein Ebenenz, das noch dazu die Unverschämtheit besaß, sich Lotte zu nennen, was für eine Jüdin wirklich nicht paßt. Damals war schon die Zeit gekommen, als der bodenständige Antisemitismus der Wiener Kellnerschaft, Greislerschaft, Lehrerschaft und Bürgerschaft durch jenen berühmten Zuschuß aus dem »Reich« in Braun kräftig unterstützt wurde, welcher Zuschuß jedoch ursprünglich diesseits der Grenze die tolle Locke zuerst erhoben hatte. Vom Springinkerl selbst ist da nichts wesentlich Böses auszusagen, und für Angela hatte, wie es damals noch in ihrer steirischen Heimat üblich war, das Wort Nazi höchstens die Bedeutung einer Abkürzung für Ignaz.

Neben den Verwicklungen der Eifersucht gab es im Fall des Fräulein Ebenenz aber auch tragische Akzente. Eine Schwängerung hatte stattgefunden, eine Abtreibung war von unkundiger Hand versucht worden. Am Schluß wurde die sterbende Jüdin ins Haus genommen, wo sie als abschreckendes, schreckliches Beispiel von fremden Gojims, von Mann und Frau und Mutter umgeben war – denn auch die sangesfrohe Hanni hatte in jenen Tagen im II. Bezirk Zuflucht gesucht. Jenes Ereignis hatte unter anderem zur Folge, daß sich Angela ihrerseits auf keine unerlaubten Schritte einließ, als auch sie zu beweisen hatte, sie habe empfangen; auch sie von jenem Grashüpfer übelster Sorte.

Eine Art von Kettenreaktion hatte eingesetzt, der Tod gab die Klinke zur Wohnungstür nicht aus der Hand. Von den beiden Zwillingen, die Angela geboren hatte, starb das Mädchen nach einigen Tagen, was Klagen, Rekriminationen und Anschuldigungen übelster Art zur Folge hatte und schließlich in einem Gesamtchorus von Kollektivverfluchungen des Ärztestandes seinen Höhepunkt und sein Ende fand.

Gerade dafür war jedoch wenig oder gar kein Grund vorhanden. Hatte doch eine wohlwollende, ja gütige Figur ihren ersten Auftritt in dem Leben der Angela Frumm vollzogen. Ein gewisser Doktor Alfred Hacker erwies sich jetzt als Beschützer und Ratgeber für Angela, die er schon früher in ihrer moralisch finstersten Zeit als Polizeiarzt persönlich betreut hatte.

Die Notwendigkeit zur Güte war bald sehr groß – nicht nur für Angela, sondern eigentlich für alle. Der Nationalsozialismus griff um sich, ganz Wien war in marschierende Bewegung ungeahnter Natur geraten. »Die Reihen fest geschlossen« – und plötzlich hatte sich Franzi, das Springinkerl, spurlos aus dem Staub gemacht.

Auch wenn die Lichtquelle schon versunken ist, kann sie wirksam bleiben bis ans Ende.

Von Kahlenbergerdorf bis zur Spinnerin am Kreuz schüttelte es die Menschen hin und her, in Verkehrsmitteln vieler Art, in der Straßenbahn, den Autobussen und den Taxis. Viele schlichen auch scheu dahin, und mancher Zug marschierte, noch mit freien Händen, aber doch in Handschellen.

Angela reagierte mit größter Wut und Ungestüm. Ihr Gesicht war verzerrt und unkenntlich häßlich. Dann weinte sie, dann wußte sie nicht mehr weiter. Alles ging ihr in den Händen in Stücke, die Mutter war plötzlich auch verschwunden, die Kundschaft dahin, das Café Dansant geschlossen, mit Riegeln vor der Tür wie die Menschen vor der Stirn. Franzi, das Springinkerl, hatte zu allem noch Angela aus Eifersucht angezeigt, weil sie, wie er deponierte, einmal einen »roten Fetzen« wie eine Fahne verehrt hatte. Angela wagte es nicht, die Wohnung zu verlassen, das Kleinkind hatte der gütige Dr. Hacker bei einer befreundeten, rassisch unbelasteten Familie untergebracht.

Er griff weiterhin mit Ratschlägen aktiv in Angelas Leben ein. Es gehe nicht an, sagte er, daß sie in der alten Wohnung bleibe, denn wenn auch die sogenannte »Anzeige« Franzens jetzt zurückgelegt sei, könne man bei dieser Art der Staatsverwaltung von niemandem, schon gar nicht von einem Bezirksrichter Sicherheit erwarten. Ihre kindische Vorstellung, sie hielte dem Franzi, der es wahrhaftig nicht verdiene, auf diese Weise mit der Wohnung auch die Treue, sei hirnrissig und von jenem nicht einmal erwünscht. Sie solle sich also nicht verrennen und nur ja nicht auffallen. Sie solle sich verkrümeln, was auch er, als Halbjude, bald zu tun gedenke; ihr aber rate er, sich schon jetzt freiwillig zur künftigen Dienstverpflichtung zu melden. Angela folgte seinem Rat.

Sie stellte sich der (späteren) Organisation Todt zur Verfügung und verließ Wien. Eine recht schöne Zeit war das gewesen, heute nicht mehr als ein Teil der Vergangenheit. Auf ein Stück Papier, von dem sie sich auch später niemals trennte, obwohl sie alle ihre

Einrichtungsgegenstände versilbert hatte, darunter auch ihren stolzesten fraulichen Besitz, das Bidet, hatte sie geschrieben:

Ich steh verlassen
und arm auf der Gassen.
Ich zieh in die Ferne,
dort leuchten die Sterne.

Sehr bald danach brach der Krieg aus.

Angela hatte sich vor allem mit einem der Grundprinzipien des neuen deutschen Staates auseinanderzusetzen – mit der Nationenvermischung, dem Aufgehen des Österreichischen im Deutschen, woraus sich als nächster Schritt die Behinderung jeglicher Zusammenballung alles Österreichischen ergab, besonders wo es sich um die durch das Geschlecht gezogenen Grenzen handelte. Angela überwand solche Schwierigkeiten offenbar mit einer von ihr keineswegs erwarteten Leichtigkeit.

Sie verfügte plötzlich über die Qualitäten einer feurigen Kugel, sprang, dem Zugriff der Obrigkeit unerreichbar, über Normen hinweg, mit einem Lachen und Lachen-Machen, schloß im Handumdrehen trotz aller dialektaler Hindernisse mit Sachsen, Hannoveranern und sogar Schwaben schnelle Freundschaften.

An Gelegenheiten und Situationen, sich bewähren zu müssen, fehlte es ihr nicht. Sie wurde mit fünfzig anderen Ostmärklerinnen in eine Werkzeugmaschinenfabrik in die Nähe von Magdeburg verschickt, wo zu allen Prüfungen, für die weder sie noch eine ihrer Kolleginnen geschult war, noch ein kilometerlanger Weg zwischen Arbeitsstätte und Unterkunft lag. Er mußte im prallen Sonnenschein unter gewaltiger Schweißentwicklung zurückgelegt werden, eine via dolorosa, an deren Ende jedoch eine mit Grundwasser brackiger Natur ungefähr einen Meter tief angefüllte Sandgrube lag.

Alles kam zusammen. Der Arbeitsrausch, die ungewöhnlich hohen Lufttemperaturen, die grausame Begeisterung über den so rasch und siegreich beendeten Polen-Feldzug erzeugten jene fast bacchanalische Überwindung aller Ermattungen und jenen Körperjubel, der manchmal bis zu achtzig aufgelöste Weiberformen mit fliegenden Haaren und wabbelnden Brüsten in die scheußliche Feuchtigkeit stürzen ließ, ein nasser Guß von unten, der sie dann alle, die Ostmärkerinnen voran, durch die enge Tür in den Gasthof Zum General Tilly stieß.

Aus disziplinären Gründen mußte Angela einige Male eine

kurze Arreststrafe über sich ergehen lassen, was ihrer Beliebtheit bei den anderen Völkern und Stämmen keinen Abbruch tat, die noch durch die wohl von der Mutter ererbte Sangesfreudigkeit gesteigert wurde.

Ganz anders erging es Angela jedoch auf der nächsten Station, im norwegischen, von den Deutschen besetzten Drontheim, eine Ortsverlegung, die, wie sich viel zu spät herausstellte, eigentlich auf einen Fehldruck in einem der Formulare, ihren Familiennamen betreffend, zurückzuführen war. Hatte anfänglich die Auflösung ihres ersten großen Liebesverhältnisses auf Angela stimulierend, im Sinn eigener Lebensbetonung, gewirkt, so stellten sich jetzt Sentimentalität und schiere Mannesbegierde bei ihr ein und machten sie hilflos.

Hinzu kam die wesentlich schärfere Disziplin, durch den Einsatz im besetzten Feindgebiet notwendig gemacht, und zahllose Ertüchtigungsproben, unterirdisch in Kellern und auf den Höhen des Gebirges, das den Hafen umgab. Zusammenkünfte mit den hier stationierten Matrosen, Marinesoldaten und mit der ausländischen Zivilbevölkerung waren eigentlich unmöglich. Die Sprachschwierigkeiten mit den Kameradinnen wurden geradezu unüberwindlich, weil die Organisation Todt genauso wie die Oberste Heeresleitung darauf achtete, daß hier im Lande rassischer Nahverwandtschaft größtenteils nur des Plattdeutschen kundiges Personal verwendet werde, das gegen Angela sehr bald von der Defensive zu einer aus Hohn, Spott und Beschimpfung gemischten Offensive überging.

Sie selbst jedoch bestand unter Mühen, Qualen und Tränenströmen alle ihr auferlegten Prüfungen. So gefiel es der Organisation des Generalinspektors Fritz Todt aus unerfindlichen Gründen schließlich, Angela Frumm (und nicht Fromm!) unter die Abhörtruppen der vierten Klasse zur besonderen Verwendung einzuteilen, eine Berufung, der sie mit mausartiger Emsigkeit und raffinierter Drückebergerei nachkam.

Ihre Hauptbeschäftigung, psychologisch und auch zeitlich, galt jedoch ganz anderen Belangen. Sie wurde Abortreinigerin und Leserin. Dabei soll nicht geleugnet werden, daß ein in Angela tief verwurzelter Trieb – zur Reinlichkeit oder gar zu deren Gegenteil? – sie von Kind auf gerne in den Aborten und verwandten Örtlichkeiten sich tätig aufhalten ließ.

So war Angela abends todmüde. Durch ihr verschmutztes und ewig sehnsüchtiges Bewußtsein huschten Halbmenschen, Männer, die sie einst gekannt und »geliebt« hatte, in schmierigen und auch beinahe gereinigten Frackhemden oder Ärztekitteln.

Bei der Reinigungsarbeit, bei der Angela ausgiebig mit ausrangierten Zeitungsblättern zu tun hatte, gewöhnte sie sich an, über die Titel hinaus ins Gewirr der Meldungen selbst vorzustoßen und sich in ihrer papageienartigen Lernfreude sogar Fremdwörter anzueignen, wie Nonchalance, Elegance und Boudoir, deren Gebrauch sie dann oft ihren bestialischen Genossen gegenüber ausspielte, wobei sie sich lieber an die seltenen Feminitäten als an das Soldatische klammerte, das ja allerdings mit der deutschen Sprache auch in Norwegen am besten auskam.

Trotz alldem machte sich bei ihr das Fehlen jeglicher empfangsbereiter Männlichkeit in gewissen Ausbrüchen Luft. Es dauerte alles so lange, Jahre um Jahre, die Verpflegung wurde immer unbefriedigender. Die Verbindung zur offenen See war nur eine Hoffnung, nicht mehr; und sogar das Baden war verboten, Militärrecht, Kriegsrecht dazu. Hie und da zog bei besonders guter Sicht am äußersten Horizont ein alliierter Geleitzug vorbei, der, um die eigenen Stellungen nicht zu verraten, nicht beschossen werden durfte, so sagte man wenigstens. Aber trugen die »Fernkampfwaffen« überhaupt so weit?

Bei zwei Gelegenheiten wurde Angela – es war bereits in der Kriegsperiode nach Stalingrad – zum Gegenstand allgemeiner, wenn auch keineswegs wohlwollender Aufmerksamkeit. Anläßlich einer Geländeübung der Telephonistinnen war es zu einem »Ausfall der mechanischen Kommunikationsmittel« gekommen: die weiblichen Hilfskräfte mußten nachts mit starken Akkumulatorenlampen auf die Hügel um Drontheim ausrücken und versuchen – nach der Uhr gestoppt – sich miteinander durch Lichtsignale zu verständigen.

Wegen falscher Karteneintragungen und auch wegen der mangelnden Sehkraft ihrer Augen verfehlte Angela den ihr zugewiesenen Standort, tauchte viele hundert Meter höher wieder auf, wo ihr Signal von der Basis endlich wahrgenommen wurde, um eine Minute später endgültig und völlig zu verschwinden. Die wahren Umstände wurden auch später niemals ganz aufgeklärt – es hieß sogar, eine dort in Höhlen operierende versteckte Partisanentruppe habe ungewollt an der kriegerischen Farce mitgewirkt.

Bei dem Eintreffen englischer Kriegsgefangener von einem Geleitzug kam es zu einem peinlicheren Zwischenfall. Gegen Mittag wurden die Leute in Uniform und recht gut sichtbar – alles aus Gründen der Propaganda! – durch die Straßen Drontheims geführt, als sich Angela in die erste Reihe der dort apathisch herumlungernden Zuschauer drängte und einem etwa dreißigjährigen Ober-Maat aus Glasgow, der verwundet war und hinkte, zweimal auf die rechte Backe und einmal direkt zwischen die Augen spuckte. Sie bekam dafür von einem Danebenstehenden eine schallende Ohrfeige. Ihr Prestige sank dadurch bei ihren Kameradinnen und Vorgesetzten rätselhafterweise auf Null.

Von Ängsten getrieben, in ihrem verborgenen, wenn auch winzigen Herzen durch alle Vernachlässigung tief verletzt, ließ sich Angela auf den Straßen nur noch auf dem Weg von ihrer Unterkunft ins Amt und zurück blicken, sowie beim Essenfassen. Fast hätte sie das Sprechen verlernt, sie suchte jedoch Trost bei den sich ihr immer weiter erschließenden Massen von Lesestoff, die sie gleich hinter den Toiletten in den Kammern und Kellern unten aufstöberte. Bald trieb sie ihre Neugierde in die große, wenn auch grausliche Welt der Politik, des Krieges, der bewaffneten und auch unbewaffneten Männlichkeit.

Und dann gesellte sich Angela in den entlegenen Schlünden der Unterwelt eine Kameradin zu. Trine war ehemals die Frau eines seit langem abgängigen Kompanieschmieds und -klempners gewesen; kaum der Sprache mächtig, winzig wie ihre Freundin, doch mit Muskeln wie eine Ringkämpferin. Sie teilte zwar Angelas Bildungs- und Leseabenteuer nicht, war jedoch der Anstoß zu einer völlig neuen Phase in ihrem Leben. Angela und Trine entfernten sich aus Drontheim, ohne die Erlaubnis dazu zu haben – kurzum, sie desertierten.

Ein im Winter 1944/45 im Umlauf befindliches Flugblatt eines mit »Otto« zeichnenden Überläufers zu den Russen spielte dabei eine, wenn auch nicht ausschlaggebende Rolle. In Angela selbst war etwas erwacht, was man am besten als katzbuckelnde Rebellion bezeichnen könnte. So machte sie sich mit ihrer Kameradin, die sich im Besitz einiger improvisierter Kleinwaffen und eines eisenbeschlagenen Kastens mit dem entsprechenden Klempnerwerkzeug befand, mitten in der Nacht auf, um ein Uhr, noch vor Einbruch des echten Winterwetters, das sie jedoch nur allzu bald einholte.

Angela Frumm entpuppte sich notgedrungen sehr bald als eine umgekehrte Landstörzerin Courage – sie wurde gestörzt. Daß die beiden Frauen jenen langen Weg bis nahe an die Südküste des Landes überhaupt überlebten, grenzte an ein Wunder: sie litten unter Hunger, Durst, Frost, Verfolgung, Angst und Vergewaltigung durch sich auflösende Truppenteile, teils der regulären Armee, teils von Partisanenverbänden. Angela verlor zwei Zehen, die ihr abfroren. Sie verbrachten Wochen in unzugänglichen Höhlen und nährten sich von Schnecken und Froschlaichen.

Mit einem Schlag änderte sich dann alles. Die Sonne stach durch die Schneewolken, ein Gold aus den Himmeln überschüttete eine bestialische und erbarmungswürdige Menschheit. Der Frieden war da. Angela und Trine gelangten in jenes südliche Norwegen, wo schon seit Tagen das Licht über die Dunkelheit triumphiert hatte. Dort gab es Leute, die sich ihrer in ungeahnter Weise annahmen.

Es handelte sich um drei jüdische Damen aus Wien, der besten Bridge-Gesellschaft zugehörig, obwohl es natürlich auch unter ihnen gewaltige Unterschiede an innerem und äußerem Rang gab, jahrelang zusammengehalten durch die Bande einer Beziehung, die man unter anderen Sternen ruhig als Freundschaft hätte bezeichnen können. Diese drei waren, unterstützt durch die wahrhaftige und gar nicht zeitgemäße Anhänglichkeit eines ehemaligen hohen k. u. k. Stabsoffiziers, der sich unter moralisch tragbaren und materiell günstigen Bedingungen in Hitlers Wehrmacht hatte übernehmen lassen, auf zwangsabenteuerlichen Irrwegen bis nach Norwegen gelangt, wohl bereits Flüchtlinge eines modernen Krieges, aber lange Zeit noch Angehörige einer bevorzugten Vorkriegsklasse, die sich in einer ehemaligen Großvilla ansiedeln durften, selbst zur Zeit der deutschen Besetzung.

Soweit in den Jahren 1940 bis 1945 überhaupt noch da und dort Spuren von behütenden Händen über jüdische Menschen festzustellen waren, waren solche Hände in dem Fall der Frauen Kapperl, Zittrig und Nasenlacht vorhanden gewesen. Was nicht heißen soll, daß die drei Frauen von den Unbilden der Witterung, von Übergriffen, Schändungen, Bedrückungen durch eine sogenannte Wachtmannschaft der Deutschen, oder auch von Verknappungen, innerem Zwist und den üblichen Kriegsgemeinheiten befreit waren. Aber alles hatte sich anscheinend zum Besseren entschieden, als vor der offenen Terrasse ihres Holzhauses an jenem ersten Frühlingstag die beiden desertierenden Vagabundinnen erschienen waren und sie um Brot, Geld und Arbeit anflehten.

Dies wurde ihnen gewährt. Die drei Damen waren sogar erfreut, endlich wieder über echtes Dienstpersonal verfügen zu können, nach all den dunklen Tagen. Frau Kapperl, Frau Zittrig und Frau Nasenlacht hatten den beiden sogar die Mitreise an Bord der zur Evakuierung von den Alliierten bereitgestellten »Empress of Britain« versprochen – zu allseitigem Schaden, ja, zu einer alles entstellenden und befleckenden Tragödie.

Denn es war viel Volk eigentümlichen und verdächtigen Ursprungs und noch verdächtigerer Zielsetzung, das sich nach vielen Wochen des Wartens an Bord des keineswegs mehr ganz neuen Passagierdampfers von 23 000 Tonnen zusammenfand. Kurz nach Ausfahrt des Schiffes aus dem südnorwegischen Hafen Christiansand wurde Angela von einem Herrn in Zivil angesprochen, der schon in den ersten Minuten dieser von ihm herbeigeführten Unterredung auf die gewaltige Anzahl ehemaliger, wenn auch unbewaffneter Wehrmachtsangehöriger anspielte, die den wenigen heimkehrenden, größtenteils jüdischen Flüchtlingen nicht nur zahlenmäßig weit überlegen waren.

Die Unterredung nahm ihren Lauf. Drohungen und Zwang taten ebenso ihre Wirkung wie der Judenhaß, der in dem besonderen Fall der Angela Frumm noch durch das Kindheits- und Jugenderlebnis mit Frau Direktor Görlitzer und der Lotte Ebenenz in verstärktem Maße gewachsen war.

Kurz: ein dreifacher Mord geschah, dessen Einzelheiten niemals ganz aufgeklärt oder nur bekannt geworden sind. Wer Anstifter war, steht fest – jene bedrohliche Gesellschaft mitreisender Herren, von denen man später nicht einmal bestimmt wußte, ob sie für das entschlafene Dritte Reich Deutscher Nation alten Angedenkens oder wirklich für eine neue erwachende deutsche Republik arbeiteten. Sicher war jedenfalls, daß als handelnde Elementarelemente das Baltische Meer und die Schwerkraft der Erde ebenso ihre Rolle spielten wie als tätige Hand die kleinen Händchen der Angela und als scharfe Instrumente gewisse Gegenstände aus des verblichenen Klempners Werkzeugkiste.

Keinem und keiner der Anordnenden und Ausführenden der bösen Tat schlug diese zum Guten aus. Die drei Mitglieder der »Gesellschaft der Rächer« wurden schon in Rostock gleich nach Anlegen des Passagierbootes gefaßt und nach einem Schnellverfahren in den alten Befestigungsmauern des Hafens abgeurteilt und an Ort und Stelle gehängt, während Trine auf der Durchreise durch Mecklenburg von fremder Hand ein Ende fand, was eher einem Zufall als menschlicher Absicht zuzuschreiben war. Nur Angela gelangte unbeschädigt, allerdings ohne Legitimationspapiere, bis nach Wien.

Die Weltstädte und andere Zielobjekte der Alliierten im Luftkrieg waren damals gewissen Mustern unterworfen, von denen die ehemalige Haupt- und Residenzstadt und jetzige Hauptstadt der Ostmark den sogenannten Bädekerangriffen oder dem Vernichtungsplan Groß- und Schönobjekt ausgesetzt war, demnach in sehr aufgelockerter Streuweise besonders hervorragende Denkmäler der Vergangenheit aufs Korn genommen wurden, wobei in Wien die Hofoper und andere Theater, die Ringpaläste und andere prunkhafte Erinnerungen an die glorreiche Habsburgerperiode herhalten mußten, was nicht ausschloß, daß wiederum ganze Komplexe, die eigentlich den Zielapparaten als sehr verlokkend hätten erscheinen müssen, ausgeschlossen blieben, darunter zum Beispiel im II., dem Judenbezirk, die Wohnblöcke in der Gegend zwischen Novaragasse und Praterstraße. Dort hatte sich aber auch schon seit Jahr und Tag die sangesfreudige Hanni angesiedelt, Angelas Mutter, ihrer Stimme und anderer Qualität beraubt, die gleich nach dem Tod ihres letzten Liebhabers und Kindsvaters, eines Gastwirtes durchaus verläßlicher Gesinnung, hierhergezogen war.

Überhaupt waren es größtenteils Parteimitglieder und ähnliche Vorzugsbürger, zum Beispiel ehemalige Illegale vor 1938, die sich in den relativ neuen Komplexen einmieten durften und auch vor Gestapozugriffen ziemlich sicher waren. Eine italienische Familie, die Strapozzas, spielten im 12er Block und darüber hinaus eine besondere Rolle, vor allem, weil es von dem Vater hieß, er diene als Spitzel und inoffizielles Überwachungsorgan für die gesamte italienische Bevölkerung Wiens. Mit seiner halbwüchsigen Tochter, der lieblichen schwarzhaarigen Avalla – im Haus, wo sie im Gegensatz zu ihrem gefürchteten Vater sehr beliebt war, kurz das »Averl« genannt –, stand der Alte auf Kriegsfuß, beschimpfte und schlug sie, wo er ihrer habhaft werden konnte, und nannte sie, zum Abschluß einer keineswegs barmherzigen Tracht Prügel, die »verfluchte Bastardin«, was sie nur damit quittieren konnte, daß sie oft lange aus der Wohnung fortblieb und heulend und schluchzend, ohne sich zu rühren, auf den Treppen herumsaß.

Nachdem am 14. April nach der Eroberung der westlichen und zentralen Teile Wiens durch die Rote Armee auch im Osten der Widerstand der SS-Truppen gebrochen war, was vorher zur Rachezerstörung des Domes von St. Stephan durch die Deutschen geführt hatte, wurde bereits in den allernächsten Tagen der gewaltsame Austausch der fast in ihrer Gesamtheit nationalsozialistischen Mieterschaft durchgeführt und die braunen Herrschaften durch rote ersetzt, in erster Linie durch ehemalige KZler, Kommunisten, aber auch zuvor verfolgte Katholiken.

Die Neuen, ehemals Alten, waren in einem erschreckenden physischen und auch psychischen Zustand. Ihr Vorgehen war gerecht, aber rauh; besonders die zurückgekehrten Frauen dienten der wiedergewonnenen Freiheit auf ihre eigene Weise, indem sie Zimmer, Bodenräumlichkeiten und insbesonders Keller auf das genaueste und nicht eben mit Schonung und Sanftmut untersuchten, durchwühlten und aufgruben, mit riesigen Scheren den ehemaligen Nazi-Frauen die Haare abschnitten, Weinfässer und Geldtruhen ans Licht des Tages zerrten.

Bald war das Haus leer von Unerwünschten. Rotarmisten kamen und verteilten Lebensmittel und ermunternde Worte in ihrer Landessprache, was von den eingezogenen Polinnen und Tschechinnen gut verstanden wurde. Manchmal brannte es tagelang in den Höfen und Korridoren: Papier, Holzwolle, Abfall. Die Vertriebenen lagerten viele Wochen in den Praterauen, was allerdings der guten Witterung wegen nur zu geringen Beschwerden führte.

Einige von den am meisten Kompromittierten, vor allem Männer, wurden in unbekannte Gefängnisse abgeführt und nicht selten grausam behandelt, so daß man, wollte man in einer so verzweifelten Situation noch an Gerechtigkeit denken, leicht – und wohl auch leichtfertig – von einem Einspielen der Waage bei den Bilanzsummen an Elend sprechen mochte.

An Hanni war alles glimpflich vorübergegangen. Aufgrund ihrer elementaren Kenntnisse der tschechischen Sprache konnte sie sich fast überall verständigen, was sie sehr bald auf ihre Art zu eigenem Nutzen gebrauchte: hier wurde zum Beispiel den roten Truppen der von Frau Katterwahl im 7. Keller vergrabene Wein gezeigt, was sofort Freude und Jubel auslöste, wobei auch Hanni nicht zu kurz kam. Allgemeine Dankbarkeit war die Folge, und Hanni durfte trotz brauner Vergangenheit im Haus bleiben. Um ganz sicher zu gehen, legte sie sich ganze Wochen lang ins Bett, empfing auch so ihren Lieblingssohn Karli – ihre »Assoziation«, wie sie später zu Angela sagte – der als einer der letzten aus einem illegalen Versteck in Westungarn nach Wien zurückgekehrt war, noch in Uniform, die er schleunigst des Nachts im Garten vergrub.

Angela hätte nach ihrer Heimkehr aus dem Norden beim Aufsuchen und Finden ihrer Mutter in der zerstörten, verschmutzten, geschändeten und beraubten Stadt Wien weitaus größere Schwierigkeiten gehabt, wären nicht Hannis Ordnungsliebe und der Zufall gewesen. So hatte es Hanni nicht verabsäumt, sich schon vor Jahren vorschriftsmäßig beim städtischen Meldeamt in der Polizeidirektion anzumelden, und gerade die Buchstaben F (Fetterl), L und R waren die einzigen gewesen, die bei dem Brand nach dem

Luftangriff vom 7. Juli 1944 nicht den Flammen zum Opfer gefallen waren. So fand Angela relativ rasch ihren Weg in die Novaragasse, wo sie plötzlich in der Mitte des Zimmers stand, mit wenig Gepäck, in leicht zerfetzter, wenn auch phantastischer Bekleidung und ohne jegliche Legitimationspapiere, da sie diese damals sofort nach Kunde von der Erschießung der drei »Rächer« auf dem Festungswall von Rostock ohne irgendwelche Zeugen mit einem ihrer letzten Streichhölzer hinter einem Busch auf der Heide hinter der Stadt zu Asche verbrannt hatte.

Hanni, die stets eine zärtliche Mutter gewesen war – wenn sie dazu kam – überhäufte ihre »verlorene Tochter« mit überströmenden Liebesbezeigungen, Angela reagierte unbestimmt, wusch sich ein wenig und begab sich ins Bett, teils aus Müdigkeit, teils aus Angst, wobei sie, wegen der nicht vorhandenen Papiere, von ihrer Mutter lebhaft unterstützt wurde. Gehungert wurde in jener Zeit überall in Wien und auch in diesem Haushalt sehr ausgiebig, wenn eine solche Formulierung gestattet ist. Es gab da eine unerfreuliche und unappetitliche Episode mit einem großen Wolfshund, der, wohl auch aus Nahrungsmittelmangel, zugrundegegangen und schließlich von den drei Familienangehörigen geschlachtet und verspeist wurde; er hatte einem ehemaligen SS-Mitglied gehört, das sich rechtzeitig abgesetzt und seinen lieben vierbeinigen Gefährten im Stich gelassen hatte – Kannibalen unter sich.

Hanni, getrieben von ihrer Ordnungsliebe und von der Angst wegen des ihr völlig unbekannten Vorlebens ihrer Tochter, hatte Angela schließlich dazu veranlaßt, sich, um »Klarheit zu schaffen«, zu dem zuständigen Referenten im Magistrat zu begeben, was gleich zweimal hintereinander zu geschehen hatte, und wo es erst beim zweitenmal zu einer längeren Unterredung – oder soll man sagen »Einvernahme«? – kam.

Die zuständige Amtsperson, mit der die verdächtige Angela in den Räumen des prachtvoll-abscheulichen Stadtgebäudes des Franz Schmidt zu tun hatte, bekleidete den mittleren Rang eines Oberamtsrats und war an und für sich eine ansprechbare und sogar stellenweise eine freundliche Natur, kehrte jedoch bei jener Gelegenheit die Fehler ihrer Vorzüge hervor. Der Oberamtsrat war nämlich in den Jahren 1938 bis 1945 ein Gegner des herrschenden deutsch-tyrannischen Systems gewesen, beharrte dabei und war planmäßig die ganze Zeit als ein Helfer des sogenannten österreichischen Widerstandes tätig gewesen, wozu er als Zivilbeamter in den sonst rein militärisch verwalteten Niederlanden aktiv zu handeln Gelegenheit hatte; unter anderem gewährte er manchem versteckten Juden Hilfe, darunter auch Dr. Hacker, ein Umstand, der sich etwas zugunsten Angelas vorteilhaft auswirken sollte.

Beide Gesprächspartner hatten von allem Anfang an eine ganz bestimmte Position bezogen und eine Rolle zu spielen versucht, was bei der untersuchenden und inquirierenden Amtsperson natürlich überlegter und weniger emotionell ausfiel: der Amtsrat hatte ein bestimmtes Ziel, einen Verdacht im Auge, auf den er zusteuerte; Angela suchte in der vertauschten Rolle des nach Kriegsende geplagten Besiegten zu überzeugen.

Zuerst führte Angela ihre ständigen Hungerqualen jammervoll ins Treffen und wies sogar flehend auf die fast den ganzen Mund wie gähnende Höhlen ausfüllenden Zahnlücken als auf Beweisstücke oder vielmehr Beweislücken hin. Der fälschlich als »Hofrat« angesprochene Amtsdirektor wehrte dergleichen Mitleidslügen verächtlich ab, unterstrich jedoch den Gegensatz zu dem Lotterleben, das die deutsche Besatzungsmacht auf Kosten der österreichischen Einwohner im Lande geführt hatte. Sehr bald aber erschien ihm der Zahnmangel als Verdachtsgrund und Andeutungen auf gewisse Gewalttätigkeiten, weitere Ausführungen Angelas über die anhaltenden Hungerfolgen, wie die Schlachtung und den Verzehr des SS-Hundes, ergänzte er sogar unfreundlich durch einen rohen Scherz über die Verzehrungswürdigkeit des SS-Mannes selbst. An diesen Fragenkomplex schloß sich zwanglos und schon unter Visierung auf das eigentliche Ziel die eindringliche Frage nach den Legitimationspapieren Angelas an.

Da sie jetzt bei ihrer Mutter »zu Hause« Unterkunft gefunden habe, sei sie der Meinung gewesen, auf Legitimationspapiere im engeren Sinn verzichten zu können, und habe sie weggeworfen. Warum der Wohnsitz in Wohngemeinschaft mit der Mutter ihrer Ansicht nach vom Besitz von Legitimationspapieren befreie, fragte darauf die Amtsperson. Wieso es die Befragte übrigens so strikt vermeide, ihm, dem Oberamtsdirektor, in die Augen zu sehen? Sie habe überhaupt nichts angestellt, meinte Angela wieder, worauf prompt und ohne jede Vorbereitung die entscheidende Frage fiel.

Ob sich an Bord des Schiffes, mit dem sie aus Norwegen übergesetzt sei, auch Rückwanderer befunden hätten, Rückwanderer mosaischen Glaubens; ob das Schiff nicht den Namen »Empress of Britain« getragen habe, und ob ihr die Namen Zittrig, Kapperl und Nasenlacht etwas bedeuteten?

Angela antwortete geradezu schnippisch. Wie könnte sie solche Namen auch nur gehört haben, wenn es noch nicht einmal amtsnotorisch sei, daß sie selbst wirklich an Bord eines so benannten Schiffes herübergekommen sei? Sie habe keine Papiere, und man könne ihr nichts beweisen, sie habe auch gar nichts angestellt. Sie leide Hunger, mit ihrer Mutter und ihrem liebsten Bruder, dem Karli; sie habe auch fast alle ihre Zähne verloren. Zum Abschluß erwähnte der Oberamtsdirektor betont einen angeblichen Raufhandel, der sie höchstwahrscheinlich die Zähne gekostet hätte – Angela antwortete mit längeren denunziatorischen Ausführungen über den 12er Block und die Bosheit der dort angesiedelten hoffärtigen und grausamen KZler und Kommunisten, worauf der Amtsrat strikt abwinkte, was das Ende der Befragung darstellte, unbefriedigend für beide Teile.

Diese Unterredung hatte weiter keine Folgen. Immerhin wußte Angela jetzt ziemlich genau, woran sie bei gewissen Leuten war, wenn sie dabei auch die Vergeßlichkeit der Zeiten, insbesonders in Wien, mildernd mit in Betracht zog. Dem Beispiel ihrer Mutter folgend, legte sie sich lange Tage einfach ins Bett, verschwand dann wieder auf länger als vierundzwanzig Stunden und gewöhnte sich einen schleichenden Gang an, den sie möglicherweise bereits als Vorsichtsmaßregel aus den Kriegsjahren mitgebracht hatte – all dies schien nach gewissen Nachfragen im Haus seitens der noch immer in Wien funktionierenden russischen Feldpolizei notwendig zu sein.

Bald aber war Angelas Leben, nach dem bereits von uns erwähnten Gesetz, wieder einmal in eine Phase des Glücks eingetreten. Nach dem Einmarsch der West-Alliierten in Wien im September-Oktober 1944 war nach einigen Wochen die amerikanische Streitmacht, an Mann und Kriegsmaterial die stärkste, tonangebend geworden. Auch wurden die oft farbigen Soldaten von besonders zahlreichen und tüchtigen Offizieren hohen sozialen Niveaus und mit hervorragender Ausbildung kommandiert, zu denen auch Oberst Boltzmayer (ursprünglich deutscher Abstammung, aus Milwaukee) mit Gattin und halbwüchsigem Sohn zählte. Nun fügte es sich, daß Angela anläßlich ihres zwischenzeitlichen Verschwindens aus dem Haus der Mutter zufällig mit der Hausfrau Boltzmayer auf einer Bank auf der Höhe des Schafbergs zusammentraf. Der unseligen Besiegten in ihrer schäbigen Ausstattung gelang es im Nu, auf Mrs. Boltzmayer einen günstigen, weil menschlichen Eindruck zu machen. Der Gegensatz sprang in die Augen und ins Herz – hier die Dame von Welt, noch dazu von der westlichen Welthälfte, gepflegt, mit guterhaltenen Gesichtszügen und den weißen, leicht blaugetönten Haaren ihrer Generation – dort die Heruntergekommene und jedenfalls Verdächtige mit dem spärlichen Blondhaar – zu Franzis Zeit ihr Stolz – aber ausgezeichnet als ein jämmerliches Rührbild aus Kriegszeiten. Angela hielt nämlich ein ausgehungertes, aber trotzdem schnurrendes Kätzchen im Schoß, das sie eindringlich streichelte, vielleicht nicht ganz uneingedenk des Umstandes, daß da neben ihr auf der nächsten – und noch unverheizten – Bank diese fremde Dame saß. Dies hielt das wirklich unschuldige, wenn auch keineswegs jugendliche Kind Amerikas für ein gutes, vielversprechendes Vorzeichen globaler Gutherzigkeit und Tierliebe. Ein Gespräch kam zustande, anschließend ein mündliches Übereinkommen über einen künftigen Dienstvertrag als »Mädchen für alles« mit Lohn und voller Verpflegung.

An diesem Donnerstag erschien Angela früher als sonst daheim und erklärte, sie habe bei einem hochstehenden amerikanischen Offizier eine Stellung angenommen. Sie wusch ihre vier Wäschestücke gründlich, stahl dem eben abwesenden Karli ein Stück Seife und versetzte ihrer Mutter einen Kuß. Sie versprach, zweimal in der Woche mit geraubten und erbettelten Lebensmitteln heimzukommen, und entwich.

Die Herrlichkeit war schier vollkommen: eine – von einem Hocharistokraten requirierte – Villa mit prächtigem Garten in vollem Blumenschmuck, zwei Katzen und ein Hund, Hausherr, Hausfrau und »junger Herr«. Der Hausherr fesch, die Hausfrau gutmütig, der junge Herr schön und lustig. Einige (vier) Badezimmer, viele Aborte, Kammern und Keller. Gekocht wurde von der Hausfrau selbst, mit Hilfe des »Angerl« (wie man sie in der Familie rief, sich Wien leise anbiedernd.) Außerdem hatte die Hausfrau den Schlüssel zur Speisekammer. Unter den Frauen wurden lange Dialoge versucht, die Verständigung war aber nicht allzu leicht, da sich Angela jetzt bemüßigt sah, das sonst überall aus nationalen Gründen hervorgekehrte Wienerisch-Österreichisch durch Phrasen aus dem Italienischen, Französischen und Amerikanischen zu ersetzen, wenigstens zu ergänzen, wie zum Beispiel: »Mon dieu!«, »Okay« und »maledetto!«

Die übliche Spezial-Intimität zwischen Siegern und Besiegten war auch hier bald geschaffen. Der Oberst verschenkte seine fremdsprachigen Zeitungen an die Bedienstete und Mrs. Boltzmayer, genannt Bosie, hielt sich von Anfang an prinzipiell nicht an die Vorschriften der Obersten Besatzungsbehörde, demnach

Lebensmittelreste lieber zu vernichten seien, als daß man sie an die Zivilbevölkerung abgebe.

Wenn der Oberst in Dienst war und »Stutz« in seiner amerikanischen Schule, hatte Angela zeitweise die Alleinherrschaft über das ganze Haus. Sie plapperte stundenlang mit ihrer Herrin, war sie einmal von ihren Einkäufen zurück. Am Nachmittag, besonders gegen Abend, hatte Angela es auf den jungen Herrn abgesehen. Ihre Geschwätzigkeit wurde von Stutz zur Vervollständigung seiner Deutschkenntnisse genutzt.

Bald aber wurde ihm Angela lästig, da sie dem schönen Jungen auf den Leib rückte. Sie jagte, beschlich ihn, belauschte ihn, eine um ihre Keuschheit und fromme Scheu betrogene Artemis der niederen Stände. Sie hatte einen unvermauerten Ritz in der Badezimmermauer des jungen Herrn entdeckt, der es ihr ermöglichte, aus ihrer von ihr stets und überall bevorzugten Toilette den schönen nackten jungen Mann wenigstens teilweise zu sehen und erregte Zeugin seiner abendlichen Waschungen zu werden.

Während für Angela die paradiesische Epoche gerade ihren Höhepunkt erreicht zu haben schien, hatte sich am anderen Ende, im Block Nr. 12, für den Rest der Familie ein gefährliches Geschick zusammengeballt. Für Karli, Mutters »Lieblingsassoziation«, hatten die Dinge in Wien von Anfang an einen üblen Lauf genommen. Gewalttätig und arbeitsscheu, war er hier bei keiner Besatzungsmacht, aber auch bei den Eingeborenen nirgends recht angekommen. Den Tag verbrachte er in immer abscheulicheren Schenken und Kaschemmen. Damals hatte sich insoweit eine Art Rangskala der Schlechtigkeit etabliert, als den mit den Nazis noch am stärksten sympathisierenden Kreisen auch die verbrecherischesten entsprachen. Wo man von Verschwörungen und vom nächsten Krieg gegen die östliche Besatzungsmacht munkelte, dort konnte man mit Sicherheit auch von geplanten oder stattgefundenen Raubüberfällen und Entführungen reden hören. Das änderte sich später durchgreifend, und zwar nicht nur in den folgenden Monaten und Jahren, sondern bis zum heutigen Tag.

Irgendwie hatte nun Karl von Norwegenheimkehrern erfahren, daß seine Halbschwester in eine düstere Angelegenheit mit Totschlag und Hinrichtung anderer verwickelt gewesen war. Als Karli weiterforschen wollte, sah er sich plötzlich selbst von Verdächtigungen eingekreist, die sein brutales und sogar mörderisches Vorgehen als Wehrmachtsangehöriger in Westungarn zum Gegenstand hatten. Dies führte sehr bald zu Erpressungen, Bedrohungen und Raufhändeln, schließlich zur Verzweiflung des

Lieblingssohnes.

Aber auch um Mutter Hanni war es nicht gut bestellt. Es war wie ein schleichendes Seelenleiden, das einem plötzlichen Ausbruch und Ende zusteuerte. Hanni fühlte sich vor allem von ihrer Tochter vernachlässigt, da Angela, aus Unachtsamkeit und in der Fülle des Glücks, ihre Besuche im Block Nr. 12 immer seltener werden ließ und auch Fülle und Qualität der mitgebrachten Eßwaren immer mehr zurückgingen. Wer selbst und selbstverständlich genießt, weiß einfach häufig nicht, welche Genüsse anderen überhaupt versagt bleiben.

Ein festes und bestimmtes Gefühl der Sinnlosigkeit ihres eigenen Lebens legte sich wie eine erstickende schwere rauhe Decke auf die einst so gedankenlose und fröhliche Hanni. Die regelmäßigen Drohungen und Andeutungen von Unheil seitens Karli taten ihr Übriges. Bald war es soweit.

Die Katastrophe vollzog sich dann in großer Schnelligkeit, lange vorbereitet von den Genien des Hasses, der Gemeinheit und Qual. Angela war eben dabei, den so lange hinausgeschobenen Besuch zu Hause nachzuvollziehen, und im Begriff, ihren Block 12 zu betreten, als ihr schon unten am Haustor die zahlreichen Gestalten der ihr sonst keineswegs wohlgesonnenen Nachbarn auffielen, die sie aber heute sofort sorgend mit warnenden Stimmen umschwärmten. Besonders die wenigen Anhänger einer Sekte, die sich um ein gelähmtes Mädchen im Zwischenstock sammelten – von jenen freundlich Gläubigen sogar als »Heilige« bezeichnet – schienen sich um sie zu kümmern. Sie wurde am Rock gezupft, sogar umarmt, und es hieß, sie solle nur acht geben, oben in ihrer Wohnung sei etwas los; sie dürfe um des Himmels willen dort kein Streichholz anzünden.

Vor der Wohnungstüre standen zwei wachthabende Polizisten, die ihr den Eintritt erst nach Versicherung gestatteten, sie sei die Tochter des Hauses. Im Zimmer selbst war es ganz dunkel, alle Fensterläden geschlossen, es roch stark nach Leuchtgas. Am Eingang zur winzigen Küche stand ein dritter Polizist. Karl lag – das sah man nach allmählicher Gewöhnung der Augen an das Dunkel erst nach und nach – auf dem Boden, den Gasschlauch im Mund, den Kopf ohne Mütze nachlässig mit einem Tuch bedeckt, offenbar tot.

Als sich dann Angela wieder ins größere Zimmer gewandt hatte, nahm sie erst jetzt in dessen Mitte eine am Gaslüster hängende Gestalt wahr, die erhängte Mutter. Später behauptete Angela, sie habe sofort erkannt, daß Hanni im Gesicht blau angelaufen gewesen sei – die Mutter also ebenfalls dahingegangen, weggewischt, vielmehr gleichsam an einem grausamen Strick dem Lebensgeschehen entzogen; als habe eine unbekannte Macht an ihr ein Todesurteil vollstreckt.

Es sei noch schlimmer gekommen, meinte Angela später. Das unbewegte, schier zu Eis erstarrte Bild habe sich im Handumdrehen in rasende Bewegung aufgelöst. Vorbei an der Polizeimacht, vorbei an den drängenden, wenn auch noch so frommen, schwitzenden Nachbarn sei wie ein Projektil eine menschliche Figur vorübergeschossen, ein Mensch ohne Zweifel, doch von keinem erkannt, er sei durch das Zimmer mit der erhängten Mutter geflogen, in Richtung Fenster, und hinaus beim Fenster und hinunter. Diese Gestalt habe niemand erkannt, auch später nicht, da der Fall aus großer Höhe diese Person gerade mit dem Gesicht auf das harte Pflaster geworfen und dort bis zur Unkenntlichkeit völlig zerstört habe. Zu dieser Zeit hatte Angela bereits den Raum, die Wohnung, den Lebenskreis von Mutter und Bruder verlassen.

Unten auf der vom Ungewöhnlichen bereits vielfach aufgewühlten und zerrissenen Straße, vor dem Haustor des tragischen Hauses wartete weiteres Unheil auf sie. Wie ihre beiden Blutsverwandten wurde auch sie aus dem Vertikalen in die Horizontale geschleudert: einfach zu Boden geworfen, von einem um die Ecke biegenden Motorrad erfaßt.

Glück im Unglück, Unglück im Glück. Die Besitzerin des Motorrads war jenes reizende Averl gewesen, das selbst bei dem Unfall mit einer Rißquetschwunde am Kopf davonkam, was allerdings eine Rasur ihres schönen Schwarzhaares nötig machte. Angela wurde ins Krankenhaus, auf die Unfallstation Nr. 1, gebracht, bewußtlos und mit einer Luxation des Knies. Als sie dann nach einigen Stunden wieder zu sich gekommen war und in dem behandelnden Arzt Dr. Hacker erkannt hatte, war sie darüber anfangs hocherfreut, ängstigte sich aber bald maßlos, weil er sie auszufragen begann. In einer ihr günstig erscheinenden Behandlungspause machte sie sich davon, nach Hause.

Dort blieb sie tagelang und wochenlang, größtenteils im Bett. Das Begräbnis war ein Armenbegräbnis und hatte ohne Beisein der Tochter, beziehungsweise Schwester auf dem Döblinger Friedhof stattgefunden, weil es dort noch so etwas wie ein Familiengrab großväterlicherseits gab. Angela meldete den Boltzmayers ihre Abwesenheit nicht weiter, und ihre Dienstgeber wiederum kannten Angelas Adresse nicht, so daß das große Glück lautlos endete, wie es einst begonnen hatte. Glücklicherweise hatte Angela, nun schwer kniebeschädigt, an jenem Unglückstag ihre ganze Wäsche sowie auch eine Menge ersparter Geldbeträge und Geschenke zu Muttern gebracht, die es infolge ihres plötzlichen Hinscheidens nicht mehr zur Kenntnis hatte nehmen können.

Das Knie wollte nicht heilen. Doktor Hacker, der gescheite Wohltäter, kam mehrere Male in ihre Wohnung, aber alles Zureden, sie solle sich doch der ihr nur in den Hospitälern zur Verfügung stehenden Apparaturen zur Heilung bedienen, stieß bei ihr auf energischen Widerstand. Angela verwies auf ihre Bürgerrechte, so blieb das Knie steif und ihr Gang behindert.

Andererseits hatte Doktor Hacker durch geschicktes Befragen seiner Patientin und durch Zuschüsse zu ihrer Ernährung herausbekommen, wo sie eigentlich der Schuh drückte, womit vor allem die fehlenden Legitimationspapiere gemeint waren. Eines Tages überredete er Angela, die jetzt ganz allein und anfangs dazu noch recht immobil ihre Wohnung nur mit Einsamkeit, Sorgen und Grübelei teilte, da es ja auch an den vom Obersten ehemals so reichlich gelieferten Zeitungen fehlte, mit ihm ins Rathaus zu kommen. Dort führte er sie gleich jenem Amtsdirektor zu, der ihr bei den früheren Unterredungen, dieses und auch jenes betreffend, so zugesetzt hatte.

Dr. Hacker, der, wie erwähnt, in jenem Notspital Hollands, wo er 1943 untergeschlüpft war, den Beamten als verläßlich, entgegenkommend und sogar als milde kennen gelernt hatte, brachte eine Art von Vergleich zustande. Alles daran kam Angela zugute, die von nun an allerdings hinkte bis an ihr Lebensende. Eine eidesstattliche Erklärung, von Dr. Hacker mitunterzeichnet, wurde von der Behörde akzeptiert. Alle weiteren Recherchen sollten eingestellt werden. Auslandsreisen blieben allerdings ausgeschlossen. Ferner erhielt Fräulein Angela Frumm eine wenn auch nur gering besoldete Anstellung als Garderobenfrau in den von dem Magistrat der Stadt Wien überwachten und organisierten Bedürfnisanstalten – kurz: als Häuselfrau an einem Häusel.

Ihre Vereinsamung war plötzlich über sie gekommen, war ein greifbares Ding. Sie war wie ein gemeiner Soldat, der über ein leeres Schlachtfeld wandert. In diesem Raum gab es sonst keine Menschen mehr, keine Versammlung hatte statt, in diesem Wald lief kein Wild, versteckte sich kein Reh, kein Hirsch. Die Straße war von Menschen verlassen, auf den Strömen fuhren keine Kähne. Die Einsamkeit duldete keinen Zeitvertreib. Angela gewöhnte sich nur langsam ein. Ihre Arbeitsstätte lag ungünstig und allen Witterungsunbilden ausgesetzt, am äußeren Gürtel, eine baufällige Blechhütte, mit vielen aufgedruckten und hingeschmierten Aufschriften erklärender oder obszöner Natur. Junge Pülcher (Jungverbrecher) benutzten den Platz als Versammlungs- und Unzuchtsort. Durch Zusammenarbeit mit der Polizei, der Angela aus einem dunklen Trieb zur Buße oblag, versuchte sie, auch an diesem wüsten und leeren Ort so etwas wie Ordnung und Reinlichkeit herzustellen. Zu Hause hielt sie sich, bis zu ihrem Umzug, wenig auf, sie hatte Scheu vor dem Todesort. Wenn sie dort war, scheuerte sie auch in dieser desparaten Umgebung alle reinigungsbedürftigen Flächen. Sie bewegte sich wie ein Uhrwerk auf dem Estrich hin und her, als gälte es, Blutflecken abzuwischen und wegzureiben, als wäre die Todesursache ein Messerstich wie bei ihrem Vater, und nicht Gasschlauch und Schlinge gewesen.

Angela wurde älter in ihrer Einsamkeit.

In verhältnismäßig kurzer Zeit kam jedoch eine Wendung zum Besseren. Eine Versetzung in eine unterirdische Luxusanstalt am Wiener Graben fand statt. Auch hier hatte Dr. Hacker wieder seine Hand im Spiel.

Die Arbeitsstunden lagen günstiger, die Bezahlung war wegen der zahlreichen Trinkgelder aus Damenhand weitaus höher. Dennoch waren Herren Angela willkommener. Sie wartete noch immer auf das Auftauchen ihres alten Franzi, des »Springinkerls«. In ihrer Einsamkeit glitt sie immer mehr in die Vergangenheit zurück, die Gedanken an den Krieg und dessen Entbehrungen und Qualen fielen nicht mehr ins Gewicht.

Bei all ihrer Sparsamkeit verstieg sie sich sogar so weit, zweimal unter die Kurrenda für »Verschollene und Abgängige« Aufrufe einzurücken, auch verfolgte sie regelmäßig an einem kleinen, von der Mutter ererbten Radiogerät die behördlichen Mitteilungen auf diesem Gebiet. Die Anschläge an dem Schwarzen Brett an der äußeren Front der Polizeidirektion las sie ebenfalls, wenn auch ängstlichen Blickes; um nichts auf Erden hätte sie den Fuß in das Gebäude selbst gesetzt.

An ihrer Arbeitsstätte konnte man während der flauen Geschäftszeit Angela manchmal außerhalb ihres eigentlichen Wirkungsgebietes beobachten, wie sie vorschriftswidrig auf den Platz vor den Herrenpissoirs hinausgetreten war, um ihre Blicke dort über die Rückseiten ihrer in diesem Fall gratis bedienten Klientel schweifen zu lassen. So durchwühlte sie optisch ihre Vergangenheit; auch der Anblick von Stutz Boltzmayer wäre ihr willkommen gewesen. Sie hatte in der amerikanischen Familie viel gelernt

– waren es in der Organisation Todt die Fremdwörter gewesen, so hatte sie sich bei jenen das Belauschen angewöhnt, wozu sich in ihrem jetzigen Beruf bei dem lautdurchlässigen Zustand der Wände übergenug Gelegenheit bot. So kam es manchmal zu unerfreulichen Szenen, die deshalb nicht weniger abgeschmackt und unappetitlich waren, weil sie keine Zeugen hatten, Angela natürlich ausgenommen.

Immerhin machte sie eine neue Herrenbekanntschaft: einen Berufsausflügler, der auch in den Wiener Bedürfnisanstalten sein Steyrergewand trug. Mit ihm machte sie auch wirklich eine Bergpartie auf die »Hohe Wand« – ein einziges Mal, wegen der vorgerückten Jahre beider, denn auch er war ein Mittsechziger.

So waren es im großen und ganzen Bilder friedlicher Idyllen und echt österreichischer Gemütlichkeit, die ihr spätes Leben umrahmten und dessen Inhalt ausmachten. Sie war nur von einer gewissen Altersschlaflosigkeit heimgesucht: bei Nacht wenig Tiefschlaf, bei Tag Müdigkeit, Schlappheit, Träumereien. Da lag sie also zu unmöglichen Stunden auf ihrem Bett, ganz bekleidet, in einem ihrer phantastischen Kleidungsgegenstände, und dachte an vieles. Es war eher wie ein Film, der vorüberzog.

Am schönsten war es aber doch in dem winzigen Zwischenraum zwischen »Herren« und »Damen«, gewissermaßen dem Limbus zwischen jenen einzigen zwei Welten, für deren Existenz weitere Qualitäten und Beweisstücke auch philosophisch nicht erforderlich sind. In jenem Reich, das durchaus ihr und nur ihr gehörte, wurden, um eine Kontinuität der Arbeitszeit zu gewähren, natürlich auch die Mahlzeiten eingenommen. Propangas, allgemein als der wohlfeilste Brennstoff festgestellt, diente dazu, Wasser auf den zwei Feuerchen am Simmern zu erhalten, zur Bereitung heißer Würstchen (Klobassen, Debrecziner, Frankfurter), Suppen und Eiern (Kocheier, II. Qualität). Als Selbstverständlichkeit brodelte dort von früh bis abends im »Heferl«, der Heferl-Kaffee, mit besonderer Kunst geradezu soldatisch sparsam zubereitet, zur Speisung mehrere Male am Tag – nicht nur als Füllsel und Abschluß, sondern als vollwertige Mahlzeit, besonders am Abend.

Der Ruhm der ausnehmenden Köstlichkeit jenes Kaffees, im Genuß ein Luxus und in den Kosten ein Geringes, verbreitete sich unter vielen Kolleginnen der Nachbarschaft, aber auch analogen Berufsgenossinnen, wozu sogar geduldete Damen der noch aktiven Prostitution kamen. In der Umgebung war es bekannt, daß Angela mit ihrem Kaffeekonsum erst später begann, wenn die offizielle Sperrstunde der Bedürfnisanstalten schon lange geschlagen hatte, da sie nicht umhin konnte, den Fliesen und Muscheln, den Wänden und Blechen die allersorgfältigste Reinigung mit Fetzen und Besen, Tüchern und Wässern noch am gleichen Abend angedeihen zu lassen. Es war eine überwältigende Orgie von Flüssigkeiten aller Art, auch solcher zur Wiederaufnahme in den menschlichen Organismus, also jenes Kaffees, die in der unterirdischen Reinigungsburg um sich griff. Und mittendrin, in der Grenzfeste, aber auch in den benachbarten Gelassen und Räumlichkeiten saßen, standen und lehnten die Figuren der Wärterinnen, ernste Erscheinungen. Sie schwatzten und kauten, kiefelten und tunkten, schlürften und lachten manchmal sogar. Auch heute so wie früher die Letzte, schlich sich schließlich nach nochmaliger Säuberungsarbeit, Angela nach Hause, und es war wohl merkwürdig, daß dann, wahrscheinlich wegen des gewaltigen Einsatzes hygienisch verwendeten Wassers, die in den unterirdischen Räumen aufgestauten Gerüche vorwiegend die des ausgiebigen Kaffeeverzehrs waren und keineswegs andere, vielleicht ebenso gesunde, aber üblicherweise nicht mit ganz so angenehmen Tätigkeiten assoziierte Sinneseindrücke.

Was Wunder, daß auch in dem sich erst in späten Jahren entfaltenden Traumleben der Angela Wasserfluten eine vordringliche Rolle spielten? Angela war wohl eher den Deutungen des »ägyptischen Traumbuchs« zugeneigt als mit den wissenschaftlichen Erkenntnissen des Professors Freud vertraut. So führte sie ihr Weg zwar häufig in die staatlich privilegierte Lottostelle, aber nie, niemals zum Arzt – und wäre es auch der alte Doktor Hacker gewesen – und schon gar nicht zu einer wie immer benannten Behörde. Ja, Angela dachte nicht einmal daran, was es wohl bedeuten mochte, daß die Traumszene so häufig mit einem plötzlichen Fall oder Einsturz schloß.

So war aus diesem Leben auch gegen Ende keine wie immer geartete Schlußfolgerung, Binsenwahrheit oder Moral abzuleiten. Höchstens: man lebt nicht. Man wird gelebt.

Facta nuda Nr. 2 cum insertis necessariis et amoenis in modo narrationum atque philosophiae

Angela Frumm

Man sieht oft auf einen kleinen Menschen einen großen Schatten fallen. Er wird größer, wenn der kleine Mensch größer wird, verdeckt ihn zeitweise vollständig und bleibt wirksam, auch wenn die Schattenquelle schon versunken ist. Er kann wirksam bleiben bis ans Ende.

Da war ein kleines Mäderl, das wuchs nicht recht. Es war ein uneheliches Kind. Mit fünf Jahren, bald nach der Jahrhundertwende, vollzog sich ein Ortswechsel. Angela wurde von ihrem Vater, dem Jochem Frumm, der sie bald nach der Geburt als sein Kind anerkannt hatte und dessen Namen sie auch trug, aus dem niederösterreichischen Waldviertel in die südliche Steiermark gebracht, wo seine Verwandten lebten.

Das kleine Mäderl mußte in der Wirtschaft mithelfen, was es nur widerwillig tat. Der Vater war inzwischen Oberförster geworden und ließ sich in die Nähe von Radkersburg versetzen, um sein Kind regelmäßig sehen zu können. Vater Jochem war ein guter Vater.

Vater Jochem Frumm

Etwas anderes ist es, aus wissenschaftlichen Gründen, durch ein geschwärztes Glas die Sonne zu betrachten; etwas anderes wieder, selbst Gegenstand der Wissenschaft zu sein, wenn man das so sagen darf, beobachtet und in der Beobachtung festgehalten zu werden, von diesem oder jenem Forscher. Also, man blickt gleichsam ohne Augenschutz in das Sonnengestirn. Da bleibt etwas haften, da trägt man längere oder kürzere Zeit einen Sonnenstempel im Auge und drückt in allen Dingen auf. Da entstehen Kringel.

Und so auch in der Seele.

Etwas wird erfahren. Und bleibt haften. Manchmal ein ganzes Leben, ein langes oder kurzes.

Es war leider ein kurzes Leben, das Erdendasein des Herrn Jochem Frumm aus Eggenburg, wo er am 9. Dezember 1878 geboren wurde und schon im Jahr 1919, irgendwann im Herbst, einem Messerstich und der Schlamperei der Welt erlag, als Oberförster und Sohn eines Lehrers und Vater der Angela.

Er war ein guter Mensch, er war ein schöner Mensch, er war ein Freund der Menschen, besonders der Frauen. Ganz besonders aber der Tiere. Sein Vater war Volksschullehrer in der Schule Nr. II zu Eggenburg gewesen, drei Schritte vor dem Anstieg zu der Burg. Er war kein übler Mann, sein Vater; die Mutter war aus Wien und nicht sehr interessiert an Mann und Kind. Es gab auch nur den einen Jungen, den Jochem, die Mutter ließ ihn tun und sagen, was er wollte, ließ ihn gehen, in den Wald, auf die Wiesen – und in Büchern schnuppern und wühlen.

Die Mutter war eine fesche Frau, der Vater war früh zittrig geworden. Er liebte alles, was er in Erfahrung bringen konnte, besonders der Naturgeschichte galt sein Interesse. Und der kleine Jochem tat es ihm nach, ahmte ihn nach, hatte Gelegenheit, vieles, was er in den schematisch illustrierten Naturgeschichtsbüchern nachgezeichnet oder als ausgestopftes Modell in der Naturgeschichtskammer fand, mit eigenen Augen im Wald lebendig zu sehen, zu beschleichen, aber eigentlich nie mit Jagdgelüsten, mit Mordwünschen, mit dem Ehrgeiz des Menschen vor dem Tier.

Er sah die Sonne niemals durch geschwärztes Glas.

Man braucht aber nicht zu glauben, daß Jochem ein Musterknabe war. Er streunte gern herum. Er verschwand gern auf unbestimmte Zeit. Mit den anderen Kindern, die mit ihm die Schulbank drückten, stand er nicht besonders. Da die Lehrer nicht in den Verdacht kommen wollten, den Sohn eines Kollegen zu bevorzugen, machten sie ihm das Leben besonders schwer. Jochem scherte sich nicht weiter darum.

Er war vielleicht zwölf, vielleicht schon vierzehn Jahre alt. Er hatte an diesem Nachmittag keinen Unterricht, es war Juni, sehr heiß, sehr sonnig. Er wollte sich in seinen Lieblingswald zurückziehen, wo er oft hinging, an Kühnring vorbei, immer rechts und dann im Wald am Bach entlang, wo es dunkel wurde wegen der hohen Fichten und Tannen, scharf im Winkel nach Süden.

Er sagte dem Vater, er gehe weg, aber der hörte ihn nicht recht.

Vater Frumm saß an dem Pult und korrigierte Hefte mit der Aufgabe: »Warum war Napoleon unser Feind?« – ein Thema für eine höhere Klasse.

Die Mutter putzte wieder einmal das gesamte Besteck. Und Mutter Frumm, Agnes, aus Wien, dachte dabei an Männer in Romanen und Zeitungen, und als ihr Sohn sagte, er gehe diesmal bis nach Reinprechtspölla, es sei ja erst früh, da hörte sie ihn ebensowenig wie der Vater mit dem feindlichen Napoleon.

Aber was dann geschah, das machte Jochem für alle Zeiten zum uneingeschränkten Liebhaber aller Tiere. Denn er verirrte sich im Wald und sah mehr, als sonst die Spaziergänger und die Jäger und sogar die Oberförster sehen, von denen er ja selbst einer wurde.

Jochem trug ein Steirerg'wand, aber keinen Hut, und nur Sandalen, denn es war heiß, und die Steirer Joppe trug er über den Arm. Und am Weg, bevor er in den großen Wald kam, arbeiteten sie in den Feldern, und mancher erkannte den Lehrersohn, und er selbst sah manchmal fort, weil er die Menschen nicht mochte, aber manchmal sah er hin und grüßte sehr höflich, indem er sich verbeugte, als wäre er ein Herr aus der Stadt, oder er winkte auch. Es war sehr heiß draußen auf den Feldern, bevor er in den Wald kam, die Wolken, das dicke Gemüse des Himmels, waren wie die Brüste von Frauen, für die Jochem gewisse Empfindungen hatte, die er nicht beschreiben konnte, die er damals aber noch für Übel hielt.

Im Wald kam er gleich bei der Bachbiegung sehr bald von einem gebahnten Weg ab, und das machte den Marsch schwieriger, aber auch abenteuerlicher. Er zog die Beine aus manchem alten Schneeloch, das im Moos zurückgeblieben war, denn im Dunkel der alten und hohen Bäume geht die Sonne anders als draußen unter den Menschen.

Wild sah Jochem nicht, denn er machte ja Lärm genug, weil sein Schritt knirschte und seine Schuhe oft geräuschvoll ausrutschten. Und er wollte nur weiter, also beeilte er sich, und Eile macht Lärm.

Es wurde schwierig mit dem Weiterkommen, aber er mußte ja nach Reinprechtspölla.

In der Höhe rauschte es, Jochem dachte an Gott, wie er in der Kirche niemals an ihn denken konnte, vielleicht auch nur, weil er den Herrn Pfarrer nicht übermäßig mochte. Es rauschte in Baßtönen, dann wieder heller, aber noch keineswegs wie eine Trompete oder Tuba oder wie das Laufen von vielen und sehr großen Tieren über die Wipfel. Unten war es still. Jochem lief immer schneller, und er sah nicht viel, weil er viel hören mußte.

Es schien etwas geschehen zu sein mit dem Wald. Der Pfad war verschwunden, das Moos, die Farne waren zugedeckt von den schweren Trümmern eines Felssturzes. Als wäre ein Komet in ein Ostermahl gestürzt. Die Bäume waren aneinander gerückt. Es rauschte stärker. Nun war es sogar heller geworden. Jochem war ein wenig aufgeregt – sonst so ruhig und vernünftig –, als hätte eine Waldhexe an ihm gezupft.

Er begann zu wanken. Da lag ein riesiger, schiefer Felsblock. Jochem rutschte unversehens an ihm hinunter und blieb, mit dem Körper tief unter dem Steinbrocken, liegen. Er versuchte sich aufzurichten, doch die Felsspalte war feucht: je mehr er sich herauszuarbeiten versuchte, desto tiefer rutschte er. Er durfte sich nicht rühren, das war ihm klar, denn sonst verschwand er völlig und wurde von der Erde verschluckt.

Das war nicht viel besser als eine Gletscherspalte, von denen er immer mit Neid gelesen hatte. Tirol! Die Schweiz! Er aber lag in Nieder-Österreich. Im dunklen Wald und verlassen.

Wie würde er jemals hier herauskommen? Über diesen Waldbruch führte kein begangener Weg. Allein. Verloren. Er schrie aus Leibeskräften. Mit einer schönen Stimme, die ihm genausowenig half, wie wenn sie mißtönend, kreischend gewesen wäre. Er weinte sogar.

Aber verlassen war er nicht. Die Sonne war untergegangen. Oben am Rand des Felsblockes hatte, als er sich jetzt still hielt, ein Eichhörnchen Stellung bezogen. Ruhig saß es aber eigentlich nie, sondern machte kleine Bewegungen mit den Vorderpfötchen, mit der Schnauze, mit den Augen. Es lauschte in den Wald hinein.

Furchtlos. Sehr unterhaltsam. Dann zuckte es zusammen, als wollte es auf und davon, blieb aber sitzen.

Auch im Zirkus vor zwei Jahren hatte Jochem Tiere zur Unterhaltung gesehen. Doch dafür hatte man bezahlen müssen. Sie waren dressiert. Dieses braune Tierchen mit dem Kamm auf dem Kopf war ein Gefährte, der kein Geld nahm für seinen Trost. Doch schließlich verschwand es. Das Moos war sanfter geworden. Jochem empfand keine Angst mehr. Sehr bald kam das Tierchen wieder, mit einem Begleiter. Wieviel Zeit vergangen war? Man konnte es nicht sagen. Denn viel dunkler wurde es nicht. Es war Vollmond. Jochem lag mit dem Oberkörper bequem. Die Abendvögel begannen zu singen.

Er kannte sie dem Namen nach nicht. Das mußte er erst lernen. Die beiden Eichhörnchen fraßen etwas; was für Nüsse wuchsen im Hexenwald? Sollte er wieder schreien? Aber es hörte ihn doch niemand. Außer dem Mond. Man sollte eine Uhr besitzen, wenn man bald in die fünfte Klasse kam. Und die Vögel sangen weiter.

Jochems Füße begannen zu schmerzen. Dennoch schlief er nach nicht allzulanger Zeit ein.

Jochem war ein frommer Junge, größtenteils aus Widerspruchsgeist gegen seine, wie damals so üblich, ungläubigen Eltern. Als er erwachte und an dem indirekten Sonnenschein erkannte, daß es Tag war, sprach er leise und dann lauter ein Morgengebet.

Er beschränkte sich auf das Vaterunser und den Englischen Gruß. Dann schlief er wieder, denn so fanden ihn Feldarbeiter, die ihn gegen Mittag an den Schultern unter Schmerzen und ihren lang anhaltenden Flüchen aus seiner Falle zogen. Der Vater, Lehrer und pflichtversessen, war bei der Rettungsaktion nicht erschienen. Aber er hatte an jenem Tag noch vor Schulbeginn die Männer auf dem Feld aufgescheucht.

Da hatte sich dann auch einer von ihnen, der am Vortag noch vor Arbeitsschluß nach Hause gegangen war und bis zum Eingang in den Wald mit dem Jungen dieselbe Route hatte, an ihn erinnert, weil er ihm wegen seines hübschen Gesanges aufgefallen war.

Trotzdem konnte sich Jochem Frumm die kurze Zeit seines Lebens niemals davon überzeugen lassen, daß die Tiere den Menschen nicht weit überlegen wären, wie es ihm jene Stunde bewiesen hatte, in der ihm ein Eichkätzchen über Einsamkeit und Schmerzen hinweggeturnt und -gespielt und Drossel und Pirol gesungen hatten.

Und die reizende Stimme der ehemaligen Dienstmagd Hanni hatte wohl auch den Ausschlag dafür gegeben, daß er sich später so schnell und stark in das kleine Ding im Lehrerhaus – er selbst schon ein »junger Herr« – verliebt hatte und seine ganze Liebesfähigkeit und seinen schutzbringenden Eifer auf dieses unwürdige, verhurte Geschöpf verwendete. Angela hatte er gleich als sein eigenes Kind anerkannt und ihm auch nach Verschwinden der Mutter in andere Gegenden des Reichs seinen Vaternamen und seine Vaterliebe geschenkt.

Hätte ihn nur nicht der Krieg so verderbt und schließlich in einen frühen Tod getrieben, in eines Messers Klinge!

Continuat

Angela Frumm

Die Mutter, ursprünglich aus dem Fichtelgebirge, scherte sich nicht viel um das Kind, da hätte sie viel zu tun gehabt! Als sie fünfzehn war, war das erste gekommen; noch dazu von einem so guten Vater; im Verlauf eines Lebens wurden es neun, nicht alle so kleiner Statur, nicht alle Väter so anständig. Die Mutter hieß Hanni und sang sehr schön und laut.

. . . Und es singen und singen die Vögelein: Die Mutter

Ob man sich an alle erinnert – das ist die Frage. 3 Knaben, 5 Mädchen, dazu die Angela, machen zusammen 9 Kinder, über 43 Jahre verteilt. An die jeweiligen Väter erinnerte sich Hanni sicher nicht. Jedenfalls nicht so, daß sie sie voneinander hätte unterscheiden können. Nur vage, wie Sonnenflecken vor den Augen.

Dabei ging es aber ganz woanders weiter. In den Melodien der Hanni. Die Ärzte unseres verfallenen Jahrhunderts sind schuld, daß wir so wenig wissen, wie der Mensch innen genau aussieht.

Besonders die besonderen Exemplare. Denen fehlte immer irgendwo ein innerer Teil: die Hanni hatte wohl den Kehlkopf, dann aber fehlten Leber, Magen, Nieren, Lunge. So kamen gleich die Geschlechtsorgane, die Scheide, der Kitzler, auch die inneren: Gebärmutter und so weiter, wie sie alle heißen mochten. Darin lebte sie wieder, also mit Kehlkopf und Geschlecht war ein Auskommen.

Die Ärzte sind schuld, sie forschen nicht mehr. Sie setzen sich hin und schreiben gewisse Dinge auf herausgerissene Notizblätter: Diagnose, Therapie; aus.

Nun aber zum Kehlkopf, dem tirilierenden, dem trillernden, dem schmelzenden, dem jubelnden, dem schluchzenden. Die Hanni konnte es überall. Sie hatte es niemals richtig gelernt. Die Eltern waren Häusler im Fichtelgebirge gewesen. Ihr Paß war ein deutscher Paß, noch des Kaisers Wilhelm. Lautete auf Vetterl. Das Häuschen brannte ab, eines Tages gegen vier Uhr morgens, da rannte das Mädchen einfach davon, denn ihre Eltern brannten mit ab und waren gestorben im Feuer. Sie hatte sogar deren Vornamen ganz vergessen. Wie sollte sie sich dann noch der Männer erinnern?

Man will aber vielleicht zuerst wissen, wie die Hanni aussah – ob Mensch, ob Tier. Eine schwarze Bachstelze, singt auf einem Bein. Etwas Hüpfendes. Auch etwas gach Springendes. Katze und Vogel mischen sich. Die Augen sind ringsherum rund. Die Hände sind wie Kinderhände, stark, knacken Nüsse auf: die Lebenslust. Man schließt die Augen. Spitzt den Mund, auch auf den Lippen zeigt sich das Geschlecht wie ein roter Patzen. So sah sie aus.

Und ihr Weg ging über den Paß ins Böhmerland hinein, die Leere des Gehirns des jungen Mädchens verhinderte Qual und Abschiedsschmerz von Eltern und Brandstätte. Sie hatte noch rasch in die halbverkohlte Truhe gegriffen und ein Bündel alter Scheine hervorgezogen, da brannnte schon ihr Unterrock, aber Mangel auf der Reise mußte sie nicht leiden.

Sie wanderte vorwärts und rückwärts, oben auf dem Bock eines Bierwagens zog sie in Pilsen ein, nachdem sie in Asch das Gebiet der mächtigen Monarchie betreten hatte.

Von Pilsen drehte sich das Mäderl, immer singend, immer summend, nach Norden, da war sie bald vor Prag, dort machte ein böser Kerl sich an sie heran. Doch sie rettete das Häutchen, was man auch »Unschuld« ausspricht, und nur das Geld wurde ihr zum größten Teil abgenommen, so daß sie sich stracks nach Süden wandte, und da war sie auch schon in einer zweiten Bier-Stadt, und dort lud sie alle, die mit ihr außen vor dem Stadttor saßen, zu einer Bier-Schlemmerei ein, mit Würstchen garniert, auf diesem großen ovalen Platz.

Nachher weiß man eigentlich nicht recht, wie es zusammenging, daß sie plötzlich beim Lehrer Frumm in Eggenburg an der Hautür stand, der Abend war fortgeschritten, ihre Haare waren naß, fünfzehn war sie vor zwei Tagen gewesen, und der Jochem steckte eben seinen hübschen Kopf zur anderen Tür herein. Es zuckte in den Herzen, es brummelte in ihrer Kehle: die Frumms brauchten wirklich eine Magd.

Und Jochem sah in dem blitzäugigen Singeding gleich ein Stück aus seiner Vogelwelt, vielmehr: er hörte es. Wie er näher trat und ihr nahe kam, und sie die Augen verdrehte und die Kehle aufmachte, und Hanni zum erstenmal empfand, daß dort unten etwas schlug, stärker und heißer als das gewöhnliche Herz ihrer Lieder – da war es um beide geschehen. Die Kammer war klein, aber der Wald nah, so stürmten sie hinaus und fielen übereinander her, fünfzehn war sie, und er? Die Mutter Frumm machte gute Miene zum bösen Spiel und behielt sie im Haus, zusammen mit dem Bankert, das von seiner jungen Mutter die Brust bekam.

Aber es wurde rasch entwöhnt und abgesetzt. Der Mond schien schief auf das Bett, und der Jochem schlief, selbst wie ein Kind, als Hanni hinausschlich und auf der Straße stand, allein, war gar nicht länger hier gewesen als die paar Jahre, da war sie eingezogen aus dem Fichtelwald, jetzt zog sie aus, kleine Mutter, kleines Kind, aber ohne Kind.

Sie kam gegen Lundenburg, Brezlavy, noch sang sie: »Ich bin eine Witwe, eine kleine Witwe, bin das Küssen so gewöhnt, daß ich's nicht lassen kann!« – so spielte sie sich auf, war aber doch gar keine Witwe.

Denn der Opa warf das Mäderl, das Angerl, gar nicht aus dem Haus, der Vater, der Jochem, sagte, das ist auch mein Kind, und so kam das Angerl nach Jahresfrist zu den Vatersvettern in die Steiermark. Von der Mutter, vom Hannerl, aber hörte man lange Zeit nichts.

Nicht viel anders gings für sie oben in Lundenburg als unten in Eggenburg, nur daß es ein tschechischer Stallknecht war, der sie an einem Stück Brot kiefeln fand, vor der Stalltür, und der verstand kein Wort Deutsch, weils bei ihm fehlte, oben im Kopf. Nur so viel hat er gewußt, daß auch hier die Frau eine Magd brauchte, führte das Hannerl also zu ihr, brachte sie dann zu den Pferden in den Stall, da hätte das runde singende Wesen fast einen Tritt von dem Huf des Falben abgekriegt, ging aber sonst noch ganz gut ab.

Wenn auch die Zwillinge, die schließlich kamen – auch wieder Mäderln –, etwas blöd waren im Kopf wie der Vater, richtige kleine Dorfkretins, und der Vater war ein brutaler Kerl und mochte seine Kinder gar nicht und die Mutter zu diesen Kindern ebenso wenig. Er war der erste, der sich diesmal aus dem Staub machte, obwohl er so gern, gar so gern – denn so sind ja die gesangsfreudigen Tschechen – dem Hannerl zugehört hatte, wenn sie so aus sich herausplärrte und süß hinschmolz im Gesang. In diesen vier Jahren am tschechischen Hof war aber keine Rede mehr von der »Witwe, die keine mehr sein will«, auch der Klumpen der Hannerl links unter dem Kugelbusen versteinte sich – jetzt hieß es wehmütig: »Brüderlein, fein, Brüderlein fein« oder auch »Frühling ist's, die Blumen blühen wieder, süß berauschend duftet jetzt der Flieder . . .«

Als sie dann endlich gehen konnten, die zwei Mäderln mit gar keinem Hirn im Kopf, hüpften sie manchmal hilflos über die Wiesen, und die Mutter sah zu aus dem Küchenfenster, und die Tränen standen ihr in den Augen, denn es sah so aus, als liefe schlechtes Holzspielzeug mit einem ruinierten Uhrwerk in Gottes grüner Welt herum; und dann liefen die zwei – die sich ausnahmen wie zwei winzige Betrunkene – ziellos und blöde über die Wiesen, rannten auf einmal ganz hinunter und fielen beide gleichzeitig in den Bach.

Die Hannerl sah sie zwar ganz gut von ihrem Fenster aus, es war heiß, und alles schlief im Hof, der Hund schlug an, aber sie lief ihren Kindern nicht nach und ließ sie elendig versaufen.

Die Hanni ging dann den langen Weg nach Eggenburg zurück, aber da war nichts mehr: Angela bei den Vatersvettern in der Steiermark, der Vater schon auf seiner Laufbahn als Förster, und gar nicht weit entfernt von seinem Mäderl, und die Großmutter tot, der Lehrer-Opa aber erkannte sie nicht, wenn sie ihm auch noch so lang vorsang: »Ich bin eine Witwe . . .«

Aber ach! Da sollte doch noch in demselben Jahr 1910 ein ganz und gar ersprießliches Leben aufblühen und noch dazu sofort in jener ersten Nacht in Eggenburg.

Nachdem sie sich aus dem einst so geliebten Haus ein zweites Mal fortgeschlichen hatte, hörte sie hinter sich im Dunkel sehr bald eine noch dunklere Stimme. Ob sie ihn erkenne, auch wenn nur die Sterne schienen? Er habe sie gleich erkannt, er wolle ja nichts, er wolle nur sie, er wolle sie ganz und gar und sogleich, und zu ihm solle sie kommen, und auch singen solle sie sofort, und er wolle sie hegen und pflegen.

Das war der Herr Doktor, der bestellte Amtsarzt, mit den weichen Augen und der weichen Stimme, bei deren Klang es in ihr sofort aufgezuckt hatte. Hier war er also, welches Wunder, und er warb um sie, der Unsichtbare, und auch sie sah ihn erst richtig unter der ersten Straßenfunzel, als er sie nämlich gefragt hatte, ob sie ihm nicht jenes Lied vorsingen könne, das er damals so geliebt und das ihm so recht eigentlich das Herz gekostet hatte. Aber sie stellte sich, die Arme hinter dem Kopf verschränkt schief ins Licht, als wäre sie selbst eine Göttin, und flüsterte Dr. Barthelmus zu: »Das nicht! Aber ein anderes. Das ist von einem Franzosen . . .« Nun neigte sie sich vor und hielt dem plötzlichen Liebhaber ihren Busen hin, er solle genießen. Leise also: »Es heißt sogar, daß er gar kein Franzose gewesen ist, sonder ein JUDE . . .« Nachdem sie ihm dreimal vorgesungen hatte: »Auf dem Berge Ida standen einst der Gö–öttinnen–Göttinnen drei!«, waren sie vor dem Doktorhaus angelangt, und als er Hanni erzählte, wie seine Mutter vor zwei Jahren gestorben sei und keines von den Mädchen, die ihm danach den Hausstand führten, es je aus einem andern Grund gemacht habe, als ihn sich beizubiegen; wie er aber niemals den Gesang und die Gestalt vom Hannerl aus dem Gedächtnis verloren und nur gewartet und gewartet habe, und wie das Haus innen und außen einer jungen und ordnenden Kraft bedürfe; da hatte sie sich mit entschlossenem Kopf und erregtem Herzen gleich ins Bett jener Mutter geworfen, und seither war es das große Liebesglück, jahrelang, gewiß jahrelang. Und noch in derselben Nacht wurde Karli gezeugt, der das Lieblingskind von Hannerl wurde: hatte er doch die Lust zu singen von ihr geerbt und das gute Ohr und das sanfte Paar Lippen. Dieses Kind wurde allerdings sehr bald aus dem Doktorhaus gegeben und im Internat erzogen, und seine Stimme wurde sachgemäß ausgebildet, denn Dr. Barthelmus, ein überspannter und wohlhabender Mann, hatte da seinen Ehrgeiz gehabt, und auch der Mutter hing der Karli die ganze Zeit an wie nur einer.

Daß inzwischen der Krieg ausgebrochen war, hatten sie vielleicht bemerkt, aber für nichts geachtet. Die Hanni war voller Begeisterung, wenn sie da vorbeimarschierten, von Horn und Zwettl kommend, die Infanterie und die Gebirgstruppen und die Artillerie, und nie ging es da ab ohne Betrug und Gemeinheiten in lüsterner Finsternis, wenn ein Marschbataillon in Eggenburg vielleicht zwei Tage Station machte und einquartiert war.

Und da wallten der Neid und die Eifersucht und die Klatschsucht und die Schlechtigkeit erst recht auf, denn wer wollte schon ins Doktorhaus und sich dort heilen lassen, wenn da eine Hure immer die verruchten Weisen eines jüdischen Franzosen sang und trillerte und dem braven Gatten auch noch Hörner aufsetzte, weil es wieder einmal »gezuckt« hatte? Man fuhr lieber im Wagen über Land und trank seinen Gesundheitstee und legte sich ins Bett, auf Geheiß des Dr. Müller, der schon alt und gebrechlich war.

Der Karli aber wurde später ein nicht unansehnlicher Operettentenor in Baden am Kurtheater. Und noch später mußte er mit den Deutschen ins Feld ziehen, bis auf die Krim; da hatte er plötzlich seine Stimme verloren, über dreißig war er jetzt, aber er machte sich nichts mehr aus Leben und Kunst, darum hielt er sich länger auf im Lager in Usbekistan, als er hätte müssen, von der Mutter hörte er nichts – wahrscheinlich hatte sie inzwischen neue Kinder bekommen. Aber, dachte er weiter, ich bin doch das Lieblingskind, und so wanderte er heim. Doch als er bei der Mutter nichts sah als Jammer und Elend und Arbeit, und auch dieses Biest in derselben Kammer, die Angela, die er immer gehaßt hatte, ohne sie richtig zu kennen, und die hatte einen feinen Unterschlupf gefunden bei dem amerikanischen Oberstleutnant; da sagte er zu Hanni, der Alten – alt war sie eben gar nicht, sie hatte erst vor ein paar Jahren ihr letztes bekommen, Fifi, die Kokotte –, da sagte er: »Mutter, bringst di um, wenn i mi umbring?« So hing dann die Hanni am Luster, und der Sohn hatte den Gasschlauch im Mund . . .

Aber soweit ist es ja noch gar nicht. Nein, gerade erst kommt der Brief vom Cousin, 1917, Erster Weltkrieg, der ruft die Hanni hinunter nach R., in den Süden, wo immer die Sonne scheint, in die Steiermark, wo es immer warm ist wie im schönen Italien. Da machte sie sich auf; doch hinter dem Rücken vom Ignaz, dem Dr. Barthelmus, tu ich nichts! Und auch der Herr Doktor war eigentlich des Ganzen schon selbst müde geworden. Aber noch einmal hatte er sie angefleht – eine Formalität – ob sie ihn nicht doch heiraten wolle, sie blieb jedoch eisern wie immer und bei allen Männern. So zog sie los, doch diesmal nicht mit leeren Händen, »so gut wie seine Frau«, ein Sparbuch hatte sie mit, einige Tausender darauf, das würde der Schwägerin schon imponieren!

Also wanderte sie mit den marschierenden Soldaten, auch durch Wien kamen sie. »Puppchen, du bist mein Augenstern«, hatte sie den Soldaten vorgesungen, »Puppchen, hab dich zum Fressen gern . . .« in Wien machte sie Station. Nicht allzu lange.

Gerade lang genug, um einem »Inspektor« in die Hände zu fallen, einem von einem aristokratischen Komitee für Flüchtlingsfürsorge, und als Flüchtling hatte sie sich ausgegeben, einstmals »eine bekannte Diseuse«, da hatte der dicke, vornehme Herr mit der silbergrauen Weste sich ihrer angenommen. Ob sie auch etwas Besseres anzuziehen hätte, fragte er sie, und als sie verneinte, ging er zu einer Modeschneiderin und dann zu einer Hutmacherin und zu einem Modeschuster. Dann aber flugs ins Chambre Séparée, dort waren nur wenige Menschen zu sehen, im Süden und Süd-Osten der Monarchie – denn diese war es noch! – wurden blutige Schlachten geschlagen, und zum Schlachten brauchte man nicht nur Metzger, sondern auch Schlachtvieh – was Wunders, daß es in den übrigen Vergnügungsstätten nur die ganz Jungen und die ganz Alten gab?

Das war alles Gold, Purpur und Marzipan, und das Essen war wie Engelsspeise, und dann gab es dort einen kleinen Diwan. Das Essen und der Wein aber hatten auf Hannerl Wunder gewirkt, plötzlich lag sie da mit aufgesperrten Beinen und freier Fahrt, denn es hatte gezuckt, als wäre der elegante, aber wabblige Freier so schön wie einst der Forstadjunkt Frumm aus Eggenburg.

So wurde ein weibliches Wesen gezeugt, das nannte man die »Rote Marie«. Wie sie gelebt, geliebt und gehaßt hat und wie sie starb, jung, irgendwie nach Berlin verschlagen, in den Wedding, am Anfang des brodelnden Bürgerkriegs 1931, ob man sie »rot« nannte nur nach der Farbe ihrer Haare oder wegen ihrer Gesinnung – all das weiß man nicht. Nur daß ihre Mutter sie nicht länger als zwei Monate selbst nährte, das war schon dort unten bei den Vettern vom Mann, dem Jochem Frumm, und dann war alles auf einmal versunken.

Der Herr in der silbergrauen Weste aber wirkte noch recht lange nach, die Sängerin hielt es von jetzt an mit Eleganz und stets gereinigten Fingernägeln. Ja, Hannerl kam noch spät in ihrem Leben stets auf diese Episode zurück, wie sie nämlich prachtvoll verkleidet in ihrer neuen Garderobe und leicht beschwipst – und auch dieses vornehme Wort ist für ihren gegenwärtigen Zustand einzig und allein am Platze – an der Tür des bunt schillernden Lokals gestanden hätte und, allerdings nicht mit voller Stimmentfaltung, jedoch mit betonter und teilweise auch sehr rührender Gestik den damaligen Schlager zum besten gegeben habe: »Servus Du! – flüsterte sie ganz leise – Servus Du! – und denk nicht schlecht von mir . . .« Dort im Süden war alles gleich ganz anders geworden. Auf dem winzigen Gut unten bei R. fand sie alle wieder, zum ersten Mal seit damals, als der Mond schief aufs Bett geschienen hatte, traf sie sich mit ihrer Tochter Angela, und da merkte man kaum, daß das Mutter und Tochter sein sollten, es waren ja auch nur fünfzehn Jahre Unterschied zwischen den beiden, und die Angela zog sich mit ihren vierzehn Jahren ganz wie eine junge Frau an, trotz ihrer minimalen Körpergröße. Und gar erst an den Sonntagen.

Aber über diese Zeit wurde ja eigentlich schon – zwar flüchtig – erzählt; muß bloß hinzugefügt werden, daß das Singvöglein, sich jetzt schon den Dreißigern nähernd, gar keinen Geschmack an der Arbeit im Feld und auf den Wiesen, im Wald und im Weinberg fand.

Der Schmerz und die Klage und die Hoffnung auf Dinge und Menschen, die man nicht sah – das war nichts für Hanni. Sie ließ sich also bereitwillig mit dem kleinen Gig, der noch geblieben war, regelmäßig nach Marburg schicken, wo sie für das Haus und die Verwandten einkaufte und verkaufte. Für sich selbst aber reservierte sie immer noch einige Stunden, wenn alles erledigt war und das Mauleserl eingestellt, da schlenderte sie so für sich hin; auf diese Weise kam es in einem pikfeinen Hotel zu Maribor, wie es im Hinblick auf die kommenden Dinge schon jetzt genannt werden soll, zu angenehmen Stunden mit einem Generalstabsoffizier der Partisanenarmee auf Urlaub, mit Gold am Kragen und

Geld in der Tasche, kam es auch zu musikalischen Vorträgen, denn ein kleines Piano stand im Appartement, auf dem spielte der Oberst – er wurde später Kriegsminister in Jugoslawien – die Melodie, und Hanni hatte schon längst den Refrain gelernt: »Joi, Maman, Bruderherz, was kostet die Welt? Joi, Maman, was mach ich mit lumpigem Geld? Weißt du, wie lange sich der Globus noch dreht, ob es morgen nicht schon zu spät?«

Die Folge war aber dann ein Paar Zwillinge, und soweit dies damals, gleich nach dem Waffenstillstand und bei all dem Ärger mit der Frau Dr. Görlitzer, möglich war, der Gegenstand außerordentlichen Stolzes für Hanni – es waren nämlich beides Jungen, Peter und Paul.

An diese beiden apostolischen Knaben erinnerte sich Hanni am allerwenigsten von allen ihren Kindern. Sie wurden ihr auch bald weggenommen: irgendeine Urschel aus der Stadt kam in der fürchterlichen Verwirrung, wo doch alles entblößt war von Männern, die sie hätten schützen können, und der Jochem, ihr allererster, umgebracht, und die Angela nach Wien durchgegangen, da waren auch die Zwillinge auf einmal verschwunden. Gekidnappt? Eine Engelmacherin?

Doch so etwas war keineswegs mit im Spiel. Die »Urschel« war ganz offiziell: eine Hilfsstelle des vom neuen Staat aufgezogenen Gesundheitsdienstes, Angestellte einer modernen Kinderklinik in Maribor. Da alles noch durchaus den Stempel des Krieges trug, hießen auch die gebildeten und vorsorglichen Damen »Gesundheitspatrouillen«. Auf diese Weise wurden aus den beiden Zwillingen im Lauf der Zeit jugoslawische Staatsbürger, Vollwaisen, ohne Waisen zu sein.

Beide sind dann im Hitlerkrieg verschollen, in dem sie auf verschiedenen Seiten gekämpft hatten – der eine bei den Ustaschas vom Pawelitsch, der andere unter den Partisanen vom Tito.

Die Hanni, nur kurz bemüht, des Zwillingsvaters bedeutende Spur in Maribor aufzustöbern, gab das sehr bald auf, dachte an die ihr heimlich nach Wien vorausgeeilte Tochter, auf die sie bereits ein wenig eifersüchtig war, und nahm die Gelegenheit wahr: noch ein einziger, vordringlich mit verwundeten und austauschbaren Kriegsgefangenen vollgestopfter Zug war direkt von Maribor über Graz nach Wien auf dem Weg und Hanni fuhr, ohne langes Abschiedsnehmen von diesen und jenen Verwandten und Geliebten, direkt, planlos, aber nicht geldlos – ein zukünftiger Minister läßt sich nicht lumpen – nach Wien. Ein neuer Lebensabschnitt begann.

Sie sang noch, aber schon schwächer. Es durchzuckte sie noch, aber viel seltener. Sie gebar noch Kinder, aber nur noch zwei.

Von diesen ersten Wiener Jahren ist über Hanni recht wenig bekannt, die sich unter allen Himmelsstrichen gut und gern noch Vetterl nennen mochte, wenn sie gerade nicht hochstapelte und sich den Namen diverser Kindsväter beilegte. Es gibt da Polizeiaufzeichnungen, wonach in den Jahren 1920/21 eine Frauensperson obigen Namens beim Kommissariat für den II. Wiener Gemeindebezirk um ein sogenanntes »Büchel« vorstellig geworden sei und dasselbe – das Meldebuch für polizeilich kontrollierte Prostituierte – auch richtig erhalten habe, dessen Besitz sie aber, nach Aufgabe dieses freimütig zugestandenen, aber immerhin zwielichtigen »Schandgewerbes«, sehr bald, daß heißt kaum nach Jahresfrist, zurückgelegt habe. Als sich nämlich ein intimerer Interessent gefunden hatte, der Vater ihres achten Kindes, wieder eines Mädchens, pathetisch genannt – Pamela, das sie in die Welt hineingesungen hatte, noch immer schmalzig und schön, mit der so gemütlich einschmeichelnden Weise: »Komm in meine Liebeslaube, in mein Paradies. Denn in meiner Liebeslaube (schelmisch-obszöner Blick) liebt es sich so süß . . .«, da ging alles gleich ausnehmend besser.

Er war ein Magistratsbeamter höheren Ranges, ein eckiger und sehr langer Mensch, namens Robert Blachel, grob, aber nicht ohne die Anziehungskraft der schlechten Menschen, denn er war ein Sadist übelster Sorte, der mit Peitschen und raffinierten Instrumenten arbeitete, so daß das Zustandekommen der kleinen Pamela ohnehin an ein Wunder durch den heiligen Geist grenzte.

Hanni durchzuckte es damals höchstens ein- bis zweimal, sie mußte aber länger in dem Hausstand an der Philadelphiebrücke ausharren, als es ihr gepaßt hätte, denn Robert bedrohte sie, zwang sie tagtäglich zu einem längeren Liederprogramm und schlug sie nach Noten. Als übersadistischer Tierquäler ließ er sich von »Pülchern« Hunde zusammenfangen, die er tagelang ohne Nahrung in der Wohnung hielt, wo es ihm dann Spaß machte, sie langsam verhungern zu lassen. Ein echter Wiener Magistratsbeamter alten Stils und vom übelsten Schlag, heutzutage fast ausgestorben, doch in der heroischen Zwischenkriegszeit keineswegs allzu selten.

Hanni, die Angst hatte, der Herr Magistratsdirektor könnte an ihrer Tochter ähnliche Experimente durchführen, gab Pamela bald aus dem Haus, zu einem verläßlichen Weiblein, wo sich die

Kindsmutter noch ein paar Monate lang um ihr Kind kümmerte, bis ihr endlich im vierten Jahr des Nachts die Flucht aus dem ungastlichen Haus des Peitschenmenschen gelang. Worauf sich Hanni für eine Zeit aus Wien absetzte.

Daß es draußen vor der Stadt, vor dem Staat donnert und blitzt, daß das Gewitter über die Grenzen zuckt – wen kümmert das? Am allerwenigsten Hanni, die noch über einige Spitzentöne verfügt. Die Chronik vermerkt: nachdem Hanni aus dem Haus des hundemordenden Bösewichts entwichen und aus Tulln, ihrem kurzfristigen Asyl, zurückgekehrt ist, trifft sie zufällig auf einem Ball beim Wimberger ihre älteste Tochter: sie, die Hannerl, über die vierzig: die Tochter, bald dreißig, so viel ist das nicht – sinds Schwestern? Die Mutter findet plötzlich Gefallen an Angela – da wird nicht lang getratscht, nicht lang gefragt, die Tochter verkehrt in Kellnerkreisen, ihr fescher, gewandter und wilder Freund wird »Springinkerl« genannt, von all dem wird etwas später ausführlich erzählt werden; auch eine Verdunkelung der Szene, die trübe Figur der Jüdin Ebenenz mit ihrer Kindstragödie hebt sich aus den Abgründen, niemand ist gegen die Empfängnis gefeit, man schreibt das Jahr 1931, was wichtig ist: neue Horizonte, auch neue Himmel öffnen sich für Tochter und Mutter, also Angela und Hanni, neue Melodien sprießen und blühen auf.

Das Wiener Gasthausgewerbe ist groß, mächtig und fröhlich. Der Nachbarwirt im XII. Bezirk umwirbt die Hanni, und so nimmt die Welt ihren Lauf. Die Liebe, die Küsse, das Blitzen in allen Gliedern, das Lied: »Ich kenn auf der Wieden ein kleines Hotel, in einem verschwiegenen Gäßchen . . .«

Sie sitzen zu viert in Grinzing, in Nußdorf, in Sievering, in Ober Sankt Veit auch: das ist der Heilige Heurige, runde Glaserln, der Nachbarwirt heißt Rudi, wird »Schatzerl« gerufen, der Bauch ist nicht übel, aber man kommt herum mit den zwei Armen, ach, ist das Leben neu erwacht, wie sie sich dreht, die Alte, kanns besser als die Junge, und dann wieder ein Mäderl, aber so einen guten Vater wie den recht bejahrten Rudi kann man sich ja gar nicht vorstellen, nennen wir sie Sophie, das Kinderl, ist so wunderhübsch, als Kleinstes und auch als Größtes, und wer würde sich nicht erinnern, daß an dem Geburtstag der Fifi, gar nicht weit weg, in einem schönen Palais ein kleiner Mann von einem wilden Mann niedergeschossen worden ist und daß ihn die bösen Männer haben verbluten lassen. So was hört man, wenns kein Telephon im Haus gibt, gerade zwei Gassen entfernt, nicht mehr; und Blut ist überall in der Welt, bei der Geburt und bei der Nachgeburt, und beim

Tod und beim Nachtod.

Die beiden letzten Töchter der Hanni sind beide berühmte Halbweltdamen geworden, Kokotten, also gut: Huren – die eine weiter oben auf der Skala, die Pamela, sie hat lange in Paris gelebt; die andere weiter unten, sie wurde in Breslau, in einem Wehrmachtsbordell, von Russen vergewaltigt (!) und erstickt, ein dummer Tod.

Das war die Nazi-Zeit, das war die Kriegszeit, die Alte allein, kärgliches Leben, auch singen kann sie nicht mehr, niemand ist da, der liebe Heurigenwirt vom Herzschlag hinweggerafft, das Springinkerl fortgerannt und unbekannt gestorben, die Angerl zum Wehrdienst befohlen.

Da war das riesige Haus an der Ecke Praterstraße-Novarragasse, da waren die Italiener, da war auch einmal nach so langer, langer Zeit der Krieg aus, und da stand die Angela, fast noch in Uniform, wieder im Zimmer, aber sie erzählte nicht viel, gar nichts Richtiges. Dann hatte sie Glück – wenigstens die Töchter müssen Glück haben, wenn die Mütter so viel leiden – erwischte diesen Posten bei den Amis, aber da war ja auch der Lieblingssohn, der Karli, der einstige Operettentenor, und die »Mutter«, das Hannerl, lag die meiste Zeit zu Hause im Bett; da kam der Karl herein, er riß die Augen auf, aber er flüsterte nur, ja, die Stimme habe er schon recht lange verloren, aber sie solle ihm nur nicht erzählen, wie es mit ihrer eigenen Stimme stehe, solle ihm lieber etwas von diesem Mistmensch, von der Angela, berichten, er habe schon herumgehorcht, in der Stadt bei gewissen Stellen, bei den Abgerüsteten, die sei ja etwas ganz Übles, die habe bestimmt jemanden umgebracht – wers immer war, Blut ist Blut. Und er habe genug.

Dann, nach ein paar Stunden oder Tagen oder Wochen, da sagte er: »Immer hat's Glück, der Dreck, jetzten mit den Amerikanern ...« Nach einer Pause: »Mutter, bringst di um, wenn i mi umbring?«

Sie darauf: »Wart doch no a wengerl, i hab grad an Brief geschrieben, an deinen Vattern, der müßt scho gestern angekommen sein, is a großer Mann, der Herr Vatter, ein Arzt, der Dr. Barthelmus.« Doch der Karl hörte wahrscheinlich gar nicht zu, diesmal wars ihm ernst, hatte auch viel Deutsch verlernt, bei den Russen, auf der Krim, sah mit wilden Augen um sich, als suchte er was, und dann verschwand er rasch in der Küche.

Aber die Hanni Vetterl, Mutter von neun Kindern, wollte ihren Lieblingssohn noch retten, wollte ihm vorsingen mit ihrer schönsten Stimme, doch auch das ging schief, ganz schief. »Steht ein alter Nußbaum, drunt' in Heiligenstadt...«

Der aber viel später ins Zimmer gelaufen kam, als schon viele andere im Zimmer waren und eigentlich schon alles vorüber war und man sich in acht nehmen mußte vor dem ausgeströmten Gas, und die Hanni noch her und hin schwang, hin und her – das war eben jener Arzt aus Eggenburg, der Dr. Barthelmus, der Vater des toten Karl, der unvergessene Liebhaber der toten Hanni, der sie auch niemals vergessen hatte und zu spät gekommen war, und die Hanni war tot wie ihr Lieblingssohn, und der Sohn wie die Mutter, tot und nicht älter als 58 Jahre.

Continuat

Angela Frumm

Der kleine Hof in der Steiermark von der Anna-Tant und dem Pepi-Onkel war natürlich nur gepachtet – Ähnlichkeiten mit der toskanischen Mezzadria, so wenig blieb den Pächtern. Doch es war eine große Familie. Zur ungarischen Grenze war es nicht weit.

Die ersten Schatten warf die Frau Direktor Görlitzer. Angela mußte ihr die Hand küssen wie einem Bischof. Die riesige Dame stand als Berg über ihr. Sie trieb die Pacht ein und lebte in Marburg.

Angela wuchs noch immer nicht.

> Wie klein sie ist,
> Wird offenbar.
> Die winzigen Augen sind
> listig und klar.

Die große Frau Direktor wuchs nicht mehr. Sie war wohl groß genug.

Frau Direktor Görlitzer, geb. Cohn

Sarah Cohn, später Susie Görlitzer
* 7. XI. 1890
† Herbst 1944

Geboren als die Älteste von vier Töchtern (sieben Kindern) der orthodox-jüdischen Familie Cohn, im ehemaligen Ghetto von Preßburg (Bratislava). Familie seit Menschengedenken an führender Stelle im Fuhrwerksgewerbe tätig (Schwerfuhrwerk, Fiaker, später Automobil). Da die Älteste gleich hervorragend an Körper und Geist (starker Körperbau, imponierende Haltung, stolzes Gehaben, auffallende Intelligenz und erstklassiges Gedächtnis), beschließt der Familienrat, Sarah eine höhere Erziehung angedeihen zu lassen – Mädchengymnasium, später vielleicht sogar Hochschule, soweit dies gesetzlich möglich ist.

Sarah verliebt sich jedoch unpassenderweise in Hannes Loibner, Sohn des Preßburger Direktors der DDG (Donau-Dampfschiffahrts-Gesellschaft) und findet Gegenliebe. Beginn der Abneigung Sarahs gegen alles Jüdische. Heimliche Verlobung, Planung von Taufe und Heirat.

Am 3. April 1907 findet jedoch Hannes, ein tollkühner Kletterer, an der Nordwand des Hochtors im Gesäuse seinen Tod. Völliger Zusammenbruch im Leben Sarahs. Flieht mit kleinem Geldgeschenk der ihr ergebenen Großmutter ins Gebirge und sitzt tagelang und wochenlang in Gstatterboden dem mörderischen Felsen gegenüber. Beschließt, sich von ihrer Familie loszusagen.

Contessa Elena Bianchi-Morelli, die in dem winzigen Ort in derselben Familienpension wohnt, wird auf sie aufmerksam. Die 85jährige Dame, uraltes römisches Adelsgeschlecht, derzeit ihren Lebensabend in Salzburg verbringend, »die letzte italienische Stadt«, wie sie sagt, ihrer unberührten Architektur wegen, befreundet sich mit der Siebzehnjährigen, die ihr schließlich ihr Herz ausschüttet, auch über den quälenden Konflikt zwischen dem Jüdischen und dem Nicht-Jüdischen in sich und in ihrer Umgebung von allen Seiten spricht. Die Gräfin überredet Sarah, ihr nach Salzburg zu folgen. Die alte Intrigantin hat mit der gescheiten und imponierenden Sarah, die sich – noch vor der Taufe – auf Rat der Gräfin Susanne (Susie) nennt, ihre besonderen Pläne.

In Salzburg hat bereits seit fünfzig Jahren die Familie Görlitzer ihren Firmen- und Wohnsitz. Die Görlitzers sind die größten und kapitalkräftigsten Grundstücksmakler und Haus- sowie Bodenverwalter der alten Monarchie. Noch vor dem Umzug aus Brünn hatte sich der alte Ignaz Görlitzer taufen lassen und eine Christin aus polnischem Kleinadel (Rosa Kuczinsky) geheiratet. Die jüngere Generation wurde insgesamt »liegend« getauft.

Das Unglück, das es streng vermied, sich in die blühenden Geschäfte dieser Assimilantenfamilie einzumischen, verfolgte Vater und Mutter jedoch in ihren Nachkommen ersten Grades. In manchen Abendstunden, in denen Vater Ignaz aus dem Salonfenster des ehemaligen Palais Herberstein auf die Salzach hinaussah, kam ihm im Zug seiner tristen Gedanken der Einfall, es könnte denn doch so etwas geben wie die Rache des alten Jehova für Abfall und Verrat.

Von den Kindern der schönen Rosa erwies sich keines als lebensfähig. Vier starben im zartesten Kindesalter, keines erreichte das zehnte Lebensjahr. Übrig blieb der zweitälteste, Ottokar, der am 21. Mai 1858 in Salzburg geboren wurde, seine Pflichten als Erst- und – leider! – auch Letztgeborener aber, weil an einem chronischen Herzasthma leidend, nur mit größter Selbstüberwindung und mit drohenden Schäden für seine Gesundheit wahrnehmen konnte. Darauf gründete die Biancchi-Morelli ihren Plan, der angeblich nichts weiter wollte als Blüte und Fortbestand der Familie Görlitzer, mit der sie von der Mutterseite her, durch die Polin entfernt verschwägert war und von der sie sich für ihre eigene Tochter einen gewissen Nutzen erwartete.

Die Görlitzers besaßen in sämtlichen Kron- (später Bundes-Ländern) der alten Monarchie Grundbesitz, der in seinem Gesamtumfang sehr wohl an Größe selbst einem Kronland gleichkam. Der Erwerb wurde bereits in den Brünner Zeiten planmäßig in Angriff genommen, obschon dies damals wegen des mosaischen Glaubens nur durch Mittelsmänner möglich war. Fast alles wurde durch günstige und auch drückende Pachtverträge gewinnbringend der kapitalistischen Profitschraube zugeführt. Anstandshalber figurierte natürlich in jedem Distrikt ein großes Landhaus, wohl auch ein Schloß als Besitzschmuck. Überwiegend zog der alte Ignaz jedoch Klein- und Kleinstbauern vor, in einem System, das weitgehend der Mezzadria in der Toskana entsprach.

Selbstverständlich ging das nicht ohne regelmäßige Inspektionsreisen und Pacht-Einhebungsfahrten ab – wozu sich der Erbe Ottokar wegen mangelnder Energie gar nicht, eine willensstarke Schwiegertochter jedoch hervorragend eignete.

Die Hochzeit wurde am Weihnachtsabend 1910 in der Peterskirche zu Salzburg vollzogen: die Braut, Frl. Susanne Cohn, 20 Jahre alt; der Bräutigam, Hr. Direktor Ottokar Görlitzer, 52 Jahre alt.

Susie hatte in drei Jahren die technische Hochschule in Salzburg absolviert, ihren Dipl. Ing. aber absichtlich nicht gemacht. Sie hatte mit Gräfin Biancchi-Morelli als Taufpatin, bereits 1908 die heilige Taufe angenommen. Gewisse Auslagen der Gräfin für ihr Patenkind wurden ihr nach der Hochzeit zurückerstattet, hier wurde dem Snobismus durch eine kurze Abschwörung vom Geiz Genüge getan.

Für die jungen (?) Leute wurde umgehend ein größeres Landhaus an der Überlandstraße über Anif aus der Pacht genommen und aufs beste ausstaffiert. Vergebens! Nichts deutete darauf hin, daß die Ehe zwischen einer Zwanzigjährigen und einem Zweiundfünfzigjährigen in irgendeiner Hinsicht ein Erfolg werden könnte. Dem Stamm der Görlitzers schien die Kraft zur Fortpflanzung völlig abhanden gekommen zu sein: der prächtige Leib der Susanne-Sarah erwies sich Periode auf Periode als unfruchtbar.

Die Tragödie derartiger physiologischer Phänomene wurde jedoch in einem Haus weniger empfunden, das seine Siege und Triumphe stets vor allem nach geographischen Erfolgen auf dem Gebiet kommerzieller Ausbreitung genossen hatte. Das föderalistische Prinzip kam eben genauso an Hand der Landkarte wie im Bereich der Klassen zum Ausdruck.

Bereits im vierten Jahr der Ehe, knapp vor Kriegsausbruch, ergab sich in diesem Sinne eine Trennung der Wohnsitze. Ottokar blieb in Salzburg, als oberster Firmenchef der Zentrale, zumal Görlitzer sen. ein Jahr vorher mitten in einer geschäftlichen Unterredung mit einem Sektionschef des Justizministeriums von einem Herzschlag dahingerafft worden war. Susie, Frau Direktor Görlitzer, aber erhielt durch den Aufsichtsrat eine Reihe wohleingerichteter Luxus-Dienstwohnungen in verschiedenen Provinzzentren zugewiesen: in Innsbruck, Graz, Linz, Brünn, Bregenz und Villach.

Ottokar, dessen unbeschreibliche Liebe zu seiner jüngeren Partnerin viel zu einer endgültigen Trennung der Wohnsitze beigetragen hatte, folgte ihr nach Graz, worauf Susie behauptete, sie selbst müsse sich, angesichts ethnologischer, besser: völkischer Entwicklungen, in Marburg (später: Maribor) niederlassen, um dem slowenischen Teil des Kleinpächtertums in jenem Teil der Steiermark (Weingebiet!) näher zu sein. Ein jeweiliger Aufenthalt der strengen Dame überstieg selten die Länge von drei bis vier Monaten.

Es soll nicht unerwähnt bleiben, daß Susanne anläßlich ihrer Eheschließung einen überprächtigen, weil übergroßen Smaragdreif in antiker Goldfassung aus dem Familienschmuck der Kuczinsky zum Geschenk bekommen hatte, was ihren fordernden, ja strafenden Auftritten den Pächtern gegenüber etwas rituell Feierliches verlieh.

In den Bezirken der südlichsten Steiermark waren es insbesondere die Familien des Jochem Frumm und des Josef Grausengruber, denen gegenüber sich immer Schwierigkeiten ganz spezieller Art ergaben: hier waren es nie rein ökonomische Gründe, nämlich die offenbare Zahlungsunfähigkeit oder Zahlungsunwilligkeit, die einer glatten Eintreibung des Pachtzins im Wege standen – auf beiden Seiten kamen gewisse emotionelle Entwicklungen dazu, die es vor allem der zerrissenen Seele der ehemaligen Sarah Cohn schwer machten, hier objektiv, von Liebeshaß und Neid unbeeinflußt, ihres Amtes (Ring am Finger wie der Bischof!) zu walten. Die Folgen waren: eine selbst in dieser Welt des damals schon blühenden Kapitalismus betonte Schärfe, dazu Buchstabengläubigkeit und Dickköpfigkeit.

Noch dazu hatte es Angela in ihrem damaligen Kindesalter Susanne, die sich nach Kindern sehnte, besonders angetan.

Mit einem allzu heftigen Schlag änderten der Waffenstillstand und schließlich der Frieden von St. Germain hier alles – zu niemandes Freud. Die sogenannte Anna-Tant wanderte, nach dem »Heldentod« ihres Gatten schließlich nach Ungarn aus, Oberforstmeister Jochem Frumm erlag den ungenügend und nicht rechtzeitig behandelten Verletzungen nach einer Rauferei, Angela machte sich nach einer letzten Auseinandersetzung ebenfalls aus dem Staub – wenn auch nur in Richtung Wien. Es kam zu Prozessen aller Art, auch eine Ehrenbeleidigungsklage war darunter, angestrengt von der Görlitzer gegen Angela Vetterl, weil diese einem Gerücht überzeugend und allgemein, dazu auch noch schriftlich Ausdruck gegeben hatte, die Frau Susanne (Sarah) Görlitzer könnte der Verzögerung der Hospitalsbehandlung Jochems böswillig Vorschub geleistet und durch eine örtliche körperliche Beschädigung zu seinem Tode beigetragen haben.

Die Prozesse endeten stets zu ihren Gunsten, vielleicht von Rechts wegen.

Jahrelang führte Susanne Görlitzer dieses Regime der reisenden Pachtschuldeneintreiberin, wobei sie immer mehr in die Rolle einer bösen Sieben, einer christenverfolgten Jüdin hineinwuchs, wobei die leise Wunschstimme, selbst so zu sein wie eine der Verfolgten, niemals verstummte. Der Gatte Ottokar war nach Wien übersiedelt, wobei sein jämmerlich-rührendes Leben keineswegs etwas vom Charakter eines Provisoriums einbüßte. So hatte er es absichtlich unterlassen, von seinem Hausherrenrecht Gebrauch zu machen, in einem der vielen prachtvollen Stadtpalais der Görlitzers hier in Wien eine Wohnung für sich herzurichten und zu beziehen, er wohnte vielmehr, seinem Rang und Reichtum entsprechend, Jahr für Jahr in einer Suite des Hotels Imperial. Jahr für Jahr hüllte er Susie bei ihren immer häufigeren Besuchen in der Hauptstadt in die weichen Wogen seiner Liebe ein, die manchmal in schier unerklärlicher Leidenschaft aufbrauste, immer aber die schützende Daunendecke einer tiefen Neigung anbot und trotz anscheinend geringer Gegenliebe immer wieder gab und gab.

Der drohenden Weltkatastrophe gegenüber verhielt sich der versierte Mann, der an der Wiener Universität noch als 68jähriger den Doktor der Staatswissenschaften mit Auszeichnung bestanden hatte, auch nach 1933 durchaus fatalistisch, das heißt passiv. Susie legte jedoch die ihrem Volk eigene prophetische Gabe auch hier an den Tag: sie ahnte das Ärgste, selbst, oder vielmehr gerade für Österreich. Sie hatte ihre Familie in Preßburg auf deren dringenden Wunsch hin noch einmal aufgesucht, war jedoch sehr bald, von Mitleid und Ekel zerrissen, aus dem Haus geflohen. Anders wäre es wohl auch nicht gegangen: geldliche Zuwendungen von den Görlitzers wurden abgelehnt, einen Kompromiß zwischen den Orthodoxien des niederen Transportwesens, wie es die Cohns verkörperten, und dem hohen Groß-Kapitalismus der Görlitzers gab es nicht. Wünschte doch Mama Cohn, mit ihren 87 Jahren noch immer kregel, frech und herausfordernd, Susie solle sich ausdrücklich durch einen zweiten Verleumdungsprozeß vom Vorwurf der fahrlässigen Tötung des Jochem ein für allemal reinwaschen, sei es sogar um den Preis der Aufgabe ihres Familienstatus im Schoß der Görlitzers und der Rückkehr in die Sippe der Cohns. »Wir Cohns sind, wie du vielleicht noch weißt, die Priesterkaste gewesen. Niemals hat ein Cohn auch nur den entferntesten Helfershelfer eines Töters bei sich beherbergt.«

Die Cohns wurden mit Hilfe eines tschechischen Komitees bereits im Sommer 1939 aus dem Gebiet der Slowakei nach England und hierauf in die Vereinigten Staaten gebracht, wo es an Gelegenheiten, sein Talent als Autodroschkenfahrer zu beweisen, gerade in New York ja nicht mangelte.

Viel schlimmer erging es Susie und Ottokar. Bereits in den Jahren vor 1938 hatte die Gattin des jetzigen Seniorchefs energisch die Verwandlung der Firma in eine Holdinggesellschaft mit überwiegend amerikanischem Kapital betrieben, später kümmerte sie sich mit gleichem Einsatz all ihrer keineswegs geringen Kräfte darum, den persönlichen Wohnsitz in eine größere Stadt des amerikanischen Westens oder sogar Mittelwesten zu verlegen. Ende Dezember 1938 schien es soweit zu sein: Susie hatte ihren Gatten zur Abreise in die Schweiz bewogen, von wo man Anfang 1939 über Paris und Cherbourg an Bord der »Isle de France« in die Staaten reisen sollte.

An einem verschneiten Dezembermorgen war Susie, samt Chauffeur und Massen von Handgepäck, vor dem Hotel Imperial vorgefahren. In der Suite im zweiten Stock fand sie statt Aufbruchsvorkehrungen ein Bild der Verzweiflung: Ottokar, noch im Schlafanzug, im Bett hockend; viele aufgerissene, doch leere Koffer; einen völlig unorientierten Kammerdiener, Herbert Walzel aus Breitensee; Ottokar, Spuren von Tränen auf den Wangen, das Modell eines Kinderchristbaums vor sich im Schoß. »Ich kann nicht, ich kann nicht . . .«, und gleich darauf, fast schluchzend: »Fahr du allein, wenn du mußt.« Ottokar Görlitzer war damals beinahe achtzig Jahre alt.

Susanne wurde, vielleicht zum erstenmal in ihrem Leben, sicher aber zum erstenmal in ihrer unseligen Ehe, vom Mitleid übermannt. Sie sank auf das Bett, auf dessen Fußteil, zu Füßen des verstörten Ottokar, und brach jetzt selbst in Tränen aus. Auch sie verzichtete auf die Auswanderung – wenigstens vorläufig.

Später war es zu spät. Die beiden konnten noch bis in die vierziger Jahre hinein ihr luxuriöses Leben in dem Luxushotel weiterfristen, dank ihrer Verbindungen zu den nobleren Teilen der NSDAP-Hierarchie. Dann wurden sie weggebracht: Ottokar »zur Beobachtung« in eine Spezialheilanstalt im eigentlichen Deutschland; Susanne, eigentlich Sarah, nach Treblinka.

Ottokar überlebte das Regime und Hitler, weniger aus Geschicklichkeit und trotziger Zähigkeit als aus historischem Zufall. Er starb im Alter von 92 Jahren, anno 1950, in seinem früheren Palais in Salzburg, wohin er zurückgekehrt war, geistig vollkommen frisch, in einer Art dritter, vielleicht aber auch erster Jugend.

Auszüge aus dem Tagebuch, das Susie Görlitzer, geborene Cohn, im Laufe der Jahre geführt hat.

1913

17. Juni. Die Aussicht ist natürlich wieder prachtvoll. Überhaupt ist die neue Wohnung in Marburg durchaus nach meinem Geschmack, also geschmackvoll. Das ist überall so, wo ich bisher gewohnt, vielmehr amtiert habe, und das habe ich auch wieder Otto zu verdanken. Er liebt mich eben, und daß jetzt, wenigstens vorübergehend, diese Regelung mit der zeitweisen Trennung getroffen wurde, ist wahrscheinlich nicht das Schlechteste.

Ich leide bestimmt unter Gefühlen meiner Unzulänglichkeit, ob mit Recht, weiß ich nicht. Es gibt genug unfruchtbare Frauen, sogar meine Namensschwester ist dafür bekannt. Hätte man mich eben nicht nach ihr nennen sollen. Sarah! Gottlob habe ich das jetzt hinter mir, obwohl mir all das Christliche, nicht nur im Religiösen, sonst denkbar dumm vorkommt. Auf vielen Gebieten sind wir ihnen überlegen. Wenn ich mich in dem großen Stehspiegel ansehe, gefalle ich mir sehr. Dabei kann ich mir gut denken, warum Otto immer gesagt hat, er habe Angst vor mir, besonders wenn ich nackt bin. Ich bin eben groß und stark und habe festes Fleisch, warum nicht einmal eine Jüdin? (Die ich gar nicht mehr bin!)

Auf jeden Fall muß ich auch hier unten im Süden sozusagen »meinen Mann« stellen. Ich höre nicht nur von den Geschäftsfreunden (stets Deutsche, das Slowenische beherrsche ich nicht!), sondern ich sehe auch aus den Berichten und Büchern der Unterpächter, daß das kein leichtes Geschäft sein wird, sich hier als Gläubiger und Pachtherr durchzusetzen. »Die Windischen Bühel«! »Bühel« – was soll das für ein deutsch-poetisches Wort sein? Vielleicht war das ausnahmsweise kein so großartiger Geschäftseinfall des alten Görlitzer, gerade hier so stark ins Realitätengeschäft einzusteigen? Aber was hat der Alte denn jemals schlecht gemacht – à la longue? Es ist eine Sprachgrenze, und die Slawen sind in der Überzahl, man spricht sogar von richtiger

Feindseligkeit, und wer weiß, wie lange dieses Europa noch ohne Krieg auskommt? Ich kann mir zwar nicht vorstellen, daß sich ganze Völker selbst ausrotten wollen, aber die Slawen sollen nach den deutsch-völkischen Forschungen von einer Art Trieb zum Massenselbstmord besessen sein. Und über unsere k. u. k. Armee geht doch wirklich nichts! Auch sind gerade diese Leute in den Büheln durchwegs deutschen Stammes. Ungemischt. Ich beneide sie eigentlich.

Also, ich muß mich beeilen, den Landauer für meine erste Inspektionstour zu beordern. Käme ich mit meinem supermodernen »Overland« – diese Armitschkerln würden alle in Ohnmacht fallen und noch weniger herausrücken. So kalkuliere wenigstens ich. Sollte ich kein guter Kaufmann sein? Ich habe immerhin in den paar Jahren von Otto und der ganzen Famile Görlitzer ein bißchen gelernt, und etwas Geschäftsgeist habe ich von den Gettobewohnern meiner Familie auch mitbekommen.

18. Juni

Es ist eigentlich zum Weinen. Auf derartige Armut war ich nicht gefaßt. Schließlich habe ich mich mit mir selbst darauf geeinigt, das Ganze als Komödie aufzufassen und zu lachen. Alles verfallen, die Versorgung mit Lebensmitteln, die meinem Geschmack nach völlig ungenießbar sind, die Kleidung bessere Bettlertracht. Und das gilt für slowenische, aber auch deutsche Höfe, alle in den »Büheln« gelegen – die Sprachgrenze läuft mitten hindurch. Wie das ein richtiger Gesetzgeber oder auch Friedensunterhändler einmal aussortieren soll, ist mir schleierhaft. Schon wieder habe ich diese Zukunftsvisionen von dem Übelsten, das das Üble krönen und abrunden wird.

War Kassandra auch so hübsch wie ich?

Dabei hier und dort Ansätze zur Lieblichkeit, sogar Freundlichkeit. Ich habe selbstverständlich die alte Tradition aufrechterhalten, daß man seitens des weiblichen Personals der »Frau Direktor« die Hand küßt – beim Kommen und Gehen, das bezieht sich auch auf die Kinder, auf sie in erster Linie. Je früher die Jugend lernt, die Autorität zu kennen und ihr zu dienen, desto besser. Und die Autorität ist heutzutage eben das Geld. Und der Kaiser Franz Joseph. Der wird seinerseits nicht ewig stehen. Die Habsburger? Das Geld bestimmt.

Ich habe im ganzen 14 Gehöfte inspiziert, Häuslerhütten wäre eine passenderer Ausdruck. Von dreien habe ich tatsächlich den Pachtzins in bar mitbekommen, alle drei slawische. Den nachhaltigsten Eindruck hatte ich vom Bartholomäus-Hof. Wieso »Hof«? Wieso Bartholomäus? Die Eigentumsverhältnisse sind dort nicht ganz klar. Er gehört einem recht feschen, vom Leben schon ziemlich mitgenommenen Mann namens Grausengruber, der Bildschnitzer ist, und recht begabt!, der Hof soll aber im Grundbuch auf einen derzeit noch im Waldviertel Niederösterreichs (auch wieder so ein Elendsviertel!) ansässigen Jochem Frumm eingetragen sein. Dazu kommt die sehr angenehme und eher unterwürfige Anna Grausengruber und eine angeblich dem Jochem gehörige Tochter namens Angela. Ich kann mir nicht helfen, aber beim Anblick dieser Kinder (auch Anna hat bereits drei, das vierte trägt sie im Bauch und erklärt auf Befragen, es müßten noch mindestens sieben her!), also wenn ich diese Kleinen sehe, wird mir ganz warm ums Herz. So etwas hätte ich auch gern werden oder wenigstens haben wollen! Unmöglich? Wer war das doch, der mich einmal eine »Lucas Cranach-Gestalt« in Schwarz genannt hat? Ich glaube, dieser Maler in Salzburg, mit dem ich ein kurzes Verhältnis gehabt habe – er hatte auch wieder einen böhmischen Namen –, Koroschka oder so ähnlich.

Bekanntlich trage ich auf der rechten Hand, noch dazu auf dem Zeigefinger diesen alten Smaragdring, die teure Hochzeitsgabe. Der macht die Handkuß-Szenen bei den Besuchen erst so richtig zu einer Zeremonie. Die kleine Angela hat sich zuerst sehr gesträubt, sich mir zu nähern, und hat immer gerufen: »Der Bischof! Der Bischof!«, was mir nicht wenig geschmeichelt hat. Dann ist sie doch herangestürmt auf ihren stelzigen Beinchen und hat mich wütend in die Hand gebissen, den Ring fanatisch an die Lippen gepreßt. Ach, nur keine Jüdin sein!

1916

27. Dezember

Schließlich muß man auch an sich denken, nicht sein ganzes persönliches Leben von der Weltgeschichte zudecken lassen! Nur weil die sogenannte Entente ein recht hinterhältiges und egoistisches Friedensangebot gemacht hat, an das sie dort drüben ja doch nicht glauben, kann kein Mensch von mir verlangen, daß ich alle diese kleinen Leutchen mit ihren Pachtschulden laufen lassen soll. Selbstverständlich sind viele von den Pächtern eingerückt – heißt das aber schon, daß sie deshalb nichts zu zahlen brauchen? Ich werde meine Klagen auf die seit Jahren ausstehenden Beträge bei den entsprechenden Bezirksgerichten einbringen, und zwar heute, weil ich mich keiner Kriegsmoratoriumsfrist mit Forderungsverfall aussetzen darf. Ich repräsentiere ja nicht mich allein, sondern Dutzende, ja Hunderte von Gläubigern. In ein paar Minuten fahre ich zuerst einmal zum Bartholomäus-Hof – nicht nur weil ich die Leute dort am besten kenne, sondern weil es auch heißt, daß sich jetzt der Herr Oberforstmeister Frumm dort auf kurzfristigen Fronturlaub aufhalte. Und der ist schließlich der Pachtnehmer Nr. 1.

Von dort geht es dann sofort weiter nach R., die gestempelte Klage habe ich in der Tasche, ich brauche sie bloß in der Einlaufstelle abzugeben. Was ist schon dran? »Herzlosigkeit« lasse ich mir weder ins Gesicht schleudern noch beim Abgehen nachrufen, auch nehme ich diesmal absichtlich den Wagen, der ja schon lange kein »Overland« mehr ist, sondern bei meiner patriotischen Gesinnung ein »Steyr-Puch«.

Weiß Gott, dem Otto hat noch niemand Herzlosigkeit oder auch nur Übergenauigkeit in geschäftlichen Dingen vorgeworfen, aber ich erinnere mich noch ganz genau – ich war damals zufällig bei ihm in der Wohnung in Salzburg –, wie er am 15. Juli 1914 in einer großen Sache in punkto Grundablösung irgendwo in Böhmen eine Zivilklage auf 30000 Kronen einbringen ließ und zu mir sagte, als der Anwalt gegangen war: »Sicher ist sicher. Ich glaube zwar nicht an den Krieg, aber ich fürchte ihn. Ich habe noch keinen erlebt, aber ich habe in meinem juristischen Studium etwas von Kriegsmoratorien gehört. Danach müßten wir, wenn wir zuwarten, recht lange Zeit durch die Finger schauen.« Und dann erklärte er mir, was ein Moratorium ist. So eine Sache riskiere ich nicht, selbst nicht bei den minimalen Summen der ausständigen Pachtzinse, denn zehn mal zehn ist auch hundert.

Am Abend desselben Tages

Wieder zurück in Marburg. Und eigentlich guter Dinge. Aus persönlichen Gründen. Was mache ich mir schon wirklich aus den paar lausigen Kronen Pachtzins, ein gewonnener Prozeß heißt noch nicht eine eingestreifte Summe. Aus all dem ersehe ich zu meiner größten Genugtuung, daß mir ein echtes Gefühl, wenn auch nur in Erinnerung, noch immer wichtiger ist als ein Geldgewinn, auch in der Gegenwart.

Die Gegend und der Hof sehen nach den drei Jahren Krieg öd und verwahrlost aus, es sind ja auch alle Kinder der Anna und auch die Knechte eingerückt oder bei andern Familien in andern Kronländern, wahrscheinlich weil man die Gegend hier für zu *ge-*

fährdet hält. Vom »Feind« sieht oder hört man natürlich nichts – aber auch nirgends Schnee oder Eis, was das Bild nur noch trostloser macht, wie ein eingefrorener November. Und die paar russischen Gefangenen auf den leeren Äckern, in ihren Fetzen, mit den paar winzigen Kartoffeln beschäftigt.

Doch die kleine Angela war drum nur noch herziger – mit ihren Steckerl-Beinen in den Wollstrümpfen – scheint sich gottlob ja doch jemand, wenn schon keine echte Mutter, um ihr Wohlergehen zu kümmern! – was wollte ich nur sagen? Ja, sie ist auch zutraulicher geworden und kommt mir über den Hof durch den ganzen Mist und Kot entgegengelaufen und reißt mir die Hand fast aus dem Gelenk, wenn ich sie ihr noch gar nicht zum Küssen hingehalten habe. Und das geht jetzt ganz ohne Beißen und Wildheit vor sich. Da kommen auch schon die Anna und noch ein Weib, es stellt sich heraus, sie heißt Hanni und scheint also wirklich die Mutter von dem Annerl zu sein.

Man geht ins Haus, und ich weiß tatsächlich nicht, mit wem ich da noch über Geschäftliches sprechen soll. Muß ich denen überhaupt etwas sagen über die Klage? Bis zu einem Gerichtsbeschluß dauert es ja doch noch Jahre. Kein Mann da!

Aber da gibt es mir einen Stich durch und durch, denn von irgendwo hinten im Haus höre ich eine Stimme, rauh und doch einschmeichelnd, nur ein einziger Mensch hat je auf Erden so gesprochen, so die R's gerollt, ohne die Zunge zu brechen, und so die A's getrübt, ohne daß sie deshalb zu E's entartet sind. Und dann ein leises Lachen, weder Zwerchfell noch Bauch, schon eher das Herz selbst. Das war Hannes, das ist er. Auferstanden.

Und mitten auf dem Korridor ist im Boden ein tiefes Loch im Stein, weil zwei Ziegel herausgefallen sind, und man hat ein Brett darüber gelegt, und in der Wand klaffen ein paar Risse. Das Kind und die Begleiter sind zurückgeblieben und haben ihren Gast alleingelassen, vielleicht schämen sie sich wegen der feindfremden Zerstörungen überall . . .

Ich gehe trotzdem weiter, ich höre die Stimme noch immer. Ich sehe, obwohl es ganz dunkel ist – von irgendwo scheint ein Balken heruntergefallen zu sein und das Licht nicht einzulassen – kurz, ich sehe so etwas wie die Umrisse eines Mannes dort an der Seite, beim Eingang in das Hinterzimmer, aus dem starker Pfeifengeruch kommt, also ein Männerzimmer, wie herrlich! Er muß mich auch gesehen haben, er verschwindet wieder, tritt zurück, kommt mir aber wohl nach, ich spüre – wäre das nur das richtige Wort –, ich spüre plötzlich eine große Hand um meinen Busen liegen, ich habe die Jacke dort zurückgestreift und fühle alles, ALLES, dann fühle ich auch, wie sich etwas von hinten an mich drängt, es ist der »Knochen der Sünde«, wie ich ihn in meinen Liebeszeiten genannt habe, hart, herrlich und groß ...

Dann ist es vorbei, der Mann ist wieder fortgetreten. Ich habe ihn an diesem Tag nicht mehr zu Gesicht bekommen. Es war Hannes, heißen tut er Jochem, natürlich der Vater der Angela, auch sie sehe ich heute nicht mehr.

Wann, oh, wann? Morgen muß ich in Bregenz sein. Dort sind die auf dem Spiel stehenden Beträge vielleicht das Zwanzigfache.

Zwei Jahre lang enthält das Tagebuch Eintragungen, die ausschließlich aus Zahlen, Ziffern, Abkürzungen bestehen, Hinweisen auf Daten im Kriegsablauf, Andeutungen im Zusammenhang mit der russischen Revolution, mit Entwicklungen ähnlicher Art in der Heimat; vor allem aber Daten der ablaufenden Pachtverträge, eingetriebene oder fällige Summen.

1918

7. November. Der Krieg ist so gut wie verloren. Die Italienische Front hält zwar noch, aber im Südosten, auf dem Balkan, ist das Debakel durch den Durchbruch der Armee Franchet d'Esperay vollkommen und nähert sich auch schon unseren Gegenden, wo es beträchtlich gärt. Die »Windischen Bühel« können wir schon abschreiben, und ich müßte lügen, wenn ich behauptete, es läge mir besonders viel an den alten verfallenen Gehöften. Da gestehe ich gern, daß mir mein eigenes Gefühlsleben viel wichtiger ist, wenn ich das auch tatsächlich niemandem anderen anvertraue als diesem Buch, nicht einmal Ottokar, der übrigens immer öfter davon spricht, seinen Wohnsitz nach Wien verlegen zu wollen.

Ich bin tief enttäuscht. Das ist gar kein Ausdruck: ich bin ins Herz getroffen. Monatelang, fast ein ganzes Jahr fahre ich fast jede Woche auf den Bartholomäus-Hof hinaus, gewissermaßen in einer Art Wettlauf mit den Pfändungsbeamten, die sich ihrerseits jetzt, da ich den Prozeß gewonnen habe, von einer Exekution nicht abhalten lassen wollen. Das aber will ich unbedingt verhindern – und nicht nur wegen Jochem, von dem man übrigens nicht einmal weiß, ob er die schweren Kämpfe der letzten Zeit überlebt hat. Auch nicht wegen Angela.

Die hat mir schon die ganze Zeit zu schaffen gemacht. Sie hat sich auch äußerlich sehr verändert. Sie ist »hübscher« geworden – im gemeinen Sinn, darum auch putzsüchtiger, und hat sogar angefangen, mich um Geld zu bitten, um sich in R. Hüte, Hauben und Shawls zu kaufen. Daraus hat sich ein regelmäßiger Tribut an sie entwickelt, und sie stolziert inmitten dieses Jammers wie eine närrische Kindkokotte herum.

Nun, vorgestern also war dieser Tag. Ich komme so gegen Mittag, schon unter dem inzwischen völlig zusammengebrochenen Torbogen treffe ich eine Magd, das Gesicht tränenüberströmt. Ich ahne Furchtbares, das gottlob nicht eingetroffen ist – ob es nicht sogar besser gewesen wäre? (Wenigstens für mich). Nein, es war ein Schreiben vom Abteilungskommando am unteren Piave, daß der Zugführer Geusenhuber am soundsovielten bei einem Patrouillenvorstoß über den Fluß den Heldentod gefunden hat. (Wie lange hält der Vorrat an Phrasen aus dem Jahre 1914, vielmehr 1866 noch vor?)

Dort steht auch schon Anna im Hof mit einem der Knechte, Angela hält sie an der Hand. Sie scheint gänzlich ungerührt – na, was hat sie denn von ihrem sogenannten Mann im Leben anderes bezogen und bekommen als Prügel, dieser und jener Art, bestimmt richtig abgestimmt und gewöhnlich Beginn einer Schwangerschaft? Ich weiß gar nicht wieviele Kinder es sind, und viel zu viele Mädeln, sie sind aber wenigstens nicht im Haus, außer diesem peinlichen Krüppel mit der schiefen Schulter, den sie wohl niemals anbringen dürfte. Ich bleibe stehen und höre zu, was der Knecht und sie recht lautstark zu bereden haben, der Todesfall ist es nicht, nein, es scheint klar zu sein, daß der Pfändungsbeamte mich einmal überholt hat und sie das rechtskräftige Urteil der zweiten Instanz in der Hand hält. (Denn so weit haben es diese Dickschädel ja kommen lassen, statt sich mit mir zu arrangieren – hätte ich es wohl getan?) Auch fällt manchmal der Name Jochem – was mir, um ganz aufrichtig zu sein, starkes Herzklopfen verursacht. Ist er wirklich zurück?

Da stehe ich also und denke noch selbst, wie hübsch mein Ring an der herunterhängenden Hand aussieht, aber gleichzeitig bemerke ich, wie Angela, ohne sich zu rühren, bei ihrer Tante ausharrt, ja, sie schaut her, aber sie trifft keinerlei Anstalten, herüberzulaufen und meine Hand an die Lippen zu führen, wie sie es vielleicht schon fünfzigmal getan hat, und jetzt, nach all den Geschenken eigentlich mit einer Verpflichtung und aus Dankbarkeit tun sollte, obwohl mir ein derartiges Denken im Grund fremd ist, kurz und gut, sie verweigert mir den Handkuß, sie feixt geradezu, dann macht sie sich von Anna frei und stolziert an mir vorbei, lacht mir ins Gesicht und hebt den Kopf nur noch höher, ja, sie grüßt schon, aber man frage mich nur nicht, wie! Das war der erste Stoß gegen mein Selbstbewußtsein und meine Erinnerungen an diesem Tag.

Ich gehe ins Haus hinein, denn Anna will mir etwas sagen, da höre ich plötzlich um die Ecke jene Stimme wieder, die mich vor Jahren so bezaubert hat, aber es ist nicht mehr dieselbe Stimme, es ist ihre Karikatur, enstellt und zerschlagen, und da ist er ja selbst, wie er aus der Tür tritt, Jochem Frumm, mit einem aufgedunsenen roten Gesicht, zerstört durch Krieg und Suff, und wie er zu sprechen beginnt, drehe ich ihm den Rücken und laufe davon und laufe überhaupt aus dem Hof und zu meinem Wagen und fort, nur fort aus dieser zweifachen Enttäuschung; sollen sich meinetwegen die Botokuden der »windischen Bühel« bemächtigen und das ganze dreckige Österreich in Stücke reißen, wenn es nicht einmal imstande ist, Träume nur ein paar Jahre aufzubewahren, damit man doch irgend etwas hat.

Irgendwann, später im November.

Nach dem Waffenstillstand. Jetzt ist alles vorbei. Ist mir gleichgültig, soll kommen, wie es will ... werde eben, dessen bin ich sicher, nicht mehr eine herumreisende Rachegöttin spielen, sondern in der Zentrale sitzen und aufpassen, daß das »Haus« nicht untergeht in dieser Apokalypse. Die Serben stehen in den »Büheln«, der Waffenstillstand ist mit so viel Schande und Schaden geschlossen, wie es nur möglich war. Ganz wurscht. An wen und an was soll ich noch denken, ohne zu verzweifeln? Es mußte ja kommen, aber daß es so kommen mußte, gerade so!

Da bekomme ich vorgestern, gleich in der Frühe dieses Telegramm, in dem mir Anna Grausenhuber den Pachtvertrag kündigt, »mit Rücksicht auf die politischen Entwicklungen«. Als hätte ich das nicht auch schon gehört, da man überall als ganz sicher davon spricht, daß die Grenze mit der künftigen SHS auf der anderen Seite der »Windischen Bühel« verlaufen wird, kurz und gut, daß eben alle diese Höfe und Unter-Höfe nicht mehr zu Österreich gehören werden. Als ob ich oder gar Ottokar sich daraus was machen würden, daß wir die paar Netsch als Pacht nicht mehr einstreichen! Aber den Stuhl lassen wir uns eben nicht vor die Tür setzen, auch wenn solch eine Tür nur aus zwei Brettern besteht, nicht einmal angestrichen. Ich nehme also gleich den Steyr, der draußen steht – und vorbei an den zwölf serbischen Räubergestalten, die sich mit ihren Nasen daran herumdrücken, daß heißt hier auch nicht mehr Marburg, sondern »Maribor« – und gleich hinaus zum heiligen Bartholomäus.

Das war aber gar nicht heilig, was dann gekommen ist. Eigentlich war es schon das Scheußlichste, was mir in meinem Leben zugestoßen ist, wie alt? 28, das ist ja noch gar nichts.

So leer und öde war der Hof noch nie. Auch kein Vieh, da fällt mir blitzartig ein, daß jetzt ja auch der letzte Gaul vor drei Tagen krepiert ist, wie kommt Angerl, der Teufel soll sie holen, jetzt auf den Markt, verdammtes kleines Stück, nein, nirgends ein Tier, ein Kind, ein Mensch, ein Mann.

Da kommt plötzlich einer über die Schwelle auf mich losgestolpert, der Jochem, besoffen natürlich. Es heißt doch, ein Betrunkener ist so schwach, kann mit einem Finger umgestoßen werden.

Ja, Schnecken. Wirbelt mich nur so herum, ich schreie, ich puffe, ich kratze. Da liege ich schon auf dem Bett, wie der nur riecht! Alles an mir fliegt in Fetzen fort, er stinkt einfach, aber er liegt auf mir und schon geht es los, wie lange nur, noch und noch, das muß eine Stunde sein, ich erbreche mich, auch er erbricht sich, alles stinkt nach Fisch, das ist noch besser als Fusel.

»Der deines Herzens Königsprinz einst war, der schwimmt kregel jetzt in der Kloake.«

Am Schluß bin aber doch ich obenauf gesessen. Und er war fast eingeschlafen vor Müdigkeit, nur geschnauft hat er wie eine Dampfmaschine, ich hab noch so viel Wut gehabt, und da habe ich ihm rechts und links eine Ohrfeige gegeben, und dann habe ich ein Stück Holz, nichts daran vorne und hinten, nur Holz eben, hartes, das neben dem Bett auf der Erde gelegen hatte, das habe ich ihm sozusagen symbolisch in den Bauch gestoßen, weh muß es ihm schon getan haben, denn er ist zusammengezuckt, wie bei einem echten Dolch, habe ich mir noch gedacht, und habe mir im Laufen wenigstens den Mantel richtig umgehängt und dann auch das Kleid zusammengespendelt, und fort war ich.

Habe aber nicht vergessen, noch am Abend das zweite Gestüt anzurufen, und die Leitung hat ganz richtig funktioniert, man solle nur ja nicht mehr auch nur ein einziges kleines Stück Vieh nach St. Bartholomäus liefern, weder leihweise noch geschenkweise, kein Füllen und kein Maultier und nicht einmal einen Floh.

17. Juli. Das ist jetzt alles eigentlich nur zum Lachen. Wenn es nicht zum Weinen ist. Ist ja gleich. Besonders kitzelt es meine Zwerchfellmuskeln, wenn ich ihre blöden Gesichter sehe, dann nämlich, wenn ich an einem bestimmten Punkt meiner Vorhaltungen in den ernstesten Geschäftsbesprechungen anfange, die beiden oberen Knöpfe meiner Bluse aufzumachen und mich dem Vertragspartner voll und mit einem lüsternen Ausdruck zuzukehren. Woraus man sieht, daß ich meinen Plan, in die Zentrale abkommandiert zu werden und dort meine kleinen geilen Übungen immer denselben Persönlichkeiten vorzuführen (was ich bestimmt machen würde, habe eventuell auch schon jemanden im Auge, nämlich den jungen Huber aus der Portiersloge!) noch nicht habe verwirklichen können, werde wahrscheinlich auf diese Wanderweise meine Karriere in der Firma und auf der Welt (was wohl dasselbe ist) abschließen. Dem jetzigen Seniorchef, meinem sehr geliebten Gemahl, ist hingegen seine Versetzung und damit die des Zentralbüros nach Wien durchaus geglückt, und so sind wir eben wieder getrennt, was uns beiden und unserer Liebe(!) nur gut tut.

Also schön, der Jochem ist tot, und noch dazu auf eine sehr unwürdige Weise, und niemand war bei ihm, da seine Angela inzwischen, trotz Nichtvorhandenseins eines wie immer gearteten Kutschpferdes, wofür ich verantwortlich zu machen bin und es gerne bin, nach Wien abgefahren war und die anderen auch woanders waren. Ich hatte ja schon in Marburg Gerüchte von der Rauferei wegen seiner Schwester gehört, auch von der Schlamperei bei dem Transport ins Krankenhaus, ich muß gestehen, daß ich auch rasch mit dem Wagen nach R., wo das Spital liegt, gesaust bin (nicht eben zu meinem Vorteil!), aber lebend habe ich ihn nicht mehr angetroffen, was mir auch völlig gleichgültig war. Mein Hannes war er schon lange nicht mehr und wird es höchstens in der Hölle werden. Wie aber die Menschen reagiert haben, und was sie mir so nachsagen, trotz meiner ernstesten Bemühungen um sie, mit Seele und Leib (besonders letzterem!), kann man vielleicht am besten der offenen Postkarte entnehmen, die ich hier im Buch anhefte. Sie trägt zwar keine Unterschrift, kommt aber aus Wien, und es ist nur allzu klar, wer sie geschrieben hat.

Libe Allerwelztante!

das du es nur auch weist, denn dich gets ja grade an. Der Pappi is tot im Spital und du bist schuld. Die Hern hams besonders gsagt, das da dein Stos mit dem starken Holz die Gewöbe so verwurstelt hat das das Messer von denen Roten leichts Spül ghabt hat. Du bist also eine mörderin das sollstir merken und wird auch gerichtlich Folgen haben. Paß nur auf du Judensau verdechtige!

Von dieser Zeit bis zum Ende haben wir es mit ganz veränderten Eintragungen zu tun. Es springt nicht ins Auge und auch nicht ins Hirn, aber es ist so wie bei der allmählichen Veränderung eines menschlichen Charakters eine unsichtbare, aber unüberwindliche Macht am Werk, die zehrt und abbaut und nichts neu wachsen läßt. Es geht um Schattierungen: aus der Tragödie wird Larmoyanz, aus der Leidenschaft Geilheit, aus Liebe Mitleid. Und natürlich werden die Eintragungen seltener.

1925

7. Mai. Situationen ergeben zusammen eine Lage. Nur ist die Lage als solche nur selten zu erkennen und einzuordnen. Alles stimmt, und nichts stimmt. »Das Schießen verträgt keine starren Regeln«, soll, wie mir irgendeiner, der bei der k. u. k. Artillerie gedient hat, erzählte, als erster Satz in der »Schießanleitung für Artilleristen« gestanden haben, und danach folgte ein ganzes Buch mit solchen Regeln. Das Zeitalter der Sprüche, Sprichworte und Zitate erschloß sich. Sie sagen nichts aus, außer daß es nichts Aussagbares gibt. »Auf Regen folgt Sonnenschein« – »Einmal hin und einmal her – linksherum, das ist nicht schwer« – »Alles Vergängliche ist nur ein Gleichnis«. Nicht einmal ich glaube es wirklich, wenn ich den Satz lese, den ich da eben hinschreibe: »Ich habe also auch mit Ottokar wieder geschlafen.«

Wie das? Wir hatten doch einen getrennten Wohnsitz, wir leben doch an verschiedenen Orten. Jaja, aber doch nicht immer und doch nicht ganz. Das Leben folgt keinen Plänen. Immer gibt es Ritzen in dem Reliefaufriß, und in die Ritzen fallen die köstlichsten kleinen Brocken. So zwischen den Kriegen gab es lange Strecken wirtschaftlicher und also auch psychischer Blüte. Lange Inspektionsreisen waren weder nötig noch am Platze. War das schon eine Wiedergeburt Europas? Oder eine Fata Morgana? Wurde es langweilig auf der Welt? Ich habe, durchaus unbewußt und sicher gegen meine Absicht, ja immer dazu beigetragen, daß es um mich niemals langweilig wurde.

Für die Zeiten, die, wie gesagt, sich sehr lange, manchmal über zwei Mandate ausdehnten, für diese langen Wochen hatte Ottokar mir in der Oberen Cobenzlstraße, in Grinzing, eine hübsche kleine Villa gekauft, und als ich dagegen protestierte, das Ganze koste doch zuviel Geld, lächelte er sehr charmant und meinte, es fielen ja jetzt auch die kleinsten Ausgaben für die Familie Cohn weg, das brauche man nur auf ein Jahr zu kapitalisieren, und dann habe man schon den Kaufpreis für das kleine Haus. Was ich zugeben mußte. Dabei hatte ich keine Vorstellung, was meine Mutter zu dem schroffen Brief an Otto veranlaßt hatte, mit dem sie sich jegliche Unterstützung seitens der Firma Görlitzer von nun an verbat. Man habe sich in der Familie Cohn immer die Geldquellen genau angesehen, aus denen irgendwelche Unterstützungen flossen. Angelas Rache am Werk?

Vorgestern war es so weit, daß Ottokar und ich uns das erste Mal das Häuschen ansahen. Wir führten bei dieser Gelegenheit auch unseren kleinen Alpha Romeo an die Luft. Und an welche Luft! Da hat es doch angeblich so viele österreichische Schriftsteller und Dichter gegeben, ich habe sie einmal alle lesen müssen, als ich mich auf eine späte Prüfung vorbereiten mußte – wer aber hat jemals wirklich und doch genau und beschwingt den Zauber des Wienerwaldes so in Worten malen können – wer hat sie auch als Maler jemals so gemalt? Ich kenne keinen, denn ein Idylliker genügt da nicht, es müßte auch etwas von der drohenden Dunkelheit, der plötzlich dichteren Enge in den Ecken und Biegungen darin sein, dieses Ansteigen, das eine andere Farbe Grün trägt, als der Abfall, und grade an jenem einzigen Tag im Jahr, an dem das Grün seine platonische Idee erfüllt, tatsächlich grün ist wie das Grün im Himmel, aber nicht im irdischen Paradies Dantes, sondern eben im Wiener Grün.

Wir fuhren hinauf, über Weidlingbach zum Steinriegl und dann hinunter gegen Tulln, aber dann schlugen wir eine Schleife und kamen auf der Westbahnstrecke zurück, und Ottokar sah heute – eigentlich schon die ganzen Wochen – viel weniger gebrechlich und intellektuell aus, hatte eine Pfeife im Mund und chauffierte auch die Hälfte der Strecke selbst. Die Augen hatten, wenn er mich von der Seite ansah, sehr oft einen geradezu schelmischen und leicht spöttischen Ausdruck. Ein tragisches Gesicht mit so einem Zug um die Lippen! Man bedenke!

Und ich fragte ihn auch: »Warum siehst du mich so an?« Lange sagte er gar nichts, dann meinte er nur: »Komisch!« Lachte auch wirklich, echt, wie ein gewöhnlicher Mensch. »Was ist komisch?« – »Daß wir verheiratet sind.« – »Ich fühle mich gar nicht verheiratet«, sagte ich. Irgendwo begann es in mir zu brodeln. »Damit ich es dir richtig zeige, fahre ich dich sogar mit zurück ins Imperial.« Er lachte noch immer.

Kaum waren wir oben – in einer wahrhaft majestätischen Suite – als ich schon meinen Rock über den Kopf zog, und in einer Minute stand ich nackt da, nur in meiner herrlichen, eben aus Paris neu eingetroffenen Brassière, schwarz mit nur bescheidenen, wenn auch echten Spitzen verziert.

Da verging ihm gleich das Lachen. Er mußte heran, was er auch voller Leidenschaft, wenn auch ein bißchen ungeschickt tat.

Natürlich schlief er sofort ein, in einer eher komischen Pose – er hatte weitaus mehr liefern müssen als ich. Ich ging grußlos, was er wahrscheinlich wieder für meine berühmte Herzlosigkeit hielt. Er hatte nur noch selten, wenn überhaupt jemals Grund, sich darüber zu beschweren.

Ich erinnere mich nicht mehr genau.

1925

8. Mai. Denn viel Zeit für Extravaganzen mit dem eigenen Ehemann(?) ließ mir weder die Arbeit noch meine zahlreichen Liebhaber. Dabei muß ich zugeben, daß auch das nicht mehr das Eigentliche war. Nur was wirklich notwendig ist, kann man »eigentlich« oder »wirklich« oder »real« nennen. Das viele Herumgetue im Bett und manchesmal wohl auch außerhalb (was deshalb nicht schlechter war, im Gegenteil!) hatte ja doch seinen erotischen und auch seinen soziologisch–ökonomischen Sinn verloren. Erotisch war da eine gewisse Übersättigung eingetreten, was kein Wunder ist: meine Neugierde war nicht mehr zu befriedigen, weil ich ohnehin alles und alle kannte (oder mir wenigstens einbildete, es oder sie zu kennen, was auf dasselbe hinausläuft). Soziologisch und finanziell waren damals solche Maßnahmen nicht mehr am Platze, weil man auch so bekam, was man bekommen mußte. (Die damalige Zahlungsfreudigkeit war eine leider nur vorübergehende Zeiterscheinung. Man soll nie mit Kanonen auf Spatzen schießen, weil man sich damit lächerlich macht.)

Außer natürlich, ich verliebte mich, was in seltenen Fällen auch vorkam. So in den siebzehnjährigen Jüngling auf dem Bauernhof im Mühlviertel, der so unschuldig war, was ich heute noch nicht verstehe. Er war allein auf dem Hof, da die Älteren zu einer Hochzeit über Land gefahren waren und ihm den Zins für mich in einem Umschlag dagelassen hatten. Ich hätte nach fünf Minuten gehen können, was mich gelangweilt hätte. Ich schlug also eine »Besichtigung der Anlagen« vor. Als wir unter einem Apfelbaum saßen, griff ich einfach hin, was ihm einen Schrei entlockte, worauf ich, nachdem die Barrieren durch die verschiedenen Hosenknöpfe in voneinander abweichender Größe und Gestalt (also doch ein schlampiges Haus?) durchbrochen waren, ihn herauszog und oral zu behandeln begann.

Auch auf einen gesetzteren Herrn und Großgrundbesitzer fiel ich einmal herein, weil der auch nach Ablegung von Bluse und Rock keinerlei Anstalten traf, zuzugreifen. Zu alt? Gerade befriedigt? Er hatte die schönste Mundpartie, die ich kannte, und seine Geilheit, die doch vorhanden sein mußte, da ich ihm jetzt den Busen dorthin legte, wo es angenehm sein mußte, verwandelte seine Bauernaugen in die eines siegreichen Feldherrn. Erfreulicherweise war wegen seines Lederhosenverschlusses der mechanische Vorgang selbst kinderleicht, und der Behandlung meiner beiden Hände auf beiden Seiten konnte er eben doch nicht lange widerstehen.

Sonst erinnere ich mich nur noch an Wenige und Weniges. Die psychologischen Reibflächen fielen gottlob auch weg, denn ich mußte ja nicht mehr meinen Standpunkt als fordernde Gläubige durchsetzen, sondern mit dem der verbesserten Wirtschaftslage in Mitteleuropa (Dawesplan, Kelloggpakt) wurde alles immer mehr zu einer Unterredung unter Gleichberechtigten. Was spielte es da für eine Rolle, daß man verschiedenen Klassen und Geschlechtern angehörte? Das Ablegen weiblicher Kleidungsgegenstände mochte sich für diesen oder jenen eben ausnehmen wie ein neues und recht originelles Gesellschaftsspiel.

Allerdings blieb der größte Anreiz für mich noch lange der so genial variierte Ausdruck der Gesichter. Die einen, gewöhnlich die Jüngeren, zogen ein Schnäuzchen, als überraschte sie eine gütige Tante, die sie zu einem Mittagessen bei Sacher eingeladen hatte, am Schluß des Mahles mit einer Süßspeise, mit der sie gar nicht mehr gerechnet hatten. Andere wieder waren so überrascht, daß sie eine Reihe von Schritten zurückwichen, um erst dann zu einem im Gesicht gar nicht richtig ausgedrückten Angriff vorzugehen. Bei wieder anderen begann der Topf so rasch überzulaufen, daß sie sich mehr auf sich selbst als auf den Partner konzentrieren mußten. Ein Jüngling, der vor erstaunter Freude immer lachen mußte, fand eine ganze Viertelstunde nicht den richtigen Weg, trotz ausgiebigster Hilfe, die aber auch nur wieder eine feuchte

Bescherung anrichtete. Gegen Ende dieser Jahre konnte ich die Gesichter kaum noch voneinander unterscheiden, und mir erschienen die Geschlechtsteile mehr an der Persönlichkeit Anteil zu haben als das von Gott doch angeblich mit großer Anstrengung geschaffene Antlitz.

Trotzdem fiel es mir schwer, bei meinen Berufsfahrten diese meine lieben Gewohnheiten aufzugeben. Wahrscheinlich wollte ich mir selbst beweisen, daß ich keine Müdigkeit kannte. Übrigens hatte ich auch mindestens drei Verhältnisse, die mit Geschäftlichem überhaupt nicht zusammenhingen. Die dauerten aber auch jeweils bis zu zwei, drei Monaten, was mir dann sehr unbequem und immer peinlicher wurde.

Mit Otto wollte ich in dieser Hinsicht nichts mehr zu tun haben, obwohl (oder weil?) ich ihn auch weiterhin sehr gern hatte. Und dann kam noch die Zudringlichkeit meiner Eltern hinzu, die nicht abließen, mich zu einem Besuch nach Preßburg aufzufordern, unter immer rätselhafteren und dringlicheren Vorwänden. Schließlich werde ich wohl hinfahren müssen, wenn das Wetter einmal etwas besser wird.

7. Juli. Daß so etwas mir zustoßen konnte, ausgerechnet mir, wo ich mich für so gefinkelt hielt, so mit allen Wassern gewaschen, gerade auf diesem Gebiet! Hier wenigstens schien ich diese mich ewig quälende Problematik – hier Jüdin, dort Nicht-Jüdin (oder besser: Gegen-Jüdin) überwunden zu haben. Nein, umbringen lasse ich mich wegen dieses Sportes oder auch bei diesem Sport wirklich nicht. Das wäre beinahe so lächerlich, wie wenn sich einer beim Skilaufen das Genick bricht und auf immer tot ist. Aber es hängt letzten Endes doch damit zusammen, daß ich im Getto von Preßburg aufgewachsen bin und von den Geschichten in Wien gar nichts wußte, wenn sie auch sozusagen klassischer Stadtklatsch waren . . .

Der Name D. sagte mir gar nichts. Nur soviel wußte ich, daß das ein steinreicher Junggeselle war, der seit Jahren von uns ein Palais im Westen Wiens gemietet hatte, eigentlich seit undenklichen Zeiten, und seit undenklichen Zeiten hatte er, wie sich plötzlich herausstellte, auch keinen Mietzins gezahlt. Ottokar war bei einer Generalüberprüfung selbst darauf gekommen.

So mußte ich also hin, da auf Anrufe, Briefe etc. nicht reagiert wurde. Und verklagen konnte man einen Herrn D., noch immer einen der ersten Wiener Industriellen, so ohne weiteres denn doch nicht.

Das »weiters« ließ sich gleich ein wenig peinlich und unheimlich an. Ich kann unmöglich alle Umstände anführen, die diesen Tag für mich so grauenhaft gestalteten. Der lange Zufahrtsweg, das Wetter – dieser brutheiße Föhntag, wo es zeitweise schüttete, als gieße man warmes Wasser vom Himmel, und man kaum atmen konnte – endlich dieses grauschwarze Palais, am Ende einer unendlichen Allee, der Portier in altmodischer Tracht, der mir das Haustor öffnete und mir den Weg wies in den ersten Stock hinauf, wo ich in einem riesigen Sofa zuerst gar nichts sah, wegen der Dunkelheit, die ein plötzlicher Regenguß wie eine Sintflut über die Welt gebracht zu haben schien, mit Wolkenwänden statt der Möbel und einem Gebirgsplateau statt des riesigen Tisches. Es konnte nicht mehr sein als fünf Uhr nachmittags, es war noch dazu ein Feiertag und vollkommen still.

Dann hörte ich von irgendwo aus einem übergroßen Käfig einen Kanarienvogel schmettern, so laut, wie ich es solch einem an sich harmlosen Tier niemals zugetraut hatte. Auch das hatte etwas von einer Sintflut, als singe das Vogeltier vor seinem Vater Noah. Mein Kutscherportier hatte sich längst entfernt, aber da hörte ich Schritte, etwas Schwebendes, sehr Rasches, wo ich doch, nach dem Alter meines künftigen Gesprächspartners, eher auf ein Schieben und Schlürfen gefaßt war.

Ich will jetzt um des Himmels willen nicht zu ausführlich werden. Der Mann war mittelgroß und wäre mir unter anderen niemals aufgefallen. Warum er kein Licht machte, war mir auch nicht klar. Er trat sofort sehr nahe an mich heran und atmete mir ins Gesicht. Eine Art Parfum. Er forderte mich nicht zum Sitzen auf. Wir standen, eine Handbreit voneinander getrennt, unter dem unerleuchteten Luster, einem sehr wertvollen Glasluster, vielleicht Murano. Ich trat zurück, auf ein Sofa zu, auf dem ich Platz nehmen wollte. Ich hatte eine Konversation über meinen Geschäftsbesuch begonnen. Er sagte zuerst gar nichts. Dann rührte er mich leise an der Brust an und flüsterte: »Ich zahle keine Miete. Ich werde niemals und nirgends Miete zahlen. Der reiche D. zahlt keine Miete. Dafür wird er sofort etwas anderes tun.« Er blieb stehen und zog seine Hand zurück. Ich überdachte einen Augenblick meine üblichen Pläne, die ich sonst immer so lustig parat hatte. Aber ich hatte alle Lust verloren.

Ich gab es sogar auf, da irgendwo an mir herumzunesteln, ich trug ein Kleid, kein Kostüm mit Bluse oder Pulli, was die Sache ja auch technisch erschwert hätte. Ich stand ganz still, denn zu meinem Staunen hatte er nach kurzem Herumgefummel begonnen sich zu entblößen.

Dann begann das, was sogar ich, die angeblich so Abgefeimte und Ausschweifende niemals sehr gern gehabt hatte, noch dazu bei einem solchen Mann, bei solchem Regenwetter. Er arbeitete an mir, er hörte nicht auf, er hörte nicht auf . . .Das Atmen war mir schwer geworden, plötzlich fiel mir etwas aus meiner frühen Jugend ein, ein verschmiertes Zeitungsblatt erschien mir wie eine Vision von Kot und Schmutz, der Name Karl Kraus blitzte auf, ich begann mich zu wehren, ich spuckte, ich biß und kratzte und fing an, laut zu schreien.

Er lag mit der Stirne auf dem Teppich, und ich war aus dem Haus. Noch in der Allee, im Laufen, würgte es mich, und ich erbrach Schleim. Ich mußte innehalten. Der Regen hatte aufgehört. Aber es war noch immer recht finster. Der Chauffeur des Taxis, das ich endlich erwischte, hat mein Gesicht und mich auch sonst nicht gesehen, gottlob.

Ich glaube, seitdem habe ich genug von all dem. Es muß ja nicht sein. Die ganze Sinnlichkeit muß nicht sein. Was muß denn sein?

Jaja, zu meinen Eltern muß ich fahren.

20. Juli

Obwohl es fürchterlich heiß ist, bin ich doch schon heute, Mittwoch, gefahren. Ich habe immer Angst bei meinen Eltern, diesen wahrhaftigen Cohns, daß ich gegen das Wochenende in irgendeinen ihrer koscheren Feiertage hineingerate. Außerdem kann ich ohnehin keine Nacht ein Auge zudrücken, es dürfte noch der verspätete Schock sein, den mir der Herr D. verursacht hat.

21. Juli

Ich schreibe an Bord des Donaudampfers. Für mich haben die endlos dahinziehenden Wasser eines großen Stromes alles andere als etwas Beruhigendes: die Macht, die aus Bewegung und Weichheit des fließenden Elements kommt, erscheint mir übergewaltig. Es ist so eine direkte und nahe Gewalt. Vielleicht hat mich auch deshalb der Angriff gegen meine orale Intimsphäre so sehr getroffen, weil er so aus allernächster Nähe kam. Es ist ja wahrscheinlich nicht wahr, daß unser Zeitalter wirklich als so gewalttätig zu bezeichnen ist. Es ist fern-gegenwärtig, was erstaunlich und überraschend ist, aber meinetwegen sogar einen Fortschritt bedeutet. Die List, die Gemeinheit sind größer geworden, aber der Lanzenstich eines Ritters im Schuppenpanzer ist von viel kompakterer

Gewalt getragen und befördert als eine aus zehn Kilometer Distanz abgefeuerte moderne Granate.

Aber ich muß da auch gleich hinschreiben, daß ich heute schon um acht Uhr früh von Otto einen Anruf bekam. Er sagte mir, mit sehr klarer, korrekter Stimme, nicht gerade überheblich, aber doch von einem ihm sonst fremden Stolz getragen, er habe das Doktorat der Staatswissenschaften von der Universität Wien bekommen, ja, gewiß, mit Auszeichnung, und ob ich nicht bei seiner Promotion dabei sein möchte, die in einer Woche stattfinden werde. Immerhin, 68 Jahre alt, bei Beginn des Studiums 65.

22. Juli. Es war genauso, wie ich gefürchtet hatte. Nur noch ein wenig ärger. Und der Grund, der Grund für ihre Dringlichkeit!

Sie hätten gehört, daß ich in Wien in einen Verleumdungsprozeß gegen eine Goite verwickelt gewesen sei! Und ich hätte zwar »Recht bekommen«, wie es diese Weiber nennen, aber schließlich haben doch wahrscheinlich alle diese Leute im Gerichtssaal weiterhin geglaubt, ich hätte Blut an meinen Händen, Christenblut! Das diene doch nur zur Verbreitung der berüchtigten Ritualmordgeschichten. Ich müsse sofort einen zweiten Verleumdungsprozeß anstrengen, aus dem ich gereinigter und mit vollkommen klarem Tatbestand hervorginge. Ich sei ein Mitglied der Familie Cohn, ob ich schon vergessen hätte, was das bedeute? Wenn dafür irgendeine Statusveränderung notwendig sei, Papa sei zwar ein Gesetzeskundiger, aber kein Kundiger der Christengesetze, dann müsse ich eben die Sippe der Görlitzer verlassen, es heiße doch ohnehin, aber lassen wir das lieber . . . also ich solle, wenn Papa dazu seine Zustimmung gäbe, wieder in die Sippe der Cohns eintreten, aber »Versteh mich recht, dazu ist eine völlige Reinwaschung nötig, schlimm genug, wenn du dich mit diesem Kerl von Jochem überhaupt so nahe eingelassen hast, aber eines merke dir: wir Cohns sind die Priesterkaste gewesen. Sind es immer noch. Niemals haben die Cohns auch nur den entferntesten Helfershelfer eines Mörders bei sich beherbergt!«

Ich frage, ganz kühl: »Wünschest du also, ich soll bis zu meiner ›Reinigung‹ dieses Haus verlassen?«

Mamma zuckte die Achseln: »Besser wäre es schon.«

Ich sagte nichts, ging aber nach fünf Minuten. Meinem Vater gab ich sogar einen Kuß. Diese beiden Alten haben mir einen gehörigen Schrecken eingejagt. Das war ich!? Das bin ich!? Allerdings war der Schrecken, der von all diesen Dingen ausging, die sie umgaben, womöglich noch ärger. Schon in der Gasse roch es wie verwanzte Vergangenheit, dabei hat meine Mutter bestimmt niemals ein Ungeziefer geduldet. Und wie drinnen die Zimmer nur vollgestopft waren, mit all dem Zeug, das ich doch vergessen will. Mag es ruhig »heilig« sein, ich bin keine Heilige, ich brauche keine heiligen Sachen, keine Röllchen mit Mesusah, keine Leuchter für Hannuka, keine stickige Luft. Auch keine Eltern mehr. Dafür habe ich einen Ehegatten, der mit 68 Jahren noch sein Doktorat macht!

Als ich zur Dampferanlegestelle kam, ist mir übrigens etwas Sonderbares zugestoßen. Ich ging vom Kai nicht direkt auf den Landungssteg zu, sondern geraden Wegs zum großen Wasser, das dort an dieser Stelle freilag, ohne Schiffe, ohne Boote. Ich hatte das Gefühl, daß mich die Lüfte tragen und auch weiter über die Wasser tragen würden. So frei habe ich mich gefühlt. Nichts, gar nichts.

Jahrelang ganz belanglose Eintragungen. Susanne arbeitet jetzt tatsächlich nicht mehr im Außendienst, sondern ist Leiterin des Wiener Büros. Sie ist unglücklich, schweigsam, freundlich zu ihrem Gatten, zu ihren zahlreichen Untergebenen schroff, aber gerecht. Von jenen früheren Erlebnissen in der Süd-Steiermark, auch von ihrem letzten Besuch bei den Eltern spricht sie nie. Sie denkt sehr oft an sie.

1930

8. Mai. Viel besser schlafe ich auch heute nicht. Obwohl es schon über fünf Jahre sind, daß ich zum letzten Mal in Preßburg war. Und seit jener Geschichte mit dem Herrn D.

Aber wahrscheinlich ist es etwas ganz anderes, etwas ganz Allgemeines. Nun lese ich ja viel mehr und öfter Zeitungen, und auch den politischen Teil, obwohl ich davon auch nicht mehr verstehe als der Durchschnittsbürger, und das ist so viel wie nichts. Aber ich habe ja die ketzerische These, daß man von Politik nicht eigentlich etwas verstehen muß. Dieses Mal geht es aber um Sachen, die mich gerade persönlich betreffen, weil es doch das alte Problem des Judentums ist, und da kommt dieser Mann und schimpft so und droht so, daß ich anfange, mich zum erstenmal wieder an mein eigenes Judentum zu erinnern, und ob es so ist oder so ist, und es kann doch nicht sein, aber so heilig, wie die in Preßburg tun, ist es auch wieder nicht . . .

12. Mai. Da kommen solche kleine Szenen, kaum der Rede wert, ja, kaum erinnerlich, aber es schneidet doch wie ein scharfes Messer, und das Herzklopfen danach ist nur noch stärker.

Weil Ottokar bei den Spesen so sparsam geworden ist, fahre ich jetzt bei meinen ohnehin immer seltener werdenden Fahrten durch Wien mit der Straßenbahn. An der Ferdinandsbrücke muß ich umsteigen, und als ich mich an der Messingstange neben der Stufe festhalte, drängt sich an mir eine junge Person zum Aussteigen vorbei, die mir gleich auffällt. Wir haben es beide eilig, aber ich sehe ihr doch ins Gesicht. Das kenne ich doch bestimmt! Diese blitzenden hellen Äuglein stechen ganz hübsch, möchte ich sagen. Sonst ist das kleine recht dickliche Wesen ein eher sonderbarer als anziehender Anblick. Überall hängt und glitzert etwas an ihr herum, sie hat einen Hut, der ihr das Aussehen eines koketten Ungetüms verleiht, und unter dem Hut zischt sie mich an, während unser beider Hände zusammen, als wären sie befreundet, auf der Messingstange liegen. »Glauben's nur net, Sie Saujüdin, daß man Sie vergessen hat. Sie werden's als erste zu spüren kriegen, geben's nur acht! Sie gemeine Judensau.« Dabei liegt, weil sie doch so winzig klein ist, ihr Mündchen in der Nähe meiner Hand, die sich ohne Handschuh an die Stange klammert, denn der Wagen hat schon ganz langsam anzufahren begonnen. So spuckt sie mir aus nächster Nähe auf die Hand, einen langgezogenen zähen Seim, der auf dem Handrücken kleben bleibt. Fort ist sie, in das Wagengewühl, die Angela, die mir früher die Hand geküßt hat, die sie jetzt bespuckt.

1933

3. Februar. In Deutschland ist es also jetzt passiert, und es ist vollkommen sinnlos, wie es hier in Österreich viele Leute tun, daß sie sich damit trösten, Hitler sitze doch in einer Koalitionsregierung, und außerdem und überdies: Österreich ist nicht Deutschland, und bei uns gäbe es den prächtigen Dollfuß, und daß man mit der Arbeiterklasse nicht so viele und noch dazu mißverstandene Geschichten macht, ist wahrscheinlich nur gut. Für das Geschäft, für so ein internationales Millionendollargeschäft wie das unsere (unsere! Die Görlitzers!) wäre es das einzig Richtige, noch internationaler zu werden. Am besten wäre überhaupt die Verwandlung in eine sogenannte Holding-Gesellschaft mit einem unserer Bekannten, die wir ohnehin zahlreich in den USA haben. Leider will Otto

gar nichts davon wissen. Ja, bei aller Höflichkeit, die er bei der mich so enervierenden Güte mir gegenüber niemals außer acht läßt, ist er in diesem Punkt stur und verrannt und lehnt es völlig ab, auch nur Fühler auszustrecken.

1934

19. Juli. Semmering – es hat keinen Sinn, mich immer einfach eine »Kassandra« zu nennen. Gewiß, ich habe eine gewisse Prophetengabe, und daß sich Voraussicht in die Zukunft gewöhnlich negativ auswirkt, dafür kann ich ja auch nichts. Ich habe eher den leisen Verdacht, daß man gar nicht »Kassandra« meint, sondern eher jemand anderen, der sich alt-testamentarisch ausspricht. Leider gibt sich Ottokar, der doch selbst alles andere als optimistisch eingestellt ist, auch dazu her, mit anderen Leuten in der Firma eine Art Note der Vernunft anzuschlagen, vor allem in politisch-ökonomischer Hinsicht. Aber habe ich nicht recht behalten? Nun hat der arme kleine Dollfuß doch daran glauben müssen, und auf wie jämmerlich schmerzhafte Art und Weise! Von jemandem, der in einem Jesuitenkolleg erzogen wurde wie sein Nachfolger Schuschnigg, halte ich heutzutage gar nichts mehr, so schlau sind die Nazis schon selbst.

Ich ruhe mich ein wenig von den Aufregungen aus.

11. September. Mit Otto ist eigentlich kaum noch etwas anzufangen. Ich meine geschäftlich. Er kümmert sich um kaum etwas, überläßt sehr viel dem Herrn Dr. Bärlein, den ich für einen verkappten Nazi halte, sitzt da und liest seinen Hobbes, natürlich auf englisch, der Snob. »Man muß sich seinen Doktor doch im Nachhinein zu verdienen trachten.« Oder er sagt: »Ich möchte so gern wissen, woher das alles kommt.« Wenigstens scheint er der Idee von der Holding-Gesellschaft nicht mehr so abgeneigt zu sein. Ich habe schließlich einigen Überblick, denn wenn ich auch nicht mehr im Vaterland herumreise und alte Schuldner zum Zahlen ansporne (unter Ablegen meiner Toilette), so fahre ich, in politischen Angelegenheiten, jetzt häufig ins »Reich« oder nach Frankreich und Italien. Wenn ich auch naturgemäß freiwillig auf gewisse sogenannte »Freuden« zu verzichen habe – der Geist ist auch nicht zu verachten. Man muß ihn bei den Verhandlungen nur nicht zu sehr zeigen, sonst merkt man mir dann doch das Jüdische an.

1936

11. Oktober. Cincinatti, Ohio. Es stimmt schon, daß es hier grauenhaft ist, aber nicht aus den Gründen, die man sonst nennt. Den Geschäftsleuten bin ich noch lange überlegen, und wenn ich etwas »nicht zustande bringe«, so nur darum, weil ich es nicht wirklich will. Auch die berühmte Brutalität und die geistige (und auch physische) Messerstecherei hat mich nicht so sehr abgestoßen, an so etwas ist man in Europa heute (vor allem draußen im »Reich«) reichlich gewöhnt – aber, aber . . . Vor allem kann ich ihre Sprache nicht ertragen, wenn ich auch nicht gerade bei BBC- oder Oxford-Englisch aufgewachsen bin. Aber diese Zungen- und Zahnlosigkeit! Dieses Gebelle aus der Mundhöhle heraus. Dann überhaupt dieser völlig ungestalte und lautstarke Lärm! Außerdem ist mir die Bartlosigkeit der hiesigen Männer eine Qual. Ich sehne mich direkt nach dem schönen jüdischen Bart meines Vaters und besonders dem meines seligen Großvaters. Überhaupt läßt die Rohheit der äußeren und wohl auch inneren Sitten, meine Scham, eine Jüdin zu sein, langsam, aber sicher schwinden. Ich glaube, daß für die USA das heutige Nazi-Deutschland einen idealen Alliierten abgäbe. Wobei es gottlob einige Ausnahmen gibt, die sich sogar energisch gegen die Swastika stemmen.

New York habe ich auch besucht (14 Tage). Es ist in allem das Gegenteil der anderen Städte. Sogar die Wolkenkratzer sind dort nicht so arg, ich halte sie überhaupt für recht ansprechend(!). Bis in den Westen bin ich nicht gekommen.

Hier ist man in einer anderen Welt, aber das soll ja auch in England schon so sein. Ich bekomme von niemandem Post. Habe dabei zwei Direktoren großer Firmen zu einer Reise in das »neue« Deutschland und nach Österreich ermuntert. In zwei Jahren wollen sie kommen . . .

1938

15. Februar. Legalistisch haben wir es ja gerade noch geschafft. Ich fange aber natürlich an, nicht mehr nur an die Firma zu denken. Von den Verhandlungen zwischen Hitler und Schuschnigg halte ich nicht sehr viel, mit dem Seyss-Inquart in der Regierung, noch dazu mit der Hand auf der Polizei. Da standen sie also plötzlich vor uns, vielmehr in Ottos Suite im Hotel Imperial, die beiden Brüder aus Boston, um deren Kommen wir so gerungen hatten,

und es war dann relativ leicht, die ganze Transaktion unter Dach und Fach zu bringen. Augenscheinlich wollten sie es um jeden Preis, nahmen Interesse an dem kleinen Stück Mitteleuropa, dem »neutralen«, wie sie stets behaupteten, oder aber auch gerade das Gegenteil: sie wollten sozusagen durch die Hintertür Zutritt zu dem mächtigen »Reich« gewinnen.

Es sind das zwei Brüder J. V. und L. M. Mackenzie, ursprünglich wohl Schotten, jetzt schon seit dreißig Jahren in Boston ansässig, der eine als Bankier, der andere als Spediteur. Sie machten, bis zum Schluß jenes Vormittags, auf mich einen recht guten Eindruck, sprachen wie über Kammermusik, was gewisse feine Amerikaner (so wie unsere Chirurgen) tun zu müssen glauben, und auch mit unserem Notar waren sie gleich einverstanden, bei dem das alles möglichst rasch unterschrieben werden soll. (Sie bringen in die Holding-Gesellschaft jeder noch einen Vetter ersten Grades ein, gewisse Robinsons – aber angeblich keine Juden.)

Nur Ottokar hat einen schlechten Eindruck gemacht, aber vielleicht nur auf mich. Weiß ich doch, daß er sehr bald achtzig wird, und das ist für mich genauso entmutigend wie für ihn, nur zeige ich es nicht. Er aber ist wie ein Baum ohne Blüten, Früchte oder Blätter und spricht nur selten mit; wenn er allerdings etwas zu sagen hat, dann merkt man schon, wer noch immer Seniorchef des Hauses Görlitzer ist. Er tut sich eben recht schwer mit dem Sprechen, aber vielleicht halten das die Herren von der anderen Seite des Atlantiks für besonders fein.

10. März

Heute hätte das Schuschnigg-Plebiszit stattfinden sollen. Statt dessen haben wir unseren Vertrag beim Dr. Rabe am Schottenring unterzeichnet, 10 Uhr 50. Wir heißen jetzt also: Mackenzie, Görlitzer und Cie, Sitz: New York und Paris. Die große Arbeit fängt allerdings erst jetzt an: wir selbst. Ich muß zuerst Otto bearbeiten. Zu langen Eintragungen in diesem Heft werde ich wohl nicht so bald kommen.

13. März

Heute ist H. in Wien eingezogen, angeblich unter dem größten Jubel der Bevölkerung, die den »Heldenplatz« völlig ausgefüllt haben soll. Ich habe den Tag über mein Haus in der Cobenzlgasse nicht verlassen.

20. März

Die ganze Stadt, das ganze Land ist nicht wiederzuerkennen. Ich mußte bald einsehen, daß es nicht angeht, wenn ich mich in dieser Situation auf die faule Haut lege. Wenn wir überleben wollen. Manchmal bezweifle ich es bei Otto. Aber ich werde ihn schon herumkriegen.

25. März

Vor ein paar Tagen hat sich der Dr. Friedell aus dem Fenster gestürzt. Das hat aus irgendeinem Grund auf mich, die ich, bei Gott, keine Literatin bin, mehr Eindruck gemacht als vieles andere.

16. Mai. Und die Zeit vergeht, aber ich spüre kaum etwas davon, denn ich jage fast ununterbrochen durch die Stadt, fahre nach Graz, Innsbruck ... Bei dem Dr. Bärlein habe ich schon recht gehabt, das Parteiabzeichen trat im richtigen Augenblick in Erscheinung. Er machte ein etwas enttäuschtes Gesicht, als er von uns hörte, es sei da in punkto Arisierung wegen der Amerikaner für ihn nicht viel zu holen. Trotzdem hat er uns viel Geld gekostet.

12. Juni

Die Affidavits machen uns wenigstens keine Sorgen. Auch hier eine Geldfrage. Auch sonst funktionieren die MacKenzies prompt und anständig. Wobei dieses letztere Wort heute kaum noch einen Sinn hat.

24. Juni

Ich wollte zuerst Otto auf meine übliche Art »herumkriegen«, aber ich mußte einsehen, daß sogar ein Mensch wie ich der Biologie nicht kommandieren kann. Traurig. So ist es mir auf andere Weise geglückt. Er hat den Antrag auf das Visum unterschrieben.

15. Oktober

Ich bin sicherlich jetzt oft unnötig grob, ja gemein zu Otto. Er ist aber wirklich ein großer Anlaß zum Ärger, für mich und seine Umgebung, sogar für den Chauffeur, der ihm ja auch die Dienste eines Butlers und Kammerdieners leistet. Ich bitte es ihm dann oft ab, bringe ihm sogar kleine Geschenke, aber was hilfts? Er wird Anfang 1939 achtzig Jahre. Es ist so schwer, das Ganze. So schwer. Es ist alles so übertrieben, und die Mittel, die ich dagegen in mir aufbringe, sind auch so extrem, daß ich oft ganz fühllos bin, wie eine Person vor einer Operation, nach der ersten Spritze. Da mache ich lange Spaziergänge durch den Wiener Wald, aber das Denken will nicht aufhören, auch wenn ich mächtig ausschreite.

Ich fahre in Europa herum, nach Hamburg, wegen des »Lifts« mit den Möbeln, und nach Berlin, wegen der Reichsfluchtsteuer, und sogar nach Paris, wo immer, wenn ich hinkomme, Demonstrationen sind. Alles kostet viel Geld, und helfen tut natürlich niemand, höchstens das Brüderpaar in Boston, die schicken mir immer Dokumente, und auch Otto muß sie unterschreiben, und ich trage sie dann in irgendeine Nazi-Steuerstelle und komme mir vor wie eine Postbotin, und die Nazis hinter den Glasschaltern sind ja dieselben, die sie vor dem 13. März waren, aber natürlich sind auch neue dabei, manche fesche Burschen, und oft denke ich an meine alten Tricks, und einmal habe ich, selbstvergessen, sogar wie in alten Zeiten einen Knopf an der Bluse aufgemacht, das sind dan höchstens Reflexhandlungen, obwohl sich mein Busen noch immer sehen lassen kann, könnte er sich nur sehen lassen, aber daß ich tief ausgeschnitten gehe, das kann mir kein Mensch, braun oder schwarz, verbieten, und ich kann es mir auch nicht abgewöhnen.

Das war derselbe Weg heute, glaube ich, den ich damals gemacht habe, als ich das letztemal mit Otto spazieren gegangen bin. Langsam, nicht immer den Kahlenberg steil hinan, und ich muß eben denken, an die Vergangenheit auch, es muß nicht immer die Zukunft sein, obwohl ich mir die Jahre nach 1940 drüben in den Staaten schon ganz schön ausgemalt habe, wenigstens für mich. Die Prokura, oder wie sie das drüben nennen, werden mir die Brüder ja zum mindesten geben müssen.

Natürlich denke ich sehr viel an den Anfang, an den Anfang vom Anfang, an den schönen Hannes Loibner und an den scharfen Zug, der bei ihm trotz all seiner Jugend rechts und links von der herrlich gebogenen, aber nicht jüdischen Nase zum Mund geführt hat, aber mehr noch als an ihn muß ich an die alte feine Dame denken, die mich nach Salzburg gebracht hat, an die Comtesse Elena, und wie ich das erste Mal bei den Görlitzer »meine Aufwartung gemacht« habe, und so denke ich vollkommen zwingend und unerbittlich, daß doch alles umsonst und ganz vergeblich war, ich hätte genau so gut im Getto in Preßburg bleiben können, denn ob man so ein Jude ist oder so einer, das ist nach dem Nazi-Codex ja ganz wurscht, und das finde ich auch eigentlich nur logisch, es zeigt aber die völlige Hinfälligkeit meines Lebens, warum also muß das weitergehen? Aus Trotz muß das weitergehen und weil ich es mir im Grunde genommen gar nicht anders vorstellen kann – die Welt ohne mich? Denn man bedenke, all diese Millionen Gedanken sollen umsonst gewesen sein, und wohin gehen sie, und Gift soll ich schlucken, fällt mir ja gar nicht ein. Das einzige was mir wesentliche und greifbare Sorgen macht, Sorgen, gegen die man etwas unternehmen sollte und muß, das ist der Umstand, daß jetzt schon ein paarmal, jeweils in Abständen von einigen Wochen von verschiedenen Stellen die Reichsfürsorgestelle für Geistesschwache und hilfsbedürftige Personen bei mir draußen in Grinzing angerufen wurde und man sich mit Dienststimme danach erkundigte, was es mit dem PG Ottokar Görlitzer auf sich habe und ob ein Aufenthalt in einer so kostspieligen Gaststätte nicht über unsere Mittel gehe? (Denn ein wenig haben wir ja in dem Bekenntnis zur Reichsfluchtsteuer denn doch unterzogen!) Ich aber habe bereits einiges über die Fürsorge der Nazis für Geistesschwache gehört. Ich erzähle dem PG dann gewöhnlich etwas von Ottokars Doktorat.

In Wellen geht der Weg auf und ab, und dann gibt es auch Ausblicke auf das Land dort unten, und auf die Donau, das ist ein großer und langer Strom. Ich kann nicht aufhören, jetzt an Otto zu denken, wie wir so bald nach dem Anfangen wieder aufgehört haben, uns zu lieben, und ob das wirklich so ist und so war, und ich habe nur für Sekunden den fürchterlichen Verdacht, ich könnte ihn vielleicht tatsächlich als einzigen wirklich geliebt haben ... Die Villa in Grinzing ist übrigens auch schon verkauft, an entfernte Verwandte. Hoffentlich nimmt man sie ihnen nicht wieder weg. Ich wohne dort bis zum Ende.

23. Dezember (Ganz in der Früh)

Es scheint soweit zu sein. Der Wagen wartet unten, mit dem hole ich den Otto im Imperial ab, ich habe alles Gepäck schon unten, der Karl sitzt sogar schon am Steuer, so war es ausgemacht, daß ich ihn gegen zehn abhole, wie ich ihn kenne, wird er natürlich mit dem Packen noch nicht fertig sein, aber der Herbi Walzel hat ihm bestimmt geholfen, den nehmen wir als einzigen mit in die Staaten, weil der Otto ihn so gern mag. Und die Köchin weint, die Marie, und viele Schlüssel liegen vor mir auf dem Schreibtisch, und alle Schränke stehen offen. Der Zug geht erst um zwölf vom Westbahnhof, es wird aber bestimmt noch eine Menge am Zoll zu tun sein, und dann in die Schweiz, vierzehn Tage nach Basel, da gibt es, gottlob, noch einiges zu tun, vielleicht sieht man sogar noch den oder jenen, meine Eltern bestimmt nicht, denn denen hat das tschechische Komitee, das sie betreut, vor der endgültigen Abreise nach New York jede Fahrt ins Ausland verboten. Am Westbahnhof in Wien werden sie also auch nicht sein.

Und von Basel nach Paris und von dort nach Cherbourg, zur »Isle de France«, Abfahrtstermin: 5. Februar. Ich freue mich.

31. Dezember

Wir sind nicht gefahren. Das kam so, und ich will mich möglichst kurz fassen, sonst werde ich wieder sentimental.

Schon im Korridor vom Imperial ist mir etwas komisch vorgekommen: trotz der relativ frühen Stunde schossen da die Kellner hin und her, und ich konnte auch Sätze aufschnappen: »Wie? Aber das geht doch nicht! Das Zimmer wird doch gebraucht!! Der Kardinal!!«

Drinnen war die größte Unordnung, worauf ich ja gefaßt war. Aber Ottokar war noch gar nicht aufgestanden. Er saß aufgerichtet im Bett. Neben ihm stand der Herbi Walzel und hielt die Hand wie eine Stütze hinter seinem Rücken. Otto war noch im Schlafanzug. Alle Koffer standen um das Bett, alle waren offen, alle waren leer. Viele Gegenstände waren aber schon nicht mehr an ihren Plätzen. Otto hatte geweint, das sah ich deutlich an den Tränenspuren auf seinen Wangen. »Otto!« rief ich. Er sagte nichts, zuckte nur die Achseln. Da bemerkte ich erst, daß er in den Händen, auf dem Schoß seines Pyjamas einen von jenen winzigen Christbäumen hielt, an den er sich klammerte, als wäre es ein Lieblingstier, etwas sehr Kleines und Geliebtes. »Otto!« Da kehrte er mir sein Gesicht zu, und seine Augen waren wie verwischt und er sagte sehr leise: »Ich kann nicht ...« Ich machte eine Bewegung gegen das Bett, dann sagte er, fast schluchzend, weiter: »Fahr du allein, wenn du mußt...«

Der Verdacht, den ich in letzter Zeit so oft gehabt hatte, wurde mir zur Gewißheit. Angesichts von so viel Elend konnte ich nicht mehr stehen. Ich hatte Mitleid. Mit allem. Ich setzte mich auf das Fußende des Bettes. Bestimmt hatte ich Mitleid mit Otto, wahrscheinlich auch Liebe für ihn. Ich habe aber bestimmt nicht geweint.

Ich glaube nicht, daß ich noch viel in dieses Buch schreiben werde. Es geht ohnehin zu Ende. Ich glaube auch nicht, daß wir jemals auswandern werden. Morgen beginnt das Neue Jahr 1939.

Continuat

ANGELA FRUMM

Nach dem Waffenstillstand im November 1918 fielen die »Windischen Bühel« an Jugoslawien, die Familie mußte fort, einige zogen sogar bis nach Ungarn, Angela jedoch nicht. Sie ging nach Wien, allein, ganz freiwillig, und wurde eine Wienerin.

Angst

Eine schwarze Wand wächst zum Himmel. Durch die Nacht wird alles ausgelöscht. Eine Schrift erscheint auf dem Schwarz. Sie ist weiß, nach einigen Sekunden wird sie dunkler. Sie schreibt, unbekannt, wie und woher; sie schreibt weiter, ihrer ist kein Ende, so wenig wie der Mauer ein Ende ist.

Tagelang, nächtelang, kein Ende: Wand-da-Stehen, Schreiben. Dann öffnet sich die Mauer, eine in einen kurzen Mantel gehüllte Dame zeigt sich. Die Dame sitzt zuerst, dann steht sie auf und wandelt in einem nebensächlichen, traurigen Schritt. Sie ist vorgetreten. Es ist hell geworden. Die Dame trägt spitze Schuhe, reizend hebt sie ihr Kinn. Sie reicht die Hand, vorwärts: niemandem.

»Tante, sprich doch zu mir, ich fürchte mich.« – »Aber was hast du davon? Du siehst mich ja nicht.« – »Wenn jemand spricht, wird es heller.«

Aggression oder Aggressionstrieb ist seit Geburt des Raubtiers der Trieb des Affentiers Mensch. Die andere Seite der Aggression ist Angst. So ist jedenfalls eine Seite an der Münze, die mitfallen muß, wenn das Ganze fällt; auf die andere Seite eben fällt als die Angriffsmünze. Dann aber: diese Angriffsmünze, diese andere Seite, hat an sich noch weitere zwei andere Seiten. Die des Lebens und die des Todes.

Sigmund Freud: »Vorlesungen zur Einführung in die Psychoanalyse, Wien, 1926. S. 415f.: »Sie Verstehen mich ohne weiteres, wenn ich diese Angst als Realangst bezeichne, im Gegensatz zu einer neurotischen. Die Realangst erscheint uns nun als etwas sehr Rationelles und Begreifliches. Wir werden von ihr aussagen, sie ist eine Reaktion auf die Wahrnehmung einer äußeren Gefahr, d. h. einer erwarteten, vorhergesehenen Schädigung, sie ist mit dem Fluchtreflex verbunden, und man darf sie als Äußerung des Selbsterhaltungstriebes ansehen ... Für gewöhnlich besteht die Reaktion auf die Gefahr aus einer Vermengung von Angsteffekt und Abwehraktion. Das geschreckte Tier ängstigt sich und flieht, aber das Zweckmäßige daran ist die ›Flucht‹, nicht das ›Sich Ängstigen‹.« Die Axiome Freuds bestehen heute, nach 43 Jahren geradeso zu Recht wie damals zu einer ganz anders gearteten Periode und an einem ganz anders gearteten Ort. Die Wahrheit ist eindringlicher, weiter ausgebreitet und könnte so lauten: Tier und Mensch haben immer und unter allen Umständen Angst gekannt und werden sie immer kennen. Die Problemstellung, ob die Aggression primär ist oder umgekehrt, ist ebenso müßig wie die Frage nach Henne und Ei; es ist nur unvorstellbar, daß – abgesehen von einem durchaus nicht a priori zu verwerfenden Glauben an Metaphysica – eine unprovozierte Flucht, ein Trieb zur Flucht und Fluchtbereitschaft ohne Angriffshandlung oder Drohung damit Platz greifen könnte.

Andererseits ist es unleugbar, daß weitgehende Modifikationen in beiden Fällen der Angst, der Real-Angst und der neurotischen Phobien, eingetreten sind. Die Real-Angst, deren vordringlichste Maske beim Menschen die Todesangst war, von der stetigen Beschäftigung mit dem Tode, wie sie im Christentum Gebot ist, untermauert – diese Ur-Angst ist heute aus den nebligen Höhen der Theologie in die physikalische Wolkenhöhe der Atomdrohung gerückt. Sie ist also schärfer umrissen, und man gibt vor, sie sei bekämpfbar – sie wird auch bekämpft. Hier ist die von Freud vorgenommene Scheidung von Angst und den sich daraus ergebenden Maßregeln nicht so streng wahrzunehmen, da die Faktoren heute unvergleichbar erscheinen.

Auch die Phobien unterliegen den Gesetzen der Zeit. Hier ist vor allem der Bevölkerungszuwachs entscheidend, mit dessen vordringlicher Folge, dem Fortschritt auf allen technischen Gebieten, in erster Linie dem Verkehrsproblem. Die Rechnung lautet nicht nur einfach: je mehr Menschen einer gewissen hochentwickelten Schicht, desto mehr Angstneurosen – nein, das Verhältnis ist das einer geometrischen Relation. Dahingestellt sei hier, ob ausnahmsweise in diesen Beziehungen die Wirtschaftsgesetze von Angebot und Nachfrage auf den Kopf gestellt sind (wie übrigens häufig); ob nicht etwa das Angebot der Seelenärzte die Nachfrage nach Kuren aller Art bestimmt.

Wir können mit Recht von einer absoluten und relativen Zunahme infolge der Zunahme der Anlässe sprechen. Gewisse Abstriche auf der anderen Seite fallen wenig ins Gewicht. Feststeht, daß Angsneurosen bei uns wegen Fahrten mit Postkutschen kaum zu verzeichnen sind, auch hat die Abnahme des Eingreifens der Tierwelt in unsere westliche Zivilisation die Zahl jener, die von

Katzen und Mäusen neurotisch affiziert werden, herabgesetzt. Auch leere weite Plätze sind weniger häufig zu überqueren – die Agoraphobie geht zurück. Die Zunahme betrifft also vor allem das Verkehrsproblem.

Mit dem Ansteigen der Gefahr, in und von Fahrzeugen getötet oder verletzt zu werden, die durch Explosionsmotore betrieben werden, erhöht sich die Verkehrsangst der Fußgänger, wohl auch der Mitfahrer und – weniger – der Lenker eines Kraftfahrzeuges. Ob und wieweit diese Ängste berechtigt sind, bleibe dahingestellt; auch in der physischen Welt unterbaute Neurosen bleiben phobische Neurosen. Alle Formen einer natürlichen Abwehrreaktion treten in Erscheinung. Der Anblick einer verkehrsreichen Straße ist, wenn nicht eben einem Schlachtfeld, so doch häufig einem Irrenhaus vergleichbar. Springende, laufende, manchmal in vollkommene Starre gebannte Menschen bevölkern auf der Fußgängerebene das Stadtbild, das von aufgestauten, ineinander verbohrten, aufgelaufenen, kompakten Verkehrsmitteln wie eine Schießbude von Projektilen blitzartig zerrissen wird. Die in präsenter Vergangenheit noch aufgeworfene und debattierte Frage, ob es angenehmer und psychisch bekömmlicher sei, eine Straße in der Diagonalen oder in rechten Winkeln zu überqueren, mutet heute wie ein Problem aus Ritterzeit an.

Der zweite entscheidende Faktor bei der Phobienvermehrung ist jener Komplex, den man das Gesundheitssyndrom, kurz die Hypochondrie (im modernen Sprachgebrauch) nennen könnte. Die Überalterung macht den vom Leben bereits hergenommenen Bevölkerungsteil dieser Phobie gegenüber besonders anfällig. Die große Anzahl halb- und sogar voll-wissenschaftlicher Artikel auf dem Gebiet der Hygiene und Medizin lenkt die Aufmerksamkeit des Leserpublikums, besonders der überhand nehmenden Illustrierten Blätter, auf Angriffe gegen eine sonst wohl nichts- oder wenigahnende Gesundheit. Hier gilt der Satz: erhöhte Kenntnis bedeutet auch erhöhte Angst. Vermehrt haben sich die durch die Ritzen eines nun ganz und gar zerfetzten Nebelfeldes hinausreichenden Blicke auf die neu enthüllten Symbolgestalten des Todes. Der Verkleidungen sind mehr geworden; der grinsende Schädel, längst entwürdigt zum Warnplakat gegen Stromleitungen und Gefährdungsfelder der Straße, bleibt immer der gleiche.

Wenn die erste aller Real-Ängste das Paradigma ihrer aller war; wenn wir bedenken, daß wir, werden wir einst auch selbst Mütter sein, doch immer nur eine Mutter als Gebärerin hatten, niemals einen Vater, daß also alle, einst Vater, einst Mutter, beide Geschlechter, durch denselben Muttermund mußten – geboren durch die Enge; wenn diese »Enge« – »angustiae« – der »Angst« sogar im Deutschen ihren Namen gab; wenn die Angst dem Säugling anhaftete, wie er aus dem weichen Stoffwechsel der Mutter heraus mußte, fort von der sanften Speisung mit der Placenta ins Leben des Nahrungserwerbs, des Krieges, der Atombombe und der fremden Menschen; wenn also diese Angst überall so sehr überwog, daß die Erinnerung an die erste Real-Angst allen anderen realen Ängsten aufgedrückt und dafür zwangsweise Vorbild wurde, ja ihre Existenz erst ermöglichte und erklärte – dann, ja dann . . .

Dann muß naturgemäß auch deren korrelative Seite im Menschenschicksal, der dieser Angst entsprechende Aggressionsakt ganz einzigartiger Natur sein; dann ist die Rückkehr in den Mutterschoß, der Begattungsakt, die Flucht – als Angreifer mit eingelegter Lanze – als Mann; mit resigniert gefalteten Händen und offenen Beinen – als Frau – naturgegeben; dann brauchen, weder als Gleichnis, noch als zweifelhafte Norm irgendwelche Heldensagen aus dem klassischen Altertum bemüht zu werden; dann folgt aus der Angst der Geburt die Aggression der Liebe. So erklärte sich auch die verschiedene Stellung des Mannes und der Frau in der lebendigen Welt aus dem Unterschied, wie Annäherung an die Fluchtstelle erfolgt – ob als Zeugender oder als Empfangende. Dann wäre die soziale und ökonomische Einreihung der beiden Geschlechter in die Schöpfung von Anbeginn vorbestimmt – wenigstens solange in dieser Zivilisation die Kinder noch nicht künstlich befruchtet und noch nicht künstlich der Phiole entnommen werden. Mit jenem Schritt aber in das Zeitalter der Naturlosigkeit, das schon vor der Tür steht, wäre auch die Angst hinweggewischt. Dies wäre kein Segen, sondern ein Fluch.

Es geht um Anfang und Ende, des Menschen und der Menschheit. Zwischen der Angst am Anfang und der Angst vor dem Ende vollzieht sich der Kampf der Münzumdreher mit sich selbst und mit der Münze. Den taumelnden Weg zwischen Aggression und Angst nennen wir das Leben, während der langen Zeit zwischen Geburt und Tod. Dies sind die letzten Dinge. Wegen der Heiligkeit des Unbekannten vorher und nachher sind wir in Märchen und Mythos geraten, ohne es zu ahnen. Die Scheu, zu sprechen; über die letzten Dinge ohne Unterweisung nachzudenken hat uns zu religiösen Menschen gemacht.

Jeder, der Angst empfindet, empfindet damit auch Glauben und Hoffnung, diese Angst zu überwinden und zwar anders als durch Aggression. Vergebliches Beginnen – die Welt umschließt ihn sogleich von allen Seiten und drängt ihn ins Spiel mit der Münze. Um dem ein Ende zu bereiten, ist die Religion des Westens so weit gegangen, das Kind mit dem Bad auszuschütten. Der Anlaß aller Ängste wird zum Anlaß, alle Ängste mit der Wurzel auszureißen. Es geht, wie gesagt, um die Liebe; dem Wechselspiel zwischen Beginn und Ende, Liebe und Tod, Aggression und Angst wird damit ein Knüppel zwischen die Beine geworfen, auf daß die Askese Menschen und Menschheit den Garaus mache.

Dies könnte leichter sein, als es den Anschein hat – insbesondere heute, im Zeitalter der künstlich regulierten Sexualität. Man versuche nur, dem heiligen Buch zu gehorchen und der Angst vor dem Sündenfall nachzugeben, so findet, für diese Menschen, die Erbsünde nicht statt. An ihre Stelle tritt ein anderes Leben – was wir darin zur Welt bringen, sind die Kinder der Angst und nicht die Bastarde des Angriffs. Die Kinder der Angst sind blassen Angesichts und von schauriger, magerer Größe; an Stelle ihrer Gliedmaßen tragen sie die Klumpen, mit denen man nicht sündigen kann. Kierkegaard nennt die Angst die »süße« Angst, die »wunderliche« Angst, die »scheue« Angst – wohl mit Recht, denn er suchte den Weg Gottes, den Weg fort von seiner Braut Regine, von Sündenfall und Liebe – den Weg über die Angst zu Gott.

Dieser Weg führte manchen – nicht die Geringsten – von Gott zu den anderen Göttern.

Die Klarheit des Ein-Gottes ist mit einer Handbewegung fortgewischt. In dem Zwischenreich zwischen Angst und deren Überwindung herrscht das fahle Licht der Kunst. Der Russe Dostojewski jagt mit dem Mörder durch den Wahnsinn, durch die Straßen, Schenken und Gassen von St. Petersburg. Halbdunkelheit breitet sich überall aus. Schuld und Sühne sind vermischt, der Verbrecher wird zum Heros, der Polizeikommissar zum Schurken, der es aber selbst nicht weiß. Aus einer unauslöschlichen Anhänglichkeit an den Nazarener entsteht ein Gelübde, warten zu wollen, bis alles vorüber ist; auch das jüngste Gericht. Ohne den Opfertod eines, der niemals an ein Opfer dachte und erst nach seinem schmählichen Tod am Kreuz sich von anderen eine Rechtfertigung suchen ließ, die unüberprüfbar blieb, ergab sich die Unersetzbarkeit des ewigen Lebens für die Angst.

Ganz andere Figuren, Giganten des Leibes, der ungemeinen Häßlichkeit und Gewalt, wie der von einer ganzen Epoche mißverstandene Dr. Samuel Johnson, bezogen ihre Kraft des revolutionären Aufstandes – die nur von ihnen und ihren Nachfolgern nicht bis zur folgerichtigen Konsequenz des Heidnischen durchdacht wurde – bezogen ihre noch heute wirkende Macht aus dem Glauben an Himmel und Hölle. Man bedenke nur jene entsetzliche Szene, die in der Weltliteratur ihresgleichen sucht, als Dr. Adams in einem Gespräch über den Tod Dr. Johnson unschuldig fragt: »Was meinen Sie damit, wenn Sie sagen: ›verdammt zu werden‹?« Und Johnson – zu einer eingeklammerten Regieanmerkung Boswells: (laut und leidenschaftlich) »Zur Hölle zu fahren und dort zu brennen in alle Ewigkeit!« Wie anders liest und hört es sich an, wenn sich in diese Stimme der schieren Angst der raffinierte Verstand einer späteren Geistigkeit mischt; wenn Kafka die Symbole langsam hervorzaubert, um uns alle nicht allzu deutlich zu treffen; wenn Kierkegaard sich hinter Nachbarn und Weibern versteckt! Die Gleichnisse rücken die großen Ängstlichen des Heute zurück in einen antiken Götterhimmel. Sie machen es uns, den Alltäglichen, dadurch leichter auf unserem Angstweg durch die Alltäglichkeit.

Der Pfad des Lebens ist der Pfad der Angst. Verfolgt man den Tagesablauf, dann ist es, als führe eine zärtliche Hand die Falten eines halb vergessenen, einst geliebten Gesichtes nach.

Der Schock aus dem Tief des Tiefschlafes ist in tausendfacher Wiederholung der Ur-Schock der Geburt. Ein großer Lift schießt ohne vorhergehende Warnung in ungeheure Höhen auf, und das ist das Erwachen. Die erste Entscheidung ist bereits gefallen, und für alle gleich: das Leben. Dann trennen sich die Wege.

Aus den Nebeln sich herauszufinden ist sekundenlang und sogar stundenlang ungemein schwierig. Die zeitliche Dauer ist der einzige Unterschied zwischen bereiten und un-bereiten Menschen: so weiß man lange nicht, was die Vergangenheit des letzten wachen Tages gebracht hat: den Tod eines nahen Menschen oder das höchste Glück. Man paßt sich langsam an, denn man hat Angst vor der Entscheidung. Jeder Tag ist der Entscheidungstag.

Wir werden im Büro versagen. Nicht eine Zeile des neuen Werkes wird uns glücken. Der Tag ist vorbezeichnet als Tag für die Liebe – doch ist es möglich, daß uns alles, was für das Glück bereit steht, unter den Händen zerfällt. An uns selbst werden Ansprüche gestellt, und als selbstverständlich wird mit deren Befriedigung gerechnet; doch gerade diese Probe auf das Exempel kann schiefgehen, wird schiefgehen müssen. Das nennt man: Pläne machen – der Urgrund für die Angst, der die Blüten der Phantasie auf dem Fuße folgen wie die Schmerzen dem Fieber.

So findet man sich schwer in dem Zimmer der Morgenstunde zurecht. Bei dem halben Schwung aus dem Bett wird eines Tages die Spannkraft versagen, die Muskeln werden nachgeben, und die Stirn wird ungefügig an die herausstehende Ecke des Schubkastens stoßen. Blutend werden wir zusammenbrechen – wer aber wird das Krankenhaus verständigen, da wir allein wohnen? Wird der Stoß bis ans Hirn reichen? Ist die Hirnmasse wirklich grau? Oder gelb, als wäre sie schon gedünstet?

Ans Fenster ist nur ein Schritt. Ablesen der Temperatur. Ablesen des Barometers. Wird die Sonne herauskommen? Droht die Sonne? Segnet sie, wie die Dichter sagen, aber nur bis zum sechzigsten Lebensjahr? Nachher Gefahr einer Gehirnblutung – der Schlaganfall der älteren Großväter und -mütter?

Oder wird es zu kalt sein? Den dicken Mantel nehmen? Und noch dazu den Schal! Auf Temperaturen ist kein Verlaß, diese Straßenecke ist windgeschützt, in Wirklichkeit ist es viel kälter. Eine Erkältung? Macht die Grippe überall Fortschritte?

Angst durch den Verkehr mit der Technik. Die Fortschritte der Kommunikationsmittel haben die Menschen unglücklicher gemacht, nicht glücklicher. Das Abhören der Morgennachrichten im Radio bestätigt alle bösen Ahnungen. Das Wetter gestaltet sich ungünstiger, Straßenglätte, Übertemperaturen, Schneefälle, Regengüsse. Kriegsgefahr. Darstellung der menschlichen Scheußlichkeit in allen fünf Weltteilen, ohne daß ein anderes Eingreifen möglich ist als Verzweiflung. Und Angst.

Regen hat den Vater getötet, wird auch mich töten. Er hat lange im Regen stehen müssen, und dann Warten, bis er der Lungenentzündung erlegen war. Penizillin – ein Trost? Aber man kann dagegen allergisch sein. Man kann sich alle Todesarten ausmalen, die sich aus Regengüssen ergeben. Die Sonne scheint?

Im Tagtraum gehen wir den Hügel vom Haus hinab. Die ersten Schritte abwärts bestätigen unser Alter. Die Zahl der schmerzhaften Körperteile kann kaum festgestellt werden. An jeden knüpft sich ein Bericht aus der Vergangenheit. Wie ist es möglich, dort Schmerzen zu empfinden, wo gar kein richtiges Organ liegt? Der Fragen sind zahllose: Angst ist nichts weiter, als alle Einwände des Geistes gegen den Körper zu berücksichtigen. Wie aber leben die Tiere? Sie kennen den Tod nicht.

Beim Überqueren der Straße gilt es, sich rasch zu entscheiden. Trägheit kämpft gegen die Angst – soll man sich wirklich bis zu dem besonders bezeichneten Übergang weiterbewegen oder es hier wagen, einfach hinüberzugehen? Sind die Fahrer Mörder, sind sie unfähig, sind sie fahrlässig, wollen oder müssen sie dich töten? Und wer kann garantieren, daß ein eiliger Arzt, ein wilder Liebhaber nicht auch einmal den Zebra-Streifen überrollt? Man hat Verkehrstote gesehen, zerschlagene, ineinandergeschobene Autos, Blut auf dem Asphalt, inkongruent das Älteste mit dem Jüngsten. Hundertfach droht die Vernichtung auf dem Weg durch die Stadt.

Wie kann man vermeiden, in der Redaktionskonferenz, in der Kanzlei, vor dem Direktor gescholten, blamiert, seiner Ehre beraubt zu werden? Die entscheidende Frage: wie lange kann Witz unser Schild sein? Gibt es böse, spöttische, sarkastische Worte, vor denen die Angst selbst Angst empfindet, nicht durchdringt, verschwindet wie ein Virus, der nicht Fuß fassen kann, ein Geschwür, das die Blutkörperchen aus dem Leib treiben? Das Kollektiv, die anderen Menschen, an denen wir kein Anteil haben, schützt und birgt wie ein Handschuh die Hand. Wir denken an die Komplikationen der Angst wie an Kurzgeschichten, die wir aussinnen, um Gespenster zu vertreiben, nicht ohne vorher bei ihnen zu verweilen.

Einmal, höchstens zweimal am Tag kommt der Postbote mit den Verbindungsstücken zu der Umwelt. Die Zeit des Pathos ist vorüber – keine Rede mehr, daß dir auf silbernem, auf goldenem Tablett dein Todesurteil zugestellt wird. Alles ist einfacher geworden, aber noch immer verkriechen sich die guten Briefe unter ihre Nachbarn, die schlechten sind als solche nicht kenntlich, von weitem schon grüßen die Kataloge der Buchhandlungen mit den Neuerscheinungen deiner Todfeinde. Nur leicht nachgezogen am Rand ist der Trauerstreifen am Brief vom Tode deines besten Freundes.

Zweihundert Meter vor dem Haustor, auf dem Weg zurück, beginnt der Traum zu spielen. Wunschtraum, Angsttraum? Oft sind es fünfhundert Meter, handelt es sich um einen Dichter der Angst? Wir alle sind Dichter der Angst. Wir träumen von den Briefen, die tagsüber eingetroffen sein könnten, von den Telegrammen aus den anderen Ländern, von Telefonanrufen, deren Existenz sich bloß aus den hingekritzelten Zeilen des Untermieters ergibt. »X.Y. hat angerufen, morgen geht es nicht.« Tod und Verdammung? Erlösung, Aufschub?

Wie kann eine achtundachtzigjährige Frau noch viel länger leben? Es geht stets um die eine, einzige und unumstößliche Tatsache. »Well, then I'm not going.«

Was sich da für Verwicklungen ergeben mögen! Abwicklung einer Verlassenschaft. »War Ihr Herr Papa so groß wie Sie?« Man wird nach diesen Einzelheiten vom Leichenbestatter gefragt, damit er bereits jetzt kleine Anhaltspunkte für die Länge des Sarges hat. Aber auch andere Menschen kommen in Betracht. Vielleicht hinterläßt dir Tante Anna ein ausgiebiges Legat, damit du endlich auch einmal Spanien kennenlernst?

Aber es ist kein Brief gekommen. Kein Telegramm. Niemand hat angerufen.

Kurz vor dem Einschlafen die Angst vor der Bewußtlosigkeit. Die meisten Tode finden um zwei Uhr nachts statt. Doch der Schlag ist notwendig, das Opfer an die Natur. Kann man vor einem Opfer Angst haben? Mein Vater ist am Nachmittag gestorben, auch meine Frau. Um vier Uhr.

Dies alles betrifft alle.

Die Angst gilt jeder Veränderung. Der Tod ist die gründlichste Veränderung. Wollte man sich ernstlich und überlegt vor dem Tod bewahren, dürfte man niemals sein Bett verlassen.

Alles, was dem Leben angehört: jede Bewegung ist tödlich. Wir springen tausendmal am Tag über unsere Angst, sie dreht die Welt, sie führt die Menschen an der Hand, an der Nase. Geboren aus der Angst, aus der Angst in den Wirbel gesprungen, versunken in die Angst. Wer wäre ohne Angst? Er stürbe sofort.

Bevor noch der Prozeß um den Pachtzins in die zweite Instanz getreten war, entfaltete sich, noch vor der Berufungsverhandlung – der Frau Direktor Görlitzer und dem Clan der Frumm – mit grausamer Langwierigkeit den Prozeßteilnehmern das weite Gebiet der Schikanen und Intrigen. Hier war die Kapitalskräftigere natürlich ihren Pächtern überlegen: die Eingriffe in das Wirtschaftsleben des Landproletariats waren objektiv fühlbarer als die minderen Bosheiten der betroffenen, der verrückten Annatant und der kleinen, um so aufgeweckteren Angela.

Dabei hatte die Görlitzer anfangs versucht, einen Keil zu treiben, indem sie der energischen, aber boshaften Angela unversehens, so unter der Hand, manchmal Geldgeschenke zukommen ließ, die sich allerdings, ihr wohl bewußt, in der Inflationslage innerhalb kürzester Frist in Nichts verwandelten. Die Kleine brauchte aber Extra-Geld, denn sie hatte begonnen, ihrer Neigung zu ihr wenig zustehenden Kleidungsgegenständen zu frönen – alles, was dazu dienen mochte, ihre winzige Figur zu Geltung zu bringen – hohe Hüte, Stiefelchen, breite Mäntel, darüber womöglich noch einen Umhang aus Loden.

Sie selbst zeigte sich jedenfalls ihrer allgewaltigen Gönnerin nicht erkenntlich. Als es wieder einmal im Hof zu einem persönlichen Treffen zwischen Görlitzer und Angela kam, und die Direktorin durch nicht mißzuverstehende Winke den Tribut des Handkusses über den Hof hinweg augenblinzelnd und durch energisches Kopfnicken einzufordern sich anmaßte, blickte die rebellische Angela zuerst zur Seite, hob dann frech das Kinn, deutete an, sie wolle ja nichts und leiste deshalb auch nichts, worauf sie sich langsamen, durchdachten Schrittes von dem Schauplatz entfernte.

Der Weg führte sie sogleich, wie des öfteren, wieder in das acht Kilometer entfernte Städtchen R., der Einkäufe wegen. Einen schweren Schlag gegen solche Unternehmungen führte die Görlitzer, indem sie von einem Tag auf den andern, die Beistellung des Zugpferdes für den übriggebliebenen Gig der Familie ohne Angabe von Gründen verweigerte. Auf dem Hof selbst gab es schon lange keine Zugpferde mehr.

Die eigenwillige Angela hatte mit eingekniffenen Lippen, stumm und störrisch, bei sich beschlossen, sich aus dem Staub zu machen und nach Wien zu fahren, wo sie angeblich bei der Mutter – was keineswegs auf Wahrheit beruhte! – gut und herzensfreundlich aufgenommen werden würde. Wohl hatte sie ihren Vater, auch in der Gestalt eines Trunkenboldes, über alle Maßen geliebt – gerade deshalb erschien es ihr aber unerträglich, weiter Zeugin der Entwicklung auf dem Lande zu bleiben. So begab sie sich, ausgerüstet mit dem ihr noch von der Annatant gespendeten Reisegeld, zu Fuß, ganz ohne Pferd, ganz ohne Gig, auf den Weg, in frühester Morgenstunde, von dem Gehöft nach R., wobei sie weinte.

Sie weinte, weil sie ihre Annatant lieb gehabt hatte; mehr noch, weil sie des letzten Gauls gedachte, der vor einem Jahr auf dem Stroh dahingegangen war, so daß man also dieser Kanaille ausgeliefert war; gedachte auch der vielen anderen Tiere und Tierchen, die bis jetzt und in alle Ewigkeit ihr Leben verschönten und verschönen würden. Sie ging dahin, flüchtend, durchgegangen, mit wenig Gepäck, weil es für einen Koffer nicht mehr gereicht hatte; ohne Abschied von einem einzigen Verwandten genommen zu haben; einsam und fast eine Zwergin.

Es war Frühherbst. Das Wetter war unfreundlich, was sehr bald kein Ausdruck mehr war für den starken Regen. Wegen ihres Gepäckmangels – eine Einkaufstasche und ein Zöger waren alles, was sie trug – mußte sie sich Kleider und Mantel übereinander anziehen, was in dem warmen Regen zu gewaltiger Schweißentwicklung führte. Sie trug sogar zwei Hüte: über einer modischen Kappe, Jahrgang 1916, einen Filzhut. Der lange Lodenmantel dampfte.

Mit den Verkehrsverhältnissen war es in der jungen Republik noch übel bestellt. Aus R. an einem Tag, noch dazu ohne umzusteigen, in die Hauptstadt zu gelangen – Reichs-, Haupt- und Residenzstadt hatte Wien einmal geheißen, dahin, dahin –, war fast ein Ding der Unmöglichkeit, vor allem deshalb, weil die beiden Waggons, I., II. und III. Klasse, schon in der Ausgangsstation R., von der hinter der Sperre wartenden Menge geradezu gestürmt wurden.

Angela, die als eine schwere und nebelverhüllte Kugel rollendlaufend am Bahnhof eingetroffen war, übersah die Lage blitzartig und faßte den tollkühnen Beschluß, sich sofort, wenn einmal die Garnitur eingefahren war, in die I. Wagenklasse zu stürzen, so für die Sicherheit eines Sitzplatzes 75% ihres Viaticums aufs Spiel setzend, gegen den Gewinn, daß ihre für die Hauptstadt erworbene Garderobe unbeschädigt dort einträfe.

Aber auch die I. Klasse füllte sich sofort: Passagiere ohne die entsprechenden Fahrkarten zwängten sich aus den anderen Wagenklassen herein, weil dort für schwächere Personen sogar die Eroberung eines Stehplatzes mit unzumutbaren Schwierigkeiten verbunden war. Doch immerhin thronte Angela, aufgestatzt, doppelhütig und viel umfassender als im Normalzustand, auf ihrem Eckplatz an der Tür. (Am Fenster war die Zugluft für die feinen Nerven der Tierliebhaberin unerträglich.)

Sie saß da und dunstete aus. Sie hatte keine Angst, umgeben von unbekannten Feinden, unbekannter Feindschaft entgegenfahrend. Sie glühte von innen. Es war nicht so sehr sie selbst, obwohl bei solchem Wetter die Reinlichkeit dieses kleinen Körpers sich nicht gebührend bemerkbar machen konnte – nein, es war der nasse Filz, der nasse Loden vor allem, der zu einem ungeahnten Ausstoß von Gerüchen führte. Sie schwebte geradezu über ihrem Sitz in den um Schultern und Hüften geschlungenen Ausdünstungen der minderwertigen Stoffe wie eine elevierte Heilige unter der Käseglocke.

Sie hielt die Nase erhoben, hauptsächlich aus Stolz, denn sie selbst roch sich ja nicht, was ein Naturgesetz ist, eines der wohltuendsten. Um sie leerte sich sehr bald das Abteil. Lieber, so dachte manche Frau, mancher Mann, lieber sechster Klasse zu fahren – hätte es sie nur gegeben – als solchen olfaktorischen Eindrücken weiter ausgesetzt zu sein. (Dabei ist der Österreicher überhaupt von vielen Gerüchen bedrängt, im Süden von Knoblauch, auf italienisch: aglio; im Osten von Zwiebeln.)

Schließlich war Angela allein. Sie schlief nicht, sie dampfte Sieg aus, das war zu aufregend, als daß man hätte schlafen können.

Mut? Sie war ohne Angst, und das ist mehr.

Continuat

Angela Frumm

Angelas Vater war dann bald an den Folgen eines Messerstichs gestorben, das aber hatte mit dem Krieg nichts zu tun gehabt. Frau Direktor Görlitzer zahlte das Begräbnis, was sie bei seiner Tochter nicht eben beliebt machte. Vielmehr behauptete diese zeit ihres Lebens, die »Direktorin« habe den Papa umgebracht.

»Ich könnt' euch eine Menge erzählen. Die Wälder, wie's heiß war. Und viele Viecherln, auch Schmetterlinge. Im Bach sogar Forellen. Und die Vogerln, wie die dort singen. Arbeit hat's immer zu viel gegeben, da bin ich lieber mit der Tantanna im Wald, am Fluß gesessen, weils doch begeistert war, und sie hat mir alle Namen gezeigt, könnte ich erzöhlln – erzählen – tus aber nicht, weil ichs nicht will, und ihr eh keine Zeit habts, ich mein nur, auch Wölf im Winter.«

Die Annatant

Die Annatant stammte aus dem ödesten Teil der Steiermark, einem Tal um die Gleinalpe; sie hieß Anna Grausenhuber, heiratete mit päpstlicher Dispens ihren Vetter Josef, den Peppionkel, weshalb ihr dieser grausliche Name weiter anhaftete. Sie war mittelgroß, wenig hübsch, stark, mit einem gütigen, leise spöttischen Lächeln um den Mund. Sie gebar ihrem sehr bald widerwärtigen Gatten sieben Kinder und tat Zeit ihres Lebens ihre Pflicht, ohne zu wissen, was das eigentlich sei – bis an ihr grausames Ende.

Josef war ein Riese von einem Menschen, ohne viel Verstand und Gefühl, bettelarm und Holzarbeiter; seine Braut war nicht viel wohlhabender, zwei Kirchenmäuse also, was sich im Verlauf einiger Jahre jedoch ändern sollte. Denn Josef Grausenhuber besaß ein immer und überall geschätztes Talent: er war ein einfallsreicher und technisch gewandter Bildschnitzer, der sich seine Ausbildung auf Rat eines nach Stannaz an der Glein verschlagenen Kurgastes, der selbst Bildhauer war, sogar ein Jahr in Leoben und dann in Wien etwas hatte kosten lassen. Nach der Hochzeit mußte die Anna mit in die Hauptstadt, Peppi fand eine gut bezahlte Stelle, sparte an Essen und Kleidung, blieb drei Jahre in Wien und ging dann in die Steiermark zurück. Vielfach hatte in dieser Zeit der gutmütige Bruder Annas, der Förstermeister Jochem Frumm, Angelas Vater, zum Lebensunterhalt des jungen Paares beigetragen, hauptsächlich durch erlegtes Wild.

Ein kleiner Hof in den »Windischen Büheln« in der südlichsten Steiermark stand eben zur Pacht offen, die Anzahlungssumme entsprach genau dem in der Großstadt von den beiden ersparten Betrag. Anna hatte dabei nicht viel mitzureden, denn in diesen ersten Jahren war sie gewöhnlich schwanger. Aber Peppi wollte es, er glaubte an sein Glück. Die Pachtbedingungen waren zwar elend, der Hof halb verfallen, die Felder drei Jahre nicht bewirtschaftet gewesen, die Ställe waren jedoch in Ordnung, auch alle Vorkehrungen für die Fischerei in der ganz nahe gelegenen Drau, die hier langsam im Niederwald, fast wie in einer Parklandschaft, geradezu einem Strom vergleichbar, dahinzog.

Peppi hatte das Holzschnitzen aufgegeben; er kümmerte sich

wenig um seine sechs Schweine, drei Kühe und zwölf Hühner; noch weniger um seinen kleinen Acker und die Rüben; hingegen fischte er geradezu mit Begeisterung. Auch hatte er begonnen, sich einen Sport daraus zu machen, seine Frau regelmäßig, wenn auch nicht übermäßig durchzuprügeln.

Seine Frau Anna! Um diese Zeit waren die sieben Kinder bereits zur Welt gekommen, eine fast natürliche Begleiterscheinung der Prügelei. Anna ertrug es, sie sagte nichts, wehrte sich nicht, lächelte sogar oft, besonders auf das von ihr geliebte Kindergewürm herab, fünf Mädchen und zwei Knaben. Nach zwei Jahren brachte der hilfreiche Bruder Jochem noch ein Mäderl mit sich auf den Hof, seine Tochter Angela, derzeit fünf Jahre alt. Sie wurde, vielleicht weil sie fremd war – keine richtige Mutter, vielmehr Familie hatte –, Annas Liebling. (Auch für Angela war das die erste paradiesische Zeit ihres Lebens.)

Annas Herz hing an der Natur, besonders an der, die nicht in einem Pachtverhältnis mit der Frau Direktor Görlitzer stand. Sie liebte also ihr Vorgarterl mit den drei Sonnenblumen, den Päonien, Röschen und einem Buschen Pfingstrosen; auch mit Schnittlauch, Salaten, Tomaten (die damals noch Paradeiser hießen), Spinat, Petersilie; am liebsten waren ihr die vier Stämme Phlox. Darüber hinaus, vielleicht noch mehr, schweiften ihre Träume im Wald, bei den Vogerln und Schmetterlingen und Käfern, und am Fluß, bei den Fischerln und Fröschen (auch Kröten waren nicht ausgeschlossen).

Dorthin begab sich Anna, sooft sie konnte; häufig wurde bei diesen einsamen Exkursionen auch das kleingewachsene Ding mitgenommen, das auf diese Weise mit kargen Worten und leiser Stimme von der Anna in das Pflanzen- und Tierreich eingewiesen wurde: mit einer gewissen Selbstverständlichkeit fand die Kleine auch wieder an den Kleinen, den Nahen wie Meisen und Finken, Kohlweißlingen und Jungforellen ihr besonderes Vergnügen. So wurde ein Grundstein zum Gefallen am Hilflosen und Unschädlichen gelegt, vielleicht ein Widerspruch zu einem so ganz anders sich herausbildenden Leben.

Ja, es war mit der Zeit soweit gekommen, daß Anna immer wortkarger wurde, manchmal ganze Tage lang überhaupt schwieg. Das war kein Schweigen des Protestes, des Trotzes, nicht einmal der Müdigkeit: es war nur, als hätte sie plötzlich die Rolle eines nicht mit der Sprache begabten Tieres übernommen. Am ehesten ging das Reden noch mit dem Bruder Jochem; aber auch die Unterhaltungen mit ihm fanden bei geringster Lautstärke statt, fast im Flüstertone.

Trotzdem war die Autorität dieser Frau so groß, daß bei ihrem stummen Auftreten die Kinder aufhörten zu johlen und zu jauchzen, die Schweine aufhörten zu grunzen, die Kühe zu muhen. Peppi, der das Verstummen natürlich für eine Form des Widerstandes gehalten hatte, schlug zunächst doppelt zu, begann aber mit der Zeit, den ironischen Zug um ihren Mund zu beachten und zu verstehen, und hielt sich fern, wurde sogar milder in seinen körperlichen Aggressionen, und zutraulich.

Anna saß gewöhnlich mitten im lichten Wald, auf einem Bühel, gar nicht weit entfernt von den menschlichen Niederlassungen, nur daß sie eben nichts mehr von dort hörte. Der Waldboden war in dieser Lichtung mit vielen Farnen, Schierling und Brennesseln bewachsen, es gab nichts, was diesen Punkt für Neugierige sehenswert gemacht hätte. Der Wind ging sommerlich, und deutlich sirrte der große Fluß in brauner Farbe. Weiden hingen hinein. Es war ein Mischwald. Annas Lieblingsplatz war von den allerhellsten Lärchen umstellt. Ein Eichhörnchen wechselte vorbei, sah sich den Menschen an, kam näher, sprang davon und kletterte den Baum rasch hinauf, unter häufigen Blicken zurück.

Auch im heißesten Hochsommer wehte es vom Fluß recht kühl herüber. Anna trug selten Schuhe, wenn sie saß; auch mit der mitgenommenen Strickerei konnte sie sich nicht lange befassen und ließ sie sinken. Sie schaute einfach vor sich hin. Sie hörte dem Singen der Vögel zu. Ob sie etwas dachte, weiß man nicht; es steht jedoch beinahe fest, daß sie glücklich war. Gewiß lag ihr abwechselnd verträumte Vergangenheit um die Augen, öfter noch Sehnsucht nach der Zukunft. Die kroatische und die ungarische Grenze lagen beide nicht weit von dieser Stelle, und Anna hatte hie und da geäußert, sie wollte, schenkte ihr Gott ein längeres Leben, nur allzugern ins Ungarische hinüber, ja, sie hatte von Ungarn und seinen Bewohnern – ob sie damit die sagenumwobenen Zigeuner meinte? – ganz fabulose Vorstellungen.

Wenn sie so dasaß und schaute und lauschte, geschah es – zuerst recht selten, dann immer häufiger –, daß sie mit sich selbst leise zu sprechen begann, zu wispern und manchmal gar zu singen, mit einer hohen, zirpenden, durchaus nicht unangenehmen Stimme. Das trat aber regelmäßig nur ein, wenn sie allein war, niemals wenn die kleine Angela mit ihr gekommen war, die sie entweder anschwieg, was das Kind ganz und gar zu verstehen schien, oder aber der sie kurz gehaltene Erklärungen über die flatternde Umwelt gab.

Sie war in Reichweite ihres Hofes, ihrer Wirtschaft, was besonders dann wichtig erschien, wenn Mensch oder Vieh laut danach verlangten, von ihr gefüttert zu werden. Sie konnte, wenn keine Unterbrechungen eintraten, es durchaus einen halben, ja einen ganzen Tag aushalten, ohne sich von menschlichen Bedürfnissen stören zu lassen. Andere Personen kamen wohl nur ausnahmsweise in diese Gegend, nicht einmal in den Hof, geschweige denn auf den Waldbühel. Stimmen, wie gesagt, erreichten sie, solange es Kehlen gab, die männlichen Kehlen ihres Gatten oder Bruders, oder von Ignaz, dem Hilfsknecht.

Das hörte auf, denn der Krieg brach aus. Beide Männer mußten einrücken, der Hof war nur gepachtet, der Knecht ging schließlich auch, 1916. Von den Mädeln hatten zwei bereits geheiratet, die eine sogar nach Graz. Angela machte viel Arbeit, die Buben waren zu einem Onkel ins Kärntnerische gegangen, weil sie auf der kleinen Wirtschaft, wo man ohnehin beinahe alles Vieh hatte weggeben müssen, kaum etwas zum Schaffen hatten und doch nicht müßig bleiben sollten, da sogar die um ein bis zwei Jahre Älteren schon hatten einrücken müssen. Man schrieb an die Hanni, Angelas Mutter, jemand hatte die Adresse gewußt, sie kam dann auch.

Trotzdem wurden Annas Ausflüge in den Wald jetzt bald häufiger und länger. Ihre Gedanken nahmen menschliche Formen an, und der Fluß, dem sie näher rückte, stärkte deutlich ihre Sehnsucht. Überall ringsum troff die Welt von Blut, noch an den Rändern gelb in Haß und Gift, doch hier inmitten ihres Kreises breitete sich um Anna ein prachtvolles Leben aus, denn Entbehrungen war sie gewohnt, und Hunger konnte sie ertragen. Daß die wenigen Kinder, die um sie geblieben waren, genug zum Essen hatten, dafür sorgte sie schon. Sie kämpfte mit der Frau Direktor Görlitzer einen langen Kampf gegen die Erhöhung des Pachtzinses, den sie sogar gewann, wenigstens in erster Instanz.

Oft schmetterte sie, allein an der Drau, die Töne ihrer textlosen barbarischen Lieder hinaus, und scheute sich sogar nicht, Angela an den gesanglichen Bravourleistungen teilnehmen zu lassen.

Die Menschen jedoch verliefen sich. Nur Angela blieb und das Älteste von ihren Mädeln, das wegen einer schiefen Schulter wohl nicht so rasch einen Mann bekommen würde. Die Nachricht vom Waffenstillstand wurde sehr bald von der Mitteilung eingeholt, Korporal Josef Grausenhuber, Peppi, ihr Mann, sei als einer der letzten in der sogenannten Schlacht bei Vittorio Veneto gefallen. Anna ließ in dem benachbarten Städtchen R. eine Totenmesse für ihn lesen, trat auch, zum erstenmal, trotz der herbstlichen Temperaturen, mit nackten Füßen bis zu den Knien in die strömende Drau hinein, rings um sie Wind, Nässe, Wolken. Am nächsten Tag kündigte sie den Pachtvertrag auf; seit Wochen hatte man schon davon gehört, dieser Landstrich würde von dem geschlagenen Rumpf-Österreich an das neue slawische Königreich abgetreten werden.

So auch geschah es; es dauerte wohl noch den ganzen Winter und Frühling, nachher aber ging es schnell. Als Letzte von den Jungen verließ Angela ihre Ziehmutter. Niemand weinte, aber Angela hatte, wahrscheinlich das erste und auch das letzte Mal in ihrem Leben, das Gefühl, hier bleibe jemand zurück, der sie wirklich gemocht hatte. Auch Jochem, ihr Vater, Annas Bruder, war jetzt aus dem Feld heim; doch war er barbarisch wild und unbezähmbar trunksüchtig geworden. Angela wollte nach Wien, Anna zahlte ihr die Fahrkarte, der Vater, dem das Förstergewerbe nicht mehr in den verlotterten Lebensplan paßte, wollte ihr bald folgen. So weit sollte es nicht mehr kommen.

Anna nahm nach einer lang ausgesponnenen Sitzung unter den ersten grünen Gräsern im Wald still Abschied von allem und ging eines Nachts über die ungarische Grenze. Man hörte auf dem Hof wochenlang nichts von ihr. Steffi, die Älteste, machte sich stille Sorgen um sie. Dann traf ein Bescheid ein, auf magyarisch, von einem ungarischen Amt, fern der Grenze, beinahe in der Mitte des so ersehnten Landes, den man erst übersetzen mußte; hierzu bedurfte man der Hilfe eines Dolmetschers, den aufzutreiben dem stets betrunkenen Jochem nicht leicht fiel. Nach weiteren zwei Wochen erfuhren alle, die es hören wollten – doch davon gab es nur wenige – daß Anna in die Hände einer kommunistischen Bande gefallen war, sich nicht hatte genügend ausweisen können, und nach Willen und auf Befehl des Kommissars für das Sicherheitswesen wegen Spionerie am 4. Mai 1919 zu Kiskunféjavar gehängt worden sei. Beigesetzt sei sie in demselben Ortsfriedhof. Die Mitteilung stammte bereits von der wieder in ihre Rechte eingesetzten bürgerlichen Regierung Ungarns unter Admiral Horthy.

Der ehemalige Forstmeister Jochem Frumm tobte vor Schmerz und Zorn, zumal ihm alles Sozialistisch-Kommunistische fremd und verhaßt war. Als ihn eines Abends, vierzehn Tage später, ein paar Burschen, die von dem roten Glauben ebenfalls angesteckt waren, mit der plötzlichen Flucht seiner Schwester nach Ungarn hänselten, woran sie auch hämische Bemerkungen über deren Lebenswandel anschlossen, kam es zu einer Stecherei. Der Förster bekam einen Stich in den Oberarm und einen in den Bauch ab. Der Arzt kam zu spät, das Krankenhaus wurde erst nach zehn Stunden erreicht, dort fehlte es an Desinfektionsmitteln. Der Förster starb. Angela hörte davon erst nach einer Woche, so schlecht waren in jener Nachkriegszeit die postalischen Verbindungen.

Die Gebietsübertragung wurde formell im nächsten Herbst vollzogen. Frau Direktor Görlitzer mußte auf den verfallenen Hof verzichten – was ihr nichts ausmachte; aber auch der Rest des Pachtzinses war für sie endgültig dahin, worunter sie sehr litt. Wer hätte auch dafür aufkommen sollen? Die Kinder wurden kurrendiert, blieben aber unauffindbar; und Anna, die ja Zeit ihres Lebens sich um Derartiges gekümmert hatte, stieg zu diesem materialistischen Zweck bestimmt nicht aus ihrem kleinen Grab im Ungarischen. Nicht einmal auf dem Waldbühel hat man sie je wiedergesehen, obwohl ihr Geist sie bestimmt dorthin zog – um zu schauen und dem Sirren der Drau zu lauschen.

Continuat

Angela Frumm

Der Angela erging es in Wien zuerst schlecht, weil die väterliche Familie sich nicht mehr um sie kümmerte und die Mutter, Hanni, wirklich gar zu arg war. Einmal verlangte sie sogar Geld von ihrer Tochter, weil das dritte Kind, also höchstens Angelas Stiefbruder, immer kränkelte. Aber Angela lief ihr einfach davon. »Was büldt sich denn die ein!«

Da lernte sie den Franzi Krautdorfer kennen, damals Oberkellner beim »Weißen Mohren« im XII. Wiener Gemeindebezirk. Der war lange Zeit sehr gut zu ihr, wilde Liebe. Man nannte ihn immer nur das Springinkerl, manchmal auch den »Schießer«; man wird schon hören, warum.

Die Angela war sehr hübsch, sie war zwar nicht mehr gewachsen, aber niedlich war sie. Und hielt an ihrem leidenschaftlichen Hang für auffallende, ja luxuriöse Kleidungsgegenstände fest.

Es ging aufwärts, in den II. Bezirk, wo die Juden wohnten. Ecke Pratergasse und Novaragasse hausten die beiden zusammen, Zimmer, Kabinett, Vorzimmer, Küche; Bassena und Abort auf dem Gang. Nebenan, zwei Häuser, ein »Café Dansant« – eleganter Name: »La Princesse«. Angela war dort angestellt, Franzi ganz in der Nähe. Das war eine Zeit!

»Ich will ja nichts sagen, aber schön habens wir ghabt. Wenn ich vom Tanzen gekommen bin, Schleiertanz und der ›Tip-Top‹, und der Franzi war schon abkassiert, haben wir oben halt keinen Lärm machen dürfen. Meine Tänzer waren alle echte Herren. Die hab ich gern hinaufgenommen – ich will ja nix sagen – nichts sagen. Ich mein nur. Mit der Mutter hab ich mich jetzt auch gut vertragen, und ich hab immer aufgepaßt. Ach Gott, so sind die Männer.«

Springinkerl

Als er fünfzehn war, hatte er schon genug Schaden angerichtet. Das Vergehen an seinen Zwillingsschwestern kam zwar erst später, aber die Menschen mit seiner Schießerei zu quälen, hatte er schon in der Schule angefangen. Dort tat er es nur mit den Papierpfropfen an den Gummischnüren; immerhin hatte er bereits in der zweiten Klasse drei Kanarienvögel der Frau Hravanek umgebracht und zwei Katzen je ein Auge ausgeschossen. Ob man in diesem Zusammenhang wohl behaupten konnte, er habe das Ganze von seinem Papa, dem Luigi, ererbt? Nur weil dieses unglaubwürdige und lousche Geschäft unter Umständen auch als »Waffenhandel« angesprochen werden konnte?

Für die Unordnung im Haus war es bezeichnend, daß viele Freunde, ja Verwandte nicht einmal sicher wußten, ob dieser erste männliche Sprößling »Franzi« oder »Fritzerl« hieß. Franzi wurde von den Damen zwischen sieben und fünfzehn vorgezogen.

Es hatte damit begonnen, daß der Papa sich erst viele Jahre nach dem Weltkrieg, den er in Serbien verbracht hatte – aber in welcher Eigenschaft? – in den Produktionsprozeß in Österreich eingeordnet hatte. Er kam endlich 1923 aus dem Balkan zurück, fühlte sich ganz als Balkanese, brachte die Frau und das einzellige weibliche Zwillingspaar mit, auch eine Menge Werkzeug aller Art, hauptsächlich schäbige ausrangierte Waffen, die aber immerhin noch schußbereit funktionierten. Die Frau hieß Milena, hatte an dem Sohn, Franzi, einen Narren gefressen, prügelte die Schwestern nach Noten, wobei der kleine Bub oft genüßlich zusah. Dabei bekam Milena ein Mädchen nach dem andern. Papa hatte in Meidling, Wien XII, am Rande jenes »Tivoli« – damals, verglichen mit der Kaiserzeit, schon recht verkommen – ein Stück Gehölz erworben, das er zusammen mit dem kaum Viertelwüchsigen selbst rodete und wo er zwei bis drei Wohn- und Werkbaracken errichtete. Von irgendwo hatte er eine Art Grundbuchauszug mitgebracht. Die bösen Nachbarn behaupteten, er stamme aus der Zeit, als Belgrad noch zu Österreich gehört hatte.

Franzi war eigentlich recht klein, wenn er neben Mädchen,

Frauen usw. stand. (Was selten vorkam, die Position war schon sehr früh eher die horizontale.) War er allein, lag die gedankliche Assoziation mit einem Misthaufen und einem darauf krähenden Hahn nahe. Dazu kam noch die spitze und nicht unlängliche Nase, in die Luft gestreckt.

Schnelligkeit – vielleicht auch von dort unten mitgebracht – unterschied ihn vor allem von seinen Mitschülern, die ihn gleichzeitig haßten und verehrten. Nicht nur er beschoß den Rest der Knaben um das »Tivoli« herum mit seinen Gummi-Papier-Geschossen – seine ganze Klasse tyrannisierte die übrigen Volksschulklassen und wagte sich sogar in Streifzügen an die benachbarte Bürgerschule heran. Dann erbettelte er sich von der Mama ein Flobertgewehr, das sie ihm, kaum war er zwölf, vom Papa stahl; so kam es schließlich zu der Schauergeschichte mit »Mausi« und »Ratti«, wie er die unseligen Zwillinge nannte (wahrscheinlich hießen sie in Wirklichkeit »Mizzi« und »Peppi«, man gab sich schon längst sehr wienerisch bei den Krautdorfern).

Er war so flink, nicht nur die Erwachsenen mußten sich die Augen reiben, da war er schon vorbei. So pappte er aus dem Versteck hinter den Brettern diesem Herrn Doktor zwei Schuß in das Hinterteil, war aber wegen seiner Geschwindigkeit sogar vom »Wachter« nicht zu finden gewesen. Nur die Schwestern hatten ihn beobachtet und begannen von ihm Geld zu erpressen. Sie waren putzsüchtig, aber auch tatsächlich sehr hübsch und verführerisch, schon mit zwölf Jahren durch einen ausgearbeiteten Busen hervorstechend.

Springinkerl bestellte die beiden spät am Abend auf die Wiese gegen den Park zu, dort warf er sie aufs Gras und bewies dadurch offenbar zum erstenmal seine Gewandtheit auch mit den Liebesorganen.

Kurz und gut – so geschah es, und es kam niemals heraus, wenn man es genau nahm, außer viel später und nur dem Angerl gegenüber, die doch sozusagen wirklich sein »Zweites Ich« war. Die zwei Mausi-Ratti-Menscher hatten selbst zu viel Spaß daran, als daß sie da jemandem «geganserlt« hätten, sie sorgten sogar unter ähnlich gesinnten Kameradinnen für eine Verbreitung gleichgeschlechtlicher Beischlafimitationen.

So war Franzi zwar nicht gerade als Hilfskraft nützlich, auch nicht dem Papa als Träger schwerer Lasten (Eisen! Stahl!) sehr hilfreich, es sei denn – schon damals! – mit gewissen Ratschlägen. Nein, durchaus schädlich war er, frech, diebisch, Blut und etwas Knabensamen verbreitend. Und selbst fast so hübsch wie die verhurten Zwillingsschwestern. (Von den in den späteren Jahren folgenden weiblichen Nachkommen war von den vier nur eine anziehend, die anderen drei hatten fade Gesichter und eine sogar eine Hasenscharte.)

Dabei war gerade jetzt die Zeit gekommen, wo dem Papa Krautdorfer viel daran lag, mit den österreichischen Behörden auf gutem Fuß zu stehen – »sich zu stellen«. Gewisse halb-offizielle, wie man sie später nannte: »faschistische« Kreise hatten großes Interesse daran, sich dieses Zwerg-Waffenumschlagplatzes in ihrem politischen und »strategischen« Sinn zu bemächtigen, auch die »Arbeitskräfte« der Familie konnten für nächtliche und auch nicht so nächtliche Transporte von Nutzen sein. Dialoge fanden statt – zwischen dem Familienoberhaupt und dem »braunen Führer« Meidlings, zwischen Papa und dem Springinkerl. Die Mama wurde nicht mehr Milena gerufen, sondern Mizzerl, einige Reparaturen an den Barackenwänden wurden mit zwar gestohlenem, aber haltbarem Material durchgeführt. Auch trug Papa Sorge, an dem Tag, als der Attentatsversuch gegen Monsignore Sepiel am Südbahnhof unternommen wurde, den bezirksbekannten Sozi, den »Stangerl«, auf offener Straße unter dem lauten Schlachtruf: »Da hast es für eure Herumpöllerei!« abzuwatschen.

Gerade das »Herumgepöllere« war aber Hauptgegenstand der Unterredung zwischen Luigi und dem Herrn – sagen wir – »Müller«. (Aus dem »Reich« war er jedenfalls.) »Nur Eenes, Herr Krautdörfler, wollte ich nur eenmal jesagt haben: sehr schätzenswert, wenn die werte Familie – nur Eener, der darf nicht mit Hand anlejen. Sie wissen ja: der Kleene, der mit der spitzen Nase, der Frechling, na, Sie wissen schon, der, wie mir berichtet, die jungen Damen Schwestern jelöchert hat, na, wees ohnehin jedermann – hat bestimmt schon zwei, drei Menscher umjelegt. Det könn wa nich brauchen, nich gleich am Anfang, vielleicht später – nee, der muß ausm Haus . . .« »Wenn's sagen, Herr Rollenkommandeur, wird aber die Meinigen schwer ankommen, das sag i Ihna, Herr Kommandeurkommandant, die Muatta wird platzen, wenn's beehmisch verstehn tuan.«

»Ick wees 'n guten Posten für den Herrn Oberkinderschänder. Da sucht 'n Herr Wirt, eener von den Unsern, einen Kellner, hat ja ein gefälliges Aussehen, der Herr Sohn.«

So trat das Springinkerl in das Wirtsgewerbe ein; offen gestanden wurde es ihm vom Papa vor allem durch die günstigen Aussichten auf teils ehrlos-schwindlerisches, teils auch rauferisch-gewalttätiges Gehaben in und um den Betrieb schmackhaft gemacht. Trotzdem empfand der Franzi am Weg durch Meidling, an der Hand des Vaters, gehörige Angst – als ginge es bereits jetzt zum Schafott.

Nach den hierarchischen Vorschriften des Schankgewerbes hätte Franzerl als »Piccolo« anfangen müssen, wofür er aber zu alt war. Also mußte in direkter Intervention durch den Papa gleich etwas »gerichtet« werden. Dies geschah im Gespräch mit dem bereits recht bejahrten und baufälligen »Ober« des »Weißen Mohren«, einen ganzen Nachmittag lang außer Haus und dann noch einen ganzen Abend im Hause des weiträumigen, unsäglich schmutzigen, aber seiner Gulascherzeugung wegen berühmten Wirtshauses. Franzerls erster Tag wurde von seinen Vorgesetzten dadurch gefeiert, daß er frei bekam. Im ganzen »Tivoli« war heute Feiertag, der Namenstag des heiligen Antonius.

Und dort und dann brach also über Angela das Schicksal herein.

Der Schwung hatte es ihr angetan. Die Fixigkeit. Die Wendigkeit. Die Vielfältigkeit. Und beide fast dieselbe Größe – dieselbe Art Größe! Das Zwergmäderl aus dem Waldviertel mit den Blinkaugen vermochte heute mit ihrer besonderen Stärke aufzuwarten, die im Bunten, Farbigen, Fleckigen bestand: ein papageiengelbes Tuch um das dünne, zerbröselnde Haar, ein blaues Tuch, ins Saphirfarbige spielend, um den Hals, ein Rock aus Karminrot. Das zog den Springinkerl an, das lockte ihn und reizte ihn. Und der Schießer schoß und traf.

Das hätte gut auf Lebenszeiten sein können. Wars aber nicht. Ja, ja der Krieg. Viel später. Heute das Fest.

Alles rüttelte und schüttelte wie auf einem Schiff in Seenot. Die Farben tanzten, die Menschen tanzten. Die Flur war von Coriandoli und Confetti überschüttet, auf der Flur hüpften die Menschen, auf den Menschen hüpften die Läuse, auf den Läusen hüpften die Oberläuse. Die Schaukeln krächzten wie Raben, die Kinder in den Schaukeln jauchzten wie Besessene. Von allen Seiten klatschten die Peitschen, wieherten die Rösser, ein Eisenschimmel ging durch und überrollte mit seiner Fuhre ein Kleinkind, dem es den Kopf abtrennte. Das brachte niemanden aus seiner bacchantischen Laune.

Auch der Springinkerl zeigte auf diesem Höhepunkt, woher sein Name gekommen war. Eben dortoben auf dem Gipfel erspähte er die Farbige, die Winzige. Auch sie war gleich bewegt. Er riß sie durch die Luft zur tänzerischen Besitzergreifung, sie folgte ihm, wie ein Komet einem Fixstern. So flogen sie, so tanzten sie, so jagten sie – einander und andere Paare, die Platz machen mußten vor ihnen. Und der Franzi haute den Kindern, die die Werkeln für den Tanz bedienten, indem sie drehten und drehten und drehten, große Teile seines Angeldes hin, das ihm ein unvorsichtiger Ober vorgestreckt hatte.

Langsames Finsterwerden, Meteorenfall, Aufblitzen, Wildtanzen, Wildesttanzen. Bier, Bier, Bier. So dazwischen. Und im Nu.

Das Angerl hatte damals noch einen großen Busen, zum Fest-Andrücken und Sich-Knutschen-Lassen. (Auch schön geformt!) So geschah es, und es war besonders herzerfreuend, daß trotz der raschen Bewegung und des Sich-Drehens-und-Wirbelns doch bei ihm ein Drang, ein heftiger Wunsch eintrat nach Hinaus und Hinauf, durchaus spürbar. Und Franzi zeigte auch gleich auf dem benachbarten und höheren Gebiet, was er vermochte und was er vollbrachte.

Sie tanzten nach Einbruch der Dunkelheit drinnen auf der Diele des Nachbarhauses. Dort lief er schließlich mit ihr in die »Toilettenanlagen«, die mangelhaft und sogar für zwei so Kleingewachsene winzig klein waren. Er preßte sie auf die Brille, die gab nach, jemand rutschte, aber keiner oder keine wußte, wer eigentlich den Durchbruch verschuldet hatte. Sie entgingen gerade noch der Benässung von unten, da aber rüttelte es schon an der Tür, die entsprechende Lärmentwicklung war nicht gering gewesen.

»Aufmachen! Schweinerei! Damentoilette!! Frauen! FRAUEN!! FRAUEN!!« Rasch im Schwung, das Springinkerl, durch das allerengste Abortfenster sich hinausgezwängt, eigentlich hindurchgeschossen, und die Angela, strahlend, auch wieder überall notdürftig zusammengeflickt, durch die Tür der »Damen« hinausgeschritten. »Üch verstöh nicht, was der Lärm bedeuten soll?« Dann wieder im Tempo zugelegt, dem Franzerl über alle Dielen der Welt nachgerannt, ihn eingeholt, DENN DIE BESTIE IST ZU BEIDEN SEITEN DES STROMES ERWACHT – also ihn eingeholt, sofort auch die Beine entschlüsselt, das war aber natürlich schon wieder ganz anderswo, eine Scherbenwiese mit zerbrochenen Flaschen und Blechhäfen, Spuren von Sträuchern zum Schutz, auch Resten von verkümmerten Bäumchen, teilweise wurzellos; dann Weiterrennen, und das Zimmer Angelas, das sie in der Gegend hatte, samt eigenem Schlüssel, recht nah gelegen, und beide über die kurze Stiege in den Mezzanin gehuscht und drinnen auf einer Art von Bett, Lager, Liegestätte das gewaltige Opfer fortgesetzt, zur allgemeinen Freude, auch in der Gosse den

Göttern zu Ehren, und der schmutzige Schmetterling der Damals-Jugend fortgerissen im Wirbelstoß und Drehwind, von da und von dort, von vorn und von hinten und von den Seiten, und gehüpft und behüpft und besprungen, dieses Tier und jenes Tier, aber alle mit den zwei Rücken, mit Gemaunze und Gejohle und zum gloriosen Abschluß die erste Sonne auf die nackten Glieder, auf die Fetzen, und endlich der rasche Beglücker durch das Fenster ab, diesmal gleich hinuntergesprungen auf das Straßenniveau und in seine Wirtschaft »Zum weißen Mohren« illegal hineingeschlüpft. Der alte Ober, der im Hause schlief, merkte nichts oder stellte sich nur so, denn auch er war dem Springinkerl mehr als gut gesinnt.

Alle waren es ihm damals – in der Wirtschaft, und zu Hause die Mutter und die Zwillinge, so hatte Angela viel auszustehen.

Aus Eifersucht.

Sie hingen sich, wie gesagt, alle an ihn: da gab es damals noch viele, die aus den »Häusern« Bier holen kamen – die Zugeherinnen und auch die Dienstmadeln ganz einfach, manchmal auch die Töchter des Hauses, und alle blieben länger als nötig. Zu einem Plausch mit dem Franzi, auch gab es da, hie und da, ein Verschwinden hinter dem Faßl, das oben und im Hintergrund stand, man konnte ihm ganz kurz wenigstens etwas hinhalten, was gierig geboten und gierig aufgeschnappt wurde.

Und dann unternahm das Springinkerl etwas, was er sonst in der Liebe nur sehr selten tat: er beabsichtigte etwas. Er wollte es und versuchte es. Er hatte einen Plan. »Schauns, Herr Karl, was wollns denn so lang im Beruf? Machts Ihna denn wirkli Freud? Wos scho so lang eingzahlt haben? Wo die Frau Mutter das liabe Häusl bei Pernitz hat! Und wie lang, glaubens denn, wird die Frau Muatter denn no . . .«

»Does is net, Herr Franz, die Frau Muatter hat scho mit Zwanzig gschecktes Moss g'fressen wie unserans Butterbrot. Die wird uns alle überleben. Aber Ihretwegen, Herr Franz, da tu is gern. Wo Sie mir do so sympathetisch san. Meinetwegen – in zwa Monat geh i in die Renten . . .«

So wurde das Springinkerl der jüngste Ober von Wien. Und damit fächerte Angela mit ihrer wohlgeordneten Liebestollheit in alle Richtungen aus. Schließlich führte die Entwicklung in erstaunlicher Kürze in den II. Wiener Gemeindebezirk, die Leopoldstadt, das Heim der Juden. Allerdings mit einer schicksalhaften Gegenentwicklung: Frl. Ebenenz, Vorname Lotte. Kaum denkbar, dieses »Lotte«. Oder gar »Lottie«. Aber die ganze Erscheinung war überhaupt kaum denkbar. Die Dame war nämlich eine jüdische Kellnerin.

Es war niemals ganz klar gewesen, ob sie den für sich ungewöhnlichen Beruf nur ergriffen hatte, um ihm nahe zu sein. Oder ob es bereits ein Ausfluß ihrer »Persönlichkeit« gewesen war, sich mit Derartigem – und mit wie vielen »treferen« Lebensmitteln! – intim abzugeben, wobei sie sich natürlich immer tiefer und tiefer in die so entsetzliche Welt versenken mußte. Wo man es doch in Wien selbst ebenso bequem wie echt koscher haben konnte, nämlich in eben jener Leopoldstadt!

Sie hatte es dabei niemals aufgegeben, im Kreis ihrer orthodoxen Familie im II. Bezirk zu wohnen. Genausowenig, wie sie es daheim verlauten ließ, wohin und noch dazu zu welcher Arbeitsleistung sie sich jeden Morgen zu begeben hatte. Doch verbreitete sie natürlich auch ihrerseits die Botschaft von dem herrlichen Viertel um die Jägerzeile – pardon: Praterstraße, unter ihren entarteten Freunden, besonders bei ihm, an dem sie so leidenschaftlich hing. Denn was jene tat, das tat sie so – leidenschaftlich eben.

Ja, sie rannte dem Springinkerl nach, was sie von der Mehrzahl ihrer Nebenbuhlerinnen ja kaum unterschied, nur war es bei ihr eben um jenes Alzerl mehr und ernsthafter, als es bei so schäbigen Gojims je hätte sein können. Nicht daß Franzel der Ebenenz' Neigung erwiderte oder sich etwas aus ihr machte – aus wem machte er sich schon etwas? (Vielleicht denn doch wohl aus Angela – wie geschickt sie auch nur war und fast so rasch wie er, jawohl, darauf kam es an!)

Aber er schien auch mit Lotte irgendeine Absicht zu verbinden. Wahrscheinlich dachte er von Anfang an an gewisse Geschäftsvorteile – an jene Stellung, von der die Ebenenz immer faselte und auch an etwas für Angela. Daß es dann so ganz anders kam – wer hätte das gedacht? Schließlich spekulierten wahrscheinlich beide Mädchen darauf, den feschen »Schießer« einzufangen.

Der Franzl war kaum ein Jahr »Ober« in Meidling gewesen, und die Liebe hatte ebenso lange geblüht, und auch die Freundschaft zu dritt war fast ebenso lang im Schwang gewesen, da vollzog sich schon der Umzug in den neuen Bezirk, und man konnte es nicht leugnen – Angela wäre die Letzte gewesen –, daß man für diese günstige Wendung in erster Linie »dieser jüdischen Zicke« verpflichtet war. Denn natürlich hatte es sich der Franzl seit Beginn seiner Carrière zum Prinzip gemacht, seine Freundinnen zu

»mischen«. So etwas verhinderte schließlich auch das Umsichgreifen jeglicher Legalität in Neigung und Bindung.

So saß auch jetzt das Angerl fast jeden Abend im Schank, schaute dem Franzl verzückt von der Seite zu, wie er durch den Raum flitzte, zehn Gäste auf einmal bedienend; manchmal half sie auch selbst mit, vor allem wenn sie damit das Lotterl ärgern konnte – in erster Linie mit ihrer Strickerei, die sie hervorzog, wenn ihr der »Mann« kein Bier und schon recht keinen Wein servierte oder auch von dem verkrüppelten neuen Piccolo bringen ließ. Manchmal kam das Angerl schon gegen die Sperrstunde einmal rasch herüber, um den Franz allein nach Hause zu bringen, in den »Zwergenhorst«, zu sich, denn in Angelas Quartierverhältnissen hatte sich kaum etwas geändert. Aber nur keine Ausschreitungen, bitte, wenn man da so zu dritt war – eine unnötige Warnung, denn Lottie zeigte sich vor allem an der Strickerei interessiert. Oder tat wenigstens so.

Die Lottie war so neidisch, wie die andere eifersüchtig war. Was das wohl werden sollte? Angela machte ihr schnippisches Gesicht und sah gar nicht von der Arbeit auf. »Muß sich a jeder um sich selbst sorgen, wann er jetzten net frieren wüll. Untrisch, dös is wichtig.« Dazu Lachen, recht sarkastisch. »Bei die Männer is dassölbe, net, Franzl?« Noch einmal Lachen, und die Lottie errötete sogar, weil sie da plötzlich an vieles denken mußte, woran zu denken sie eigentlich noch kein Recht hatte. Noch? Und wenn dann das Angerl, von deren Stellung als erste Favoritin selbstverständlich jeder im Weißen Mohren wußte, ihre farbig-frohen Stücke im Gestrick recht hoch und triumphierend schwenkte, sagte der fette Herr Magistratsrat, geil grinsend und ziemlich leise: »Does schaut ma aus wie Perservität – so was gibts ja heutzutage, hab i ghört – Na, ane kummt da immer zu kurz. Hab i ghört.«

So wußte also schon damals in diesem Wiener Gemeindebezirk jeder alles von jedem.

Dann ging alles sehr schnell. Im nächsten Mai schon wohnte das Springinkerl mit seiner Angela, von manchen nur »der Engel« genannt, im jüdischen Bezirk, Ecke Praterstraße–Novaragasse, gleich bei Praterstern: im Distrikt der Löwenbalkone, der Kaffeehäuser mit venetianischem Namen, an der breitesten Straße Wiens, die, wie man sich zwanglos vorstellen mochte, geradenwegs als Triumphallee in das Reich des Großmoguls führte. Hier im – wegen der Aufblähung durch den mächtigen klassischen Prater, größten Bezirk Wiens, gab es auch die meisten Gangster, die meisten Huren, die meisten Vergnügungslokale, die meisten Kleingewerbetreibenden. Hier genossen sie, Franzi und Angela wohlgemerkt beide – die Unterstützung und Empfehlung durch die fromme und angesehene Familie Ebenenz. Wenn das die alten Großmütter gewußt hätten, die talmudfesten Großväter, mit Chassidim aus Ost-Galizien verwandt!

Die Wohnung: Zimmer, Kabinett, Vorzimmer, Küche, natürlich kein Bad; Abort und Bassena draußen im Gang. Aber Angela war glücklich, glaubte an ihr Glück, ging weiter in Häuser, hatte noch mehr Zeit zum Stricken, und das Springinkerl hatte gleich auch wieder einen Posten, ein bißchen länger zum Hatschen, bis in die Ferdinandsbrückengasse, aber dort war das ein noblerer Betrieb als in Meidling, mit zwei Speisenträgern und Küche »nach beiden Konfessionen«. Matzes gab es das ganze Jahr. Wie ließen sich denn Leopoldstadt und Meidling miteinander an »Feunheit« nur vergleichen!

Das war aber keineswegs alles. Mancher hatte es bereits im Weißen Mohren teils neidisch, teils geil und kunstverständig festgestellt: das kleine Angerl, die sich so drückte und wand, war ein Tanz-Genie. Das kam in der Leopoldstadt noch schneller unter die Leute, und plötzlich konnte man konstatieren, daß gleich um die Ecke von »dera ihra Ecken« bei der Novaragasse eine dritte Ecke war: ein Café Dansant, das ging bis zwölf Uhr nachts, und wenn man wollte noch länger – auch da mischte sich die Ebenenz ein. Stellenvermittlung – irgendwas hatte sie damit schon im Sinn, daß sie durch ihre Beziehungen der Angela etwas verschaffte im Café Dansant, mit Namen La Princesse – zuerst wohl nur Übernahme von Bestellungen, Übernahme der Garderobe, Aushilfe, wenn keine anderen Tänzerinnen da waren. Hinausbiß der dort angestellten, selbst dort zu fülligen Tanzmädchen – »Wissen's das ist jetzt nicht mehr modern, das Schwabrige, schaun's Ihna doch unsere Aushilfsdame an, was würden's sagen, wenn ma die dabehalten möchterten?«

So war die Angela bald Nummer Eins in der Prinzessin, selig, stolz, eine Siegerin, wie sie glaubte, verschwitzt, unbestrickt, die »Fanny Elßler der Praterstraße«, und ging auch bald nicht mehr in die »Häuser«, denn das Ganze dehnte sich zu lange in Tag und Nacht hinein aus und entzog ihr all ihre besten Kräfte.

Denn es ging ja auch noch weiter. Sehr bald.

Irgendeine Macht – wir sagen nicht, wer; vielleicht wissen wir es auch gar nicht – irgend etwas von oben, jedenfalls von hinten hatte es so eingerichtet und wurde dafür auch noch bedankt, von hier und von dort!, daß Lottie, die man doch eigentlich bei einem penetranten Vornamen hätte rufen sollen, denn sie hieß ja eigentlich: Shibah – kurz und gut, die Ebenenz fand immer häufiger ihren Weg auch hinauf in Zimmer, Kabinett etc., wo sie sich bald unentbehrlich machte, vor allem zur Nachtzeit, da sie der jungen Tänzerein in allen nur erdenklichen Belangen hilfreich an die Hand ging.

Da wurde also bald mitgewaschen und mitgebügelt, rasch ausgezogen, rasch angezogen, da wurde mitgekocht, da half man sehr bald aber auch im Bett aus, denn Tänzerinnen sind sehr leicht zu überanstrengen, und eine überanstrengte Partnerin mochte so ein Springer, Hüpfer und Figurenmacher schon gar nicht leiden. Aus Eifersucht stürzte sich dann die Angela ins Gewühl, sobald die erste Müdigkeit überwunden war: »Da warens eben drei.«

Die Bahn geht bergab, das Leben kommt ins Rutschen. Es gab da einen von den Tänzen, den die Angela selbst erfunden hatte, und einen Herrn gab es, der von dem »Tip-Top« so begeistert war, daß er keine Ruhe gab, und als der Franzi wegen einer Hochzeit bis in die »kleinen Stunden« sehr spät abkassierte, und der Begeisterte war von der Angela mitgenommen worden, auch die Lottie kam dann dazu, so was nannte man wohl auch eine »Orschie«. Dabei war nur eines zu beachten: »Bitte, lieber Herr Doktor, das ist ganz inoffiziell: neben uns haben wir keine Mieter, aber darüber – den Präsidenten! Bei Präsidents sans alte Leut! Also, bitte, völlige, wenn möglich völligste Ruhe! Nur leise stöhnen, wenns gefällig ist, Herr Doktor!« Und es wurde leise gestöhnt.

Angela schwamm, wie gesagt, in aufgelöstem Wohlbehagen, setzte sogar Fett an, trotz der doppelten Antrengungen, vertrug sich aufs beste mit der Ebenenz, an der sie wieder und immer wieder nur auszusetzen hatte, daß man eine Jüdin doch nicht Lottie rufen durfte. Ihr zwiespältiges Verhältnis zum Jüdischen in jeder Gestalt schlug schließlich definitiv ins Positive um, aus der Haß-Liebe wurde eindeutige Liebe. »Da siagt mans ja erst, die geben einem den endgültigen Schliff, von dena kann ma was lerner, na ja, der Moses, wie er so vom Berg herunter kommen is, der hats scho herausghabt, und die Heutigen hams einfach geerbt. Die warn schon wissen, wozu das guat sein wird, wenns amal, so alle paar Monat, einen Christenbuam fressen, Verzeihung! – verspeisen. Wenns überhaupt wahr is!«

Angela wußte auch Mutter Hanni, diese eingefleischte Waldviertlerin, und selbst Mutter so vieler anderer Kinder, freidenkerisch zu bekehren – fort vom Anti-Semitismus. Nur die »Orschien« mußte man der Alten verschweigen, die doch ihrerseits erst vor einem Jahr noch selbst ein Kind bekommen hatte. Nicht das letzte.

Und doch ... und doch ... so ganz, so selbstverständlich war alles nicht. Es wackelte. Draußen. Ganz draußen. Weit fort. Nicht drinnen. Drinnen hielt noch alles. Wie lange? Es zitterte, wenn man zu stark auftrat. Vor allem – wie fühlte sich der Erreger all dieser Umstellungen und Veränderungen? Der Pfropfen in der Mitte, der Schießer und Springinsfeld? War er überhaupt noch der Pfropfen, was die Engländer den king-pin nennen? Überanstrengte ihn das alles nicht zu sehr? Kam er auch mit der männlichen Kundschaft gut aus? Offiziell durfte er ja gar nichts wissen, kam immer später, wenn alles vorüber war ... Denn der »Herr Doktor« war nicht der einzige geblieben ...

Plötzlich erschien die Ebenenz nicht mehr in »Zimmer, Kabinett etc ...« »Sie ist krank, sie ist schnupfig, sie kann nicht reden vor Heiserkeit«, sagte das Springinkerl, sprang aber gar nicht mehr herum, die lange Nase wurde zum Zipf, hing herunter. Dann sah die Angela den Franzi sich mit ihrer Mutter bereden, wieder vergingen zwei Tage, die Mutter wisperte immer lauter, die Mutter flüsterte aufgeregt. »... aber natürli, habs schon dreimal – woart a bisserl – na, viermal gmacht.« Danach kam die Ebenenz, angemaßter Vornamen Lottie, eben nicht mehr ins Haus.

»Die kommt nicht wieder«, sagte der Franzi ganz leise eines Morgens. »Die ist tot.«

»Dann habts es wahrscheinlich sölber umgbracht«, stellte Angela kalt und sachlich fest.

Es war ziemlich klar, was geschehen war. Jetzt mußte man sich wirklich nur überlegen, ob man den schönen Bezirk vielleicht gleich verlassen sollte. Dabei war der Schauplatz der Handlung ja auch so etwas Hundsschäbiges gewesen, bei den Zwillingen, irgendwo in Meidling. »Fallt mir ja nicht ein«, sagte der Franzi. »Was haben einem die Saujuden denn sonst zu bieten als das gute Geschäft? Sollen sich nur trauen, das Maul aufzureißen. Deneren zeig ichs schon. Das ist eine christliche Republik, mit einem christlichen Kanzler. Das wär ja noch schöner! Natürlich dageblieben.« Und kurze Pause. Fast unhörbar: »So langs mir paßt.«

Er hatte die übertriebene Liebe zu dem auserwählten Volke mit Angela ja niemals geteilt. Jetzt entschloß auch sie sich bald wieder, (mit Mama) für den schönen altmodischen Anti-Semitismus. Altmodisch?

Auch Angela wurde schwanger. Jüdisch? Oder allgemeinmenschlich? Gleich doppelt. Sie macht es eben den Zwillingen nach, der Ratti und der Mausi, unseligen inzestuösen Andenkens – nur mit dem Unterschied: ihre Zwillinge waren gemischt, und das Mädel so ungleich dem Buben – der Bub sehr fesch und krähte die ganze Zeit, man nannte ihn Ludwig (Luigi), aber das Mädel nur Haut und wieder Haut, hieß Gisela, das half aber da nicht viel, es war eben die ganze Zeit krank, Darmgeschichten, und bis man als Arzt – durch reinen Zufall! – den Doktor Hacker aufgetrieben hatte, war die Gisela schon halb tot, starb aber noch nicht gleich.

Es war trotzdem schon fast alles zu Ende. Der Franzi sagte einmal am Abend: »Da san nur die Juden schuld ...« Und die Angela sah auf, als wäre jemandem neben ihr ein Goldstück aus dem Mund gesprungen und fragte zwar noch: »Wie meinst du das?« Auf eine vage und recht gemeine Handbewegung des Mannes klatschte sie dann in die Hände, und der Weg war gefunden, aus dem Liebeshaß in den schlichten Haß. Und das für immer.

Denn das Draußen mischte sich ein, definitiv und weltgeschichtlich. Die Arbeitslosigkeit war da, der Umsturz in Deutschland war da, die Tausend-Mark-Sperre war da, auch nach Wien kamen die befruchtenden Mark-Spender nicht mehr, und das Springinkerl erzählte Schauergeschichten, wie im Tirolischen die Bauersleut sich quer auf den Viehweg legten und keine Milch auf den Markt schickten, weil sie doch alles selbst brauchten, denn was anderes hatten sie ja nicht. »Nur die Juden san schuld.« Es kam von draußen herein, das böse Tier, es kratzte an der Mauer, man mußte mit allen berechtigtes Mitleid haben, mit sich selbst das stärkste. Das hatte das Springinkerl, als man ihm in der Franzensbrückengasse gekündigt hatte, nein, das ist die Arbeitslosigkeit, Herr Krautdörfer, hat nix mit dem Todesfall von Ihrem Fräulein Jüdin zu tun, goar nix ... Denn manchem war das plötzliche Ende der Lottie ja doch leicht verdächtig erschienen, in so einem Klima von Angst und Abneigung wucherte alles gigantisch zu krebsischen Gebilden und Gewächsen.

Er wurde angesprochen, als er an jenem Abend, seinem letzten im dortigen Wirtshaus, nach Hause wollte. Der Kerl hatte etwas an, was vielleicht einmal die obskure Uniform eines obskuren Landes gewesen war, und der Mann hängte sich gleich bei Franzi ein und wußte alles von ihm, auch seine insgeheime Abneigung gegen die Angela, und er zahlte dem Schießer nicht nur ein Krügel oder zwei oder drei, und am Schluß hatte der Besoffene irgendwo seinen Namenszug hingesetzt, aber jetzt hieß es ganz anders arbeiten und früher heraus als früh und »nichts dem Mensch sagen, sonst kommt die Fehme!«

Aber das Mensch war ohnehin eine gebrochene Blüte. Die zwei Kinder waren zu viel gewesen, und ob man der Lottie nicht doch vielleicht Unrecht getan hatte, aber wie denn auch, Saujüdin, was hätte man denn sonst noch tun sollen, hat sich ohnehin nur titschkerln lassen, um den Franzi einzufangen, na, das ist vorbeigelungen, und so wie die können wir deutschen Mädchen aus dem Waldviertel und dem Steirischen es noch lange, wenn nur die Gisela nicht immer so zipfen tät ...

Da saß sie, die Angela, versehrt und schief, in der schiefen Mansarde, und neben ihr die schiefe Mutter, und nichts war mehr wahr. Wenn nur der Franzi bald käm, der schimpft und schreit wenigstens, aber heute kam er ganz spät und haute gleich der Mutter eine herunter, weil er sie ja doch nie hatte leiden können, und dann sagte er etwas, von Nicht-mehr-so-weitergehen in diesem Österreich. Man würde sich anderswo umschauen müssen. Aber da reagierte das Angerl sehr sauer, denn aus irgendwelchen Gründen hatte sie die Braunen nie leiden können, und der Franzi schrie noch mehr, dann warf er etwas in die Gegend, wo der Schaukelgegenstand für die zwei Wutzerln stand, und das Angerl packte ihn am Schopf und spuckte ihm zwischen die Augen.

Lange Zeit ging es jetzt so, lange Monate; auch blieb er ganz aus, dann und wann. Einmal brachte er etwas heim, das aussah wie die obskure Uniform eines obskuren Landes, und das Angerl wollte sich ausschütten vor Lachen und geiferte, und der Franzi wurde immer wütender. Oft kam er auch früher nach Hause, und die Mutter rannte der Tochter schon vor der Bassena entgegen und rang die Hände und schrie: »Er schießt! Er schießt auf die Kinder!« Wirklich war er in jüngster Zeit zu seinem Lieblingssport zurückgekehrt, hatte sich wieder Papierpfropfen fabriziert und betätigte die kleine Schleuder, und wieder rauften sie alle gegen alle. Es heulte durch das ganze Haus, aber die Präsidenten wußten ganz gut, was für eine Uniform das war, die er außer Haus trug, und sie hielten den Mund, und es gab keine einzige Beschwerde.

Drinnen ging es ebenso zu wie draußen, und der Streit innen, das war der Krieg außen, und die Malträtierungen innen, und die Mißhandlungen der Kinder und die tintengetränkten Papierschnipsel gegen die armselige Gisela, das waren die Tschechen und die Polen außen, und wenn einer lauter schrie und fluchte und drohte dort drinnen in der Praterstraße – wir wissen schon, wer als einziger es noch besser konnte, nur er, dort draußen.

Es war aber bald drinnen, und zuerst schoß man auf der Straße, das hatte das Angerl ja noch gern, aber das viele Trapp-Trapp-Trapp von den vielen Füßen, das mochte sie gar nicht, doch der Franzi, der war schon dabeigestanden, als sich das Millionenobjekt auf dem Heldenplatz ihnen allen offenbart hatte, und von dort hieß es, wieder heimkommen und sich ewig schämen.

Er hatte die Stiefel angehabt, die hohen, und er hatte gegrüßt, wie man unter den Millionen grüßte, und dann, als er heimgekommen war, hatte Angela wieder das Lachen nicht zurückhalten können. Aber wie hatte er nur gehaßt, wie hatte er nur gehaßt!

Am meisten hatte er den Gestank gehaßt, dort aus der Kinderecke: den Pisch, den Urin, die Milch, den Kot, das Ausgeschüttete, das Hingeschissene – besonders, so dachte er, stank diese Gisela, weil sie krank war, alles Kranke muß vernichtet werden. Die Angela war aus dem Zimmer gelaufen, wollte die Mutter holen, hatte Angst, da stand er, wie gesagt, der Franzi, über das Bündel Gisela gebeugt, das Ganze war aber irgendwie häßlich verrutscht, die gründlichste Unordnung der Welt herrschte da, der Franzi drehte sich um, und vom Handgelenk hatte er schief diese Schleuder herunterhängen, und er rief laut: »Die ham mi immer den Schießer genannt – sixt es, du, mit deinem roten Fetzen, das erzähl ich allen, wennst was plauderst, und ein Schießer bin i heut noch, und noch was ganz andres dazu . . .« Damit war er draußen, und die Angela fand, als sie hintrat, daß die Gisela umgekehrt im Bett lag, mit dem Gesicht nach unten, wer aber konnte noch atmen, mit solche einer Gesichtslage?

Der Franzi kam aber damals nicht mehr zurück, nicht in die Wohnung im feinen II. Bezirk, auch nicht zu seinen scheußlichen Leuten im unfeinen XII. Bezirk, und die Angela zeigte er sogar an – als Ablenkungsmanöver – das war damals, als er die berühmten Worte sprach von dem roten Fetzen, den sie »wie eine Fahne verehrt hatte«.

Für kurze Zeit kam es noch ärger für Angela, kein Geld für das winzige Begräbnis, die Mutter schwer krank, von Delogierung bedroht und ganz wurrlig im Kopf, so daß sie am Ende wirklich glaubte, was sie über der Gisela ihren Tod erzählte: » . . . nur drei Tage krank . . . die Ärzte sind schuld.«

Dabei war es am Schluß ein Arzt, der Doktor Hacker, jetzt selbst als Mischling belastet, der sie rettete. Nur den Tip-Top – selbst erfunden und ausgedacht! – den tanzte sie nie mehr. Was den kleinen Ludwig (Luigi) anging, so folgte sie diesmal gleich dem Rat des guten Dr. Hacker und steckte ihn in das Pensionat einer katholischen Wohlfahrtsorganisation, die mit der »Gesellschaft der Freunde« (Quäker) eng verbunden war. So überlebte dieses Kainskind uns wohl alle.

Von Franzi Krautdorfer hören wir lange nichts. Dann klingt das Gerücht an unser Ohr, er habe sich, auf Rat eines guten Freundes, vorzeitig zum Dienst in der deutschen Wehrmacht gemeldet, auch das wieder ein Spiegelbild zu einem anderen, der sich vor Jahrzehnten zu einem anderen und doch demselben Heer gemeldet hatte.

Die erkannten dort bei der Musterungskommission, anno 1939, gleich seine besonderen Begabungen, die Talente eines Hermes, eines Götterboten, oder vielleicht besser gesagt: eines Höllenboten – nämlich Schnelligkeit, die Gewandtheit, man steckte ihn also gleich zur Kavallerie und bildete ihn auch sehr rasch aus, und er enttäuchte keinen seiner Vorgesetzten und seiner Kameraden. Er flog dahin wie der Wind, er trabte ausdauernd, er wurde bald in den Osten versetzt, er galoppierte wie ein Feuerbrand, man gab ihm die entsprechenden Pferde, er flog um die Wette mit Tod und Teufel, er sprang über die breitesten Gräben. Und dann, im Ernstfall, als es hieß: »Seit drei Uhr früh wird zurückgeschossen!« – da bedeckte er sich.

Er bedeckte sich. Mit Schmutz. Mit Schmach. Mit Ruhm natürlich auch; denn es war ja Krieg, der Polenfeldzug. Doch einmal sprang er zu kurz, sein Odin, und motorisierte Polen sind, wenn auch Polen, eben doch schneller als Deutsche, wenn es auch solche Springinkerln auf Sturmwindrössern sind.

Es war ein Trupp aus Visonice, es war am dritten Kriegstag, und man hatte den Motorisierten – die mehr waren als Bauern mit elendem Blech – vor einer halben Stunde gerade die Leichen von sechs Frauen und drei Kindern gezeigt, die von einer Fliegerbombe zerfetzt worden waren. Fliegerbomben? Gab es denn das? Was war das? Sie mußten es glauben. Aber es war unglaubwürdig.

Mit dem eingeholten raschen Reiter machten sie kurzen Prozeß. Eine Fliegerbombe zu Pferd.

Sie schlugen ihm den Schädel ein, dann rissen sie ihm den Körper auf, und sie zerlegten den Körper in drei, vier Streifen, aus denen machten sie viele schmale.

Das geschah alles in einer Art Erdloch, ringsherum war aber

unübersehbare Ebene. Sie wurden später gestört, diese zwölf polnischen Motorisierten, und so ist es nicht einmal gewiß, ob das Springinkerl ein ehrliches christliches Begräbnis bekam, wie es sich für jemanden aus dem Wiener Gemeindebezirk XII (oder auch II) gehört.

Continuat

Angela Frumm

»Einmal habens in Wien auch auf mich gschossen«, sagte das Angerl weiter, »da hat aber an dem Tag jeder gschossen, sehr viel, ich mein nur. Die Familie bei mir zu Haus hat sich vermehrt und leider wieder vermindert, hihi. Is ja eigentlich nicht zum Lachen, im Gegenteil. Das Mäderl war nur drei Tage krank. Ich hab keine Schuld. Die Ärzte san schuld gwesen.«

Ärzte

Sie waren die Ersten, und sie sind die letzten geworden. Sie saßen an der Quelle, sind den Strom hinabgewandert, doch als sie an das Meer gekommen waren, wagten sie es nicht, sich hineinzustürzen und es zu durchschwimmen. Sie bauten keine Boote, sondern wanderten das Ufer entlang, bis sie in der Dunkelheit der Nacht verschwunden waren.

Das heißt: der erste Stand der Menschheit ist entartet. Die Industriegesellschaft hat die Ärzte vergewöhnlicht. Was neben Priester und Poet der einzige Beruf war, ohne den die Menschheit nicht weiter bestehen konnte, hat auf die Geheimnisse verzichtet und sich dem Gelderwerb zugewandt. Sie sind aus den Häuten der Göttlichkeit gesprungen und haben die weißen Kittel der Autorität angelegt, als bedeute das auch heute noch etwas Bedeutsames.

Sie stehen am Anfang und begleiten uns und verschwinden am Ende, als die Letzten. Aber sie lügen zuviel. Sie waren die Zauberer, die Medizinmänner, in jenen gesegneten Zeiten, da Seele und Leib einst die Teile und das Ganze waren. Heute sind sie unvorbereitet, ohne Weihe, ohne Wahl, ohne Wachsamkeit und ohne Würde. Sie sollten zu lieben lernen, auch wenn ihnen dabei das Herz zerbricht.

(Hoch wie die Kathedralen über dem Sumpf stehen unter den Millionen die wenigen Dutzende, die wir Heilige nennen könnten, spielten sie nicht so gut Cello. Setzen wir uns über die Vergnüglichen hinweg, billigen wir denen Gnade zu, die uns sterben lassen. Wir sind die Patienten, das heißt: die Leidenden.)

Alle die anderen sind um uns, aber nicht in uns. Ihre Phantasie ist beschränkt wie die Phantasie der entgötterten und entmenschlichten Allgemeinheit. Wir verfluchen sie, bespötteln sie: wir fliehen zu ihnen, wann immer wir müssen. Wir sehen in ihr unbarmherziges Auge, wenn der nächste Herr die Tür öffnet und sie sich von uns abwenden, nach dem Handtuch langend. Dann ist nichts mehr zu machen. Sie sind geschlagen, wir bezahlen die Zeche. Adieu.

Unzweifelhaft ist in prähistorischen und ersthistorischen Zeiten dem Dreigespann von Medizinmann, Propheten und Opferpriester göttliche Verehrung und göttliche Macht zugekommen. Je nach geographischer und geschichtlicher Lage hat jeweils der eine oder andere der drei Stände die Hegemonie über die anderen zwei beansprucht und ausgeübt, manchmal bis zu ihrer völligen Entmachtung und zur eigenen Monopolisierung. Lebendige Beispiele für diesen Zivilisationsstand der Dinge können nach den jüngsten Veröffentlichungen von Stanislaus Robaire-Landy und Mark Juller noch heute im Naturschutzpark der Anthropologen, dem Innern Neu-Guineas, beobachtet werden.

Mit dem Heraufkommen der Götter verfiel die Vorläuferschaft. Der Auftrag trat an die Stelle des Diktats; wenn auch bloß die Art der Offenbarung sich verbarg, und dieselbe Person, der Verantwortung zuliebe, das Ungesehene und physisch Ungreifbare an die Stelle der waltenden Menschen treten ließ, in einem ersten Durchbruch des humanen Verstandes. Mit den klimatischen Katastrophen entsprang wie eine Trostquell der Unsterblichkeitsglaube dem suchenden Hirn der Allgemeinheit. Mit der gottgleichen Berufung des Ärztestandes war es vorbei.

Die ägyptische Zivilisation mit ihrem verzweifelten Hoffen auf Ewigkeit und ihrer ebenso verzweifelten Angst vor dem Tod begriff als erste, daß zur Lebenserhaltung Spezialisierung notwendig war. Nicht nur die Gesundheit, auch die Schönheit mußte bewahrt werden, so lange wie möglich. Man kannte nicht nur Magenresektionen und Appendektomie, sondern auch kosmetische Operationen aller Art. Es ist kaum anzunehmen, daß man in den hohen Kasten den Lebensrettern Dank wußte. Die Plötzlichkeit der Umwandlung aus einem leidenden in einen freudigen Zustand war zu verblüffend, um nicht scheue und verachtungsvolle Angst vor all denen hervorzurufen, die Urheber und Exekutoren waren. Erst als die kretisch-minoische Zivilisation von der dorisch-griechischen abgelöst wurde, breitete die vornehmste Gnadengabe an die Menschheit, die Vernunft, ihre ewigen Flügel aus: das Individuum war geboren.

Die Gefahr der Überheblichkeit über die selbstgeschaffenen Götter drohte einer über sich selbst sich erhebenden Kultur – wir wissen von Prometheus, vom Turmbau zu Babel. Die lässigen, vom Schicksal-Zufall an die Spitze Berufenen vermochten am besten mit der Himmelsgabe zu walten – sie legten in Sitte und Gewohnheit die Verachtung für das Bemühen, das Streben, die schweißtreibende und hirntötende Arbeit fest. Nur wer sich strebend »nicht bemühte«, konnte erlöst werden. Der Gott war Äskulapios, der Arzt war Hippokrates, die große Medizin war der Tempelschlaf, gleichzeitig auch das zu allen Zeiten nötige Alibi der Ärzteschaft – Opfer an die Natur und heimliche, niemals zugestandene Ausbeutung ihrer Kräfte zu Nutzen der Menschen.

Wir sehen bereits in der »Ilias« und der »Odyssee« den Arzt am Rande einer ehrenvollen, aber wenig prominenten Anonymität, die ihm und der er durch die Jahrhunderte anhaftete. Dabei ist sehr bald die auch heute noch in England gültige Zweiteilung in Chirurgen und Internisten festzustellen: der Chirurg mochte dem Bildhauer entsprechen, der Internist dem Maler; wobei die Umkehrung auffällt, bei welcher der werteschaffende und dem greifbaren Erfolg zugewandte Chirurg-Bildhauer wegen der körperbemühenden Anstrengung der weniger Angesehene, Anonymere ist und bleibt. (In England stets als »Mister« – für »Master« angesprochen.)

Das Christentum änderte an der Situation qualitativ wenig, doch sehr viel an der Quantität. Es war dies die Folge der durch den praktizierten Unsterblichkeitsglauben lädierten Magie, des Wunderglaubens. Dadurch fiel der Ärzteschaft das Danaergeschenk der zweiten Berufung in den Schoß. Alchemie und Astrologie erhoben sie in suspekte Höhen. Ihre soziale Stellung erhielt dadurch jenen zwischenständischen Rang, der ihr sehr lange anhaftete, vielfach bis in die Gegenwart. Sie schwebten einen Fuß über der Ebene der Gewöhnlichkeit, fragwürdig, interessant, im Grunde unbeteiligt an den Geschäften der feudalen, später auch der bürgerlichen Gesellschaft.

Im Menschlichen boten die Ärzte die extremen Fälle: Lebensretter oder Mörder. Wir sehen an Shakespeare und dessen Werk – jenem Maß der Renaissance-Welt –, daß ihnen jener Größte der exemplarischen Genies auswich, wo er konnte. (Ob die Erinnerung an den verbrecherischen Hofarzt Elisabeths I., den portugiesischen Juden Lopez, bei jenem berechtigt furchtsamen Dichter dabei eine Rolle spielte, bleibe dahingestellt.)

Jedenfalls tritt im Dichtwerk – auf dem Theater – und im lebendigen Leben der Arzt sehr oft in einer Troika auf: mit dem Schreiber und dem Narren stellt er die dritte unentbehrliche und deshalb oft unerwähnte Krücke und Verbindung mit der Außenwelt für den großen Herrn dar, wobei sich der Dichter aus komödiantischen Gründen der Wirkung lieber des Narren als des Doktors bedient; denken wir an Feste und an den Narren im »Lear«, der wohl selbst einer medizinischen Behandlung bedurfte. Auch ist der Arzt, wie in »Romeo und Julia«, auswechselbar mit der Figur des Apothekers. Eigentliche Ärzte (physicians) treten im Gesamtwerk nur viermal auf: Dr. Caius, typischerweise in der bürgerlichsten der Komödien, den »Lustigen Weibern von Windsor«; Dr. Cornelius in »Cymbeline«, dem mehr die Aufgabe eines Unglücksboten zufällt und der seitens des alten Königs die Bemerkung einstecken muß: » . . . doch der Tod wird auch den Arzt befallen.« In »Macbeth« sind es (eine Folge der magischen Verwicklung dieses Dramas) gleich zwei Ärzte, ein englischer und ein schottischer, die auf die Bühne kommen. Dem schottischen ist die wichtige Rolle eines sachkundigen Zeugen in der Nachtwandelszene der Königin vorbehalten. Macbeth reagiert auf den ungünstigen Bericht über das Befinden der Lady Macbeth mit einem der ersten schriftstellerischen Ausbrüche gegen die Medizin: »Dann wirf die Ärztekunst den Hunden vor. Ich will davon nichts mehr. Bringt mir die Rüstung . . .« Und der Arzt läßt so nebenbei bei seinem Abgang ein Wörtchen fallen, das als Schlüssel für die gesamte medizinische Entwicklung unter dem Kapitalismus dienen mag: »Säh ich von Dunsinane doch nichts mehr! PROFIT wird kaum mich bringen wieder her.«

Solange dieser fatale Stand sich nicht vordrängt in Geldgier und Mordgelüsten, bleiben eben die Ärzte die Genossen Himmels *und* der Hölle, der Erde leicht entrückt, dem Tod verschwägert. Sie sind seine anonymen Funktionäre; er selbst, durch Gottes Hilfe – damals! – durch der Kirche allumfassende Sorge noch nicht als Herrscher angezweifelt, sondern als gegeben betrachtet wie ein Stück Brot. So sind auch sie, die Ärzte, als seine Handlanger, ein geduldetes Übel, ein unerwähnter Segen. Wer fragt danach, wer an Cäsars Leiche trat, als er, von siebzehn Dolchen durchbohrt, im Senat dalag, öffentlich – sagen wir: im Parlament, ohne daß danach gleich eine krächzende Stimme zu hören war: »Ist da kein Doktor im Haus?« Der Tod war selbstverständlich: akzeptiert wie seine magischen Gehilfen.

Auch später sind relativ wenige Ärzte in ihrer historischen Qualität namentlich auf uns gekommen. Immer wird das Schema der extremen Zustände beibehalten. Die Weltgeschichte überliefert uns die Namen der Leibärzte des berühmtesten und des »gemütlichsten« der Kaiser: Napoleons Leibarzt Convisart ist uns ebenso bekannt wie des Kaisers Franz Josef Dr. Kerzl. Wir kennen den Engländer Dr. McKenzie, den angeblich die Schuld an der Fehldiagnose an Kaiser Friedrich III. trifft. Wir wissen wenig von Goethes und Schillers Ärzten, gar nichts von den Ärzten Dantes und Petrarcas – außer daß sie noch nicht zu der Giftmischerei der Renaissance-Ärzte gezwungen waren. Lord Moran, Churchills Leibarzt, ebenso wie Hitlers Leibarzt, Dr. Morel, machten sich vor allem durch ihre Indiskretionen beliebt, einen durch den Berufskodex streng verbotenen Hang neugieriger und mitteilungssüchtiger Doktoren.

Auch die Literatur, das Theater – Spiegel, Bild, Vor- und Nachläufer des Lebens – hielten sich an die vorgesehenen Pfade der Dämonie oder der exemplarischen, oft passiven Helfer-Güte. Hierzu ist noch vorzüglich in Betracht zu ziehen, daß seit Übertragung der Krankenfürsorge von den geistlichen an die weltlichen Behörden die Ärzteschaft der westlichen Welt ungeahnte und unbesungene Helfer erhielt: die männlichen und bald vor allem auch die weiblichen Hilfskräfte, die Pflegerinnen, hier noch vielfach – auch heute – Krankenschwestern verschiedener klösterlicher Einrichtungen. Verstärkt werden diese schlecht gepflegten und schlecht bezahlten, oft leider deshalb auch schlecht gelaunten und schlecht funktionierenden Unteroffiziers-Kräfte durch die ebenso unzufriedenen, oft ungenügend ausgebildeten Scharen der Assistenzärzte, denen das Leben – durch ihre soziale Lage in der kapitalistischen Welt bedingt – das Tor zum Glück aus denselben Gründen noch nicht geöffnet hat, aus welchen sie selbst das Tor zum einzigen wirklichen Unglück, nämlich zum Tod, in jedem Krankensaal weit aufgerissen haben.

Kein Wunder, daß bei der angstgeschüttelten Todesversessenheit der westlichen Zivilisation dem Ärztestand vor allem jene Kunstprodukte gewidmet sind, die man gemeiniglich als »Kitsch« oder wenigstens als »Edel-Kitsch« zu bezeichnen pflegt, also vor allem die Erzeugnisse der Kino-Kunst. Doch was ist Kitsch? Diese Frage zu erörtern würde hier und überhaupt zu weit führen. Wenn wir uns auch die auf dem Weltkongreß der Schaffenden zu Catania am 23. Dezember 1967 einstimmig angenommene Definition zu eigen machen: »Kitsch ist die Erregung von dem Anlaß unangemessenen Emotionen und deren verzerrte Darstellung in Bild, Schrift und Musik« – so bleibt dabei doch das entscheidende Geheimnis auf ewig verborgen wie der »Kern der Nuß«. Wie nämlich ist wissenschaftlich oder auch visionär der Naturkraft auf die Spur zu kommen, weshalb und nach welchen Gesetzen Konsument und also auch Produzent jeder Kunstart dem eben definierten Kitsch zufliegen, als wären sie von dem dämonischen Gesetz des Kosmos angezogen, dem Gravitationsgesetz; warum vor allem in der Entwicklungsperiode der neuen Industriegesellschaft sich gerade die Massenmedien, wie Film, Fernsehen, Radio, des Kitsches bemächtigt haben, als hätte es nicht zu Beginn der neuen Ära wahrhaftige Werke gegeben, jenseits der wahrscheinlich durch die Bevölkerungsexplosion hervorgerufenen Verbilligung und Vergröberung. Dr. Kildare war anfangs noch ein bis zu einem gewissen Grad erträgliches Bild eines modernen jungen Arztes, das aber im Verlauf der Jahre ständig degenerierte; und von dem im Hörfunk der BBC, London, herangeblühten Gatten der Mrs. Dale, Dr. Dale, kann nur behauptet werden, daß er von allem Anfang an jenes auf die Wirklichkeit genau abgepaßte Abbild aller Wahrscheinlichkeit gab, das der Wahrheit diametral entgegengesetzt ist.

Ohne Romantik gibt es keine Verzerrung: gerade die deutsche Romantik hat in der Dämonisierung der Ärzte prophetisch ganze Arbeit geleistet – aus der niederen Bosheit wurde Teufelei. Büchners Genie hat dem Arzt in »Woyzeck« durch die tiefbürgerlich wissenschaftlichen Züge des absichtlich mißverstandenen Experimentalismus jene innere Wahrhaftigkeit verliehen, die von nun an *fast* allen Phantasien romantischer Dichter und Scheindichter versagt blieb. Schon E. T. A. Hoffmanns Dr. Mirakel hat durch seine schein-diabolische Verbindung mit der Mode-Todeskrankheit jenes Jahrhunderts, der Tuberkulose, den einem großen Dichter zukommenden Kredit weit überzogen.

Im Ablauf der Zeiten wurde dann mit fortschreitender Ent-Dämonisierung und Ent-Göttlichung der Schauerroman durch den »Thriller«, den »Krimi« abgelöst. An Stelle des Vampyrs trat der Verbrecher, der Demiurg wurde zum Detektiv. Das klassische Land für diese Verbürgerlichung der Schrecken war das führende Industrieland, nämlich England, der führende Autor Conan Doyle, mit seiner noch leicht übersinnlich angehauchten Gestalt des Sherlock Holmes. Hier wurde im Dr. Moriarty den übermenschlichen Verbrechereigenschaften des »bösen« Arztes noch einmal ein letzter Tribut gezollt, als Gleichgewicht wurde aber auch der Dr. Watson eingeführt, nicht nur als Stichwortbringer, sondern als Repräsentant des gesunden, also gehemmt-begrenzten Menschenverstandes unter den Medizinern.

Dem gewaltigen, brummig edlen Genie von Henrik Ibsen war es vorbehalten, einen bisher unentdeckten Typus unter den Ärzten zu schaffen: Dr. Rank in »Nora«, den Arzt als Objekt seiner eigenen Kunst, den leidenden, edlen, verzichtenden Helfer, der sich selbst nicht helfen kann; auch ist Ibsen der Arzt als Vorkämpfer der allgemeinen, kollektiven Menschheit zu verdanken, jener

»Volksfeind«, der sich aus Gewissensgründen gegen die Majorität stellt.

In die Zeit vor dem Ersten Weltkrieg fällt die Periode der größten Machtentfaltung des Ärztetums – Blüten und Früchte einer Herrschaft nicht nur über Leben und Tod, sondern auch Macht in der Gesellschaft, in der Lebensgestaltung; finanzielle Überverdienste, noch nicht eingeschränkt durch Krankenkassen und freiwillige Versicherungen, spielten ihre noch nicht eingestandene Rolle. »Ich glaube, daß sie dereinst viel zu fatieren haben werden!«, schrieb Karl Kraus in der »Fackel«. Die unerhörten Entdeckungen förderten verdientermaßen diesen Stand und trugen ihn auf die Gipfel des menschlichen Ruhms. Namen wie Pasteur und Roentgen, Charcot und Billroth, überhaupt die der »Wiener Schule«, leuchteten im Glanz erfolgreicher Operationen, Kuren und psychiatrischer Entdeckungen.

Die Reaktion blieb nicht aus. Bernard Shaw stellte in einem einzigen Stück, »Des Doktors Dilemma«, eine geschlossene Galerie von Ärzten ins Rampenlicht, Repräsentanten, die in den Augen des kalten Satirikers wenig von ihrem Glorienschein behielten. In »Professor Bernhardi« hat ein wenig später der Arzt, Dr. Arthur Schnitzler, seine intern-medizinischen Kenntnisse und seine dialektische Dialogführung dazu verwendet, ein spezifisch österreichisches Problem, dem aber trotzdem Allgemeingültigkeit anhaftete, darzustellen, nämlich die Konfrontation der Medizin mit der Religion, leicht eingefärbt mit wienerischem Antisemitismus, wobei, nicht zufällig, sondern gewollt, ein scharfes Licht auf eine sich immer mehr herausbildende Ärzte-Qualität fällt, nämlich die Haltung des Arztes zu seinen Kollegen, auch mit besonderer Betonung der speziellen wienerischen Qualitäten und Variationen, das heißt der verklatschten Mißgunst des einen Arztes gegenüber dem anderen Arzt, sonderbar gepaart und antagonisiert, gewissermaßen innerlich gebunden an das Problem der Freimaurergemeinschaft aller Ärzte untereinander der Front der Patienten gegenüber.

Am Schluß der großen und nicht-so-großen Ärztegestalten unserer Periode steht die autoritäre, doch rührende Figur des Hofrat Berendt in Thomas Manns »Der Zauberberg« – jener Mann mit den ewig tränenden und entzündeten Augen, mit der verborgenen Liebe des Amateurs zur Kunst und zu den Menschen und mit seiner Tyrannis über Patienten: ein gültiges Abbild aller ärztlichen Macht und Ohnmacht im ewig unentschiedenen Kampf gegen den Tod, dem er die anscheinend ungerührte Maske des Spottes und der ironischen Gleichgültigkeit entgegenhalten muß und kann, sonst nichts.

Und so haben sich heute eben mit der Zeit TYPEN herausgebildet; man kann bei dieser persönlichsten aller Berufungen aus ihnen nur durch Ohrfeigen und Fußtritte Individualitäten herausbeuteln und -hauen wie aus einem alten Pelz Farfarellen oder geflügelte Ameisen.

Geldreißer. Kommen in einem Nebel von Papierchen und Dokumenten daher. Geöffnete Brieftaschen wie Höllenpforten, oft vor der Untersuchung dräuend hervorgezogen. Verschleierung von Augen und Ohren. Langsame, aber gezielte Bewegungen. Tasten sich zum Vergleich von Bankkonto zu Bankkonto; wie es ihre Kollegen halten, niemals darunter. Abgestorbene Medizinorgane, entwickelte Gelddrüsen. Quittungen bereits im Vorhinein ausgeschrieben. Im weiteren Verlauf der Behandlung genaue Informationen über die Kundschaft, häufig durch Privatdetekteien. Gepflegtes Äußeres, vermeiden persönlichen Dialog. Hart wie stark gesalzene Schweinsleber.

Fahnenträger der Fehldiagnose. Im Gegensatz zu den Vorigen stets in eiligster Bewegung, wie von einem Windstoß hereingetrieben. Scharfer Blick der falschen Erkenntnis. Vielredner. Große Medikamenten-Verschreiber. Hat der Patient Glück, bleibt auch danach Befinden stationär. Verschlechterungen keine Grenze gesetzt. Variationen unendlich; besonders beliebt: Rheumatismus an Stelle von Krebs, Muskelschmerzen an Stelle von Erkrankung der Koronargefäße. Unerschütterlich zu der eigenen Meinung stehend, selbst durch Exitus unbelehrbar. Freundliches, etwas hastiges Benehmen. Charme groß, Sterblichkeit größer. Seelischer Aggregatzustand mittelhart. Sehr beliebt, da trostreich.

Neidklatscher. Patientenbehandlung ganz und gar überschattet von Schielblicken auf Kollegenschaft. Ärztliches Berufsgeheimnis durchaus auf aktuelle Erkrankung beschränkt, sonst Ausweiden der leidenden Persönlichkeit unter Kollegen. Es brauchte gar keines Patienten, der seinerseits mit gespitzten Ohren den Klatsch vernimmt. Klatsch manchmal auf unbekannte, am liebsten überragende Persönlichkeiten konzentriert; den Patienten befreundete Ärzte werden vordringlich und genau unter die Lupe genommen. Bei Konfrontierung mit den als Konsultenten beigezogenen Kollegen die Liebenswürdigkeit selbst. Gespräch für den Patienten manchmal unverständlich, da auf lateinisch (Ärztelatein) geführt. Gesprächsgegenstand die freundlichsten Ehrabschneidungen, die in Österreich öfter auftreten als in Deutschland und dort wieder häufiger als in Großbritannien (allgemeine Rede-Retizenz auf dem russigen Eiland!), sind ebensosehr berufliche Fehler wie moralisch-ethische Verirrungen und Sünden.

Schweinische. Beliebte Abzweigung von üblichen Neid-Klatschern. Nicht nur auf Kollegenerlebnisse mit dem anderen (oder dem gleichen) Geschlecht beschränkt, sondern auch andere, dem Patienten bekannte Patienten erfassend. Hauptsächlich zur Erheiterung des eben Behandelten gedacht, wo sie auch selten ihren Zweck verfehlen. Manche leichtere Grippefälle durch sieben schweinische Witze mittlerer Durchschlagskraft notorisch einer Heilung zugeführt. Ökonomische Wirkung auf Arzneiaufwand. Besonderer Erzählungsgusto wegen tiefreichender anatomischer und physiologischer Kenntnisse garantiert. Fäkalienscherze höchst beliebt. Reine Geilheit wegen Fieberkurve wenig ratsam, aber doch oft angewendet, da wandernde, überbeanspruchte Ärzte selbst sexuell dem Hungertode nahe und daher auf Ersatzhandlungen erpicht sind. Beschränkung der Witzepartner auf das gleiche Geschlecht nicht unbedingt erfordert, aber dem Usus nach (hippokratischer Eid!) geübt. Ärztinnen gewöhnlich zurückhaltender.

Unterhaltsame. Abgeleitet vom Obigen und ihm verwandt. Der Inhalt des Gesprächs weicht ins Allgemeine aus und findet deshalb nicht bei allen unbedingt Beifall und Zustimmung. Er erstreckt sich von Berichten über die Militärdienstzeit 1939–1945 bis zum Widerstand gegen dieselbe und die Staatsgewalt zu derselben Epoche, je nach vermuteter Haltung des Patienten selbst. Beliebt auch längere Ausführungen über weltbewegende Themen wie die Mondlandung entsprechend unterhaltsam, manchmal auch ironisch aufgemacht. Allzu langes Verharren bei einem Thema kann oft unerwartete und gegenteilige Folgen haben, wie unvorstellbare Langeweile und Ungeduld beim Patienten, der urplötzlich berechtigten Verdacht wegen der unerwähnten medizinischen Seite seiner Person und Erkrankung schöpft. Die »Unterhaltsamen« oft schon in ihrer Studien- und Assistentenzeit als harmlose Fadiseure berüchtigt und gemieden; Patienten daher wegen Bettfesselung oft seit Jahrzehnten einzige Hörerschaft. Bemitleidenswerter, doch nicht förderungswürdiger Typ älterer Heilkünstler.

Cellospieler. Eine nicht direkt auf die Patienten sich auswirkende Gruppe von gewöhnlich bärtigen Dozenten und Professoren, deren edle Kunstbeflissenheit es nur mit ihrem Alter aufnehmen kann. Waren bereits in ihrer Jugend nach dem Beispiel berühmter Vorbilder musisch entflammt. Traten und treten besonders in Quartette gebündelt auf, mindestens 50 Prozent in Hausfrau, weitere 25 Prozent in Tochter des Hauses verliebt. Direkte Teilnahme der Gastgeber an Vorführungen nicht ausgeschlossen, aber nicht immer durchaus erwünscht. Lieblingskomponisten Schubert und Tschaikowski; häufigstes Vorkommen dieser Gruppe in den größeren Städten, vor allem Wien. Vielfach auch im Bild (Radierung) festgehalten. Einfluß auf ärztliche Qualitäten der Ausführungen weder positiv noch negativ nachweisbar. Durch Vorbereitung und Verbreitung guter, ja erhebender Stimmung jedenfalls psychologisch den Engeln aus dem Ärztestand zuzurechnen. Eigentliche positive Wirkung zielt auf Künstler selbst, deren Selbstgefühl wie bei allen reproduktiven Persönlichkeiten auch im häufigen Fall einer nicht totalen Vorzüglichkeit in sich positiv auswirkende Höhen gehoben wird; ein Umstand, der selbstverständlich vernünftige Ruhe bei eventuell nötigen Diagnosen und ordnungsgemäß angeordneter Therapie auslöst und nicht zu unterschätzen ist. Leider im Aussterben begriffen.

Versessene. Meistens unerträglich als Menschen, doch häufig – keineswegs immer! – tüchtig in ihrem Beruf. Eifrige Abonnenten sämtlicher ausländischer medizinischer Zeitschriften, oft selbst schriftstellerisch tätig, unter Pseudonymen wie »Medicus«, »Familiendoktor«. Vergebliches Bemühen, das Aufklärerisch-Populäre mit echt Wissenschaftlichem zu verbinden. Sie sind die Vorzugsschüler der Medizin; unter Chirurgen niemals anzutreffen. Den Patienten selbst versetzen sie zuerst durch Schlagworte und Praktiken sonst unbekannter Art in die Ruhe der Betäubung, machen ihn aber bald zum Opfer seiner und des Arztes Nerven. Pessimismus herrscht vor, was in diesem Stand geradezu selbstmörderisch ist. Dafür findet er Entschädigung in manchem interessiert hinaufgezogenen Paar Augenbrauen von Primarien und echten Professoren. Mit einem kleinen, oft zusammenbrechenden Volkswagen ausgerüstet, jagt er von entsetzlichem Pflichtgefühl gepeitscht, durch die wintrigen Gassen, um seine Patienten gewöhnlich bereits in Agonie oder in den Händen anderer, optimistischerer Ärzte zu finden. Stets mit einer großen Familie gesegnet, der er selbst sehr häufig die ihm ans Herz gewachsenen Lieblingskrankheiten vorexerziert. Häufiger in Landstädten und auf dem mehr oder minder flachen Lande anzutreffen als in Großstädten. Schwätzt viel, hat manchmal fixe Ideen, wodurch er weite Landstriche in die Richtung ganz bestimmter Syndrome jagen kann, sehr zu deren Nachteil. Ein einschlägiger Dialog mit einem Kollegen, der über besser koordinierte Erfahrungen der Diagnose verfügt, könnte ihn jederzeit auf den Weg der Wahrheit bringen, gäbe es einen solchen in der Medizin. Macht es sich und allen anderen schwer, denn er ist ein Perfektionist mit unzureichenden Mitteln wie große Teile einer – insbesonders deutschen – Menschheit.

Scharlatane. Ausdruck (manchmal unverdienter) Verachtung für unübliche, ja verstiegene Untergruppen der Ärzteschaft. Öfter von Ärzten untereinander als seitens der Patientenschaft verwendet. Bezieht sich sowohl auf Behandlungsweise wie auf Benehmen. Wenn auch unleugbar peinliches Auffallen in Geste und Wort in einem so exakten Stand häufig stört und vom Eigentlichen ablenkt, weshalb es zweifellos auch hervorgekehrt wird, sind Träger dieses Temperaments auch oft eine Wohltat wegen ihres Übergreifens ins Opernhafte und Barock-Menschliche hinein. Feindseligkeit gegenüber Patienten und Durchschnittskollegen dem händereibenden Charme im gestreiften Fischgrätenanzug durchaus vorzuziehen. Auch feststellbar, daß nicht nur Sonderlinge und A-tout-prix-Verzweifelte den Weg zu den »Scharlatanen« finden, sondern auch wirklich schwere und im Psychotischen verankerte Fälle. Ordination von sogenannten »kleinen Leuten« überlaufen. Der architektonischen Anlage nach Behausungsgemeinschaft mit Familie in eben nicht anreizender Nachbarschaft. Wände mit unverständlichen Diagrammen, Zeichnungen und Zahlenmaterial bedeckt, was zur Einschüchterung der ohnehin furchtbebenden Besucher dienen soll. Augendiagnose, Handlesekunst, Homöopathie, Osteopathie, allgemeine Heilpraxis. In einigen bekannten Fällen Entnahme des Trinkwassers aus laufendem Hofbrunnen durchaus erfolgreiches Medikament; insbesonders gegen Karzinome und Sarkome, die überhaupt in erster Linie Gegenstand solcher Kuren sind. Honorarskala jenseits des Üblichen, Snobwert nicht zu übersehen. Mund-zu-Mund-Reklame.

Leidensbrüder. Letzte Überbleibsel einer weithin ausgestorbenen Klasse von Medizinern. Bereits früh an der angeekelten Abneigung gegen sektionsreife Leichname erkennbar; für den eigentlichen Beruf demnach völlig ungeeignet. Im Krankenhauseinsatz der ersten Jahre, falls es nach ausgedehntem und durch Mitleid verzögertem Studium überhaupt so weit kommt, vielfach bei schweren Fällen behindert, da oftmals emotionelle Bindung an solche Patienten: dies kann manchmal zu nur schlecht unterdrückten Weinkrämpfen bei Exitus führen. Materiell auch nicht gerade begünstigt, da bei versicherungstechnisch schlecht gestellten älteren Jahrgängen Klageworte und Betonung der ärmlichen Verhältnisse zur Stornierung der Honorarnote zu führen pflegen. Im Verkehr mit den Patienten leise, unauffällig und sehr oft direkt hilfreich in pecunia. Fälle von Ausnützung durch gewissenlose Menschen im Krankenstande nicht ausgeschlossen. Allfällige Unsicherheit, ja Unfähigkeit mehr als aufgewogen durch die freundliche und unposierte Menschenliebe, die die Arbeit häufig überbeanspruchter und mißgünstiger Krankenpflegerinnen mehr als ausgleicht. Wenn mit polternden, alleswissenden Spezialisten und Professoren konfrontiert, niemals kleinlaut, sondern vom echten Mut der Humanität angefeuert. Sehr oft bei der eventuellen Beisetzung und auch im späteren Leben der hinterbliebenen Angehörigen angenehm bemerkbar. Kleiner Statur, bartlos; vor allem Frauen der mittleren und älteren Jahrgänge echte Beispiele dieser antidiluvianischen Charakterbildung.

Wahrheitsstrahler. Magische Menschen: das Charisma in dieser Berufssparte, weil heilend und allgemein förderlich, dem auf Rednerrostrum und im Feldherrnzelt aufgewendeten Schwung und Schmalz des Genies durchaus vorzuziehen. Letztere Qualität braucht keineswegs immer vorzuliegen, ist aber jedenfalls für Durchbruch und Hemmungsüberwindung ungemein nützlich. Charisma – nicht in allen Kombinationen und Relationen spürbar und wirksam; die Lichtträger können in den häufigen und aussichtslosen Fällen mittelmäßiger und nicht aufnahmebereiter Patienten das Gegenteil hervorrufen und auf scharfe, ja spöttische Ablehnung stoßen. Eingespielte oder – sehr häufig! – nur langsam sich selbst einspielende Fälle unterliegen der Strahlung bereits auf dem Weg in die Ordination, wo dann im Wartezimmer oder gar vis-à-vis dem Charismaträger sofortige Schmerzfreiheit, Fiebersenkung und allgemeiner Beschwerderückgang zu verzeichnen sind. Klassischer Fall – die in das Kinderzimmer sich öffnende Eingangstür, durch die der mit Recht berühmte Professor und Kinderarzt an das Bett tritt, worauf sich der Scharlach in harmlose Röteln verwandelt und auch im Scharlach-Fall sehr oft am nächsten Tag bereits das Schuppenstadium einsetzt. Auch bei Empfangsbereiten das Versagen auf diesem oder jenem Gebiet manchmal durchaus möglich, was nicht gegen die allgemeine Ausstrahlung spricht. Die Träger dieser irrationalen Begabung sind im Verkehr weder besonders bemüht noch emotionell interessiert oder beteiligt; in dieser Hinsicht und wohl auch sonst das

Gegenteil der gütig Bemühten und Leidensbrüder. Lange Gespräche über anscheinend abgelegene Themen gehen der eigentlichen Diagnose häufig voraus; Skurrilität und Abwegigkeit bilden keine Hindernisse bei dem Patienten längst entfallenen und entschwundenen Komplexen: denn dies sind Seelenärzte, an Einzeldiagnosen in den verschiedenen Körperteilen uninteressiert und dort manchmal sogar in, wenn auch nützlichen, Irrtümern befangen. In Krankenhäusern fliegt hie und da dem allwöchentlich auftretenden Inspektionsarzt das Gerücht derartiger Charismaausstrahlung voraus, das sich allerdings in der Praxis nicht immer bewahrheitet. Physisches Gefäß der Träger wechselnd, oft durch irdische Ornamentik irreführend. Schwere Bärte beliebt, aber nicht unbedingt vorgeschrieben; geringere, undichte Behaarung an Backe und Schläfe derzeit ungemein häufig. Blauer, doppelreihiger Anzug über breitem Brustkorb ein oft untrügerisches Anzeichen. Vor allem aber: die Wahrheit, die einzige und unmißverständliche, blitzt aus den Augen und legt sich wie ein Schein um den Menschen und Arzt, der nichts weiter tun und tun kann, als sie auszustrahlen.

Kombinierer. Unangenehme Gruppe, den Geldreißern verwandt. Komplizierte Struktur, hervorgerufen und gesteuert durch die drei Geißeln der heutigen Menschheit: Spezialisierung, Fortschritt und Gier. Ärzte dieser Art, gewöhnlich Internisten oder Hausärzte älterer Fassung, verwenden gesamtes Hirnschmalz auf Herstellung von Querverbindungen auf dem Empfehlungsweg zu Kollegen, die an der materiellen Ausweidung des Patienten weitergreifend Anteil nehmen. Gutes Gedächtnis und nähere Beziehungen zu den verschiedensten Fachgruppen Voraussetzung. Eigene medizinische Kenntnisse belanglos, können unter Umständen sogar umfassend sein. Da gibt es keinen noch so praktischen Arzt mit scharfem Blick und treffender Diagnose, der nicht einen weiteren Spezialisten heranzuziehen vermag. Gegenleistungen selbstverständlich; sehr oft auch dringlichste Hinweise auf Sanatorien und Privatkliniken. Manchmal Verästelungen zu Internisten zweiten Grades. Chirurgen empfehlenswert. Auch Arzneimittel in den Ringelreihen einbezogen; hier können seitens der Großfirmen von Anfang an bestimmte Sätze mit Jahresabrechnung vereinbart sein. Patienten werden zwar geldlich zum Weißbluten gebracht, doch, mit Ausnahme krasser Fälle (Todesfälle nicht ausgeschlossen), gut, vor allem häufig bedient. Flaue Zeiten wie Feiertage und Ferien besonders bevorzugt, wegen Bestreben, das eigene und kollegiale Einkommen gerade dann entsprechend aufzustocken. Kollektive Profitgier häufig untermauert durch Freundschaftsbande aus Studienzeit (Studentenverbindungen, C. V.): Geld ist dicker als Blut und Wasser. Verrat und Plaudertratsch wegen Rückversicherung fast ausgeschlossen. Wenn trotzdem Durchbruch an die Öffentlichkeit, Gestank unbeschreiblich, früher Duelle nicht ausgeschlossen, heutzutage Weg in den Gerichtssaal.

Trotz allem Hörigkeit des Publikums an die Ärzte nicht auszurotten, da Todesangst alles besiegt.

Wenn jemand Älterer, und sei er noch so gering, an seinem ständigen Arbeitsplatz nicht erscheint, beginnt sich mit dem vierten oder sechsten Tag unter Bekannten und befreundeten Personen Unruhe und Ängstlichkeit zu verbreiten. Das führt schließlich dazu, daß sich, von der Nachbarschaft ermuntert, die ja in solchen Quartieren dem Fremden näher ist als in Nobelvierteln, eine kleine Abordnung an die Tür der Verschwundenen begibt. Die Person ist in diesem Fall gerade unter dem Dach in einem Mansardenbau des Hauses untergebracht, die Wohnung besteht aus einem Zimmer und Zubehör. So ist es damals geschehen – nach Ende dieses Buches, lange nach dem schließlichen Glück der Heldin in der gewissen Anstalt am Graben.

Jetzt ist es mit dem Glück vorbei – und, nebenbei, auch mit den vielen Unfällen dieses kleinen Lebens; denn alles ist vorbei. Mit dem Nachschlüssel in der Hand der hausmeisterlichen Amtsperson ist auch der Amtsarzt gekommen, ein unscheinbarer Mann mit einem Mausgesicht. Die Tür wird geöffnet und bleibt in den Angeln offen stehen. Der Arzt steckt die Nase vor, als er sich über das Bett beugt. Von der Gasse dringt Lärm bis nach oben.

Der Arzt beugt sich tiefer und fühlt das Herz ab, dann den Atem. Jemand hebt ein Glasröhrchen vom Boden auf; auf dessen Grund sind Reste eines bläulichen Pulvers zu sehen. Aber wer sieht es denn? Wie hat sich die Person dieses Pulver verschafft?

Der Arzt schließt ihr die Augen und sagt das Wort. Natürlich werden Hände über dem Kopf zusammengeschlagen. Und jemand anderer seufzt.

Der Arzt hat ein gutes Werk getan. Der Körper ist noch kleiner als im Leben und ganz kalt. Man schreibt Juni, die Hausbesorgerin läßt frische Luft durch das von ihr geöffnete Fenster. Herzschlag, hin und her. Auf und zu, das Fenster. Atem. Nicht mehr.

Niemals mehr. Unwiederbringlich. Der Arzt sitzt am Tisch und schreibt den Totenschein. Gar nicht leicht in diesem Fall, wegen so vieler ungewisser Daten. Wer fragt noch danach? Der Arzt geht als erster.

Continuat

Angela Frumm

Dann fährt die Angela fort in ihrem Dialog: »Die Männer sind alle Verbrecher. So heißts in der Operette. Der Franzi hat Schwierigkeiten ghabt. Damals sinds alle Tag über die Praterstraße marschiert. Ich habs gern ghabt, die Reihen fest geschlossen. Mit dem Fräulein Ebenenz hats was geben, kann nichts dafür, kann nichts dafür. Das war zu der Zeit damals so, aber frech wars schon, das hab ich zu bestätigen. Lotte paßt sich eben nicht für eine Jüdin. Nur den Doktor Hacker, den werd ich nie vergessen, ich sag nix mehr.«

Auch wenn die Lichtquelle schon versunken ist. Sie kann wirksam bleiben bis ans Ende.

Dr. Hugo Hacker

Wir müssen um Vergebung bitten: gerade bei der Abschilderung eines so ernsten Lebens müssen wir um Vergebung bitten, für das, was man im Englischen einen pun nennt. Die Biographie von Dr. Hacker kann nur abgehackt nacherzählt werden. Es ist ein so widerspruchsvolles und gleichzeitig so selbstverständliches Leben. Es steht kopf, aber nur im Sinn unserer Zivilisation. Das Leben eines Menschen, der zum Unglück vorbestimmt schien, vom Unheil auch wirklich verfolgt war, bei dem sich jedoch alles zum besten wandte. Stets. Ein Liebling der Götter? Ein Verfolgter des Schicksals?

Vater: ein sanfter Mann. Aus einer alten Bildschnitzerfamilie in Urfahr, der Schwesterstadt von Linz a. D. Gutes Gewerbe, gutes Geschäft, bürgerliches Auskommen. Verläßt früh das Haus seiner Eltern, geht auf die Walz, kommt mit einer Frau zurück. Die ist Jüdin, sehr wild, sehr wohlhabend, sehr unternehmungslustig. Wird geliebt, liebt stark. Familie nimmt Wohnsitz, »drüben«, im echten Linz, großes Haus. Vor der Jahrhundertwende, jene geliebten neunziger Jahre. Ein einziges Kind: Hugo.

Das Geld muß ausgegeben werden. Auf Veranlassung von Mama wird ein Doppel-Gig gekauft. Selbst kutschiert. Papa macht nicht gern mit. Mama immer die Zügel in der Hand. Halbblut aus Irland muß her. Die gehen ungern im Gig, einer hinter dem andern.

Mama kutschiert Pferde, Gig und Menschen in einem Anfall von Geistesverwirrung in den Strom, die Donau. Beide Eltern tot. Kind Hugo, Vollwaise, vierzehn Monate alt.

Alles kommt anders, alles ist anders. Vermögenswerte der Mutter im Deutschen Reich unangreifbar angelegt. Auch Kurswert geringer als erwartet. Kind Hugo wird Vatersschwester zur Erziehung übergeben. Gatte Großbauer, Gehöft im Volksmund bekannt als »Sauhof der Schlampen«: Unordnung schwingt dort das Zepter. Neffe Hugo wächst mit Base Ludmilla, einziges Kind, auf dem Hof auf. Altersunterschied zwei Jahre. Die beiden Kinder martern und quälen einander, Hugo zuerst, weil jünger, unterlegen. Dann kehren sich, mit seinem Älterwerden, die Verhältnisse um.

Hugo fällt, mit vier Jahren, auf Dachsims kriechend, von seiner Base gestoßen, sechs Meter in den inneren Hof, etappenweise, da zuerst an Dornenhecke aufgehalten. Seitdem narbenzerrissenes Gesicht, gebrochene linke Hand.

Diese im Krankenhaus Völkermarkt schlecht operiert. Wunde eitert, Hand muß amputiert werden. Ersatz durch Prothese, kaum bemerkbar. Rachekrieg gegen Base Luma. Heimliches Zwicken, Kratzen, Beißen, Schlagen, wo immer man sich im Dunkel oder Hell – auf dem Hof, zwischen dem Vieh und dem Menschenvieh – trifft. Vater und Mutter haben ihren Spaß daran.

Mit zwölf Jahren beginnt die Menschwerdung Hugos: die Reue über die von ihm Ludmilla zugefügten Qualen. Schlechtes Gewissen, Versuche der Wiedergutmachung. Base Luma stirbt in einem Gewitter auf dem Feld durch Blitzschlag. Mutter, die wahre Böse, hat sie absichtlich-leichtsinnig in den Tod geschickt. Hugo vermißt das erste und einzige Objekt echter Wiedergutmachung und strebt fort vom Hof.

Die Zweiteilung in diesem Menschen tritt besonders in jener Epoche zutage. Erziehung, erstes Leben mit und gegen Menschen: in Österreich, dem Land des Vaters. Materielle Wurzeln, Vermögenswerte im Land der Mutter, dem »Reich« Kaiser Wilhelms. Reisen nach Frankfurt a. M. häufig, um sich dem Vermögensverwalter, dem alten Vater von Mama, vorzustellen und sich von ihm auf Herz und Nieren prüfen zu lassen. Vater nicht zufrieden. Besteht auf Anlage des Restvermögens in öffentlich-rechtlichen Anleihepapieren. Besuch des Gymnasiums im oberösterreichischen Vöklabruck. Ebendort Ablegung der Reifeprüfung, mit »Genügend« in Mathematik. Kriegsausbruch nicht weit.

Beziehung zum weiblichen Geschlecht sehr vage. Dies scheint alles stark eingefärbt durch das Schlagen und Geschlagen-Werden von Luma. Hat er sie geliebt? Gehaßt? Eine Blume, verrufen und angerufen als »Güte«, dringt offenbar durch das kalte Erdreich. Es kommt zu nichts, weil Angst vor Ansteckung, mit Güte wächst Angst. Also Masturbationen und Pollutionen, in Träume von Herrinnen und Sybillen gehüllt. Solche Figuren nur selten in Ober-Österreich.

Figur Hugo sehr lang, nicht dürr, die Handprothese kaum sichtbar. Die Länge der Gliedmaßen vermittelt das Bild eines Menschen, der anderen Menschen ins Konzept schaut, wie über den Rand einer Zeitung ins Leben lugt. Nicht aufdringlich, aber sehr neugierig. Neugierde hätte ihn bald in den Journalismus getrieben, vor allem wegen jenes Versagens in der Mathematik: der Krieg als Retter. Güte ist Neugierde plus Angst.

Vorher: 1913 Verlassen der Monarchie. Hugo siedelt sich in dem leeren Haus des Großvaters in Göttingen an. Universitätsstudium der Medizin. 1914: von deutscher Musterungskommission zurückgewiesen. Reise nach Linz. Österreichische Musterungskommission findet Hacker tauglich für Büroarbeit. Wird jedenfalls auf zwei Jahre zurückgestellt. Wieder in Göttingen. Naturliebe. Lange Spaziergänge im Göttinger Wald. Träumereien. Alle deutschen und österreichischen Zeitungen und bessere Zeitschriften abonniert. Begeisterung für Hofmannsthal und dessen politische Ideen. Ein Schwärmer mit Hirn.

1916: als Medizinstudent des sechsten Semesters beim k. u. k. Infanterieregiment Nr. 87 (Pilsen Land) ins Feld einrückend gemacht. Zweimaliger Studienurlaub. Beim Zusammenbruch 1918 bereits Oberarzt. Nimmt auf Hilfsplatz an ihm unbekannten, hohen italienischen Offizier lebensrettende Operation vor. Handprothese beruflich geschicklichkeitsfördernd.

Da Erbgut der Eltern zu 70 Prozent in österreichisch-ungarischen Staatspapieren angelegt, sehr bald nach Kriegsende fast völlig mittellos.

Nimmt Anstellung als Polizeiarzt für Wien II (Leopoldstadt) an. Leidet unter den Huren weniger als unter seinen Kollegen, dieser Gemütlichkeit um Vagina, Penis, Tripper und »Sifel«. Bezieht ein Zimmer in der Ausstellungsstraße, mit Blick auf und Geräusch von Wurschtelprater. Dort findet Hugo das entscheidende Liebeserlebnis: Sybille unter den Budenmädchen, eine, die den Amateurschützen die Flobertgewehre reicht. Jene gleicht der Delphinischen. Nur viel kleiner, im Grunde genommen winzig. Aber sie lächelt wissend und kühn. Nach einem Jahr beginnt sie sogar zu reden.

Sofortige Heirat und Bezug des Mietzimmers mit der Gattin. (Vater war Bergmann in Kohlengrube.) Sie liebt Hugo abgöttisch, sagt es aber nie. Er liebt sie abgöttisch, sagt es. Glücklich. Vergessen Lumas.

Eine Geldquelle springt auf: der väterliche Oheim hat ihm nach Verkauf des Hofes, wo sich Frau von demselben Gesims geworfen hat von dem Hugo einst fiel, ein stattliches Legat hinterlassen. Eine Wohnung am Kai wird bezogen.

Über seine Verhältnisse? Vielleicht. Behält jedenfalls seinen Posten als Polizeiarzt im benachbarten Judenbezirk. Ist die Sybille eine Jüdin? Wohl nicht. Entsetzlich nur eines: Sie ist unfruchtbar. Hugo hönnte durch einen kleinen chirurgischen Eingriff (Vorfall der Gebärmutter) vielleicht selbst korrigieren. Wagt es nicht. Andere Chirurgen möchte er damit nicht belästigen – vor sich selbst vorgeschützt, es ist nur Eifersucht. So bleibt die Ehe durch alle Qualen und Trennungen und Weltgeschichte kinderlos.

Von ausschlaggebender Bedeutung für dieses Leben neugieriger Güte: in der laufenden Ordination, jedoch außerhalb, viel später, und unter Versicherung, man wolle zahlen wie ein gewöhnlicher zahlender Patient, erscheint Angela, noch immer Frumm, dieses winzige Wesen, beim Dr. Hacker; gleich nach den Huren. Nein, sie habe kein »Büchel«, sie stehe nicht unter Polizeikontrolle, aber sie führe doch ein »gemischtes Liebesleben« (ihr Ausdruck!). Sie wolle sich aus Vorsicht, und weil sie auf die Medizin schwöre, untersuchen lassen.

Und sie schüttet diesem langen Kerl, der seine Nase in ihr Leben steckt, aber gar nicht auffallend, ihr ganzes Herz aus und das ihrer Mutter und vom »Springinkerl«, und wie sie eben manchmal diesen oder jenen Herrn nach ihren Tänzen in dem Café mit aufs Zimmer nehme. Sie wolle aber ganz sicher sein. Auch von Lotti Ebenenz wird ihm erzählt.

Das Ergebnis: sie ist gesund. Und bleibt gesund. Eine Bindung für immer: Angela–Dr. Hacker: immer wieder erscheint diese hilfreiche Figur auf ihrer Bühne.

Es ist ja so: er bringt ihr Trost, er hilft ihr, er kann ohne diese Vaterrolle nicht mehr leben. Und dann holt er sich Trost. Bei der Zigeunerin mit dem Sybillengesicht, seine Gattin, Elvira heißt sie, wie im »Don Giovanni«. Kann auch ihre Erfindung sein, das mit der Abstammung. Ist gebildet, diese Elvira. Und auch die Bildung wünscht Hugo an seinen Schützling Angela weiterzugeben.

Muß in der Ordination von ihm Fremdwörter lernen. Der Amtsarzt tritt ferner über seinen Wirkungskreis hinaus in Erscheinung, als die kleine Tochter, der Bankert des Kellners, krank wird und leider stirbt. Er hat nicht helfen können. Seiner Glorie tut das keinen Abbruch. Trennung der Wege, als die Nazis kommen. Sein Ratschlag, sich früher als vorschriftsgeboten zu militärischer Dienstverpflichtung zur Verfügung zu stellen. So wird lenkende Gottheit gespielt. So trägt ein Gütiger eigentlich die ganze Verantwortung; auch für viel Böses. (Die Dienstzeit in Norwegen. Den Mord an den drei jüdischen Damen.)

Anonyme Anzeige gegen ihn. Jüdische Abstammung? Mischling ersten Grades? Alles ist plötzlich amtsbekannt. Dr. Hugo Hacker muß ins Ausland. Elvira versteckt sich in Österreich, Hugo arbeitet in Holland. Auch im Untergrund. Hier kann er seiner geliebten Chirurgie in der Masse fröhnen. Es geht um die Illegalen; jeder im Untergrund, der es braucht, wird in das unterirdische Kellerloch gebracht, wo der ehemalige österreichische Polizeiarzt an ihnen herumschneidet.

Schweres Leben, unerträgliches Leben. Voll körperlicher Not und Entbehrung, voll Angst, voll echter Seelenqual. Die Hälfte der Operierten – Exitus wegen Mangels an aseptischer Behandlung. Immer in Bewegung, immer auf der Flucht.

Für Hugo am schlimmsten: keine Nachricht von Elvira; das schwarze Brett vor dem Kopf, ob sie noch lebt? Das Loch des Nichts.

Er erträgt alles. Seine Güte ist mit Zorn gemischt, gegen die Übeltäter, gegen das Übel. Ungläubig in konfessionellem Sinn, ungläubig selbst an die Bibel. Nur der Glaube: es geht weiter, auch wenn der zerfetzte Mensch dort unter ihm fort ist von dieser Erde. Er weiß, daß die Menschen noch viele, viele Stunden – Tage? – spüren, sehen, was um sie geschieht, wie es um sie bestellt ist. Diese Überzeugung ist es, die ihn selbst so sanft, so vorsichtig, zu einem so guten Chirurgen macht, auch im Keller, auch im Untergrund.

Ein richtiges Glück, daß es hier unten – gar nicht selten – weniger selten als »oben« – gute Kameraden gibt. Letztes Zusammenhalten, Hilfe für die Opfer, Opferfreudigkeit, Hilfe für den Helfer.

Herr Rotter. (Deckname?) Ist eigentlich Magistratsbeamter aus Wien IX. Am Schluß unter Schuschnigg im Lager Wöllersdorf. Jung, doch alt an Erfahrung. Hat am 12. Februar einen Kopfschuß im Karl-Marx-Hof abbekommen. Er sagt: »So wie die mich damals und dort herausgehaut haben und operiert und geheilt –

so wollen wir es mit unseren Leuten hier tun.« Also hilft er Hugo, wird ihm und den Seinen später auch noch helfen.

Das macht dem Herzen warm, das erleuchtet den Kopf. Aber nichts von Elvira. Nichts. Nichts.

Nach Kriegsende sofortige Rückkehr nach Wien. Verliert Rotter aus den Augen. Ehrungen und Schrecken erwarten ihn. Der Anblick der geliebten, doch tief verletzten Stadt lösen in dem Arzt Wehmut und Entsetzen, Klagen und heißes Bemühen aus. Kann Elvira nicht finden. Sie bleibt verschollen. Noch 1944 am nördlichen Stadtrand in einer Kolonie von Landesfremden gelebt, hauptsächlich Nicht-Europäern, zuletzt in Wohnungsgemeinschaft (Wohnung – ein Kellerloch) mit einem christlichen Albaner. Spur reißt ab, kann nirgends wieder aufgenommen werden.

Dr. Hacker wird sogleich mit einer Medaille des »Österreichischen Widerstandes« geehrt. Erhält führende Stellung in der I. Unfall, ohne Rücksicht auf Handprothese. Im Lauf der Jahre Vorstand und Primarius.

Findet an einem Tag des Jahres 1947 zwei Menschen wieder, die ihm lieb und wert sind – die liebsten nach Elvira. Bei Besuch im Rathaus Entdeckung hinter Schreibtisch: Rotter. (Nur nennt er sich jetzt anders!) Umarmung. »Kannst immer auf mich rechnen ...«

Am Nachmittag eine Einlieferung in der I. Unfallstation. Das ist ja die Antscherl! Was wäre denn da mit dem Knie los? Gespräch, hinkender Dialog. Die Kleine mit den schütteren Haaren scheint vor allem psychisch verstört – er fragt, sie gibt kaum Antwort. Etwas muß geschehen sein. In Norwegen? Wen hat sie dort gekannt? Ist sie Nazi gewesen? Sie, für die »Nazi« doch viele Jahre nur »Ignaz« bedeutet hatte? Eine Stunde nach der Befragung entfernt sie sich von der Station, ohne Erlaubnis.

Hugo eruiert ihre Wohnung. Erschüttert von der Erzählung über die Tragödie im Haus. Trägt Hilfe an, glücklich, Neugierde und Güte vereinen zu können. Angela sperrt sich viele Tage. Wochen.

Endlich ausführliche Erzählung, in einem kleinen »Tschoch« (Caféhaus), in das Hugo sie auf einen »Schwarzen« eingeladen hat. Unzusammenhängend, wirr, verteufelt. Von den drei Damen, und wie das an Bord der »Empress of Britain« sich zutrug.

Hugo beschließt – nichts zu tun. Glaubt, hier müsse man Nachsicht walten lassen. Auch habe sie bereits genug gebüßt.

Bringt Angela ins Magistrat im Rathaus. Es wird arrangiert, daß sie an Ort und Stelle Papiere interimistischer Natur von der »Stadt Wien« als Bundesland erhält. Antschie küßt dem Hugo dreimal die Hand, sonst bleibt sie ungerührt. Ist sie zu rühren? Ist jemand in dieser Stadt Wien (als Bundesland) überhaupt noch zu rühren? 1914, 1918, 1934, 1938, 1939, 1945.

Schließlich verhilft Dr. Hugo Hacker der Angela durch den Magistrat auch noch zu dieser schäbigen Anstellung, wo sie aber bekanntlich bald aufgebessert wird. Er hilft, er hilft, aber wird ihm denn nie geholfen? Ist er in Güte versteinert? Darf er keinen Kopf an eine Schulter mehr legen? Er wohnt jetzt am Rand der Stadt, in einem Hochhaus zu Kagran, im obersten Stockwerk, dem zwölften. Er schaut über das weite Marchfeld, mit seinen Dörfern, Fabriken, Raffinerien, Flußläufen und Kanälen. Auch Bäume hie und da, auch kleine Erhebungen mit ungeschickten Türmen. Auch hier wurden Schlachten geschlagen.

Die Nase senkt sich. Die Haare fallen aus. Der Beruf ist alles, was er hat. Ein Arzt. Ein Arzt in Wien. In den Fünfzigerjahren, vielleicht bald nach dem Staatsvertrag, klopft es oben an seine Wohnungstür.

19 Uhr 10. Draußen: die Elvira, einen vielleicht zehnjährigen Knaben an der Hand. Alles umarmt sich sofort. Ein Wunder ist ein Wunder, mit jedem Maßstab gemessen.

Es ist ein Kind von einem anderen Vater. Von jenem Albaner. Elvira ist hart. Und zärtlich zugleich. Nicht mehr lang. Stirbt nach drei Jahren in Wien mit Hugo und dem Sohn.

Auch Dr. Hugo Hacker muß einmal in Pension gehen. Jetzt lebt er ganz der Erziehung und Pflege des kleinen Stanislaus, den er als Sohn anerkennt. Es lohnt sich. Es hat sich für ihn eigentlich alles gelohnt.

Ab und zu besucht er Antscherl in ihrem neuen Wohnort in der Brigittenau. Er hat seit Jahren begonnen, sie in dem richtigen Gebrauch der deutschen Sprache zu unterweisen. Stanislaus und Angela wetteifern, wer das schönere Deutsch spricht.

Dr. Hugo Hacker stirbt dann auch, aber der junge Stanislaus ist bei ihm. Jahre werden bis dahin noch vergehen. Sprechen wir nicht mehr von ihm.

Die Götter haben ihn so oft gerettet. Sie schenken ihm sogar einen sanften Tod.

Continuat

Angela Frumm

Bedrängnis und Angst drohten damals in Wien, in Österreich, Böhmen, Deutschland, in der ganzen Welt. Manche sagten zwar, sie hätten es sich – nach 1938 – ärger vorgestellt, viele aber meinten, es übertreffe ihre schlimmsten Befürchtungen. Bewegungen ungeahnter Art und Dichtigkeit erschütterten die Wienerstadt: vom Kahlenbergerdorf bis zur »Spinnerin am Kreuz« fuhren die Leute hin und her, mit der Straßenbahn, den Autobussen und den Taxis. Sie schlichen auch, und mancher Zug marschierte, mit freien Händen, aber auch gefesselt.

Franzi, das Springinkerl, verschwand und kam nicht wieder. Angela verzog das Gesicht in Wut, dann weinte sie, dann wußte sie nicht weiter; denn plötzlich war auch die Kundschaft fort, und das Café war schon lange geschlossen. Franzi hatte die Geliebte außerdem aus Eifersucht noch angezeigt, weil sie einmal einen »roten Fetzen wie eine Fahne verehrt hatte«. Sie verließ also die kleine Wohnung nicht mehr und wartete auf Franzi, schon um ihm eine herunterhauen zu können. So wurde sie schwächer und schwächer.

Aber der gute Dr. Hacker, der lange Zeit ihr Polizeiarzt gewesen war und jetzt als Mischling ersten Grades selbst in Bedrängnis geriet, sagte, sie solle sich vorzeitig freiwillig zur Kriegsdienstleistung melden. Sie folgte seinem Rat.

Angela verließ Wien. Sie hatte alle Einrichtungsgegenstände verkauft und der Hausmeisterin den Wohnungsschlüssel zurückgegeben, denn sie hielt Franzi die Wohnung und die Treue, wenn sie auch wütend war. Auf ein Stück Papier hatte sie geschrieben:

Ich steh verlassen
Und arm auf der Gassen.
Ich zieh in die Ferne,
Dort leuchten die Sterne.

In der Straßenbahn war eben die Frau Direktor Görlitzer an ihr vorbeigefahren. Die war jetzt auch viel kleiner geworden und ein armes Viecherl. Nur einmal hatte Angela ihr ins Gesicht gespuckt. Das war schon vor Wochen gewesen.

Aber jetzt – an allen Seiten des breiten Weidlings rannen die Tropfen Flüssigkeit die Ränder herunter und vereinigten sich auf dem Boden zu einem Tümpel. Man hatte, im Sinne der Reichspolitik, versucht, auch in der großen mittelsächsichen Industriestadt Magdeburg, so weit wie möglich eine Trennung der ostmärkischen Soldaten und weiblichen Hilfskräfte voneinander durchzuführen. Sobald die Dienststunden vorüber waren, flossen aber die menschlichen Massen, der Schwerkraft der gemeinsamen süddeutschen Sprache gehorchend, mit einer fast wilden Intensität wieder zueinander. Angela arbeitete in der an der Überlandstraße, Klasse I, Richtung Schönebeck gelegenen Werkzeugfabrik. Für den Heimweg in die Kantonierungen stand der Belegschaft – 76 jungen Mädchen und Weiblein – kein Verkehrsmittel zur Verfügung. Sie mußten in diesem heißen Sommer, oft noch im Sonnenschein, heimeilen, eine zusätzliche körperliche Anstrengung, die aber nicht zur Ermattung, sondern zu einem rauschartigen Geschwindigkeitsausbruch führte. Dicht vor dem Stadtzoll lag abseits der Wege eine Sandmulde voll Wasser, 1 Meter tief, in die sich die aufgelösten weiblichen Formen mit fliegenden Haaren und wabbernden Brüsten furienhaft warfen, um am anderen Ende im einzigen, auch den Ostmärkerinnen zugänglichen Gasthof Zum General Tilly durch die Türen zu stürzen.

Barbra Oriel

Sie war klein, aber nicht zu klein, mit Kraushaaren und tiefroten Backen und glühenden Augen wie Stechmücken. Sie rollte wie eine Kugel, fast immer lief sie; manchmal fiel sie hin, sehr geschickt war sie nicht, aber kaum achtzehn Jahre alt, sehr stark. Sie lachte bei jeder Gelegenheit, aus dem Bauch herauf, dann heller werdend. Dagegen sprach sie nur wenig, aber abgerissen. Sie war sehr liebesbedürftig und liebesfähig.

Barbra Oriel stammte aus dem mittleren Burgenland, aus einem Dorf, unfern der ersten kroatischen Siedlung, aber immerhin war ihr Vater ein Deutscher. Warum sie so bald nach Kriegsbeginn kriegsdienstverpflichtet wurde, weiß man nicht; offenbar hatte man nichts dagegen, von daheim fortzukommen. Sie hatte eigentlich nie etwas dagegen, gegen nichts. Passiv? So passiv wie ein Wirbelsturm, der weht, ohne daß er seine Richtung angibt.

So gelangte sie zu demselben Haufen ostmärkischer Weiber, die in der Werkzeugfabrik nahe Magdeburg arbeiteten. Gleich schloß sich Barbara an die kleine, lustige Angela Frumm an, begann sie zu lieben, mit großer Inbrunst und Hingabe. Sie lachte über jeden Scherz der Kameradin, sie versuchte sogar mitzusingen, wenn Angela auf dem Heimweg ein heimatliches Lied anstimmte. Außer einem rauhen Gröhlen wurde aber bei Barbra nicht viel daraus.

Mit dem Zorn einer Tigerin warf sie sich einmal vor Angela, als ein paar eingeborene Sächsinnen aus einem vorbeimarschierenden Trupp Angela grob anfaßten und attackierten. »Brauchst dich nicht so aufzuregen,« schrie Angela nachher, als wäre sie in ihrem Stolz gekränkt. »I kanns schon allein.« Barbra brummte wie eine Bärin. Das war gleich in den ersten Tagen im sächsischen Arbeitsexil.

Noch in derselben Nacht sprang Barbra von ihrer Pritsche auf die benachbarte der Angela hinüber; da war das Ende der Reihe, dann kam niemand mehr, da war nur noch die Wand. Stockfinster und die wüste Glut der Umarmungen. Als wollte die Sprachlose die Kleinere im Sturm der Liebe zerfetzen. Die Ältere, Angela Frumm, die ja schon Kinder geboren hatte und den Schleiertanz beherrschte, ließ es sich gefallen.

Barbra war es auch, die an dem ersten überheißen Tag auf dem Rückmarsch den Tümpel in der Sandgrube entdeckt und sich hineingeworfen hatte. Alles folgte, die Aufseherinnen waren hilflos. Die Kleider trockneten der lachenden nassen Schar auf dem Weg zum Tilly auf dem Leib. Dieses Ungestüm sollte der Barbra aus dem Burgenland gegen Ende 1940 einen üblen Streich spielen. Bis dahin war sie wild-glücklich gewesen, wie es Tiere sein können; mit dem Fließband war sie eigentlich nie zurechtgekommen, so daß sie Handlangerarbeit hatte tun müssen, was sie gar nicht störte. Sie war stark und war es schon zufrieden, wenn sie sich nur in der Nacht zu ihrer Geliebten hinüberschwingen durfte, das wußten dann bald schon alle. Aber niemand wagte es, zu spotten oder auch zu hänseln. Fiel so ein Wort in dieser Richtung, reagierte Angela darauf mit tagelangem Schweigen, und niemand wollte ihre Witze entbehren; die Barbra aber schlug gleich mit den Fäusten drein. Und davor hatten sogar die Aufseherinnen Angst.

Das war dann so gekommen: Angela war tagelang krank gewesen; Barbra pflegte sie mit Kräuterabsud und schmutzigem Wasser aus der Grube, was sie alles von ihrer Muhme aus dem Ungarischen gelernt hatte. Das war eine Hexe gewesen, aus dem anderen Jahrhundert und aus der anderen Reichshälfte. Aber für den Sturm der Liebe war kein Raum und keine Zeit gewesen, wenn eine siech war. So hatte es sich in dem wilden Herzen Barbras zusammengeballt.

Es war ein sehr schwüler Tag gewesen, als die Arbeiterinnen in den Gasthof kamen, der erste Tag, an dem Angela wieder mitwar. Aber baden wollte sie nicht, und so war Barbra auch nicht in das Wasser gegangen, hatte sich zu den Füßen der kleinen hingeknotzt, ein böser Kettenhund, mit tierischen Blicken, die das Gesicht der anderen suchten. Angela hatte den Kopf abgewandt, war weggerückt, sie fühlte sich noch elend.

Als dann die Weiber das Gastzimmer betraten, fanden sie es dort heißer als sonst, auch voller. Ein Zug hessischer Panzertruppen machte sich überall breit, war besoffen; sie waren auf dem Durchmarsch aus Frankreich mit unbekanntem Ziel. Wann denn sollte man sich ansaufen, wennn man nicht wußte, was im Süden oder im Osten auf einen wartet? Wüste Burschen.

Wüste Barbra. Mit einer raschen Bewegung, mit der sie sich gewöhnlich in den Tümpel stürzte, schleuderte Barbra ihr heißes Gewicht einem Korporal auf den Schoß.

Es entwickelte sich ein geschlechtliches Durcheinander. Niemand von den Männern ließ sich halten, alles griff und stieß und haute die Weiber hin, auf die Stühle und auf den Boden. Das Personal und die Aufseherinnen waren machtlos. Es geschah gar manches, alle Weiber mußten heran, aber die wahnwitzige Barbra war die Anführerin. Nur Angela war rasch und listig aus dem Zimmer geschlichen, ohne bemerkt zu werden, und hatte die unweit kantonierende Wachkompanie verständigt. Blutige Schädel gab es dann und strenge Strafen. Es war schon im März 1941, als man Barbra zuerst einsperrte und dann nach Berlin zu einer Strafkompanie versetzte. Vorher wäre sie fast aus eigenem Willen gestorben; so hätte sie später keine solchen Ungelegenheiten gemacht.

Wie es ihr gelungen war, weiß man nicht, aber sie erschien, in ihrer Sträflingstracht, ganz ohne Begleitwache auf dem Bahnsteig, von dem, wie ihr bekannt war, Angela Frumm nach Norwegen (Drontheim) abtransportiert wurde. Sie wollte unbedingt Abschied nehmen, sie liebte sie, soweit und wie eine Sprachlose lieben kann. Sie war im letzten Augenblick gekommen, sie fand die Abreisende im ersten Waggon. Angela hatte die Nase herausgestreckt, sie hatte nichts und niemanden erwartet, aber sie war neugierig und froh, daß man sie nicht eingesperrt hatte. Sie sah Barbra, bevor diese sie gesehen hatte; hätte sie sie angerufen? Wir glauben nicht.

Barbra wurde in den Waggon natürlich nicht eingelassen, er war versperrt. Sie reckte sich auf und legte den Hals in die Armbeuge Angelas, die den Arm hatte heraushängen lassen, eine Barmherzige. Barbra heulte auf und zerkratzte ihr die Haut, bis Blut kam, da aber fuhr der Zug schon los, ohne vorhergehendes Zeichen. Sie hing noch an dem Arm, ließ sich mitschleifen, warf sich dann hin und ließ sich gegen die Räder des schon schneller fahrenden Zuges rollen. Da sie aber schon vorher aufgefallen war, riß sie ein Bahnhofsbediensteter zurück, und sie wurde einem kurzen Leben wiedergegeben, das sie mit jener Abreise im Geheimen bereits abgeschlossen hatte.

Man brachte sie nach Berlin, in einen Keller in Moabit, dort waren noch andere Strafarbeiterinnen und einige Pritschen, keine Decken, nur ein Kübel, wenig Essen, kurze Nachtruhe, keine Gelegenheit zu lachen, (auch nicht zu weinen). Kalt wurde es nicht mehr, denn es kam der Sommer. Jeden Morgen, in den ersten Stunden der Helligkeit, wurden die zweiundzwanzig abstoßend adjustierten Mädchen und Frauen in einem halb zusammengebrochenen Autobus in einen anderen Keller gebracht, wo sie schlechte Kartoffeln von besseren sortieren mußten, manchmal auch putzen, mit stumpfen Messerchen. Das ging so einige Zeit.

Der Arbeitskeller lag unter einer ehemaligen Villa am Tiergarten. Die Villa war halb zerstört, jener Teil des Tiergartens diente bereits damals dem Gemüse- und Kartoffelanbau. Eines Tages erschien dort mit seiner Wachmannschaft ein Zug von ersten russischen Kriegsgefangenen, die bis zu dieser Stunde überlebt hatten. Aber sie sahen aus wie Gespenster des Leides und der Rache.

Aus dem Weiberkeller konnte man nur die Füße und Beine aller Vorübergehenden sehen. Gitter waren dazwischen, sehr tief lag der Keller. Von den Fahrzeugen nur die Räder; höchstens. Weiter drüben aber sahen scharfe Augen die Kittel und Hosen der Kriegsgefangenen in ihrer Gänze. Nicht alle sahen das, Barbra mit ihrem Vogelblick sah alle. Sogleich sehnte sie sich nach ihnen. War das möglich? Nach einer Woche wurden die Weiber von Unten nach Oben kommandiert und nach Außen geschafft, über die Straße: nicht weit von den Männern, rechts und links und vorn und hinten von Bewaffneten bewacht, ordnete man auch für sie Arbeit auf dem Feld an. Zwischen Mann und Weib und Mann und Weib lag ein Abstand von vielleicht zwanzig Metern. Dort patrouillierten die Männer aus Deutschland – zwischen Rußland und Österreich.

Die Sonne glühte. Keine Hüte, nur Tücher; eine Disziplinarstrafe war, bloßköpfig zu arbeiten. Die Kittel rauh am Leib, aber nichts sonst.

Barbra riß sich gegen zwei Uhr mittags den Kittel herunter, rannte über die trennende Distanz, warf sich einem langen Kerl um den Hals, packte ihn am Geschlechtsteil, wälzte sich auf der aufgerissenen feuchten Erde mit ihm. Sprang wieder auf, die Wache war aus ihrer Hitzeohnmacht erwacht, näherte sich mit entsicherten Maschinenpistolen. Auch die Russen erwachten, sie packten zu; aber die Rache galt ihnen mehr als die Lust. So kamen auch zwei deutsche Posten ums Leben, die anderen begannen zu schießen.

Die nackte Barbra war auf die dort wenig begangene Seitenstraße entkommen. Im Laufen schwang sie ihren Kittel über dem Kopf wie eine Fahne und brüllte aus Leibeskräften: »Hoch Rußland! Hoch Österreich! Hoch Ungarn!« Man fing sie lebend, ein Passant, dem sie im letzten Moment vor ihrer Überwältigung mit ihren kurzen Fingern – als wären es Stummeln aus Stein – die beiden Augen eindrückte, hielt sie geblendet fest, als Schraubstock des Gesetzes. Er selbst kam mit dem Leben davon, blind.

Sie nicht. Man machte eine Art Schauprozeß en miniature daraus: Einverständnis gewisser Kreise aus dem ehemaligen Österreich mit dem Sowjetgeheimdienst ist nachzuweisen! Es gelang nicht; natürlich angesichts eines kleinen, nicht allzu kleinen Tieres. Einer Bestie.

Obwohl weiblich hängte man sie; mit zwei anderen Weibern, die sich auch an dem Kartoffelaufstand beteiligt hatten. Er hatte immerhin sechs Wehrmachtsangehörige das Leben gekostet. Die russischen Kriegsgefangenen hatte man bereits an Ort und Stelle niedergemacht.

Continuat

Angela Frumm

Auch Angela erhielt in Magdeburg einige Male wegen Trunkenheit im Dienst kurze Arreststrafen, war aber trotz Sprachschwierigkeiten wegen ihrer Sangeslust – mütterliches Erbteil – und ihrer guten Laune auch bei den Sächsinnen und Preußinnen sehr beliebt. Einem Fehldruck im Familiennamen ihres Vaters in ihrer Stammrolle verdankte sie ihre irrtümliche Versetzung zur deutschen Besatzungsarmee in Norwegen. Sie wurde, bebend vor Angst, in einen niedrigen Keller geschleppt, wo sie auf verschiedene physische und moralische Qualitäten hin geprüft wurde; insbesondere ihr Gehör erwies sich als ausgezeichnet. So gelangte sie im Herbst 1940 nach Drontheim (Trondheim). Hier herrschte strengere Disziplin als bisher. Zusammenkünfte mit Matrosen, Marinesoldaten und Mitgliedern der Zivilbevölkerung waren schier unmöglich gemacht. Die hier Eingezogenen waren zum überwiegenden Teil, des Plattdeutschen wegen, den nördlichen Reichsgauen entnommen. Deren Sprachschwierigkeiten mit den Ostmärklerinnen führten häufig zu Hänseleien und Peinlichkeiten.

Angela machte Telephondienst. Sie war auf den Generalinspekteur der deutschen Straßen und des Wasserwesens, Reichsminister Fritz Todt, eingeschworen. Mit mausartiger Emsigkeit, hinter der sich raffinierte Drückebergerei versteckte, leistete sie Vorzügliches. Wegen ihrer Hörschärfe wurde sie manchmal für besonders komplizierte Abhörmanöver verwendet. Um den oft körperlichen Angriffen ihrer Kameradinnen aus dem Weg zu gehen, befaßte sich Angela fast den ganzen dienstfreien Abend mit dem Reinemachen in den Schlafstuben und besonders in den dazugehörigen Abortanlagen. Als diese Vorliebe von den hellen Sächsinnen bald herausgefunden war, taten diese boshaften Schnecken ihr Bestes, um bei der Fäkalienlieferung und bei anderen Schweinereien quantitative und qualitative Optimalmengen zu produzieren.

Aborte

Es ist hier nur die Rede von öffentlichen Aborten, als von jenen allgemein zugänglichen Einrichtungen, die üblicherweise im Freien (Parken, Plätzen, Straßen) der Befriedigung der sogenannten kleinen und großen Notdurft (Pissen und Kacken) dienen. Ein großes und komplexes Thema, das bisher leider noch keine ausführliche Darstellung gefunden hat; dieser Text bringt notwendigerweise nur Andeutungen. Schon die Frage, ob Aborte in Hotels und Kaffeehäusern zu den öffentlichen zu rechnen seien, ist strittig; dafür spricht ein vor kurzem einem um elf Uhr nachts durch die Wiener Innenstadt irrenden Notbefreiungssuchenden von einem diensttuenden Wachmann (Polizisten) gegebener Ratschlag: »Da ist nirgends mehr ein Häusel offen; gehns halt in ein Café. Verzehren brauchens nix.«

Städtebaulich reichen die Strukturen von dem alleseits freien Luftraum ohne Bau und Bedienung bis zum Blech- und Glaspalast. Verdeutlichend sei hier eine Anekdote aus dem Italienischen angeführt: ein eben auf italienischem Boden gelandeter Fremdling fragt einen Einwohner, wo er sein Wasser abschlagen könne. Die Antwort, begleitet von einer allumfassenden Geste, das weite Landschaftsbild umfassend: »Ganz Italien liegt vor Ihnen!«

In Westeuropa, so weit es Dome und Kathedralen gibt, überwiegt das Kathedralen-Pissoir, die einfachste, freieste und natürlichste Form, bestehend aus zwei vertikalen Schutzschienen, und einem als Abfluß gebohrten Loch; so bleibt dem Pissenden der Ausblick auf die Umwelt erhalten – ihm ist sogar die Möglichkeit zur Fortsetzung von Dialogen mit Begleitpersonen gegeben.

England ist häufig zu unterirdischen und oft luxuriösen Etablissements übergegangen. Im neuen Civic Centre von Coventry sind die beiden von Inschriften »Gentlemen« und »Ladies« gekrönten Plätze sogar die auffallendsten und ästhetisch ausgezeichnetsten Lokalitäten in der modernisierten Stadt. Überall geht die Tendenz von der Natur zu Kunstfertigkeit und Mechanisierung.

In Deutschland, und vor allem auch in Wien, sind die simplen Blechhütten unserer Vergangenheit vielfach von artistisch camouflierten Knusperhäuschen und ausgedehnten Pisch-Palästen abgelöst worden. In den einzelnen Häuschen ist es bei der Zweiteilung mittels Querwand und Herrschaftsbereich der zuständigen Wärterin geblieben. »Damen« ist einheitlich gehalten (Sitzmuschel für beide Notdürfte), während »Herren« in ein Kollektivlokal für Pischer, das überlicherweise gratis zur Verfügung steht, und verschiedene Individuallokale für die größere Notdurft zerfällt. An gewissen Stellen der Metropole ist schon beim Betreten zu zahlen. Im Zuge des Fortschritts sind an die Stelle menschlicher Arbeitskräfte häufig Apparate und Automaten getreten.

Die Pissoirs des vergangenen Wien waren Orte höherer und niederer Unterhaltung. Unnötig darauf hinzuweisen, daß auch nach Schluß der Dienstzeit im eigentlichen (Scheiß-)Abort sehr oft auch die vordere Abteilung (Pissoir) zur Ablagerung von Stuhlmassen herangezogen wurde. Nach Heurigen-Abenden war hier auch ein beliebter Ablagerungsplatz für ausgekotzte Mageninhalte festen und flüssigen Zustands. Sogar die Musen kamen dort zu Wort, wie in dem beliebten Übungshexameter der Gymnasiastenwelt: »Pátent-Öl Urinóir – Ohne Wasserspülung geruchlos.«

Vielgestaltig sind die Verwendungen, denen die öffentlichen Aborte neben ihren eigentlichen Zwecken dienen. Hier sind in England die in allen homosexuellen Kreisen bekannten Rendez-Vous-Plätze in den größeren unterirdischen Vorräumen zu erwähnen, wo nach getroffener Verabredung sogar in verschließbaren Scheißgemächern physisch kopulierende Doppelbesuche zwecks Sexualbefriedigung statthaben können. Imperative Voraussetzung ist hier natürlich die Abwesenheit weiblichen Wartepersonals. Diese alten dissoluten Sitten sind durch die Novellierung der einschlägigen Gesetze allerdings weitgehend im Absterben begriffen, vielmehr auf Jugendliche unter 18 beschränkt. Hand in Hand mit dieser restriktiven Bewegung geht eine Tendenz zum puritanischen Analphabetismus, besonders in Kur- und Badeorten, wie auch in »besseren« Restaurants: dort wird überall auf Buchstaben- und Wortbezeichnungen verzichtet; an ihre Stelle wird zur Bildsprache gegriffen. Es werden Rebusse gestellt, Bilderrätsel, welche allerdings eilige Besucher manchmal in die Irre zu führen geeignet sind, indem so rasch, wie es der Drang erfordert, die Unterscheidung zwischen Rock (Damen) und oft betontem Jagdanzug (Herren) nicht getroffen werden kann.

Die eigentlichen Abortfrauen betreffend ist hervorzuheben, daß dieser Beruf zu einem der populärsten, wenn auch schwierigsten und unappetitlichsten der Großstadt gehört, viel eher der Berufung eines Arztes oder Dichters vergleichbar als dem simplen Beruf eines Ingenieurs oder Anwalts. Hier bestehen – gibt es das überhaupt noch? – soziale Gerechtigkeit, Gemütlichkeit und ein wenn auch gefährliches, so doch interessantes Leben weiter. Wenigstens in Friedenszeiten liegt eine gewisse Ähnlichkeit zwischen dem Gewerbe der Tabak-Trafikanten und den Abortfrauen vor. Für beide sind extreme Dienstleistungen grundlegend die Voraussetzung – dort bis zur Invalidität durchgeführte Kriegsdienstleistung, hier Dienst als Hure mit dem eigenen Leib. Die physiologische Schädlichkeit einer vorwiegend sitzenden Lebensweise wird weitgehend durch die lebhafte psychologische Interessenanregung aufgewogen.

Die im Zentrum alles Geschehens stehende Angela ist selbst gegen Schluß ihres Lebens lange Jahre als Häuselfrau in Wien I im Einsatz gewesen.

Continuat

Angela Frumm

In diesem harten Leben zu Drontheim empfand Angela nach totaler Ausweidung durch Müdigkeit und Hunger innen so etwas wie ein tiefes Loch. Darüber huschten im Halbtraum, dessen auch der Mensch der unteren Schichten teilhaftig wird, Bilder wie von Männern, die sie, Angela, einst gekannt hatte, in schmierigen und auch geputzten Frackhemden oder in Ärztekitteln. Die sich anmeldenden Wechseljahre verschärften die quälende Mischung. Um diese bösen Gefühle und Anfechtungen staatsfeindlicher Langeweile zu bekämpfen, bemühte die Oberste Heeresleitung die Geister der Zucht und Ordnung. Auch innerlich wurde weitergebildet: in ihrem Zorn war Angela ein bereitwilliges Opfer, und ein Gehirn begann sich bei ihr im Nachplappern bemerkbar zu machen. Für den Umgang mit Ausländern wurde ihr sogar der Gebrauch von Fremdwörtern eingetrichtert, wie Nonchalance, Élégance und Boudoir.

Für Hygiene wurde auch vordringlich gesorgt, was infolge der schon erwähnten Freizeitbeschäftigung Angelas nur begrüßenswert war.

Doch es blieb ein Rest und suchte nach Ausbrüchen, jenem auf dem fatalen Kartoffelacker zu Berlin vergleichbar – nur daß Angela gottlob keine Barbara Oriel war.

Immerhin hatte es ja schon fast vier Jahre gedauert, die Verpflegung wurde immer unbefriedigender. Die Verbindung mit der offenen See war nur eine Hoffnung, nicht mehr; nicht einmal baden durfte man darin. Hie und da zog bei besonders guter Sicht am äußersten Horizont ein alliierter Geleitzug vorbei, der nicht beschossen werden durfte, um – so sagte man wenigstens – die eigenen Stellungen nicht preiszugeben.

Bei einer ausgedehnten Geländeübung »Ausfall der mechanischen Kommunikationsmittel« kam es im Winter 1944 zu einem kleineren Malheur. Amtliche Telephonistinnen mußten des Nachts mit stromstarken Akkumulatorenlampen in die benachbarten Berghöhen um Drontheim ausrücken und versuchen, sich – nach der Uhr abgestoppt – mittels Lichtsignalen zu verständigen. Wegen Kartenfehler und mangelnder Sehstärke verfehlte Angela die ihr zugewiesene Höhenquote, tauchte viele hundert Meter höher im Berg auf, wo ihr Signal endlich erkannt wurde, nur um eine Minute später völlig zu erlöschen. Die wahren Umstände wurden nie aufgeklärt – es hieß, eine dort versteckte Partisanengruppe habe ungeplant an der kriegerischen Farce mitgewirkt. Für den Hohn und Spott ihrer Kameradinnen reichten Worte nicht aus. Tagelang verbarg sich Angela in den Latrinen; beim Wiederauftauchen trug ihr Gesicht jedoch keinen beschämten, sondern eher einen stolzen Ausdruck.

Erhaben

Das Erhabene, auch das Sublime, die Sublimität. Daß die Menschheitshöhen mit den Höhen der Menschheit identisch sind, ist kaum mehr zu leugnen. Die sogenannte »Wiege der Menschheit« befand sich über 2000 Meter über dem Meeresspiegel. Was »oben« ist, ist göttlich; an das Unterirdische ist das Finstere, Höllische, Verdammte gebunden. Blau und weiß – die Farben der Klarheit, Herrlichkeit, Erhabenheit: der Himmel ist über uns. Was im Menschen übermenschliche Ausmaße erreicht, ist »erhaben« – das heißt: es kommt von oben, ist erhoben – erhaben – bergförmig, nach oben strebend. Wenn Napoleon den Ausspruch getan hat: »Vom Erhabenen zum Lächerlichen ist nur ein Schritt«, so geschah das nicht zufällig auf der einsamen Heimfahrt über die russische Steppe, begleitet von Coulaincourt, das Bild unendlich erbarmungsloser, formloser Erhabenheit der weißen, baumlosen Ebene vor Augen. Es bedurfte allerdings des Bildes eines im Tode hingestreckten französischen Generals, dessen Federbusch am Generalshut neben den natürlichen Federbusch eines lebendigen Hahns auf den Tisch zu liegen kam, um als den ständigen Begleiter zum erhabenen Tod das lächerliche Leben in Gestalt von Geflügel heraufzubeschwören.

Über ihren einzigen Aufenthalt in diesen Regionen machte Angela Frumm noch in Drontheim ihrer einzigen dortigen Vertrauten, der Lettin Ljuba Endzelis, ein geheimes Geständnis. »Ich kanns dir ja sagen, ich sags, wies ist, aber du darfst es nicht weitersagen. Ich hab mich einfach verirrt. Es war ganz steil, schon lang keine Bäum mehr, ich hab mich nicht getraut, das elektrische Funzerl anzuzünden, denn ich hab ja gewußt, daß ich mich verirrt hab und daß ich schon viel zu hoch war. Ich hab verschnaufen müssen, der Weg war schlecht, aber ich hab nichts gemerkt, denn ich hab oben so einen Rand gesehn, und da hab ich gedacht, da mußt hinauf. Der Mond hat geschienen, und um die Brust war mir so komisch, ich hab mich auch umgeschaut, was man so die schöne Aussicht nennt, das war was! Alles so klein zusammengerutscht und das Meer anders und überall das Weiß von dem ewigen Schnee und der Himmel im Mond, Milch und Wasser. Ich bin gstiegen, dann war ich also am Rand, da hab ich mir gedacht – ich sags wies is –, das ist herrlich, muß ich doch das Licht anmachen, habs dann gleich wieder ausgemacht, weil ich Angst ghabt hab, sie geben mir eine Strafe, weil ich so hoch war, und die anderen Lichter, mit denen ich doch hätt Kommunion aufnehmen, waren nirgends. Überall war was anderes, atmen hab ich auch nicht können, aber ich habs schon gespürt, daß ich wo anders war. Sagen kann ich nicht, was ich gsehn hab, war alles auf den Kopf gestellt, oben war ich halt, und das Licht, was ich gsehn hab, hab ich früher auch nicht gsehn. Ich sags wies ist. Ich kanns nicht so sagen – erhaben möcht ich sagen. Niemand davon erzählen, bitteschön! Hast mich verstanden? Bist eine Christin? Oder eine Bolschewistin? Weißt, was Beten is? So wars, genau so, ich mein ja nur . . .«

Nicht ohne Ursache, daß zu dem Begriff außer der farbigen Tönung auch eine gewisse Festigkeit und Stabilität gehören, etwas Gemauertes und Aufgebautes, wie es in den Urgesteinketten unserer Alpen in allernächster Nähe Gestalt annimmt. Die Solidität ist bis ins Extrem getrieben, so daß die Assoziationen nie ins Gefestigt-Männliche führen, selten ins Bewegt-Soldatische, sondern häufig zu den enthüllten und offenbarten Formen des Weiblich-Schönen. Die Analogien zwischen der Mont-Blanc-Gruppe und den ausgeprägten Busen der Geliebten sind vielen Dichtern schon früh aufgefallen.

Es ist schwer, dem Erhabenen seine menschlichen Bedingungen zu diktieren: selbst Napoleon blieb nicht viel anderes übrig, als in einem bitteren Scherz auf die Vergänglichkeit jener Seite der Majestät hinzuweisen, die der Auffassung des Menschen zum persönlichen Gebrauch zugänglich ist.

Continuat

Angela Frumm

Nach dem eigenwilligen Unternehmen Angelas in die Berge nahmen ihre Kameradinnen sie jetzt nur selten mit, wenn es gegen den »Feind« ging. Es gab andere Kriegereien. Nach Eintreffen der wöchentlichen Fischzüge im Hafen kam es zum Beispiel, besonders als die rationierte Kost immer knapper wurde, zu regelmäßigen Aktionen gegen die aus den Netzen und Barcassen in die Körbe und auf die Kaimauern gelandeten Fische: Hering, Kabeljau, Lachs. Es wurde bar gezahlt, aber auch oft gestohlen, ja, geraubt. Angela machte gern und aufopfernd mit, hurtig wie ein Wiesel – gewandter, verfressener und listiger als manche andere, sogar bereit, etwas von dem Errungenen weiterzugeben. Ihr Rückgrat war noch nicht gebrochen. Das Wort »Endsieg« verstand sie nicht.

Als im Dezember 1944 die Besatzung eines englischen U-Bootes kriegsgefangen gegen Mittag (absichtliche Zeitwahl!) durch die Straßen Drontheims geführt wurde, drängte sich Angela in die erste Reihe der sonst apathischen Zuschauer hindurch und spuckte einen dreißigjährigen Ober-Maat, der leicht verwundet war und hinkte, zweimal auf die rechte Backe und zwischen die Augen. Sie erhielt dafür von einem nebenstehenden Zivilisten eine schallende Ohrfeige. Damit war ihr fürs Leben endgültig der Knopf aufgegangen.

Kapperl, Zittrig und Nasenlacht

Nach langer, langer Zeit kam es, nach Waffenstillstand und Rücktransport, zu folgendem Dialog zu Wien, zwischen Angela und einem Magistratsbeamten:

»Sie können sich ruhig niedersetzen. Nur anschauen müssen Sie mich. Sonst verstehe ich wieder nicht, wie letztes Mal.«

»Herr Hofrat, meine Zähnd ...«

»Erstens bin ich kein Hofrat, sondern ein einfacher Magistratsbeamter. Und zweitens, was ist das mit Ihren Zähnen? Sehr verdächtig. Wieso haben Sie keine Zähne mehr? Da Sie auch keine Papiere mehr haben, kann ich dokumentarisch Ihr Alter nicht mehr feststellen, aber nach Ihren eigenen Erzählungen können Sie nicht älter sein als fünfzig ...«

»Herr Hofrat, ich mein nur, meine Zähnd ...«

»Wieder verstehe ich Sie nicht. Genug davon. Sie haben also keine Dokum ...«

»Herr Hofrat, meine Zähnd sind mir vor Hunger ausgfallen. Mir ham im letzten Jahr nix zum Essen ...«

»Wenn Sie sagen wollen, daß Sie nicht so weiterschlemmen können wie unter dem Hitler und seinen Mordgesellen, dann haben Sie recht. Höchste Zeit, daß Sie auch einmal zu leben lernen, wie der Widerstand im Österreich jahrelang gelebt hat. Warum haben Sie keine Papiere?«

»Ich habs weggschmissen. Ich will keine mehr, Herr Hofrat, ich wohn jetzt bei meiner Mutter.«

»Das ist kein Grund, keine Papiere zu haben, als erwachsener Mensch. Sie hätten sich in den Monaten, die Sie schon in Österreich zurück sind, längst Papiere verschaffen können. Sie sind ja kein Ausnahmefall! Oder doch?«

»Herr Hofrat schauen mich so an. Ich hab nichts angestellt!«

»Denken Sie doch einmal nach. Wie hieß der Transport, mit dem Sie angeblich nach Deutschland zurückgekommen sind?«

»Ich denk gar nix. Ich mein nur so: Wenn das Schiff einen Namen gehabt hat, müßtet ihr im Rathaus ja auch wissen. Wir ham an Hunger und mir werden die letzten Zähnd auch noch ausfallen. Meine Mutter und der Bub und ich ham das liebe Hunderl nach drei Tagen umbringen müssen, das uns zuglaufen ist. Ist von einem hohen SS-Herrn gekommen. Wir ham ihn aufgfressen.«

»Hättets lieber den Herrn aufgfressen und net den Hund. Ich will das gar nicht gehört oder gesagt haben. Setzen Sie sich! Unsere Recherchen haben ergeben, daß es nur die alte ›Empress of Britain‹ gewesen sein konnte, mit der Sie aus Oslo nach Deutschland gebracht worden sind. Und jetzt schauns mir in die Augen, Fräulein Angela! Wie war das auf dem Schiff? Waren da nicht noch andere Passagiere an Bord außer Kriegsdienstverpflichteten? Sind da nicht auch noch andere Personen mosaischen Glaubens mitgefahren? Rückwanderer? Emigranten auf der Heimfahrt? Haben Sie jemals die Namen Kapperl, Zittrig und Nasenlacht gehört?«

»Wie kann ich von den jüdischen Damen etwas gehört haben, wenn Sie selbst noch nicht wissen, ob ich mit denen herübergekommen bin? Das Schiff war grau gestrichen, mit zwei Rauchfängen. Ich hab keine Papiere, und man kann mir nix beweisen. Ich hab auch gar nix angestellt. Ich mein nur, daß ich nix Unrechtes gmocht – ge-macht – habe.«

Fritzi Kapperl, Josefine Zittrig und Luma (Ludmilla) Nasenlacht waren seit Jahrzehnten miteinander befreundete Damen jüdischen Glaubens und nicht immer angenehmen Charakters. Frau (Witwe) Kapperl, ehemalige Kommerzialratsgattin, und Fräulein Nasenlacht waren außerdem Cousinen zweiten Grades, Frau Kapperl war die weitaus wohlhabendste von den dreien. Sie bewohnte noch die alte Wohnung am Stubenring Nr. 5, die sie schon mit ihrem Gatten geteilt hatte, und dort war es auch, wo zweimal wöchentlich die in allen geographisch, aber auch sozial bekannten Gegenden der Stadt berühmten Bridge-Partien abgehalten wurden, wo bereits 1924, knapp nach der Inflation, nicht unbeträchtliche Beträge den Besitzer wechselten.

Daß dies zu manchmal lebhaften, vielleicht sogar brutalen Streitigkeiten führte, ist der erste Wegweiser durch die dunkle Landschaft gegenseitiger Abneigung. Denn die drei pflegten zwar den intimsten und häufigsten Umgang miteinander, waren jedoch voller Zorn, Mißgunst und Haß gegeneinander. Daß die Wogen negativer Gefühle nicht noch höher gingen, ist bloß dem Umstand zu verdanken, daß der Hauptverlustträger in der Arena des Modespiels ein Vierter im Bunde war, der Freund des Hauses, Ratgeber und Beschützer, der Herr Major Laczi Lebenssorger-Kreydahl.

Jenes militärische Derelikt, das bereits als Mitglied des franzisco-josephinischen Heeres seiner ärarischen Sendung gefolgt war (als k.u.k. Leutnant der Genietruppe) stand wie eine freundliche Sommerwolke hilfreich und wachsam über den Leben jener drei Israelitinnen.

Er war seit eh und je auf hochwichtiger und unbestimmbarer Stelle im Kriegsministerium in geheimnisvollem Einsatz gestanden, galt als erster Fachmann für mineralogische Kampfmittel, in welcher Eigenschaft er wohl schon vor dem ersten Weltkrieg dem inzwischen seligen Kommerzialrat Isidor Kapperl beruflich und dann auch menschlich freundschaftlich an die Hand gegangen war. Trotz des jüdischen Klanges seines Vornamens entstammte Herr von Kapperl einer echt Wiener Familie vom Brillantengrund. Seinen Reichtum verdankte er nicht so sehr seiner kleinen chemischen Fabrik, die mehr Gestank verbreitete als Wohlhabenheit, wie vielmehr dem Besitz von vielen Dutzend Anaconda Copper Shares, die durch Erbfall bereits in jungen Jahren in Kapperls Besitz gekommen waren, und an denen festzuhalten, ja, sein Eigentum durch Erwerb und Dazukauf von jungen Aktien zu vermehren der damals auch noch junge Mann klug genug war. Bei solchen Gelegenheiten finanzieller Expansion mag der Mineralexperte des Kriegs- und späteren Heeres- und Verteidigungsministeriums zuerst mit ihm in Berührung gekommen sein. Jedenfalls waren später Wirken und Rat des Herrn Major nicht nur für die damals noch junge Witwe Kapperl, sondern auch für deren Freundin und Cousine segensreich in ganz ungeahnter Weise.

Doch auch mit Detailfragen des Haushalts und der Bridge-Partien befaßte sich die schier unermüdliche Energie von Lebenssorger-Kreydahl. Mens forte in corpore forte – um mehr als zwei Häupter überragte der treue Diener von Kaiserhaus, Republik und Aber-Republik die ihm ergebenen Damen; und es war oft, wenn an einem der Dienstage und Donnerstage der damalige Rittmeister den Salon im Parkring betrat, als marschierten Fafner und Fasolt in *einer* Person in das Reich der Nibelungen ein, wobei nicht außer acht gelassen sein soll, daß noch eine Persönlichkeit, die an Gewalt ihrer Gliedmaßen, an Größe ihres Körperbaues und gebieterischem Übermaß ihrer Stimme und praktischen Vernunft das Haus Kapperl und damit auch das der Freundinnen majestätisch-böswillig überragte, in den Status der ebendort zusammengefaßten Menschen mit aufgenommen werden muß. Gemeint ist das durch Erbschaft und gefährliche Tradition in den Haushalt gelangte Faktotum – die bereits damals ganz hübsch bejahrte Stephanie Kestranek, euphemistisch genannt: das »Stefferl«, obgleich das Nußknackerkinn, die riesigen Vorderzähne und das strähnige Haar an alles andere denken ließen als an Diminutive irgendwelcher Linguistik.

Während das Leben der zwei dicken und der einen dünnen Dame bei einem oberflächlichen Betrachter vielleicht den Gedanken aufkommen lassen mochte, es erschöpfe sich vollkommen an den Dienstagen und Donnerstagen am Bridge-Tisch, war dem schon deshalb nicht ganz so, weil das Heraufkommen und Absteigen jener zwei Wochentage mit den Vorbereitungen und dem Abservieren samt Manöverbesprechung und Wundenlecken rein zeitlich mit den eigentlichen Spielerlebnissen gut wetteifern konnte. Viel der Streitigkeiten griffen ins Körperliche über. (Kratzwunden, Quetschungen, blau gepuffte Augen.) Aber auch das Nachspielen gewisser umstrittener Partien nahm seine Zeit in Anspruch. Auch mußte der männliche Ehrengast (hier fast eine Tautologie schmachtend hingegebener zwergiger Fraulichkeit) an den beiden Tagen entsprechend kulinarisch gefeiert werden, was längere Wege zu den Edelkonditoreien Gerstner und Demel nötig machte. Anfangs des Jahres wurde zu Fuß gegangen, die Einsparung am Taxi seitens der Wohlhabendsten (Kapperl) durch gezielte Abmagerung begründet und entschuldigt. Später war es sogar die als »Hungerleiderin« oft geschmähte Zittrig, die durch den Ankauf eines ebenso zwerghaften »Hanomag« sich den Ehrentitel einer »Frühmotorisierten« verdient hatte. Damals war ihr der Gott des Lebensstandards, Plus Minus, durch die Ziehung eines beträchtlichen Gewinns in der Klassenlotterie zu Hilfe gekommen. Kapperl, die Reiche, besaß übrigens wegen ihrer abstoßenden Häßlichkeit seit dem Tode des Gatten keinen einzigen Menschen, für den ihr die seelische oder materielle Sorge oblegen hätte. In diesen Kreisen gab es damals noch seltener Kinder als heute. Die Nasenlacht ihrerseits, die zu dem Stamm der »Danebenbestorbenen« gehörte, hatte endlich einen beerbbaren alten Herrn, der sich als geiziger und bisher unbekannter Oheim entpuppte, in die Schar der Kranzempfänger und Friedhofskunden einreihen dürfen, nach relativ kurzer Wartezeit.

Sie erwarb damals einen kleinen Citroën, das Fuhrwerk der knickrigen französischen Bauernschaft. Nun aber hielt es auch die Kapperl nicht länger: Mercedes war ihre Marke. Sie persönlich ließ sich zwar nicht zu einer Fahrprüfung herab, sondern hieß das Monstrum Stefferl sie herumfahren, während die Zittrig und Nasenlacht, beim vierten, beziehungsweise fünften Mal die Prüfung bestanden.

Mercedesfahrten durch die Stadt: neue und beliebte Anlässe zu Keifereien, Blechschäden und sogar kleinerer Gewalttätigkeiten zwischen Dienerin und Herrin.

Oft hatte es ganz den Anschein, als ob des Majors Zeit ganz und gar und Tag für Tag, oft bis in die Nacht hinein, von seiner Arbeit im Ministerium aufgefressen würde. In der Tat – wann immer man Herrn Major von Lebenssorger-Kreydahl telephonisch erreichen wollte, hieß es bei ihm zu Haus, er sei im Amt –, im Amt mußte man ihm in verschiedene Abteilungen nachlaufen, um schließlich einen abgehetzten und manchmal sogar unwilligen Gastfreund am Ende aller Korridore einzuholen. Ja, es kam auch vor, daß er sogar seine Nicht-Anwesenheit an einem Dienstag-Donnerstag wegen Arbeitsüberlastung zu entschuldigen bat – ganz abgesehen von seinen langen Reisen, Dienstreisen, vor allem in das nördliche Europa. Oft nahmen sie viele Wochen, unter Umständen sogar Monate in Anspruch.

Es bedarf keines Hinweises, daß Verschwiegenheit, selbst seinen besten Freunden gegenüber, zu den Berufsvoraussetzungen bei einer so nahen Intimität gehörte. Es war im Verlauf der Jahre bei den seltenen Gesprächen über dieses Thema der Abwesenheit nach und nach festzustellen gewesen, daß von den nordischen Ländern Norwegen in das Zentrum des Interesses zu rücken schien und sich der Major nicht einmal entblödete, seinen horchbegierigen Gesellschafterinnen längere Schilderungen von Land und Leuten zu geben.

»Salzkammergut! Reines Salzkammergut!«, so schwärmte Lebenssorger-Kreydahl, »ihr müßtet einmal selbst mitreisen!« Er schnalzte mit der Zunge und sah die zwei Dicken und die eine Dünne geradezu herausfordernd an. »Ich bin kein Spielverderber.« Dabei klopfte er sich auf einen seiner Riesenschenkel, denn, wie gesagt, auch dieses hochavancierte Mitglied der bewaffneten Macht, schien, wie der Dienstbote Stephanie Kestranek, einem goliathischen Geschlecht anzugehören. Nein, Spielverderber war er gewiß nicht, eher ein großer Anreger von Spielen, Witzbold und Spaßvogel, dem allein es wohl zu verdanken war, daß auch die Bridge-Querelen und sich gefährlich anbahnenden Auseinandersetzungen gewöhnlich in gemütliche, wenn auch überschwenglich-laute Fröhlichkeit der gröberen Sorte einmündeten.

Der Stimmungsumschlag vollzog sich manchmal im Handumdrehen. Die Entwicklung des Kampfes war klassischen Vorbildern gefolgt: in langsamen Schimpfkaskaden ansteigend, kurz und abgehackt zuerst, dann sich verbreitend im mächtigen Strom der Verbalinjurien, sprunghaft zu körperlichen Aggressionen übergehend ...

»I habs ja gsagt.«

»Gar nix hast gsagt.«

»Natürli hab is gsagt.«

»Halts zamm!«

»Caro hättens spüln solln.«

»Na – Treff!!

»Und wo war die Dam??«

»Dös fragst *du*?!«

»I waß, wos i waß!«

»Wos waaßt scho??«

»Wann der Herr Major für san Liebling den Wohltäter spüln will – ah guat, aber net auf mane Kosten!«

An dieser Stelle wurde das erste Mal gepufft. Der Tisch wurde weggestoßen. Die Hälfte der Karten lag schon auf dem Boden. An der Eingangstür zeigte sich, mit Erhebungen und Tälern, die gebirgige Steffie. Pfauchend. Ein neues Geräusch. Kratzen blieb unhörbar, Au-Rufe und Schreie wie »Bestie! Vieh! Aas!« zerrissen die Luft. Ein ausgebreitetes Klatschen, als wäre etwas gefallen. Eine Watschen der Damen unter sich? Ein frohes Schenkelschlagen des Majors. Bald lautes, dann lautestes Gelächter. Ein Stuhl fällt um. Über allem Unmut und Zorn immer gemütlicher und fröhlicher der Ausbruch von Komik bei der Militärperson.

Man sieht schließlich den Heeresvertreter die drei Kleindamen mit seinen langen und muskulösen Polypenarmen umfassen und durch das Haus wirbeln. Als klinge Musik dazu. Nur die Josefine Zittrig hatte ihre Position nicht aufgegeben – halb draußen, halb drinnen. Sie hielt die Arme vor der Minusbrust verschränkt wie der erste Napoleon. Auf diese Weise vollzogen sich die Kämpfe durchschnittlich etwa einmal im Monat, gewaltige Ventile der Haßgefühle, riesige Luftblasen, die sich aus den inneren Gelassen dampfiger Höhlen ihren Weg ans Licht bahnten. Es waren keineswegs, wie manche »Frauenkenner« vielleicht annehmen möchten, bloße Ausströmungen der Elementargefühle männerlosen Feminität zwischen Weib und Weib. Auch in allen Grundvoraussetzungen, in Geschichte, Religion, Politik und Ethik wichen die drei entscheidend voneinander ab: überall Gründe genug, sich einander in die Haare zu geraten.

Die Kapperl, eingedenk der antisemitischen Tradition ihres dahingegangenen Gatten, sympathisierte weitgehend mit dem auch in Österreich bald herrschaftsbeanspruchenden Nationalsozialismus. Die Zittrig, der Religion nach zwar noch immer mosaisch, schlich heimlich in katholische Kirchen, wo sie mit offenem Mund herumstand, ihre Liebe an die weißen Himmel artfremder Madonnen verschwendend; ihr Herz gehörte ganz und gar dem winzigen Kanzler, nach dessen Ermordung der Rache an seinen Mördern. Die Nasenlacht ihrerseits, die ihrem sozialdemokratischen Onkel so viel an Geld verdankte, neigte selbst schon recht sehr nach Links, so daß man oft von den Lippen der geheimen Aufsichtsperson Stefferl das böse Wort »Kommunismus« hörte.

Was *sie* wohl selbst war, diese Stefferl? Sie feixte bloß bei Straßenkämpfen und grinste bei Hinrichtungen.

Ein k.u.k. oder auch republikanischer oder sogar führergeführter Stabsoffizier war seinerseits über jede Verdächtigung einer Parteinahme erhaben.

Schlachtenberichte sind jedoch nicht der ganze Inhalt einer Kriegs- und Friedensgeschichte wie dieser. Wer erzählt von den langen und gefühlsgeladenen Pausen im Sitzkrieg der Individuen, von den endlosen, freud- und leidvollen Intervallen zwischen Waterloo und Stalingrad? Wer schaut in die Herzen unter den Herzen aller jener, die eigentlich für Toben, Schreien, Zerren und Puffen weder geschaffen noch erzogen sind? Kurz – wer kennt die Seele der Frauen?

So könnte es wohl sein, daß man – dem Experiment zuliebe – das große Lebensgemälde in atypische Momentaufnahmen zerlegen mochte, eine Art »Fleckerlteppich«, und atypisch deshalb, um nach langen Antithesen durch die gegenseitige Durchdringung und Aufhebung vielleicht, als Geist aus dem Himmel von Marx und Engels, endlich am Himmelszelt die Synthese zu schaffen. Wir sehen dann unsere Kapperl, sonst so laut und tadelnsfroh, in träumerischer Pose, mit dem Arm auf ein Fensterbrett gestützt, als wäre sie ein raffaëlischer Engel. Wir sehen das Monstrum, die Kestranek, in ihrem Gigantenschritt plötzlich auf einer Freitreppe, mitten im I. Gemeindebezirk, atemlos innehalten und Luft einziehen und die Hände ringen, als wäre alles verloren, wogegen sie doch eigentlich als Siegerin geboren worden war. Wir sehen den Major, die Hosenträger hinten herunterhängend, den Rasierpinsel, bevor er der runden Backe appliziert würde, erwägend zwischen Daumen und Zeigefinger drehen, den Blick auf irgendwelche Baumkronen gerichtet. Wir sehen die armselige und arme Zittrig in der Abenddämmerung im Eilschritt ihr kleines Eßzimmer durchqueren, halb tänzerisch, halb auf der Flucht, aber mit glänzend aufgehelltem Gesicht, als vernähme sie innerlich den Walzer ihres Lebens. Wir sehen dies, und wir sehen das; und schließlich als eine Art von Kaiserkrone und Schlußbild nochmals unseren Lebenssorger-Kraydahl, diesmal in Gala-Uniform, wie er sich vor den Damen, nach vollzogener Ehrenbezeigung, tief verbeugt, jeder die Hand küßt, jeder einen kleinen Strauß nordischer Schneeröschen überreicht. »Ich sage es euch, und ich rate es euch: folgt mir, ich fahre übermorgen in mein geliebtes Norwegen – und ihr müßt alle mit. Alle drei.«

An diesem Tag schrieb man den 25. Februar 1938.

Auffallend erschien schon damals, daß kein noch so kurzer Blick die dicht dabei stehende Stefferl traf, was diese mit einem nicht zu überhörenden Zähneknirschen quittierte. Und dies alles ungeachtet aller Gerüchte, daß sie, Stefanie Kestranek, bereits seit vielen Jahren mit dem Major ein unerlaubtes Liebesverhältnis unterhalte.

Norwegen

Es hängt wie eine Katze über eine Mauer, oder es sitzt auf einem antiken Sockel, vielleicht auf dem Forum Trajanum. Es fällt, oder will es springen? Steht es im Angriff, will es verlöschen? Vielleicht auch nur ein katzenähnliches Kleinraubtier, wir sind ja im Norden, das Ganze heißt zusammen Skandinavien, wir sind davon gerade nach Norwegen geraten. Wie das alles so schnell gekommen ist, weiß kein Mensch, ich wenigstens weiß es nicht.

Schnell? Wir haben uns drei Jahre herumgestritten. Ich möchte lieber wissen, warum eine Hauptstadt jahrhundertelang Christiania heißen kann, und dann heißt sie plötzlich Oslo?

Hier haben wir es gut, sagt die kleine Zittrig und seufzt wie eine Kranke, die sich eben zum ersten Tiefschlaf anschickt.

Das ist eine große Wiese, nicht ununterbrochen, sanft ansteigend, unterbrochen, wie gesagt, von lieblichen Baumgruppen, Mischwald, bald Eichen, bald Birken, dann wieder sehr hohe Tannen, die oben im Wind leicht zittern, dann kommt eine gerade Fläche, da verbreitet sich ein Teich, eigentlich könnte man ihn schon einen richtigen See nennen, denn er hat Inseln, die von hohem Gras bewachsen sind.

Den Schluß bildet eine Reihe von Holzhäusern, der erste Blick läßt die Augen zufallen vor Entzücken, so lieblich sind die hellen Holzbauten auf der hellen Wiese, in der Weite sieht man Bergmassive, und die Häuser haben unten und im ersten Stock eine Fensterfront, die Fenster haben hellblaue Fensterläden.

»Gut, daß er uns hierher gebracht hat«, sagt die Nasenlacht, denn sie ist noch immer die Intelligenteste und Dankbarste.

»Wir werden niemals unser Gepäck wiedersehen, und wieso gerade Oslo?«

»Erinnere dich doch nur an die schöne Autofahrt über die Serpentine, und ganz unten der See!«

»Wir sind gute fünfhundert Meter gestiegen.«

»Warum nicht Frankreich? Oder Italien? Wo es wärmer ist.«

»Wir sind keine Emigranten. Wir können reisen, wohin wir wollen.«

»Er hat sich sehr verändert. Er schafft mit uns herum! Warum nach Norwegen?«

»Er versteht norwegisch! Er war als Kind in Norwegen.«

»Ich fühle mich hier fremd«, ruft die Kapperl.

»Und wo ist die Steffie geblieben?«

»Sehnst du dich so sehr nach ihr?«

»Nein. Aber es war alles so schnell. Plötzlich war sie verschwunden. Als hätte die Erde sie verschluckt.«

Oben in Eggemoen steht im oberen Stock an jedem Fenster eine der Damen. Rechts die arme dünne Zittrig, dann in der Mitte die dicke, reiche Kapperl, links außen die Nasenlacht. Sie wenden ihre Köpfe, wie auf ein Kommando, nach rechts, dann nach links. Vielleicht wars ein Kommando? Vielleicht suchen sie nur die verschwundene Stephanie Kestranek, genannt Steffie. Sie halten jede ein Büchlein in der Hand, wie auf ein Kommando; sie lesen daraus vor.

»Norwegen . . .« Jemand unterbricht quietschend. »Ein Luchs ist es, liegt auf der Mauer. Die Mauer heißt Schweden.«

»Ruhig!« Eine Männerstimme, die man nicht sieht, intoniert. Die Damen behalten ihre Bücher vor den Augen und lesen mit.

»Im Süden des Landes treten die ältesten Gesteine Europas an die Erdoberfläche. Die kennzeichnende Form der Gebirge ist die durch steilwandige Täler durchschnittene öde Hochfläche, die sogenannte Fjells. Im Osten herrschen weite, meist waldbedeckte Flächen vor. Die Küsten haben viele Halbinseln und Inseln, zwischen denen an der Westküste Fjorde tief ins Land einschneiden. Das Klima ist im Westen infolge des Einflusses des Golfstroms sehr niederschlagsreich und wintermild. Der Wald wird nur von vergleichsweise kleinen Flächen Kulturlandes unterbrochen. Verbreitet ist Nadelwald bis an die Küste des Eismeeres, im Süden wachsen auch Laubbäume. Über der Nadelwaldregion folgt eine Birkenzone. Hirsch und Reh kommen nur im Süden vor. Wichtiges Wild sind Elche; Schneehühner und Scharen von Lemmingen bevölkern die Fjelle. Seen und Flüsse sind fischreich.«

Auf die kreischende Stimme der Zittrig folgt der würdige Alt der Nasenlacht. »Norwegen (Norge), Königreich auf der Westseite der Halbinsel Skandinavien, 323 917 qkm, mit 3,46 Millionen Einwohnern, Hauptstadt Oslo . . .«

»Warum nicht mehr Christiania??«

»Die Bevölkerung besteht fast ganz aus Norwegern, ferner wohnen im Norden etwa 10000 Lappen. Nur ein geringer Teil des Bodens Norwegens ist landwirtschaftlich nutzbar. Bedeutend ist die Nutzung der ausgedehnten Wälder. Kohle gibt es auf Spitzbergen. Voran in der Industrie stehen Schiffsbau, Holz-, Papier- und elektrische Industrie. Verfassung des Staates von 1814, mehrfach geändert. Der König übt mit dem Ministerrat die ausübende Gewalt. Die gesetzgebende Gewalt liegt bei der Volksvertretung (Storting). Währungseinheit ist die norwegische Krone zu 100 Öre.«

»Man wird sie immer mit unserer Krone verwechseln« – die eine Stimme; und die andere, gleich danach: »Wir sind keine Emigranten . . .«

»Die lutherische Kirche, der 96 Prozent der Bevölkerung angehören, ist Staatskirche. Um 900 kam in Norwegen mit Harald I. Harfagr ein Großkönigtum auf. Durch Olaf den Heiligen wurde Norwegen christianisiert. Die dänische Gemahlin Hakons VI., Margarete, vereinigte 1387 Norwegen mit Dänemark und bezog durch die Kalmarer Union von 1397 auch Schweden ein. Der schwedische Kronprinz General Bernadotte zwang Dänemark im Januar 1814 zur Abtretung Norwegens. 1821 wurde der Adel abgeschafft.«

Zwischenruf von Frau Kapperl: »Da hätten wir gerade so gut in Österreich bleiben können. Na so was!!«

»Am 7. 8. 1905 vollzog der Storting die friedliche Trennung von Schweden. Im Ersten Weltkrieg verfolgte Norwegen eine englandfreundliche Neutralität.«

»Aha!« – »Aha!«

Die Stimme des Majors klang jetzt näher und lauter, er blieb noch immer unsichtbar. »Kein Aha und kein Oho! Und wie ihr euch nennt, ist völlig gleichgültig für euer künftiges Leben. Ich habe euch herausgebracht, um nicht zu sagen gerettet – und ich übernehme auch weiterhin die Verantwortung für euch. Bekanntlich sind meine Verbindungen zu den höchsten Stellen in diesem Lande die besten. Ich werde euch unter keinen Umständen jemals im Stich lassen. Eine Bedingung muß ich daran knüpfen: daß die ganze Zeit eures Aufenthaltes hierzulande zwischen euch Frieden und Eintracht herrschen. Ich verreise noch heute, aber ich habe Vorsorge getroffen, daß eure Aktionen einer ständigen Kontrolle unterliegen.«

»Wo ist Steffie geblieben?« – »Ja, wo ist sie?«

»Es wundert mich, daß ihr solche Sehnsucht nach eurem Quälgeist empfindet. Sie ist momentan abwesend und wird wohl auch abwesend bleiben. Das helfe Gott! Ansonsten verlaßt euch auf mich, wie ihr euch bis jetzt auf der Reise auf mich verlassen habt.

Habe ich euch richtig und in Flug und Schwung hierher gebracht?«

Das war mehr als eine rhetorische Frage – bestimmt verlangte sie Antwort, denn das Räuspern und Husten ging in Donner und Blitz über.

Die Antworten kamen: »Ja! Natürlich! Warum aber so wenig Gepäck? Wir werden etliches entbehren müssen!«

»Ringsum dienstbare Geister. Das große Gepäck liegt als Lift der ›Reichstransportgesellschaft für legal auswandernde Juden‹ im Hamburger Freihafen.«

»Liegt noch nicht! Lag noch nicht!! Wird verloren gehen!!! Ist verloren.«

»Nichts ist verloren, wenn ihr es nicht verloren gebt! Bleibt loyal der deutschfreundlichen Norwegen-Regierung gegenüber, loyal dem Führer gegenüber!«

Loyal dem Führer gegenüber? Fünf Minuten später rollte der Mercedes 250 über die steile Bergstraße talwärts: die Damen Kapperl, Zittrig und Nasenlacht blieben allein. Im fremden Land, auf einer hübschen Wiese, in einem hübschen Haus.

Die letzten Monate in Wien waren die Hölle gewesen, aber die Hölle war ja überall. Von überall kamen die Träger der Krätze, teilweise verkleidet, teilweise offen und in Uniform. In Norwegen, oben bei Eggemoen umstellten plötzlich an diesem ersten Tag Dutzende von Weibern in eigentümlicher Bekleidung – Bauerntracht? – das hübsche Haus, drangen ein und boten sich als »Helferinnen« an. Eine Steffie wäre noch besser gewesen. Wo war sie? Es wimmelte wie von Gewürm, kleine Frauen wie Käfer, mit Bodenbürsten in den Händen – eine Erinnerung an Wien, wo man schon seit April 1938 immer den Eimer, den Bodenfetzen und die Bürste parat halten mußte. Um den Feind durch Wischen und Bürsten zu befriedigen.

Frau Kommerzialrat Kapperl, die vermögende Witwe, war die erste gewesen, die daran hatte glauben müssen. Sie konnte sich, knapp nach der Machtergreifung in Österreich, nicht genug tun an Lobeshymnen für die Neueinmarschierten, erging sich in Schimpfkaskaden – nicht nur gegen die Kommunisten, sondern besonders gegen die Monarchisten. Da der Major durch Abwesenheit glänzte, war es den dreien zu Hause zu einsam, und sie begaben sich ins Café Schwarzenberg, wo sich auch jetzt noch noble, wenn auch mosaische Damen eingefunden hatten, jede bereits mit leerem Eimer und Putzutensilien neben sich. Kaum hatte sich die Kapperl niedergelassen, als ein fliegendes Reinigungskommando in Braun auf der Bildfläche erschien und sie mit einigen Partnern auf die Gasse zwang. Sie mußte sich offenen Mundes die entsprechenden Utensilien vom Nebentisch ausleihen.

Die kleine jämmerliche Zittrig war einige Tage später noch ärger dran. In ihrer Angst war sie bei Überquerung der Mariahilferstraße in den Marschweg einer SA-Kompanie geraten und brutal niedergegangen worden, vierzehn Tage Bettlägerigkeit war die Folge.

Man eilte von Finanzamt zu Finanzamt, von hilfsbereiten Steuerberatern (illegal, aber bestechlich) zu Finanzräten, die hintenherum etwas dazuverdienen wollten. Man war sich noch nicht einmal klar, ob eine Abreise überhaupt nötig werden würde. Die reiche Kapperl sperrte sich lange, ein Donnerwort des Majors gab schließlich den Ausschlag, er wies Listen vor, einen Brief aus dem Lager Mauthausen. Auch Hofräte und Abgeordnete wurden eingesperrt und mißhandelt. Die Kapperl schlug wortwörtlich die Hände über dem Kopf zusammen.

Das Auto hatte sie längst aufgegeben, um kein Ärgernis zu erregen, sie konnte es schließlich nicht allein fahren.

Lange bestanden Zweifel über die Art der Ausreise. Inzwischen war es unter Streitigkeiten 1939 geworden. Prag wurde besetzt. Die noble Nasenlacht ließ sich zu Flüchen herbei. Man kaufte Kisten ein. Das Packen wurde in Angriff genommen. Es gab Sabotageakte, viele Gegenstände verschwanden. Die Polizei zeigte sich machtlos. Die Zittrig wurde krank, wagte es aber nicht, sich ins Hospital zu begeben. Sie fürchtete, von den »braunen« Ärzten und Pflegerinnen vergiftet zu werden. Sie war in dieser ihrer Angst den Zeitläufen voraus.

In den Wohnungen stapelten sich unberührt Gebrauchsgegenstände, teure Abendroben, Nahrungsmittel, als stehe der äußere Feind vor der Tür. Er tat es, aber so ganz anders. Schließlich erschien der Major mit sechs Landsern und einem Unteroffizier. Sie gingen die drei Wohnungen der Reihe nach ab und begannen ernstlich zu packen. In acht Tagen war alles verstaut, viel gestohlen, einiges zerbrochen. Der Major hatte ferner angeordnet, daß die Reise mit geringem Gepäck im Flugzeug angetreten werden sollte, besorgte und bezahlte die Flugkarten, via Hamburg – Kopenhagen nach Oslo. Vorher waren unter seiner Aufsicht die großen Stücke – im Ganzen zwölf Kolli – nach Hamburg zwecks späteren Weitertransports instradiert worden. Die besseren Möbel wurden (vorläufig) bei einem arischen Spediteur eingelagert. (Einlagerungen dauerten damals gewöhnlich bis zu zwanzig Jahren. Was sind zwanzig Jahre gegen ein tausendjähriges Reich?)

Es war, wie gesagt, die Hölle gewesen. Vorbei. Vorbei? Es begann erst. Wer könnte etwas über das Herz des Majors erzählen, über sein Warum, sein Wozu? Lassen wir die Geheimnisse, auch die seinen.

Sie enthüllen sich ja von selbst: manche rasch, manche langsam. Woher und wozu die vielen Weiber in Schwarz? Alles Frauen aus der bäuerlichen Umgebung, die von der Ankunft schwerreicher Damen gehört und, von irgendwo angeleitet, sich wie Fliegenschwärme auf die Ansiedlung der Fremden gestürzt hatten, um sich dienstbereit zur Verfügung zu stellen. Oder wars vielleicht doch ganz anders? Geheimnisse? Da gab es Köchinnen und Feldarbeiterinnen, Mädchen, die sich im Umgang in der Gesellschaft von Christiania (sic!) gut auskannten, Abstauberinnen und Möbelspezialistinnen. Sie alle hatten eine eigene Art, ihre Dienste anzubieten: sie übten sie einfach aus, ohne zu fragen oder gefragt zu werden. Das Auto des Majors war noch nicht im Tal, da hatten sich bereits etwa zwanzig der Dienstleistenden in den Besitz des Hauses gesetzt. Alles vollzog sich mit größter Schnelligkeit und sehr leise. Nur so etwas wie ein Gemurmel war zu hören, nichts Ärgerliches und auch nichts Fröhliches, bestimmt nichts wie von Menschen. Sie kamen durch das vordere Tor, aber auch die hinteren Türen. Sie wimmelten, stiegen bis in den Turm hinauf, breiteten sich besonders über die Küche aus, wo sie sich über die Vorräte hermachten. Sie schienen harmlos, aber gefräßig. Verständigung war mit ihnen unmöglich, nicht einmal auf Zeichensprache reagierten sie.

Die drei Damen waren völlig verlassen, der Major hatte für solche Situationen keine Instruktionen hinterlassen. Das lokale Telefon führte anscheinend nicht weiter als bis zu einem Gendarmerieposten, zwölf Kilometer entfernt, oben im Gebirge.

Gewisse Dinge (Geheimnisse?) klärten sich bald auf. Bei den Eindringlingen handelte es sich um Insassen des Reformatoriums ehemaliger Sträflinge und Untersuchungsgefangener weiblichen Geschlechts aus der Provinz Oslo. Sie waren seit Tagen in Massen aus ihrer Anstalt entwichen und suchten, wohin Gerücht und Fama sie hintrieben, ihren Genuß- und Zerstörungstrieben Luft zu machen. Der Zufall spielte eine große Rolle. Der Hunger war ein mächtiger Scharführer. Hier in den blauen Häusern auf der Wiese, wo vor Jahrzehnten die königlich schwedisch-norwegischen Kadetten untergebracht gewesen waren, herrschte jetzt der Überfluß der amerikanischen Einwanderer. Man wollte an ihm Teil haben, manchen gelang es für Minuten. Längst waren hier die Grenzen zwischen Verbrechen und Irrsinn verwischt.

Es schien ganz so, als hätten sich gleichnisweise alle Höllenkreise aufgetan und handelten ihrem Auftrag gehorchend. Die Schlemmer und Schwelger hatten sich der Küchen bemächtigt, fielen in ein Faß mit Eieren, warfen die Eier an die Mauern, viele schwenkten Gemüse, hielten es über das Herdfeuer, warfen die Arme wie Windmühlflügel, strichen die Eier mit den Fingern in die Pfannen, aus den Pfannen, Eigelb, Eiweiß über die finsteren Gesichter, die Dotter ins Haar. Die Putzsüchtigen eroberten die Schlafzimmer und rissen alle Kleider aus den Schränken und Spinden, zogen sie, wenn sie in Pailletten glänzten, über ihre Fetzen, oft zwei oder drei gleichzeitig, tanzten damit durchs Haus, über die Treppen, immer noch stumm wie Tiere, nur manchmal kleine Schreie des Entzückens ausstoßend; und auch die Unterwäsche kam dran. Erst viel später griffen die Neugierigen ein und die Rachsüchtigen: sie schlüpften über die Treppen bis ins Turmgemach, hielten Scheren in der Hand, mit den Scheren und den Messern schnitten sie die Polstermöbel auf, es staubte und flog durch die Luft.

Wehrlos keifend boxten sich die drei Damen aus Österreich durch die Scharen der Aggressoren. Die Zittrig hatte sich aufs Heulen verlegt, die Nasenlacht hing noch immer an der Telefonstrippe zur Gendarmerie. Der bitterbösen Kapperl kam endlich ein Einfall. Man mußte der Höllenschar höllisch begegnen. In dem noch nicht aussortierten Inhalt eines mit dem Flugzeug mitgeschleppten Koffers war ihr eine Spritze in die Hände gefallen, wie man sie damals mit dem Luftreinigungsmittel »Perolin« zu füllen pflegte, um so die schlechte Luft eines Raumes zu verbessern. Im selben Koffer bot sich ihr durch Zufall ein Fläschchen Stechsäure an, braun und ätzend, für den Bodenbelag, dem Menschen unzuträglich. Rasch wie eine Bestie versetzte die Kapperl das Wasser in der Spritze mit dem Alcodin. Damit bahnte sich die gekränkte und geschädigte Herrin ihren Weg durch die Plünderer und Zerstörer.

Und spritzte los. Den Fürsorgehäftlingen ins Gesicht, in die Augen. Nun kamen die ersten wilden Schreie, nun kam die Panik. Die Flucht aus dem Hause. Weithin sah man sie und hörte man sie, wie sie jaulend über die Wiese liefen.

Da war auch endlich der Wachtmeister da, reckte seine Riesennase der Kapperl ins Gesicht, sagte, er sei bereits seit Stunden aufgebrochen, er habe seine genauen Instruktionen vom fremden Herrn Major ohnehin erhalten, aber in diesem Lande dürfe man auch nicht in gerechter Notwehr niemandem irgendwelche Verletzungen zufügen, besonders das Augenlicht sei heilig.

Übrigens habe er noch etwas anzubringen, das dem Hause, mit Einverständnis der Regierung, zugewachsen sei. Die Mikrophone.

»Mikro . . .?« Was das sei? Und warum?«

»Die Kontrolle über den Hausfrieden . . .«

Damit begann der Gendarmerie-Wachtmeister die Ecken aller Räume zu durchsuchen. Zwei der rebellischen Weiber hatten sich vor der Nasenlacht in den Staub geworfen, sie wollten hier bleiben, sie seien brave Dinger, sie würden für die Damen aus dem Ostreich gerne arbeiten, das Kochen fiele ihnen leicht. Sie wurden als Dienstboten engagiert.

Der Wachtmeister trug unter der Riesennase einen Riesenschnurrbart. Seine Augen waren winzig und stachen wie Nadeln.

Er faßte die Nasenlacht, die er mit Recht für die Vernünftigste hielt, an der Hand und zog sie mit sich in die Ecke, wo in einem guten Versteck, einbetoniert wie eine Wabe, ein Aufnahmegerät befestigt war, winzig und sehr kompliziert, aller Einsicht entzogen.

»Ich komme alle zwei Wochen, spule es auf und bringe es zur Post. Niemand sonst!!« Sein Französisch war fehlerhaft. Die Nasenlacht verstand: ihre gegenseitige Friedfertigkeit sollte überwacht werden. Vom Major? Ein Vater? Ein Feind? Ein Freund Hitlers? Kaum jemand hatte hier diesen gewalttätigen Namen gehört. Es war ein entrücktes Bergtal. Aber sehr lieblich.

In acht Tagen war so ziemlich alles in Ordnung und im Gang. Der Wachtmeister nannte sich Olaf. Die beiden Dienstboten hießen Selma und Tjörda. Manchmal ging des Nachts ein Summen durch die Gänge und Zimmer, als spielte jemand in großer Ferne eine neue Musik.

Die Frage nach der Aufschlüsselung der einfachsten Probleme erschien anfangs ungeheuerlich, unlösbar. Ganz langsam, etwas schneller, ganz schnell am Schluß wurden die drei Damen Herrinnen. Sie waren allein, sie waren verlassen, sie verstanden die Landessprache nicht, nach einigen Wochen kam der Winter, sehr schneereich, wegen des Golfstroms nicht allzu kalt. Es galt Verbindungen aufzunehmen, es galt sich aufzuschließen: Wienerinnen mit Judenblut mußten organisieren.

Es lagen vor: ein Telefon bis zum Gendarmerieposten, ein anderes bis zu dem Gemischtwarenhändler im nächsten Dorf. Ein kleines und ein größeres Fuhrwerk. Zwei Maultiere. Zwei Mägde. Fallweise gab es Olaf, den Gendarmen, selbst. Es gab große Lebensmittelvorräte. Es gab sieben Petroleumlampen. Ein Gros feiner Kerzen, dito ungedrehter Kerzen. Es gab allerhand, an Einrichtungsgegenständen, an Bekleidungsgegenständen. Noch in Wien, schon in Oslo käuflich erstanden. Soweit es bei den Krawallen der Entsprungenen nicht verschwunden oder zerstört worden war.

Aber es gab keinen Major mehr. Keinen Major, jetzt der Wehrmacht des Reiches zugehörig. Oder gab es ihn doch?

Beim ersten Mal war es sieben Uhr abends, genau auf die Sekunde. Da läutete das Telefon zum Außenposten. Die Zittrig hob den Hörer ab. Sie erbleichte, legte ihn unverzüglich hin, rief die anderen. Alle drei hörten die geliebte Stimme: »Benehmt ihr euch auch richtig? Wird nicht gestritten? Wird nicht gezankt? Seid ihr brave Kinder?«

Als sie dies teils jubelnd, teils bebend beteuerten und Weiteres wissen wollten, war der Dialog beendet. Immer nur die gleichen Worte: »Und benehmt ihr euch auch richtig ... Seid ihr brave Kinder?« Offenbar eine Bandaufnahme. Das Gefühl ständig überwacht zu sein, blieb und wirkte tief.

»Henriks Wiese«, hieß der ganze Wohn- und Wiese-Wald-Komplex – der große Ibsen sollte hier, bevor noch die Ausbildungslager errichtet waren, gewohnt haben, einmal ein ganzes Jahr lang. »Die schönen Wasser« nannte man die Teiche mit den kleinen Inseln. Auf der südlichsten stand ein primitives Holzhaus für den staatlichen Aufseher über Grund und Boden, seine Familie zählte siebzehn Mitglieder, alles in allem. Er sprach auch deutsch, mit Kieler Akzent. Bald liebte man einander, so viel machte die gemeinsame Sprache aus. Besonders die Kapperl fand des öfteren ihren Weg bis zur Überfahrt, wo man sie dann mit dem Boot holen mußte, die jüngsten Kinder taten es am liebsten, sie zerschmolzen für die noch aus Mitteleuropa stammenden Pralinen.

Die drei hatten ihre Arbeiten streng untereinander aufgeteilt, liliputanische Ministerien. Dem Haus und allem, was dazugehörte, stand die Kapperl vor, was ihrem Selbstgefühl schmeichelte (Innenministerium); auch die Küche und das Kochen waren ihr Wirkungsbereich, das Bohnern und Wachsen der Böden, mit dem

»Hoover« und den Besen, gleichzeitig auch Vorplatz und Bodenkammern, und die Keller. Die Kapperl war schon in Wien auf gewisse Speisen spezialisiert gewesen, doch ihre eigentlichen Kenntnisse waren strikt begrenzt, so verstand sie sich auf die Herstellung starker Punsche, einer originalen Mayonnaise und Ähnlichem. Auch etwas ganz Ordinäres war bei ihr zu haben, als da waren Germknödeln und Grammelkolatschen. Hier gab es kein Gemäkel, ganz im Sinne der neuen Fahrtordnung von Höflichkeit und Schmeichelei. Für die Küche unter der Aufsicht der Kapperl gab es kein Ende des Lobes. »Nein, geradezu herrlich!« – »Wir wußten es ja schon aus Wien – aber gar jetzt und hier: ein Herrschaftsköchin ist an dir verloren gegangen!« Die Zittrig und auch die Nasenlacht verneigten sich mit ihren Nasen bis in die tiefen Teller.

Die Zittrig erwachte nur langsam zu einem menschenähnlichen Auslandsdasein. Man gab ihr das Außenministerium: sie mußte sich um die kleinen Gemüsegärten kümmern, sechs hinter dem Haus, noch etwas weiter fort gab es auch bescheidene Blumen, winzige Nelklein, ein paar schäbige Rosen; auch die Instandhaltung der Wege und Zufahrtstaße war ihre Aufgabe. So geriet sie sehr bald mit der Kapperl in Konflikt; das heißt: auch sie tauchte voll Sehnsucht nach Menschen, bei der Familie des Herrn aus Kiel in der kleinen Insel auf. Die Zittrig wurde zum Menschen im Verlauf der zwei Jahre, was ihr zwar nicht anzusehen war, denn ihre Kleider rissen immer mehr an allen Ecken und Enden ein. Doch wer in Seelen hätte lesen können, der würde eine sanfte rosige Farbe in ihren Herzen entdeckt haben. Sie liebte eben die Natur, und oft stand sie am Rand des untersten Wassers und rief nicht einmal nach der kleinen Fährmännin, um übergesetzt zu werden, sie stand nur und schaute zwischen den Lärchenstämmen hindurch, wo es abfiel und der Anblick des hellsten und jugendlichsten aller Grüns alle, besonders eine solche wie sie, an die eigene Jugend gemahnte, die sie doch niemals gehabt hatte. Ging es über die Emigration wieder in den Mutterschoß zurück? Aber sie war doch bekanntlich ein Kind der Liebe, ein Kind der falschen Hälften.

Die Nasenlacht war für den offiziellen Verkehr mit der amtlichen Außenwelt reserviert, besonders für die Verrechnungen und Zahlungen verschiedenster Art – ein Schatzkanzler, aber bescheidener und freundlicher Kondition. Sie verständigte sich regelmäßig mit Olaf, dem Wachtmeister, führte die Miete ab, sorgte für die Einlagerung von Lebensmitteln und Brennstoff, immer unterstützt von der äußerst schlauen Selma. Viermal in den zwei Jahren ließ sie sich nach Oslo hinunterbringen, auch längere Ausflüge ins herrliche Land hinein wurden von ihr organisiert. Einmal kam Besuch von einer höheren norwegischen Amtsperson; die Nasenlacht empfing sie allein und durfte ihren beiden Genossinnen auch nicht von dem Inhalt der Unterredung Mitteilung machen: es ging um Krieg und Frieden; das alles aber überschritt weitgehend den Horizont der wenig Versierten, die noch lange geglaubt hatten, Hitler habe es mit den Drohungen gegen die Juden niemals so ernst gemeint.

Übrigens gehörte auch der Umgang mit den Postboten zum Kompetenzbereich der Nasenlacht. Gerade hier zeigten sich die ersten Sprünge in der Unversehrtheit des Porzellans dieser provisorischen Eintracht. Überhaupt verbeugte man sich nicht mehr so tief und hingegeben voreinander, wenn man hinter einer »Freundin« durch die Tür ging. Die beiden Dienstboten hatten bald die Kompliziertheit der Lage herausgefunden und spielten eine gegen die andere aus. »Nein« flüsterte – sagen wir Tjörda – sagen wir der Kapperl – ins Ohr, »soviel ich weiß, ist heute kein Brief von Europa gekommen. Soweit ich weiß ... – Es kann natürlich ...« Das war schon genug, um die herrische Chefin argwöhnisch zu machen.

Sicherlich unterschlug die kleine Zittrig alle schriftlichen Mitteilungen des Majors, die doch nur an sie, die Kapperl, gerichtet waren.

Aus der Eifersucht wird am schnellsten Haß. Der Schein wurde gewahrt, aber mit einemmal war der Strudel verdorben, die Germknödel waren im letzten Augenblick mißraten, die Köchin allein bekam die besten Stücke vorgelegt. Auch erwiesen sich eines Morgens alle Aborte als verstopft, und draußen herrschte eine Bärenkälte. Alles Zufall? Auch das Eselein wurde krank, ging nahezu ein. Und wer pflegte das Eselein? Immer nur eine, gegen die zwei andere standen. Man mußte nur acht geben, daß sich alles entfernt von den eingebauten akustischen Honigwaben abspielte.

Eines Morgens – eigentlich war es noch halb finstere Nacht, gegen vier Uhr früh – im Frühjahr 1940 erklang die Telefonklingel vom Wächterhaus, und die Kapperl rannte zum Apparat, wurde aber anscheinend von der Stimme zurückgewiesen, die ganz nahe klang: sie verlangte nach der Nasenlacht. Die beiden anderen drängten sich, zitternd vor Kälte, in ihren häßlichen Nachtgewändern, um die Befehlsempfängerin. Natürlich war es der Major, doch wie verändert! Wie ein Befehlsausgeber klang die Stimme.

Und wie laut! Im nächsten Zimmer? In der nächsten Ortschaft? »Ihr sollt nicht erschrecken. Auch jetzt ist für euch gesorgt. Es muß nur die Nasenlacht noch heute auf der konigliken Bank von Christiansand in Oslo vorsprechen und abheben, was für euch von mir dort bereit liegt. Ich bin ganz weit fort, aber doch ganz nahe.« Ein fürchterliches Lachen erschütterte durch den Apparat das ganze Haus. Noch lauter: »Ihr sollt euch nicht fürchten. Der Olaf ist verläßlich. Ich bin da, wenn es nötig sein sollte, persönlich. Es kommen schwere Zeiten. Lest die Zeitungen, verfolgt die Weltgeschichte!«

Alle taten, wie ihnen geheißen war. Es war sehr viel Geld. Die Zittrig weinte die ganze Nacht, ohne zu wissen, warum. Am nächsten Morgen erschütterten zwei Stunden lang die Salven schwerer Schiffsgeschütze die »Schönen Wasser« und die Wälder und Wiesen darum. Selma und Tjörda waren jetzt tagelang nirgends zu finden.

Der Krieg

Später wurde es dann wieder viel ruhiger. Nur des Nachts durfte man kein Licht brennen und sich nicht im Freien aufhalten. Olaf befahl es, der eines Tages auch davon sprach, die Deutschen seien im Land, sie hießen aber anders und hätten mit dem Herrn Offizier nichts zu tun, mehr wisse er auch nicht, als daß kein König mehr in Norwegen sei.

In der Nacht war gewöhnlich allerhand los. Man vernahm das Rollen vieler Flugzeuge, auch das Schießen von Kanonen. Durch den milden und sanften Morgen kam dann etwas wie das Stampfen von Hufen, ein Klopfen und Donnern, viel konnte man nicht unterscheiden. Die drei Damen waren alle nicht ausgeschlafen, sie hatten gebebt und gewacht. Die Zittrig hatte all die Stunden an einen Pfosten gelehnt und geweint und gewimmert.

Durch den Dunst und Nebel sah man am Rand der ausgedehnten und ach so schönen Wiese viele Erdhaufen, daneben viele kleine Zelte, zwischen denen es von erdfarbenen Uniformen wimmelte. Dann kamen große Maschinen hereingefahren. Bäume fielen um, die Soldaten hatten sie umgelegt, sie überquerten mit dem gigantischen Fuhrpark die noch grünen Erdflächen, es war, als risse ein Teufelspflug das Gesicht des Lebens auf, denn bald war alles Erdhafte weggefegt und lag da, nackter als nackt, keine Natur mehr. Es war auch neben den Zelten wie eine Erdexplosion, etwas Kompaktes und Feindseliges. Die drei Frauen klagten laut, daß sie ganz verlassen seien, selbst die Kapperl begann zu schluchzen und zu jammern. Keine Selma, keine Tjörda, aber auch keine Familie am lieblichen Weiher, auch keine Telefonverbindung irgendwohin.

Als es dann schon heller war, es mochte gegen elf Uhr vormittags sein, kam eine Gruppe von sonderbar uniformierten Männern über die geschändete Wiese geschritten. Ein Trompeter war dabei, der blieb in der Mitte des Weges stehen und blies auf seinem Instrument eine muntere Marschweise. Dann erkannte man eine eigenartig herausgeputzte Kommandeurfigur unter ihnen: sehr groß gewachsen, mit einer Art schwungvollem Federnhut altmodischen Gepräges auf dem Haupt, viele Schnüre und Troddeln um die Brust und ganz hohe Stiefel an den Beinen, als käme er von einer Entenjagd.

Die drei Damen wurden auf den Hausflur hinausgejagt. Dort vollführte der Federnbehutete einige herrische Gebärden, und eine ebenfalls uniformierte Schreiberseele begann so etwas wie einen Erlaß vorzulesen.

Nur die Kapperl verstand davon hie und da ein Wort. Waren das überhaupt Norweger? Der Name des Majors kam des öfteren vor, auch hieß es manchmal so wie »Quadnick, Quasling, Quisling«, und etwas von Abgabe und Übernahme.

Der Kommandeur ließ die drei am Schluß mehrere Male nach ihrem Namen fragen, dann wurde ihnen bedeutet, sie seien in ihrer Bewegungsfreiheit beschränkt und dürften die Seen-Wiese nicht mehr verlassen.

Der Kommandeur machte noch eine Bewegung wie ein falscher König, lächelte aber dabei, wenn man auf seinem haarigen Gesicht so etwas wie ein Lächeln ausmachen konnte.

Es beruhigte sich alles mit der Zeit, eigentlich relativ rasch. Man konnte nicht sagen, daß die Kapperl, die Nasenlacht oder auch die Zittrig tatsächlich gefährlich litten, es sei denn die Zittrig, die aber doch zum Leiden geschaffen schien. Es war alles weiter da, das Atmen, das Essen, sogar das Herumgehen, nur alles viel kleiner und weniger. Es gab weniger zu essen, und das Essen brachten deutsche Soldaten, zusammen mit solchen Sachen wie Holzkohle oder Brot oder auch geringem Geld. Nach und nach fand man sich auch in der Weltgeschichte zurecht, obwohl es der Kapperl unwahrscheinlich erschien, daß die Deutschen wirklich in Paris einmarschiert seien oder gar Krieg in der Nähe von Moskau führten. Nach einiger Zeit fanden sich auch der Wachtsoldat Olaf und sogar die Selma wieder ein.

Nur die Zeit war ihnen offenbar abhanden gekommen, und niemand wußte genau, wie es eigentlich vor dem Umsturz des Schicksals gewesen sei. Auch war innen in den Herzen (oder im Zwerchfell, wie Homer sagte) allen dreien, wohl auch bei Olaf und dem Dienstmädchen, etwas gewuchert, unnatürlich gewachsen wie ein Geschwür; das war eine unerklärliche Wut, eigentlich gegen alles, aber gezielt gegen die Nächsten, bei der Zittrig gegen die Nasenlacht, bei der Kapperl gegen die beiden anderen, bei den beiden anderen gegen die beiden anderen anderen; denn dort war ja der Boden schon aufgeweicht durch die lange eifernde Wut, die sich nicht einmal richtig Luft machen konnte, sondern heimliche Töne gegen einander ausstieß oder zwickte und zwackte und Püffe austeilte.

So mochte zum Beispiel sogar die Nasenlacht plötzlich den Einfall haben, eine Steinfliese im Korridor heimlich mit Bodenseife einzuschmieren, damit alle, die darüber gingen oder liefen, ausrutschten und so zu Schaden kämen. Oder die Kapperl, die in der Küche arbeitete, versetzte zwei Teller Suppe mit irgendwelchem unbekannten, bestimmt nicht gesundheitsfördernden Wurzelwerk, das übermäßiges Bauchgrimmen zur Folge hatte. Ihr wurde dann, als Gegenschlag, ohne ihr Wissen, im Dunkel und am Abend eine Puppe aus nassen Fetzen ins Bett eskamotiert. Oder die kleinwinzige und dabei recht gewandte Zittrig war am Wiesenrand, dessen Besuch von der Behörde verboten war, auf einen Baum geklettert und hatte sich, wohl wissend, daß die schwärmerische Nasenlacht sich dort gerne poetisch erging, ihr von oben wie ein aggressives Tier auf Nacken und Schultern fallen lassen, stets mit einem leicht unterdrückten Geheul verbunden. Das wälzte sich, beißend und kratzend, zusammen auf dem nadelüberstreuten Boden.

Man stieß einander heimlich mit den Fäusten, kniff und puffte, es war ein Drang von Fleisch zu Fleisch, von Muskel zu Muskel – wie man seinerzeit in Österreich niemals darunter gelitten hatte. Waren es die ausnehmend heißen und feuchten Sommer, war es ein gewisser Zusatz in der Luft – die drei Damen – jüdische Damen noch dazu! –, sprangen oft des Nachts von ihren Liegestätten auf, rannten durchs Haus, wagten sich aber aus Angst vor den Deutschen niemals ins finstere Freie, um nicht einem Diensthabenden draußen in die Hände zu fallen.

Wenn Olaf manchmal, stets bei Tageslicht, auf eine Inspektionstour ins Haus kam, versäumten es die Kapperl oder die Nasenlacht niemals, ihm recht oft über den Weg zu laufen, ihm Gesichter zu schneiden, sich provozierend neben ihn auf den großen Sessel zu setzen; und der unseligen Zittrig war es vorbehalten, sich nackt vor ihm zu zeigen und dabei mit der Hand unmißverständliche Griffe zu vollführen. Olaf entfernte sich mit allen Anzeichen panischen Schreckens aus dem Haus.

Er mochte daraufhin bei der Wachtmannschaft in den Zelten allerhand Geschichten erzählt haben: die Wahrheit allein hätte genügt. So kam es, wie es hatte kommen müssen und wie es mit lächerlicher Monotonie jahrelang weiterging, als wäre es eine Krätze oder sonst ein Hautjucken, eine erschreckend niedere Form regelmäßig-regellosen Geschlechtsgenusses.

Der Mannschaftsstand drüben schwankte zwischen neunzig

und hundertzwanzig Mann, der einer schwachen Kompanie auf Kriegsstand. Diese Abteilung bildete sozusagen die Vorstufe für eine regelrechte Strafkompanie, war also eine Bewährungskompanie; was danach kam, wenn die Leute hier versagten, war erst die richtige Strafe, zum Beispiel Einsatz bei den Kämpfen im Kaukasus. Übrigens waren fünfzehn bis zwanzig Österreicher darunter, weitaus umgänglichere Leute als der sonstige Durchschnitt. Alles bemühte sich hier zu leisten, was verlangt wurde, man könnte ruhig sagen: Das Über-Menschen-Mögliche.

Es fing, wie schon immer seit Anbeginn der Zeiten, mit klimatischen Extremen an: mit der gewaltigen Hitze in diesem Sommer. Nicht Jupiter oder Hera und Aphrodite war die kommandierende Gottheit, sondern Helios (ein Gott? Ein Teufel?) und dampfend; außerdem vielleicht noch Jupiter, aber nur Pluvius. Auch in den schärfsten Sonnenstrahlen hieß es für die Soldateska: Bäume fällen, graben, Heu einbringen in den Schleppwagen, mit der Hand gezogen. Und dabei war den Landsern sogar die Lust zum Grölen und Schreien vergangen. Elend, aber strampelnd, voller Angst vor den Aufsichtsbehörden, Zähne zusammengebissen, Augen auf!

Wie ganz anders unsere Damen! Sie waren innen wie zusammengeklebt, ihre Augen wurden nicht mehr zum Sehen oder Forschen, sondern zum Über-Sehen und Wegschauen verwendet. Sie hatten nicht einmal bemerkt, daß die Bäume in der Mitte des Feldes nach und nach wegfielen und sie keinen Schatten mehr für ihre Nachmittagsruhe hatten, so daß sie, ohne es zu wollen, den Zelten mit den Soldaten immer näherrollten. Denn die schrecklichen Neunzig hatten ganz links am Rand zu schlagen begonnen und waren jetzt still nach rechts nachgerückt. So wälzten sich die drei Weiber, ohne daß sie dessen gewahr wurden, ganz knapp vor die Zelte, tummelten sich bereits im Heu, ohne daß sie etwas spürten. Die Deutschen jedoch wußten es ganz genau, schoben sich absichtlich ganz knapp heran, auf die drei hinauf, beide Gruppen ohne Sonne, fast ohne Licht, unten im tiefen, kratzigen Heu; die Männer sprangen schließlich auf, die Weiber jauchzten wie geknebelt, fast unhörbar, die trockenen Grashalme stachen sie in die nackten Brüste, stachen die Männer in die nackten Hinterteile, die hinaufgereckt wurden, wie Doppelkugeln in die freie Luft, wo sie hinragten und sich emporrundeten.

Es wogte und stieß und hämmerte und klopfte, dann stiegen die Weiber hinauf, und die Männer kamen dreimal, viermal dran. Die vögelnde Truppe, mit den Weibern darunter, rollte als Ganzes bergabwärts, zwischen den Zelten hindurch, endlich war die

Reihe an den Österreichern, die auch hier wie gewöhnlich erst am Schluß zu den Freiheiten und Genüssen kamen.

Das, jawohl, war die zweimalige Wochenorgie, vielleicht wirklich ein Spaß, zur Abwechslung. Es dauerte jahrelang.

Keine richtige Verständigung oder gar Freude, wohl auch keine Sensationen, wenn man die Sache mit dem halbblöden Lappen, diesem erwachsenen Kind, nicht mitrechnete. Aber der echte Schaden war schon gleich am Anfang geschehen, und das übrige empfand Gunhold eher als eine Wohltat.

Am Mittwoch, einige Tage nach der eben beschriebenen Szene, war also schon eine Art Höhepunkt erreicht. Die Temperatur war an den mitteleuropäischen Thermometern kaum mehr ablesbar; hinter den letzten Bergen, die im Hitzedunst kaum noch auszunehmen waren, standen bald geballte Cumuli, die Damen liefen nackt durchs Haus, die Magd versteckte sich, von den Soldaten war nirgends etwas zu sehen, auch wenn man vorsichtig heranschlich, vielleicht waren sie im Keller. Die Wolken hatten sich noch gar nicht recht herangeschoben, da kam schon der Donnerkeil, von einer Stärke, als spaltete sich die Erde.

Und gleich danach ein kurzer, scharfer Schrei, als schrien Tiere, menschenähnliche Tiere. Ein Guß, viele Eimer voll, aber auch sehr kurz, dann noch ein Donner, bald war es wieder so rasch hell, wie es vorher stockdunkel geworden war.

Die drei Frauen stürzten aus dem Haus und zu den Zelten hinüber. Keiner hätte mit Bestimmtheit sagen können, ob sie wirklich unbekleidet gewesen waren oder nur die rasch übergeworfenen Kleiderfetzen gewirkt hätten wie die tiefe Bräune einer durchsonnten Haut. Die Zelte drüben waren offenbar leer.

Es rührte sich unter dem Heu. Das Heu war nur an der Oberfläche, aber dort durch und durch naß, die Bewegung darin war so, wie an Provinzbühnen die Komparserie Meereswogen darzustellen pflegt: die Mannen hatten sich ins Heu verkrochen, vielleicht bei zwanzig Mann stark. Sie warteten ungeduldig auf ihre Partnerinnen, einige Männer hatten, weil sie nicht mehr zu warten vermochten, durch die Hosenlätze zueinander gefunden.

Weil es wegen der Feuchtigkeit ungefährlich erschienen war, hatten ein paar gar zu rauchen begonnen. Da kamen aber schon die Weiber; diesmal war es einigen der Landser, besonders den Österreichern, denn doch zu viel geworden. Es brozelte im Heu, es glomm, keine hellen Flammen, alles fast erstickt. Und jetzt bewegte sich das ganze Heufeld, mit allem, was drin war, unterirdisch und abwärts; von der Wiese, hinunter in die kleine Mulde, das Heu lief auseinander, draußen schien wieder die Sonne, die Grube unten war nicht viel größer als im Durchmesser vielleicht fünf Schritte.

Die Soldaten krabbelten heraus, dabei riefen sie laut durcheinander; die entrückten, berückten, entzückten Damen wußten gar nicht, worum es ging. Da hatten sich die Soldaten schon verlaufen, waren in die Zelte zurück, zwei Danziger, die als nächste auf der Liste der Strafkompanie standen, hatten ihre Hosen unwiderruflich verloren.

Die Damen, die noch keine rechte Sicht hatten, kamen auch bald ins Heu zurück, zwei Korporale aus Wien waren bei ihnen geblieben, hängten sich an sie.

Die unterste Grube war voller Menschen, kleine Menschen, augenscheinlich Zivilisten, acht im Ganzen, fast Zwerge, sieben lagen unbeweglich da, sieben waren tot. In ihrer Mitte lag der achte, der rührte sich noch, gab Töne von sich, die niemand verstand. Es waren Angehörige eines winzigen Volksstammes aus den Norddistrikten, Lappen.

Der große Donnerschlag, keine Viertelstunde war das her, hatte mitten in die acht kleinen Menschen eingeschlagen, daher die geschwärzten Gesichter, verkohlte Arme, verkrümmte Hände: Urvölker, von der modernen Elektrizität geholt, in ihrer elementarsten Form, als Griff aus den Himmeln. Der achte Mann stand jetzt da, auf seinen kurzen Beinen, aber er taumelte bald wieder hinab, verkrallte sich in die versengte Erde. Einer der Österreicher hatte sich rasch zu ihm gesellt, hob ihn auf, legte sich ihn um die Schultern, wie Christus das wiedergefundene Lamm.

So bewegte sich, noch immer sehr schnell, der Zug mit dem stöhnenden Lappen und dem einen Österreicher (der zweite war zurückgeblieben), über die Wiese zurück ins Haus. Da erst loderte es aus dem Heuhaufen weit und hoch in einer Stichflamme auf, und was da war an pflanzlichen Resten, ging in Flammen auf.

Auch in jenen bewegten Kriegszeiten, auch in dem lieblichen Seen- und Wiesenland von Eggemoen, galt damals wie heute das Gesetz von der gegenseitigen Aufhebung der Kontraste: wie das Gute vom Bösen abgelöst wurde oder schier gleichzeitig damit auftrat; und umgekehrt. Hier spielte sich das Ganze so ab, daß die materiellen Schwierigkeiten, ja Qualen, in den jeweilig für die Deutschen negativen Wendungen im Kriegsablauf aufgewogen oder mindestens sehr gemildert wurden durch menschliche Gewinne, durch eine Zunahme humaner, freundlicher und milder Entwicklungen.

Die Kommunikationsmittel waren mit der Zeit völlig zusammengebrochen – teils absichtlich, man denke an die Zensur, vor allem in Feindesland, teils zufällig. Die Versorgungsschwierigkeiten nahmen von Jahr zu Jahr, von Monat zu Monat zu, in der letzten Zeit mit geradezu atemberaubender Geschwindigkeit. Bequemlichkeit und Erleichterungen für Zivilpersonen gab es überhaupt nicht mehr. Dagegen stand eine gewisse Nicht-Belästigung, die ebenfalls ständig wuchs.

In den eigentlichen sozialen Belangen war das Schwert ebenfalls zweischneidig. Die Vor-Strafkompanie wechselte ungefähr alle zwölf Monate. Der Kommandeur sogar alle neun. Ständig blieben nur ein paar aus Österreich, darunter in erster Linie die Herren Sepp, Loisl und Franzi, von denen weder ihre Zunamen überliefert sind noch weitere Einzelheiten auf sexuellem oder psychologischem Gebiet. Die drei Damen hatten sich an nahezu der gesamten Nord-Front einen gewissen Namen gemacht: für sie selbst waren Art, Rhythmus und Durchbruch recht angenehm, vielleicht mit Ausnahme der Zittrig, die sehr bald überhaupt jeglichen Geschmack an der realen Sinnlichkeit verloren hatte. Immer mehr hielt sie es mit den »echten« Gefühlen, teils echter Liebe, teils echtem Haß.

Ihre Liebe konzentrierte sich vor allem auf Gunhold, den Lappen, der trotz seiner dementia praecox immer putziger und hübscher wurde. Fast alle in der Villa hatten sich in ihn vergafft, die Selma, die drei Österreicher, nicht zuletzt natürlich die Zittrig. Von der praktischen Durchführung homosexueller und auch heterosexueller Tätigkeit wurde jedoch Abstand genommen.

Zwei Winter waren sehr milde gewesen, wochenlang vollkommen schneefrei. Im dritten schneite es sieben Wochen lang wie toll. Die drei Österreicher waren stets bei der Hand, auch für Aushilfsarbeiten in der Wirtschaft. Ihre Absonderung von den deutschen Landsern nahm mit dem Anwachsen der deutschen Niederlagen stark zu. Der Kommandeurswechsel ging zeitlich von nun an schneller vor sich, die Qualität der Herren entartete von Monat zu Monat in Brutalität, Schärfe und Niedertracht.

Verschiedene Ereignisse, die in den Siedlungen stets nur in Form von Gerüchten auftauchten, hatten die Zwietracht innerhalb der Vorstraf-Kompanie immer mehr verstärkt. Fast alle Österreicher »zogen« ungefähr zur Zeit der Rundstedt-Offensive »aus«; das heißt sie bauten sich in mäßiger Entfernung iglo-ähnliche Schneebehausungen, die nebenbei auch viel wärmer waren als die anderen Unterkünfte, ja als das Haus selbst, denn auch dort wurde der Brennstoff immer knapper. Auch blühte in den grau-weißen Eishöhlen Freundlichkeit, Zärtlichkeit und Gemütlichkeit. Der Lappe Gunhold wurde von den Österreichern mitgenommen. Zur Weihnachtszeit und um Neujahr bildete sich geradezu ein kleiner religiöser Kreis, an dem auch die drei Jüdinnen teilhatten, zum Ärger des ohnehin immer boshafteren und böseren Kommandeurs. Leider litt jedoch Gunhold in diesen Wochen an schweren bronchialen Erkrankungen, die sich schließlich zu einer echten Lungenentzündung auswuchsen, von der Art, die man später als »Virus-Pneumonie« bezeichnete.

Es war ein entbehrungsreiches, armseliges und doch seltsam heiliges Sterben in dem Iglo der Österreicher. Sepp hatte noch vor dem Polenkrieg drei Semester Medizin an der Wiener Universität absolviert, war außerdem ein begeisterter Anhänger dieser ältesten menschlichen Wissenschaft. Durch den hohen Feuchtigkeitsgehalt in der Schneehütte waren die Heilungsaussichten nicht allzu schlecht. Doch war der allgemeine Gesundheitszustand des wirklich stark angeschlagenen Gunhold bei einer so schweren Infektionskrankheit als ungemein ungünstig einzustufen.

Die Schneehütte war angestopft mit den dichten Heumassen aus dem Sommer. Die Drei aus Österreich hatten eine simple Lagerstätte zusammengebastelt. Darauf lag nun der Lappe Tag und Nacht, halb schlief er auf der Seite wie die Diagonale eines Schwertes. Er stöhnte sehr lange und unbeherrscht, viele Nächte lang und auch die Tage. Er wurde gut gepflegt.

Dann gingen die Arzneien aus, man konnte auch keine heranholen, denn die Lagerausgänge wurden von dem Kommandeur scharf kontrolliert. Die Beleuchtung drinnen in der Hütte wechselte je nach dem Licht des Tages, und dann der stets länger werdenden Nacht. Gunhold hielt unentwegt die Augen offen.

Immer seltener kam jemand, um ihm Gesellschaft zu leisten, ihm den Schweiß abzuwischen, ihm den nassen Leib unter den Pelzfetzen abzutrocknen. Wozu?

Der Lappe sprach nur noch in seiner Muttersprache, die hier niemand verstand. Seine ehemaligen Landsleute waren ja schon längst vom Blitz in die Himmel gerissen worden. So ging es jetzt schon viele Tage. Eines Morgens hörte man ihn singen, mit einer Fistelstimme, pausenlos. Die Zittrig fand bald heraus, daß es sich um alte katholische Meßgesänge handelte. Sie lauschte wie gebannt, rief dann die Kapperl heran. Aber die beiden konnten natürlich nicht herausbekommen, ob Gunhold wirklich seinem Glauben nach der römisch-katholischen Kirche angehörte. Er sang nur immer.

Am frühen Morgen des siebzehnten Tages war der Lappe plötzlich von seiner Liegestatt verschwunden. Sepp ging seinen Spuren nach, sie hatten sich nicht weit von seinem Eisversteck entfernt, lang entgeht man dem Tode nicht. Der kleine und am Schluß ganz durchsichtige Mann lag auf dem Gesicht und dem linken Arm, vom Schnee bestäubt, vielleicht schon mehr als eine Stunde tot.

Als Sarg wurde eine einfache längliche Holzkiste benützt. Darüber gerieten sich Sepp und Franzl in die Haare. Die Beisetzung fand in der Nacht statt, denn selbstverständlich war es bei der Abteilung überall bekannt, daß seit einem H. K.-Erlaß bei einer Beisetzung irgendwelcher Zivilpersonen von jeder Materialverschwendung abzusehen sei. Franzl zeigte den Sterbefall an; der Kommandeur, heute besonders wütend, aus diesem und jenem Grund, ordnete sofort eine Exhumierung an und dann Einscharren unter einem halben Meter des hier bereits aperen Erdreichs.

Als man davon erfuhr, entbrannten die drei Damen in gehöriger Wut und frequentierten wochenlang die Beischlafgelegenheiten nicht mehr; die Zittrig hatte sich, in ihrem sonderbaren Geisteszustand, bereits viele Monate enthalten, wie bekannt. Bei ihr wuchs die Wut weiter, und sie erklärte ihren Freundinnen mehrere Male, sie wolle den Kommandeur ermorden, für diese Schmach an ihrem »ewigen Geliebten aus dem hohen Norden«, wie sie sich ausdrückte.

Etwas anderes kam dazu. Gerüchte hielten sich beharrlich, daß sich die gesamte Bevölkerung des südlichen Norwegen wieder mit den Leuten aus den nördlichen Auffangsgebieten auffüllte; man wollte sogar wissen, daß die gesamte Großfamilie in das Inselland zurückgekehrt sei. Niemand hatte sie recht eigentlich zu Gesicht bekommen, doch da und dort vernahm man mehr Lärm als in den beiden Vorjahren, auch die Zufahrt war neu ausgebaut worden. Allerdings war die neue kleine Furt durch neue Kettenanlagen gesperrt.

Dann gab es – es war inzwischen schon Vorfrühling geworden – weitere entsetzliche Gerüchte. Aus den Landsern war jedoch weder offiziell noch privat etwas herauszubringen. Die beiden Telefonleitungen funktionierten auch weiter nicht. Die Leute blieben fast die ganze Zeit in den Kantonierungen. Vier, fünf Tage flüsterte man unter sich; es hieß: die Russen auf deutschem Boden, die Westalliierten dito, der Krieg verloren.

Der Major ist da, schon kein Major mehr, mit vielen Orden, mit vielen Verletzungen, ein Oberst! Versteckt sich bei der Großfamilie auf der Insel. Ein Kind von dort kam eines Morgens herüber ins Haus gelaufen, mit einer Botschaft. Die Damen sollen zu einer inoffiziellen Bekanntmachung – nur für Zivilisten! – gegen sieben Uhr abends hinüberkommen. Eine kurze, aber wichtige Mitteilung sei zu erwarten.

Zwei von den Österreichern, natürlich nicht Franz, waren mit von der Partie; den Franz hätte die Zittrig bestimmt niedergeschossen; fest stand, daß sie wirklich, wenn es niemand sah, geheim einen Armeerevolver hervorzog und damit klein herumfuchtelte. Die beiden anderen Damen sperrten sie deshalb immer in ihr Zimmer, weil sie zu große Angst vor ihr hatten. Auch Selma war wieder zurück.

Das Übersetzen dauerte, mit der Wartezeit, eine halbe Stunde. Das Lager drüben war von neuem Gebüsch gleichsam zugedeckt, irgendwo, halb verborgen, standen elegante Gepäckstücke herum, das Schweinsleder brachte einen neuen leuchtenden Farbton hinein. Seltsam gewachsene und hingebogene Äste bildeten eine Art von Triumphbogen. Dahinter stellte jemand eine sonderbare Miene zur Schau, eine Kunstfigur, die blau-grünlich strahlte und eine Allegorie sein mochte, Sieg? Aber wer über wen?

Man hätte sich sehr bemühen müssen, um den ehemaligen Major gleich zu erkennen. Er war eigentümlich aufgeschwollen wie von Altersfett. Sein Gesicht, immer schon rötlich gedunsen, glich einem purpurnen Kinderballon. Er sprach mit einer quiekenden Stimme, seiner früheren völlig unähnlich, trug eine schlecht verfertigte Beinprothese bis zum Knie.

Er äußerste kein persönliches Wort, ließ kein Zeichen irgendeiner Gemütsbewegung erkennen. Das Licht hatte sich plötzlich verfinstert. Der Obrist bildete beim Reden kurze Sätze, er schien geradezu geistesverwirrt. Er hatte nach keinem Menschen gefragt, auch nicht nach der Stephanie Kestranek oder der Tjörda und Selma, wer nicht da war, war nicht da. Er machte mähende Armbewegungen, während er sprach. Er lachte auch viel. Manches war gar nicht zu verstehen. Er sprach Englisch, augenscheinlich verstand die Großfamilie ebenfalls Englisch. Alles war völlig zusammenhanglos.

»Jetziges Deutschland verloren. Abzug aus Norwegen. Wien erobert. Dresden verbrannt. Ein Waffenstillstand. Hitler getötet. Von eigener Hand gefallen. Niemals kommt etwas wieder. Millionen Tote. Warten, bis die große Flut vorüber ist. Keine Panik. Alle deutschen und österreichischen Städte zerstört . . .«

Aber da hörte man neuen Lärm – Geräusche näherten sich von der entgegengesetzten Seite – Donner an der Linken.

Unheil? Untergang?

Schüsse. Der Kommandeur brach noch einmal durch die Büsche. Ein paar aus der Großfamilie mußten daran glauben, ins Gras gebissen, so liebe Menschen. Dann fiel nur noch ein einziger Schuß, der Kommandeur sackte in sich zusammen. Lange Blutstreifen zogen sich aus seinem Mund. Speichel tropfte ihm auf die Uniform.

Die Zittrig hatte ihn umgelegt. Seine Leute flohen, ohne die Leiche mitzunehmen. Die Zittrig warf den Revolver fort. Einer der Österreicher legte ihr die Hand auf die dreckige Bluse, als wollte er sie festnehmen. Man stand wie ein lebendes Bild in diesem Wald in Norwegen. Alles löste sich langsam auf, ohne viel Aufhebens. Auch der Obrist ließ sich mit seinen guten alten Freundinnen endlich in ein Gespräch ein. Der plötzliche Tod hatte Wunder gewirkt. Die Zittrig war in ein stundenlanges Schluchzen ausgebrochen. Dann machte man die Damen mit den Einzelheiten vertraut. Sie erhielten auch eine Art von Einweisung in die Heimat, aber nicht sehr genau. Zu jenen Zeiten war man nicht genau. Nicht einmal ein Oberst reiferen Alters und bereits demobilisiert!

Die Großfamilie packte zusammen. Aber wohin sollte es gehen? Wohin?

Zuerst einmal warten, lange Tage und Wochen warten.

Fluchten und Verkleidungen

Gleich nach dem Zwischenfall mit dem kriegsgefangenen Waliser geriet die früher so beliebte Ostmärklerin, Angela Frumm, bei ihren deutschen Kameradinnen in Verruf. Der Mann bekam zwar eine Ordnungsstrafe, Angela selbst aber glückte seitdem kaum noch ein Gespräch. Dabei war es ja ein Dritter gewesen, der die Ohrfeige ausgeteilt hatte, aber für die Deutschen war jeder Uniformträger immer im Recht. Angela verkroch sich mehr und mehr in sich. Die vorgeschriebenen Rekognoszierungen im Gebirge waren ihr bestimmt nicht gut bekommen. Dabei war ihr gerade um diese Zeit, durch Einsamkeit und Trauer, der Knopf aufgegangen: sie begann, am Lesen ein unbändiges Vergnügen zu empfinden.

Wenn sie es vermeiden konnte, begab sie sich nur zum Essenfassen ins Freie. Sie hatte hinter der Waschküche, rechts von den Mannschaftsaborten, die ja ohnehin ihre wahre Domäne waren, lange Gänge und unbewohnte Räumlichkeiten, die mit Zeitungen, anderem Papierabfall, auch alten Büchern vollgestopft waren. Über die machte sie sich her, oft auch in der Nacht, bei Kerzenstümpfen, die gewöhnlich der Zivilbevölkerung gestohlen waren. Sie war unbeobachtet. Sie las zuerst ganz langsam, dann vervollkommnete sie sich. Alles interessierte sie, sie war sich ja nie bewußt gewesen, wie neugierig sie war: auf den Führer und die Seinen, das Land Norwegen und den Kriegsminister Quisling, aber auch auf alle Erlässe über die Truppenadjustierung im Winter, die Ausrüstung mit Schneeschuhen, Anweisungen über den Waffengebrauch gegen organisierte und nicht-organisierte Banden. Sie las, bis die Funzeln abbrannten oder ihr die Augen zu stark schmerzten.

Einmal hörte sie in dem finsteren Korridor gegen elf Uhr nachts ein Geräusch. Sie wandte sich um, kleiner Hals auf den winzigen Schultern. Sie wurde, wie sie allmählich in der Dunkelheit spürte, von der Trine belauscht, die sich jetzt, wie es ihre Art war, lange Zeit nicht gerührt hatte und nur da hockte wie ein Insekt und erst nach zehn Minuten ein peinliches Geräusch von sich gab.

Trine war ein Weib vom Troß: abartig und verschroben wie Angela, fühlte sich also deshalb zu ihr hingezogen, ohne jedoch die Fähigkeit zu besitzen, diese ihre Sympathie spüren zu lassen. Sie war noch kleiner als Angela, fast viereckig, sehr stark von Körperbau, mit einem fast viereckigen Kopf. Ihre Augen waren kaum zu sehen, und sie sprach selten ein Wort, zwei- bis dreimal am Tag.

Trine erinnerte unsere Angela manchmal in ihrer Gewalttätigkeit an Barbara Oriel aus dem Burgenland, nur war bei jener die Roheit durch ein gefülltes Maß an Trägheit eingezirkelt und geradezu auf ein höheres menschliches Niveau gehoben.

Trine wackelte, wo immer sie sich herumdrehte und herumschob, stets mit einem großen Gerätekasten herum, der ehemals ihrem verstorbenen Mann gehört hatte; jener war angefüllt mit Sägen und Feilen, Hämmern und allgemeinem Klempnerwerkzeug. Dieser Gefreite Johann Pusst aus Brandenburg hatte bei der Arbeitskompanie Nr. 3 gedient und war bei jenen verhängnisvollen Suchaktionen nach Angela auf ihrem Rekognoszierungsweg in die Berge auf immer verschollen. Abgestürzt? Verbindung verloren und desertiert? Es kam niemals ans Tageslicht. Trine war darüber weder erschreckt noch traurig, weinte nicht, sprach aber von nun an noch weniger. Nur des Werkzeugskastens hatte sie sich als erbangefallenes Gut sofort bemächtigt und dessen Inhalt durch Dazu-Diebstahl vermehrt. Und von den Spuren Angelas löste sie sich jetzt nimmermehr. Sie schlief mit ihr, in ihre dünne Achsel verkrochen, auf einer Liegestatt.

»Was machst du?«

»Lesen.« Eine spöttische Antwort.

»Kannst es ja nicht. Niemand kann lesen.«

Leises Gelächter. Die Trine weiter: »Nur Offiziere.«

»Dumme Trine!«, sagte Angela und spuckte aus. Trine packte sie von hinten um den Hals und warf sie auf die Papierhaufen. Dabei erlosch die letzte Funzel. Die Trine setzte sich auf Angelas Gesicht und zwickte sie von oben in die Nase. Angela quietschte wie ein Maulwurf in Not. Die Szene hatte eine Fortsetzung. In der Nacht, draußen am finsteren Hafenkai, drängte sich, drei Tage später, Trine an Angela heran und versetzte ihr von hinten einen kräftigen Stoß, Angela fiel fast hin. »Da – sollst das lesen, wenn du doch lesen kannst. Was für uns. Sags mir dann!« Die beiden schlichen sich im dritten Schlafsaal unter die letzte Kerze. Alle anderen hatten schon die Augen geschlossen. Es ging wirklich recht rasch bei der Angela mit dem Lesen, wenn man's so nimmt; es war ja auch diesmal ein nur kurzes, schäbig gedrucktes und verschmiertes Flugblatt, wie es manchmal der »Untergrund« unter die Leute brachte, die ihm verläßlich erschienen. Offenbar hatte es jetzt der Otto der Brandenburgischen zugesteckt; er war ein alter Kommunist und hatte oft Zugang zu dem Material, das natürlich alles vom Festland Dänemark oder von der Insel Bornholm kam.

Angela löschte die Kerze. Dann kroch sie der Trine in die breiten Muskelbänder unter der Achsel hinein. Geflüster, weniger als Geflüster. »Abhauen sollen wir, das steht da. So nennt ihr das doch. So rasch es geht. Der Mann auf der Insel ist ein Russe, kommt von drüben, weiß aber alles, auch auf deutsch. Irgendwo auf dem Weg ist ein wenig Fett eingelagert. Auch Zeichen gibts, wohin. Nach Süden. In vierzehn Tagen ist der Krieg vorbei. Wer nicht vorher kommt, wird aufgehängt, schreibt der Mann.«

Die starke Trine riß sich im Finstern von der Bank. Sie schleckte mit ihrer breiten Zunge ihrer Freundin zweimal das Gesicht ab, als Zeichen der Freude. Angela blieb noch liegen. »Ich hab Angst«, sagte sie und rührte sich nicht, zitterte nur. Gewalt? Boxen, Puffen, Stechen? »Ich hab was«, flüsterte die Trine und reichte ihr unter der Decke etwas Eiskaltes hin.

Irgendwo riß jetzt Angela eine schmalspurige Landkarte heraus. Drei Tage lang wurde überall Proviant gestohlen, auch alte Zivilfetzen statt der Uniform, die man heimlich ins Meer warf. Der Aufbruch erfolgte nachts.

Es herrschte noch überall mildes Wetter. Man mußte sich natürlich nur vor falschen Begegnungen hüten. Es gab Wehrmachtsstreifen, darunter hier gerade auffallend viele Österreicher. Es gab Deserteure von allen Seiten, womit ich meine, daß es norwegische Reguläre, Irreguläre und Deutsche sein mochten. Manche verständigten sich bald mit Trine und Angela und schritten im Schutz der Dunkelheit, wo man nichts richtig erkennen konnte – es sei denn zwei große Schwellungen oben und eine mächtigere Bauchschwellung unten –, kurzer Hand und ohne großen Gefallen daran, hauptsächlich in den stets kühler werdenden Nächten, zu raschen, aber wiederholten Beischläfen, was auch der sperrigen Trine unsagbares Vergnügen zu bereiten schien. Denn die Frauen froren nachts ohne diese kurzen Erwärmungskuren ganz gewaltig, da ihre zusammengestohlene Bekleidung improvisierter war als die soldatische ihrer von Schmutz starrenden Partner. Essen fiel für die Weiblichkeit immer etwas ab, als fairer Austausch gegen den Einsatz ihrer Kochkünste.

Bald aber wurde es ärger und noch ärger. Die Patrouillen wurden strenger, man mußte rennen, oft war eine Talsperre errichtet, große Umwege in die unwirtlichen Berge mußten gemacht werden. Der Hunger war ausgebrochen. Die brutale Fahrt durch die Elemente hatte begonnen. Der Kampf ging gegen Eis und Schnee, Wind, Sturm und Orkan, sich ausbreitende Gewässer, weggerissene Brücken, schweren Atem, Schmerzen aller Art, Rheumatismus, Erkältungen, Blutungen, Wunden. Man mußte vor einem sechsstündigen Sturm, schon auf der Südseite des Massivs, in Waldungen entfliehen, in ausgehöhlte Bäume kriechen, in eine Höhle flüchten. Man fand ein Unterkommen in einem Magazin, das einmal der Quislingswache gedient hatte; dort entdeckte man gewaltige Reste von Kartoffeln und Mehl und auch Gelegenheit und Mittel, Feuer zu machen. Hier blieben die beiden Weiblein einen ganzen Monat. Wenn Truppen vorbeizogen, verkrochen sie sich weiter in einen leeren Pferdestall. Dort war es am allerwärmsten.

Gegen Februar glaubten sie oft, es gar nicht mehr aushalten zu können. Angela hielt sich noch halbwegs über Wasser, denn sie hatte viele alte Blätter und Zeitungen aufgetrieben und las, solange es hell war. Dann wieder war es, der Dunkelheit wegen, oft tagelang unmöglich, draußen einen Zweig, einen Baum zu sehen. Die Trine schrie und brüllte oft viele Stunden. Es war manchmal so kalt, daß sich die beiden in ihre gestohlenen minderen Decken hüllten und sich anpißten, um nur ein paar Augenblicke es nahe der Haut recht heiß zu haben. Auch hatten sie sich das gegenseitige Ablecken aus eben diesem und einem ähnlichen Grund angewöhnt.

Es herrschte lange Monde ein auffallend kalter Winter. Angela froren am rechten Fuß zwei Zehen ab, die große und die zweite Zehe. Sie litt stark, klagte aber nicht. Die Trine pflegte sie, so gut sie konnte; es war wie der Anblick eines Tieres, das ein anderes pflegt.

Der Hunger nahm zu. Man fing in Scheunen und Baracken Schnecken, auch tote; viele Würmer und hie und da kleine Vögel, die sich verflogen hatten. Alle wurden sie verzehrt.

Man mied die Menschen, wünschte sie aber doch herbei. Die beiden gelangten in unwegsame Felsengebiete und krochen tagelang auf allen Vieren herum. Eine Gesellschaft von Wanderlappen stieß auf sie und sprach sie freundlich an – auf deutsch! Das Trüppchen war sehr erregt, vermochte aber nicht ganz klar zu machen, was geschah oder wenigstens bald geschehen würde. Auf Trines Vorschlag wurden die harmlosen Leutchen von den beiden des nachts unverschämt ausgeraubt, die zwei Weiber hatten es auf dickes Pelzwerk und haltbaren Zwieback abgesehen. In einem Bauernhof, wo offenbar eine Seuche geherrscht hatte, denn man fand viele neue Gräber in der Nähe, aber keine lebende Seele, lag wenig Brauchbares herum; bloß unter verschiedenen Schneide- und Schlaginstrumenten, derer sie habhaft werden konnte, hauste die Trine und ließ sie alle, soweit Platz war, in ihrem Kasten verschwinden.

Dann gingen eines Morgens Lawinen ab, der Wind wechselte. Es regnete auf den Schnee. Die zwei stießen auf Soldaten, die aber alle unbewaffnet, ohne Kommandanten waren und auch sehr vernachlässigt aussahen. Sie integrierten die verlassenen Weiber, fütterten sie auch, berührten sie aber nicht. Man verstand ihre Sprache nicht. Kriegsgefangene? Russen? Sie wiesen den beiden Frauen die allgemeine Richtung, südostwärts, verschwanden dann aber alle, als die Nacht kam. Am nächsten Morgen, nach einem Nachtmarsch voll unsäglicher Qualen, standen Angela und Trine unverhofft am Abbruch eines steilen, doch humanisierten Tals. Etwas lag in der Luft. Es war die Menschheit, die Menschheit war im Heraufkommen. Sie sahen die Täler der Seen.

Und Licht. Und helleres Licht. Und bald großer Lärm, auch Gebrüll, auch Gesang. Der Frieden kam, die Befreiung der Eingekerkerten, aller jener Festgehaltenen: Es war das liebliche Hochtal, wo die Kapperl und Nasenlacht Jahre hatten verbringen müssen.

Doch wie verändert, wie zum besten verändert! Verschwunden und vergangen sogar die dunklen Erinnerungen an Olaf und die Wachkompanien, an die traurigen Leichen der blitzgerührten Lappen, an den sterbenden Lappen mit dem durchsichtigen Gesicht und an die wüsten Tage und Nächte ungeahnter Ausschweifungen. Die Zeit war vorbei, die bösen Seelen waren umgestülpt, die Bosheit war abgetreten, der Frohsinn läßt die Gemeinheiten nicht ins Haus.

Überall funkelte die Sonne, von allen Seiten kam der Menschen Jubel. Das große alte Haus stand noch. Bis in die Höhe des ersten Stocks hatte man frontal ein hölzernes Verdeck, eine Art Plattform gebaut, bereits im letzten März; jetzt war sie mit Tüchern und Decken bedeckt, recht bunt machte sich das aus, Fahnen flatterten von den Erkern, über Teppiche waren Kleider in Haufen gebreitet, hingelegt, aufgehängt in aufgestellten und offenen Koffern, an Kleiderhaken. Und dazwischen die drei Damen, recht seltsam aufgeschirrt, nicht eben bekleidet, doch wie zu einem Fest gerüstet und auch festlich bewegt, sich schwingend, sich zu dritt um die Schultern nehmend, tanzend, laut lachend. Ja, so hieß es ganz offiziell, in Kürze würde der erste Transport von Zivilinternierten mittels LKW an die Küste gebracht werden, was nur wenig Zeit in Anspruch nehmen würde. Vom nächsten größeren Hafen würde dann, nachdem alle Minen geräumt seien, die Abfahrt mittels Truppentransporter, nein, so hieß es gar, mittels Ozeanriesen nach dem Süden erfolgen.

Und alles war da. Würde da sein. Hieß denn nicht Frieden auch tatsächlich Wiedereinsetzung in den vorigen Stand: die Stefferl war wieder aufgetaucht, besser gesagt, Fräulein Stephanie Kestranek, in ihrem Schlepptau der Obrist, und er hätte alles, alles wieder mitgebracht, ungeheure Packen mit allen Kleidern, die jemals den Drei, jetzt Geretteten, gehört hatten. Drei Kisten, kaum beschädigt, eben etwas durchnäßt, die aber viel, viel saubere Wäsche und Sommerkleidung, Winterkleidung, Luxuskleidung enthielten; alles war fast wie neu, nicht eben neu, die Mode hatte sich, nun ja, geändert. Was wußte aber irgendwer irgendwo in dieser Zeit von Mode? Es gibt und gab keine Mode im Land der Soldaten, nicht bei Weib oder bei Kind oder gar Mann. Was aus den Kisten herausgezogen, hingelegt, ausgebreitet wurde, das wurde auch alsbald angelegt, übergestreift und über den Kopf gestülpt, ganz rasch geschah das, das waren die Neuen Orgien, die Orgien einer neuen Zeit, denn das Reich des Bösen war umgestürzt, vorbei war es mit den Nazis!

Besser spät als nie. Die Festgehaltenen kehrten zurück, nach dem Süden, die kleinen, noch immer feschen Damen aus Wien sollten in eben jenes Wien zurück.

Und bald! Besser spät als nie.

Leicht war das nicht! Aber immer hatte ihnen ja das Schicksal geholfen.

Noch zuletzt – dieser plötzliche Wiederauftritt des Obristen, den man schon längst für verschwunden oder untergetaucht oder gar verstorben gehalten hatte – nein, er war erst einmal bis Hamburg hinunter vorgestoßen, dann gab er wieder einmal kein Lebenszeichen von sich und neue Monate vergingen; und dann rollte er schon auf der neuen Straße heran. Die Lastkraftwagen stellten sich ums Haus wie eine Wache, eine stählerne Schar von unerwarteter Wiedergutmachung, die Behälter, die Kisten, die Koffer donnerten herab; der Obrist blieb zur Abladung, zum Empfang, zum Auspacken, zur kurzen Begrüßung bei Bier und Wein, aber gleich mußte der Allwohltäter, der Drahtzieher hinter den Kulissen wieder fort. Ein Wirbel war gegen Mitternacht, dann saßen die Befreiten zwischen den Festen, den Genüssen, den Seiden und Samten da – allein.

Wie ging's weiter? Wie am nächsten Tag? Wie im kommenden Leben? Das war eben dieser Morgen, an dem die zwei Ärmlichen, Versehrten, Kläglichen und Verwundeten oben am Rand des Tales standen, sich die Augen rieben, aufnehmen wollten, nichts sehen konnten, nichts kannten. Niemanden kannten, noch immer Angst hatten, steifgefroren tief innen, die Angela und die Trine, bis Angela das Zeichen zu etwas Unerhörtem und Unerwartetem gab.

Unvollzogen wären die inneren und äußeren Ereignisse geblieben, hätte es nicht jene astro-statischen Phänomene gegeben, ermöglicht und vollzogen durch den in den hiesigen Breiten ungewöhnlichen Sonnenstand und die Spiegelungen, wie sie nur hier im Norden zu jener Jahres- und Tageszeit Auge und Herz erschüttern. Minutenlang stand die kleine Angela, hineingestopft in ihre schweißgestreiften, kaum getrockneten Kleider am Abgrund, warf sich dann hinunter, teils rutschend, teils stolpernd, über einen Boden, der noch von den letzten dürren Nadeln bedeckt war. Jetzt erfaßte sie es erst, daß die gleißende Goldplatte ein neuerwachter Spiegel aus Wasser und Sonne war, im gestreckten Winkel entfernt von den viel tiefer gelegenen Seen und Teichen, die diesem Distrikt ja ursprünglich den Namen gegeben hatten.

Sie flog dahin, sie spürte Unausdenkbares; als flössen in ihrem geschwellten Bäuchlein Vergangenheit und Zukunft zu einer Explosion zusammen. Ja, jetzt begannen die neuen Zeiten ihres Lebens; aber ob sie der Liebe oder dem Haß galten, der Versöhnung oder der Rache, war ihr nicht aufgegangen. Sie lachte in das Licht hinein. Als sie an den Rand der klaren und reinlichen Wasser trat, deren Kühle schon ihre glühenden Fußlappen beleckte, brach sie in Tränen aus. Unaufhaltsam strömte das Naß über ihre schmutzigen Backen und das winzige Kinn.

Sie hatte die Augen zugedrückt, sie riß sie wieder auf: das Silber des Morgens war zum Gold eines Abends geworden. Angela versank ein Stück, die Kleider blähten sich, sie trieb dahin, stieg auf im Wasser, jetzt schwamm sie mit regelmäßigen Stößen, kreiste im Teich, viermal, fünfmal, nicht ohne Anstrengung, doch sehr bald mühelos und in einem frohen Genuß. Hinter sich vernahm sie plötzlich ein Klirren und Poltern: die treue Trine. Laut brüllend, bestimmt nicht mehr menschlich, hatte sie den Werkzeugkasten ans Ufer geschmettert, sich ihr nach ins Naß gestürzt, beide Weiblein schwammen dahin in der Runde wie in einer sich langsam vollziehenden Menschwerdung, denn die durchsichtige Reinheit spülte ihnen Kopf, Herz und Seele frei. Wie im Sturz durch einen fernen Traum stand im Erinnern der Angela der Gedanke an jenes Wässerlein in der Kiesgrube von Magdeburg, anno 1940. Eine Welt lag dazwischen, sollte sich noch weiter auftun. War es ihr in die Hand gelegt, eine gute oder eine böse daraus zu machen? Gott war allmächtig; doch waren die Führer und Lenker, die Töter und Erwecker auch wirklich alle dahin?

Sie weinte nicht mehr, sie lachte nicht mehr, als sie nach geraumer Zeit halb bewußtlos an den Sonnenstrand der Kiefernadeln heraustaumelte und dort gefällt liegen blieb, in den triefenden Kleidern, die trocknen sollten – immer die Trine neben sich. Denn diese war eine Getreue ohne Sprachgewalt, die Finger um den Griff des Kastens gekrampft, während es doch sehr bald im Kopf der kleinen Menschin dort wieder schlau und planvoll zu arbeiten begann.

Der Lärm unten war unbeschreiblich, viel Lachen und Kichern, ein Herumgetrampel auf der hölzernen Plattform vor dem Haus, ein Juchzen, Springen und Händeklatschen. Es war, als hätte auch hier unter den nobleren Figuren ein plötzlicher Wiedereinbruch in die Freiheit stattgefunden, eben die Rückkehr in das laute, aber doch friedlich Vergangene. Die Zittrig, die Kapperl, die Nasenlacht feierten in den neuen Kleidern, mit den neuen Ringen und Ketten, dem neuen Krims-Krams, was im Grunde doch alles leicht beschädigtes, altes Zeug war. Auch Hüte, Schuhe, Unterwäsche waren dabei. Sie tanzten, denn sie hatten auch viele Kisten Wein bekommen. Sie lachten. Die Sonne schien auf sie. Nur Männer hatten sie nicht, wollten sie auch gar nicht, sie hatten in diesem schmutzigen Krieg Männer aller Art genug gehabt. Die Drei allein waren zur Stelle, und zwei Lappenmädchen, Schwestern, die bei der großen Verwirrung der Durchzüge und Abzüge zur Zeit des Waffenstillstands von ihren Familien endgültig getrennt worden waren und von den drei Damen als eigentlich unbrauchbare Hilfskräfte im Haus zurückgehalten wurden; nur wenig war ihnen abzupressen, leider. So kam ihnen das bevorstehende Angebot anfangs wenigstens sehr genehm.

Auf dem Bauch, aus dem Gebüsch schoben sich die zwei Zerfetzten in den sonnenschnell getrockneten Kleidern langsam vorwärts, traten ins Gesichtsfeld.

Die zwei schiefen Blicke umfaßten von unten, aus dem Busch, das Bild des Luxus. Obenauf der Sitz der drei Damen, sie selbst von den Kleidern drapiert wie auf einer Bühne, rechts und links von ihnen die Spitzen und Pailletten und Umhänge und die halb hinabgelassenen Strümpfchen. Aber nicht das zog sie an. Die Blicke waren sofort abgeglitten, denn daneben war ein Damasttuch über einen groben, aber großen Tisch gebreitet. Das war es, was die Krüppel des Lebens lockte und in Sehnsucht vergehen ließ: eine Tafel mit Essen und Trinken.

Smörgasbrod und Rindsteak, rot, mit Bier in den Steinkrügen und in kleineren Bechern, Kraut und Kartoffeln, ganz groß und aufgequollen, leere Teller und halbvolle Schüsseln, und lange Kuchen, alles da und dort, und Rotweinflecken und Gabeln und Messer, noch mit den Spuren des abgeschnittenen Fleisches, vieles schon kalt, und die eine oder die andere Dame noch mit dem Löffel in der Hand, mit verschleierten Augen, der Genuß hatte sie verschleiert, und die Zittrig war halb eingeschlafen, und die Kapperl nahm Glasketten von einer Glasplatte, und die Nasenlacht, die Kurze und Dicke, rauchte eine russische Zigarette, lang und dünn, aus einer langen und dünnen Zigarettenspitze; nur leicht beschädigt durch die vielen Kriegsjahre.

Die zwei Arbeits- und Leidenspersonen schnalzten, so daß man sie fast hinaufhörte, mit ihren Zungen aus ihrem Busch. Sie krochen wie Kröten hervor. Die Trine werkelte an ihrem Kasten herum, plötzlich lag auf dem Deckel ein starker Hammer. Es war keine Sonne im Gebüsch, so sah die Angela bei ihrer Freundin nicht die gelbe Haut unter den Augen. Nur wie sie den Hammer bewegte, kurz hinschlagend, als Geste – das konnte sie sehen.

»Hallo ... Trinerl ... nix tuan!« – »Det muß jekappt wern!« Wieder die Bewegung mit dem Hammer, ein scharfes Hinschlagen. Da kam von oben die Frage: »Was ist denn dort?« Natürlich war's wieder die Zittrig gewesen, die mißtrauische Person. Dann ein Ruf: »Tjörda!«

»Gemma!« Zum Fürchten sah die Trine aus. Angela faßte sie am Unterrock, daß er ihr fast in der Hand blieb. »Laß mi's tuan! I hab an Idee, nu ka G'walt net!« Und setzt noch dazu, die hochgebildete Angela, auf hochdeutsch, vom vielen Lesen kommt das: »Keine Gewalttätigkeiten!« Eine kurze Pause, in der sie ihren Oberleib aus den Blättern schälte, eine Art Gasballon. »No net! Tua, was i sag!«

Dann standen sie im Freien und fielen fast um, vor Schwindel, im Sonnenlicht und vor den fremden Menschen und dem Essen, vor dem Hunger, vor dem Saufen, vor dem Durst.

Eine weite, ausholende Geste von der Angela, die vor Ergebenheit nach vorne auf die Nase stürzte. »Wir möchten was bitten. Wir möchten was essen. Wir tun was arbeiten!« Stockend, doch in unmißverständlichem Deutsch, auf Wienerisch. »Wir können was!«

Zuerst war nur ein Schrei die Antwort, und die Tjörda kam hereingerannt. Die fing dann auch zu lachen an, gleich lachten auch die Kapperl, die Nasenlacht, schließlich die Zittrig, obschon sich die am längsten fürchtete vor der Unwahrscheinlichkeit im Frühlingsgrün, nicht nackt und auch nicht bekleidet, mit sonderbaren Dingen um Hals und Bauch und Beine. Und jetzt griffen die Drei, mit der Tjörda noch dazu, als wollten sie spielen, in die Schüsseln, Beeren waren darin, in den Schüsseln, Frühlingsbeeren, Brotstücke, als feiere man eine Hochzeit. Die zwei Lappenmädchen mußten heraus ins Freie und schleppen und tragen und bringen, neue Kleider, neue Wäsche, neues Essen, Spielzeug, Menschen als Spielzeug. Waren es Menschensklaven, ein Geschenk an die verwundeten und beleidigten Jüdinnen, eine Gabe. Angela griff plötzlich nach einem Stück Papier, nach der Zeitung und begann, ohne daß es jemand von ihr verlangt hätte, laut vorzulesen: »Der Waffenstillstand wurde vorgestern in Reims unter – fertigt.« Und laut danach krähte sie: »Ich kann lesen. Ich kann lesen!!« Gelächter brach aus.

Gemüse um den Mund geschmiert, die Hände ins Obst getaucht und Pailletten um den Hals geschlungen, mit allen Backen pampfend, aus allen Poren schwitzend, dampfend, froh und rachgierig, zitternd und überall Bosheit ausatmend, so begann für die beiden Entsprungenen der gemeinsame Weg mit den drei Entlassenen. Ein kurzes, doch bedeutsames Stück Leben, das so dahinführte, weiß Gott, wohin . . .?

Ausschlaggebend für das Zustandekommen der Dienstverträge war dann doch die Lesekunst der Angela. Anfangs herrschte rein persönlich wenig Sympathie zwischen den zwei Deserteurinnen und den entlassenen drei internierten Damen – wie hätte es auch sein sollen? War doch die Trine eher einem Tier ähnlich als einer Verbrecherin – öfter hörte man sie irgendwo im Haus mit ihrem Handwerkzeug hantieren, hörte sie in einer eigentlich unverständlichen Sprache parlieren, hörte sie ein Messer schleifen, mit einem Hammer klopfen oder mit einer kleinen Säge sägen – Angela wußte schon, was das zu bedeuten hatte, und sie war strikt dagegen, wie sie schon immer hervorgehoben hatte. Blut durfte keines fließen.

»Ich mein nur – was man so haben kann, darf man sich nicht im Kampf errauben. Ich sag dir, du dummes Weib, ich wickle sie mir alle drei in drei Tagen um die Finger. Mußt wissen, mögen tu ich sie alle nicht!« Flüsternd: »Jüdinnen! Is noch heute verboten, sag ich, weiß ich.«

So etwas begriff Trine überhaupt nicht. Sie schaute sich ihren schweren Hammer bloß von allen Seiten an. Eine Stimme aus dem ersten Stockwerk: »Kommt beide herauf! Und rasch!« Angela blinzelte dem Tier zu. »Wir kommen schon. Ja, bitte, wir laufen schon. Ja, küss' die Hand . . .«

Man hatte ihnen die ersten Tage unmäßig viel zu essen gegeben. Man hatte ihnen im obersten Stockwerk eine Mansarde eingeräumt, sogar ein Schrank war drin, zwei Pritschen. Da hatte für kurze Zeit das »Stefferl« gewohnt, die hatte sich bei der ersten Abreise des Obristen aber mit ihm abgesetzt, ohne viel Hin und Her. Damals hatte ein Bett darin gestanden. Jetzt gab es nur noch die schöne Aussicht, weit über die Wiesen hin. Es war schon langsam recht warm in der Sonne.

Die Verhandlungen begannen. Die Kapperl reichte der Angela mit herrischer Geste eine alte Zeitung hinüber. Die Drei setzten sich im Halbkreis auf die eine Pritsche. »Stehen Sie auf!« befahl die Kapperl. Sie war jetzt im Umgang noch viel unverträglicher und schärfer als in Wien. »Lesen Sie, von dort an!« Am gierigsten auf das Lesen war natürlich die armselige Zittrig; in einem jammervollen Zustand, wie eigentlich schon seit Jahren seit dem ersten Überfall auf ihren scheußlichen Leib. Sie kroch der Angela förmlich hinein, weinte häufig, streichelte ihr die sanften verklebten Haare. Nun wußte Angela, wo sie den Hebel anzusetzen hatte. »Ja, gnä' Frau, bitte, gnä' Frau werden zufrieden sein – « Die Lektüre war eine große Lächerlichkeit, denn die Wörter hießen anders, als sie dort gedruckt waren, Angela stockte, versprach sich, »Hegenschürzen« hieß es bei ihr statt »Heckenschützen«, »SA« sagte sie immer, wenn es eigentlich »SS« heißen sollte; und »Scheneral«, weil Angela doch alles fein auszusprechen gelernt hatte. Da brach es los, das gewaltige Gelächter der Kapperl brach los, Angela hielt inne, las beleidigt nicht mehr weiter, die winzigen hellblauen Äuglein färbten sich zornig. Worauf sie doch so stolz gewesen war, war ihr zu Hohn und Spott geworden. Die kleine Menschin wollte sich zähnefletschend wegschleichen. Natürlich – das waren böse Jüdinnen, die sie auslachten, sie würde es ihnen schon noch zeigen.

Doch da warf sich die Zittrig auf die Erde und schluchzte, viermal, fünfmal: »Nein ... nicht ... nicht sie wegschicken, bitte, bitte nicht!« Die feinen Damen drängten die zwei Strolchinnen aus dem Zimmer, dann berieten sie weiter.

Die Beschlüsse kamen in einer Stunde zustande. Es war kein leichtes Ding gewesen; mit der Trine kam man überhaupt nicht vorwärts, als man die Zwei wieder hereingerufen hatte. Man konnte das kaum wirklich sprechen nennen, die Töne Trines glichen den Saurufen eines wild gewordenen Ferkels aus dem korsischen Wald.

Umsomehr bemühte sich Angela. Ihre Neugierde stieß auf Gegenkräfte; auch die Damen wurden neugierig. Und Selma war jetzt auch auf dem Platz und setzte sich, als mache sie einen obszönen Witz, den beiden Deserteurinnen abwechselnd auf den Schoß. Um besser Kontakt aufnehmen zu können ...

Führend war die Nasenlacht. Gerechtigkeit strömte ihr aus Mund, aus Augen, alles wollte sie wissen. Schon als junges Ding konnte sie überall den Mittelweg finden, zwischen der Herrschsucht der Kapperl und Lebens- und Liebesschmerz der Zittrig.

»Und was haben Sie so gemacht, im Frieden und im Krieg? Haben Sie einen Mann, haben Sie Kinder? Wer war Ihr Vater, Ihre Mutter?« fragte die Nasenlacht.

»Bitte, gnä' Frau, bitte, gnä' Frau, also passen Sie auf, gnädische Frau, ich werde Ihnen alles erzählen, wie alles war. Ich war, gnädige Frau, auch, bitte, die anderen Damen ... ich habe auf dem Land gearbeitet in der südlichen Steiermark, sehr heiß im Sommer, beim Fluß das fette Gras geschnitten, dann nach Wien, da war ich ...«

Angela senkte verschämt den Kopf wie ein Schulmädchen. – »Da war eine von früher, war meine Feindin, die ist durch die Straßen gefahren, gnädige Frau, sie hat vor nix Angst gehabt, da ist sie in einem geschlossenen kleinen Einspänner durch die Praterstraße gefahren ...«

Die Kapperl unterbrach schnell und scharf: »Warum ›geschlossen‹ durch die Praterstraße gefahren? Was für ein Jahr hat man geschrieben?« – »Bitte, meine Mutter hat mehrere Kinder gehabt. Die Frau Direktor Görlitzer hat vor deneren Kindern Angst gehabt. Auch vor den Nazis. Bitte, ich habe ihr nichts getan, nichts zugefügt ...«

Die Kapperl hustete böse: »Ich weiß nicht, ob wir Sie nehmen können.« »Bitte, gnädige Frau. Ich will's eigentlich nicht sagen ...« Dabei hob sie alle zehn Finger. »Mein Vater war nicht mein eigener eigentlicher Vater, aber ein feiner Mann. Hat mich von meiner Mutter aus dem Waldviertel in die schöne, heiße Steiermark gebracht.« Die Zittrig konnte sich nicht mehr beherrschen, noch immer weinerlich, aber gleichzeitig empört sprang sie auf die Angela zu, als wolle sie ihr den Hals umdrehen. »Sie wollen sagen: Ihre Mutter hat zehn Kinder gehabt?« »Zehn Kinder!«

Da brach ein riesiges Gelächter aus. »Bitte gnädige Frau, ich hab auch zwei Kinder gehabt. Auch im Alleingang, wie meine Mutter. War aber die schönste Zeit, da sind die braunen Herrschaften schon durch die Stadt marschiert. Ich hab mit dem Herrn Oberkellner zusammengelebt, oben im vierten Stock, in der Praterstraße, und unten im Café, das war ein Tansannt; da hat er mich tanzen lassen, ich hab mir auch Geld damit verdient, für mich allein. Ich war eine Künstlerin, und er war mein Imperatorio. Dann hat er mich von heute auf morgen verlassen, da bin ich einfach dagesessen, »Springinkerl« hat man ihn genannt, bitte, gnä' Frau ...«

Die Drei traten um sie herum, als wollten sie sie umzingeln, um ihr das letzte Geheimnis zu entreißen. »Sie sind also auch komisch? Lustig? Sie können mit uns Witze machen, Sie können uns unterhalten? Das ist nämlich wichtiger als lesen und schreiben! Das ist uns angenehmer, das paßt uns besser, da haben wir unsere Erfahrungen aus dem Krieg!«

Die Zittrig schüttelt sich vor Grauen, sie dachte an die schweinischen Abenteuer mit den Deutschen und mit den Österreichern, alles wollten die wieder haben, die dort, die Säue, diesmal mit den zwei kleinen Flüchtlingen. Die Selma schnupperte schrecklich in der Luft.

»Aber eines müßt ihr wohl wissen, ihr zwei, alles, und alles uns sagen! Seid ihr mit den Nazis bekannt?« Das fragte natürlich die Kapperl, die an nichts anderes dachte als an Rache.

»Habt ihr Lager gesehen? Tote? Ermordete?«

Die Angela grinste scheu. »Gar nichts. Natürlich wissen wir gar nichts. Wir waren seit vielen Jahren nie aus Norwegen fort. Hier bei uns in Norwegen hat's solche Lager nicht gegeben. Es lebe der Qualting! Der Quisling! Ein unschuldiger Herr Kommandant, keiner ist da gestorben!«

Die Nasenlacht richtet sich auf wie König Salomon.

»Wenn wirs jemals erfahren, werdet ihr vor Gericht gestellt – in Wien! Vielleicht auch lange eingesperrt. Das laßt euch gesagt sein.«

Die Fenster wurden zugemacht, die Selma wurde ganz sanft hinausgeschoben. Die drei Damen bewegten sich in diesem oberen unzugänglichen Kammerl ganz langsam auf die Angela zu. Dann auf die Trine, alles unter Gelächter, auch mit anderen Tönen. »Ich kann schon Witze«, sagte die Angela. Wie die Kleider aufrissen; wie die Fetzen auf der Erde lagen wie der Dreck von Vergangenheit und Zukunft. »Ich kann das schon«, sagte nochmals die Angela, als flüstere ein Floh in das Ohr eines anderen Ungeziefers.

Alle waren wieder Ungeziefer. Und alle hatten ihren Spaß daran. So ein Idyll! Und dauerte wieder recht lange, Wochen, ganze Monate. Immer noch in derselben Gegend. Andere wurden schon mit Transportwagen und -schiffen abgeschoben. Die fünf »Damen«, die Selma und die Tjörda blieben bis in den dunklen November hinein. Dann kam plötzlich innerhalb von sechs Tagen eine ganz neue Armee, größtenteils Militärgefangene der deutschen Wehrmacht und Flotte, aus allen Gegenden der Welt: sie sammelten sich in den Tälern, abgeurteilte SA und SS waren auch dabei, aber keine Chargen, teilweise ganz wilde, barbarische Burschen, auch Pionieroffiziere und an den Händen gefesselte Gestapo-Mitglieder. Die Frauen wichen ihnen unwillkürlich aus; jene wurden bald abgesondert und bewacht. Es dauerte noch vierzehn Tage, bis man auf den Transportdampfer gebracht wurde. Dieser war scharf in drei Decks eingeteilt, mit Schlössern, absperrbar, vor den Türen der Kabinen. Die Wachmannschaft bestand weitgehend aus Engländern, nicht viel freundlicher und sanfter als die Landsleute.

Die Straße führte auf langen Umwegen nach Kristiansand, also nicht Oslo, über Vestvold, Mark und Agder. Über dem Land war ein zweiter, ja dritter Frühling eingekehrt. Man freute sich und sang und schloß Freundschaft untereinander. Nur die Zittrig, die Kapperl und die Nasenlacht hatten immer Angst. Wenn ihnen auch schon der Purser viele Tausender als Vorschüsse auf ihre freigegebenen Konti in Österreich ausgezahlt hatte.

Am zweiten Abend befahl ein in Zivil gekleideter angeblicher Gestapobeamter namens Otto die Angela, ohne daß es jemand sah oder zu hören bekam, als es ganz dunkel war, zu sich in die Kabine in den untersten Schiffseingeweiden.

Das lange Hin und Her, das Wandern und der jetzt doch sehr zusammengedrängte Aufenthalt erzeugten bei allen Teilnehmern Gereiztheit ersten Grades, gleichzeitig eine leidenschaftliche Sehnsucht nach Zuhause. Die zwei Deserteurinnen waren jetzt viel unbeherrschter als früher, manchmal kam der Haß, besonders bei der Trine, zum Überschäumen. Oft konnte man sehen, wie sie von der Kleinäugigen nur im letzten Augenblick von einer Verzweiflungstat zurückgehalten wurde. Das Schaben, das Klopfen, das Sägen konnte sie nicht lassen, es störte sogar die Wachmannschaft.

Seit sie sich an Bord des Schiffes befanden – es war ein richtiger Transportdampfer, wie er auch während der Feindseligkeiten auf dem Atlantik Dienst gemacht hatte, die »*Empress of Britain*« –, befaßte sich Angela noch eifriger mit ihrem Lesestoff. Alles, was man von früher nachholen konnte, oft Monate zurück, wurde eingesaugt, über Körper und Geist innerlich verteilt, dann wieder ausgeschieden, über die Welt und die Nachbarschaft verspritzt, obwohl Trine nichts davon verstand – wenn ihr die Wutschnaubende auch noch so viel und lang über Dresden erzählte und was die Alliierten dort Mörderisches angerichtet hatten.

Der Geheimagent war zu Angela nicht eben unfreundlich, aber auch nicht gerade nett. Ein echtes Vertrauensverhältnis war schwer herzustellen, aber Otto wußte ganz genau, daß er alles sehr bald durchsetzen würde.

»Sie sind eine intelligente Person. Wir kennen Sie. Jedenfalls passen Sie jetzt genau auf!«

Es muß zu Ehren Angelas gesagt werden, daß sie von allem Anfang an, bei jedem Vorschlag, Plan, Befehl gleich in sich einen Ge-

genzug aussponn. Ihr ganzes Sinnen war auf die Rückversicherung eingestellt, von der sie ja auch bei andern schon viel gehört hatte. Es war nicht Anhänglichkeit an irgendwelche alten Werte, solche hatte sie ja niemals gehabt und geschätzt – nein, es war das tiefgegründete Mißtrauen in das Gelingen irgend einer Nazi-Unternehmung. Zum blinden Gehorsam hatte sie allzu lange im direkten Befehlsverhältnis zu allen möglichen braunen Behörden gestanden, militärischen und zivilistischen. Angela zuckte also erst einmal die Achseln.

Otto hatte in der Kabine kein Licht gemacht. Dann sagte sie: »Soll ich Trine rufen? Wir machen alles zusammen.« Otto verfügte über ein gefälliges trockenes Lachen. »Passen Sie gut auf, PG Frumm. Sie wissen wohl schon, daß es sehr bald wieder eine ganz andere Wendung nehmen wird. Wir haben Funkverbindung mit dem Reduit, mit Frankreich, besonders aber mit Rußland. Ob es gleich ganz groß losgeht, ist noch nicht sicher. Aber das würden wir euch allen ja auch nicht gleich auf die Nase binden. Was wir vorläufig von euch haben wollen, ist, daß ihr unsere Instruktionen haargenau durchführt, genau so, wie ihr es gewöhnt seid, vom Militär.«

Otto kraulte Angela ein wenig hinterm Ohr. Er hatte harte, zakkige Bewegungen und sprach einen ganz sonderbaren Dialekt. War das wirklich echtes Deutsch? Was aber sonst? War er ein eingeschmuggelter Spitzel, ein agent provocateur? Was denn – schaden konnte es auf jeden Fall nicht, wenn man den drei ekelhaften Damen etwas verpaßte, mit sogar ganz unangenehmen und nicht wieder gutzumachenden Folgen.

Im Hintergrund herrschte jetzt geringe, aber eindringliche Bewegung. Zwei schärfere Herrschaften mit schärferer Bewaffnung waren eingetreten. Die »Empress of Britain« begann sich von der Reede freizumachen. Der Lärm war groß, Angela, die nichts hören konnte, mußte mehrere Male um genauere Auskünfte bitten. Die bösen neuen Herren begannen die Kleine hin und her zu schupfen. Barsch begehrten sie, auch mit Trine zu sprechen. »Sie ist die Wichtigste! Wie der Anfang so das Ende! Es lebe die Trine!« Die zwei jüngeren Leute trugen sogar so etwas wie eine Uniform. Als Trine dann da war, wurden die beiden potentiellen Mörderinnen in eine benachbarte Kabine gebracht. Pausenlos redete jetzt Otto auf sie ein. Dann legte der linke Herr einen Haufen noch feuchter Plakate auf den Tisch. Nicht größer als zehn mal zehn Zentimeter, dafür aber feuerrot.

Oft traten Pausen ein. »Ihr werdet eine Viertelstunde vorher verständigt. Übermorgen. Oder den Tag nachher. Es heißt, es gibt wieder Schwierigkeiten mit dem Schiff. Die Faulheit und Ungeschicklichkeit der Engländer ist haarsträubend.«

»Alle Offiziere sind besoffen.«

»Als ob sie einen Krieg gewonnen hätten,« zischte Otto. Angela begann zu stottern, Trine hockte wie gewöhnlich am Boden. Das Schiff hatte das offene Meer erreicht. Die kleine Angela stellte sich, als verstehe sie ihre Auftraggeber nicht. Dabei sprachen die Manifeste ja eine deutliche Sprache. Angela, die Leserin, entzifferte diesmal: *»Der Führer lebt und ist in Sicherheit!«, »Die Verräter trifft Strafe!«* und *»Seid ihr achtsam? Habt ihr ein gutes Gewissen?«*

»Wir sollen uns an unserer Herrschaft vergreifen? Wir sollen sie zuerst so – und dann – so?«

»Stellt euch nicht blöde! Ihr kennt doch den engen Gang vor der gemeinsamen Toilette? Und dort um die Ecke dann das Zwischendeck. Kennt ihr doch? Na also!« »Kenn ich ... weiß ich aber nicht, ob ich darf. Und die vielen Engländer? Militär!«

»Wir sind noch immer mehr. Wir sind um viele Tausend mehr auf der ›Empress‹ als die Bewacher. Saubere Armee, ich scheiß drauf. Und viel mehr noch auf eingeschrumpfte, alte, dreckige Saujüdinnen! Versteht ihr es endlich, oder sollen wir noch deutlicher werden, wie? Ihr habt genau nach Instruktion zu handeln.«

Der Mann rechts riß die Eisenkiste Trines auf und steckte ihr zwei starke Hämmer in die Hände, als reiche man einem Kind ein Spielzeug – zur Probe. Trine grinste und schwang kurz, zaghaft, aber todsicher die Hämmer.

Angela schlich plötzlich rasch nach hinten fort. Rückversicherung? Sie hörte noch: »Also fort und weitermachen. Das ist unsere Wiener Adresse, dort gibt's dann das Geld. Nicht viel. Wir sind keine Amerikaner, wir begründen den neuen Nationalismus. Wir müssen sparen. Wir warten noch zwei Tage. Jeden Tag um acht Uhr abends zwecks Befehlsausgabe hier antreten. Heil Hitler!«

Plötzlich war alles wieder finster. Ein Spuk? Man hörte nur noch den Lärm der Schiffsturbinen. Und wie Trine heiser lachte. Später, so gegen zehn, erschienen noch einmal die drei Damen auf der Bildfläche, Angela und Trine wollten sich gerade jetzt vor ihnen drücken. Besonders von der Kapperl hieß es, sie hätte überirdische Kräfte; jedenfalls fürchtete sich die Angela davor.

Dann, zwei Tage später, kam die Entscheidung. Das wußten sie jetzt. Es sollte alles nur ein Zeichen sein, aber ob der Gesamtaufstand, wenigstens auf der ›Empress‹, auch wirklich folgte, stand gar nicht fest. Sie brauchten sich um die Folgen auch nicht zu kümmern, jedem seine kleine Aufgabe, wie in der Entscheidungsschlacht.

Im Dunkel bekam Angela zwei Knüffe von der Nasenlacht ab. Die Vernünftigste? Man sah vor der Toilette nichts, jemand hatte die Lampe herausgeschraubt, eine Sparmaßnahme im sparsamen England. Überall ging alles anders als vorher ausgedacht. »Hierher!« rief die Kapperl vom Ende des Ganges. Die Nasenlacht war eben auf Deck getreten, ins Freie, die Nacht war klar, aber stürmisch, man sah auch Sterne. Aber kein Mond. »Hierher!« »Jawohl!« rief Angela mit ganz dünner Stimme. Dann sagte die Nasenlacht noch: »Ich glaube, es ist auch deutsches Militär an Bord . . .« Die Kapperl drauf: »Nehme an, unbewaffnet . . .«

»Jedenfalls kann man nicht vorsichtig genug sein.«

Ein Schritt war verquer geraten. Kein Schrei. Nur daß jemand gestolpert zu sein schien. Ein Koffer ist offenbar ins Meer gefallen. Um so ein Schiff, sei es noch so groß, ist überall herum doch nur Meer.

Es geschah nichts. Von keiner Seite. Zwei Tage lang. Allgemeines Abzählen nach Listen fand nicht statt. Daß die drei Damen fehlten, ist erst später aufgefallen. Auch die Leichen waren nicht da.

Wer weint um drei Jüdinnen, 1946, die nicht einmal sehr sympathisch gewesen sind?

Alles ging glatt. Ausgenommen, daß die drei Mitglieder der »Gesellschaft der Rächer« gar keine Deutschen waren, sondern einem ukrainischen Geheimbund angehörten. Sie wurden bei der Einfahrt in den Hafen von Rostock gefaßt, ohne irgendeinen besonderen Tatverdacht, dann draußen auf den alten Befestigungen kriegsgerichtlich abgeurteilt und gehängt.

Das war ein gewisses Ende. Auch Trine ist auf der Durchreise durch Pommern noch zu endgültigem Schaden gekommen. Ihre Handwerkskiste hat niemand geerbt. Angela wollte so was nicht.

Continuat

Angela Frumm

Der Amtsrat kam jetzt sozusagen aus seinem Versteck heraus und sprang der verhörten Angela direkt an die Kehle:

»Genug der Lügen! Sie waren in einen gefährlichen Raufhandel verwickelt, und darum sehen Sie so jämmerlich aus. Dabei haben Sie auch Ihre Zähne eingebüßt. Was mehr ist: die drei Damen, das Fräulein Zittrig, Frau Kapperl und Fräulein Nasenlacht sind niemals daheim angekommen. Wo sind die verblieben? Sie waren in Ihrer Gesellschaft. Sie müssen sich rechtfertigen. Kain, wo ist dein Bruder Abel?«

»Herr Hofrat sind sehr bibelfest, wenn ich zu bemerken mir erlauben darf –«

Mord

Wer mordet? Wer wird gemordet? Wie viele werden gemordet? Wann und wie? Warum, um des Himmels willen, da uns doch weder Krallen noch Reißzähne mitgegeben worden sind? Keine Raubtiere sind wir, nicht Schlangen noch Krokodile.

Aber alle morden alle. Die eine Hälfte der Menschheit mordet die andere. Wer soll büßen? Alle sollen büßen.

Mord ist eine unabdingbare Handlung.

Wer davon spricht, wird mitschuldig. Wer gemordet wird? Einer – der Gottessohn. Drei – alle drei, unschuldige, unangenehme Jüdinnen. Millionen – im Ersten Weltkrieg, im Zweiten Weltkrieg, im Korea-Krieg, im Vietnam-Krieg, in den arabischen Kriegen. In den Vernichtungslagern, zwischen Auschwitz und Workuta.

Wir lernen daraus. Wir treiben es uns seit Jahrtausenden ins Gehirn. Die heilige Geschichte beginnt damit. Kain erschlägt Abel. Abel erschlägt Kain. Keine Übertreibung, wenn man vor sich hinmurmelt. »Ich möchte Sie deshalb ermorden?« (Dabei hat jemand nur vergessen, das Salz auf den Tisch zu stellen,) »Das ist ja Mord!« (Keine Übertreibung – und es handelt sich nur um eine Strafversetzung in östliche Gebiete!)

Denn es ist ja wirklich alles Mord!

Aufhören, bitte, bitte, aufhören. Es muß ein Ende haben. Es ist ebenso unbegreiflich wie unverzeihlich. Die Aufhebung der Todesstrafe gegen Mörder ist eine Sünde gegen den Geist des Lebens. Das Leben muß zurückschlagen. Aber die Polizei ist doch nicht das Leben?! Was also ist Leben? Was ist Tod?

Der Tod: das Eigentliche. Das It. Der Kern der Nuß. Die Auflösung der Rätsel. Der Schlüssel zum Geheimnis. Wenn all das der Tod ist, der einzige Grund, warum das Leben lebenswert sein soll, warum die Philosophen denken, die Priester beten, die Armen arbeiten, die Kaiser regieren, die Liebenden lieben – um so verfluchter, um so verworfener, um so todeswürdiger alle die, die ihn selbst auszusäen wagen, die in frischgleicher Frechheit es auf sich genommen haben, Abzähler und Verteiler zu spielen. Kein Mörder darf sich ungestraft davontrollen.

Der Begriff »Mord« ist dehnbar, wie sich im Verlauf der Weltgeschichte herausgestellt hat, gleich einem Stück Kaugummi. Man zieht ihn von den Zähnen weg. Man hat ihn ausgespuckt, aber er bleibt uns zwischen den Zähnen. Fort, fort, kleiner Fleck, fort, fort, kleines Wort.
Mord.

§ 134 Ö.St.G. – gültig bis 1. 1. 1975. (ex 1797, novelliert 1852) lautet wie folgt:

Wer gegen einen Menschen, in der Absicht ihn zu töten, so handelt, daß daraus dessen oder eines anderen Menschen Tod erfolgt, begeht einen Mord.

Dann folgen: Wegfall der Tötungsabsicht, Anstiftung, Beihilfe (vor oder nach der Tat), bis hinunter zur »Fahrlässigen Tötung« (§ 333 St.G.) mit einer Strafsanktion von unter Umständen nur paar Wochen Arrest. »Wer gegen einen Menschen . . .«

Das waren noch Zeiten! Einfaches Strafgesetz. Kein Belagerungszustand, keine Aufhebung der bürgerlichen Freiheiten, keine Sondergerichtsbarkeit.

Einfach: Mensch gegen Mensch. Einer will etwas, der andere gibt es nicht her – eine Börse, gestickt, mit zwei Fächern. Oder eine Frau.

Einer will sie, der andere hat sie – auch die Frau direkt kann es angehen, nein, ich will nicht. Jede muß wollen, mein Name ist Don Giovanni. Oder so ähnlich. Das Individuum macht einen Ausflug ins Unaussprechliche – mit welchen Maschinen?

Es gibt schon zu Beginn so viele: die Keule, die Hacke, der »schwere Gegenstand« im allgemeinen, zum Beispiel die Portraitstatue des verdienstvollen Mannes in Bronze. Das Schwert, der Dolch, der Säbel. Und die Distanzwaffen: das Flobertgewehr. Das Jagdgewehr. Die Pistole. Trotzdem: beschränkt und begrenzt. Gemütliche Zeiten. Alles spielt sich noch ab, als hießen alle Mörder Sparafucile. Und alle Opfer Virginia. Als bediente man sich ausschließlich jener Flinten, wie wir sie aus Fra Diavolo kennen. Es wird um Leben und Tod gewürfelt. Ein gewisses Risiko-Moment ist dem Leben nicht abzusprechen, auch schon vor der Erfindung der Eisenbahn.

Warum? Warum muß in das ordnungsmäßige Chaos auch noch Unordnung hineingetragen werden? Warum muß nach dem Mord in Wohnungen durch Schnüffler und Soldateska jeder Winkel durchwühlt, müssen alle Ecken angeschissen und muß überall Blut verspritzt werden?

Trieb, gnädige Frau, Triebe. Wir sind hilflos. Es ist ein Verstoß gegen die heilige Aphrodite. Es ist ein ästhetisches Verbrechen, vor allen. Es ist ein Schnitt durch den Faden der Entwicklung.

Auge um Auge, Zahn um Zahn.

Es sieht aus wie eine Herrschaftsküche nach einem Mittagessen für zehn Personen, nachdem die Köchin, von Wahnsinn gepackt, die Flucht ergriffen hat: das ist der Mord im Menschenleben.

Auf dem Boden ist etwas verschüttet, sieht aus wie dunkles Bier. Auf dem Tisch rinnt etwas ganz langsam von rechts nach links. Ribiselsaft, Blut hat bekanntlich keine Farbe, Blut hat bekanntlich alle Farben, es muß ja nicht immer Blut vergossen werden. Im Weidling wird kein Teig angemacht, das ist eine zähe Masse, aber die Farbe stimmt nicht. Drei Töpfe sind übereinander gestülpt, aus einem tröpfelt es. Niemand hat sich etwas vom Fleisch heruntergeschnitten – sind denn Ermordete zum Essen da?

Nur unter Umständen. Auf keinen Fall sind Mord und Ermorden eine wirtschaftlich positive Betätigung.

Es kommt darauf an.

Der Spinat ist noch nicht geputzt. Auch Mörder müssen essen. Da käme man weit, überließe man alles ihnen selbst, ohne Aufsicht. Aber schließlich schreiben wir erst das Jahr 1910. Das waren damals die klassischen Jahre der individuellen Auseinandersetzungen. Der eine – wie oben bemerkt – hatte etwas gegen einen anderen. Oder mehrere andere; höchstens. Die Freßlust ist an allem schuld. Das französiche Raffinement. Mit dem Essen wächst der Appetit, ein Sprichwort aus Frankreich. Zum ersten Mal machen wir um diese Zeit die Bekanntschaft mit Massenmördern. Das ist so etwas wie ein coitus interruptus, hat mit der Entwicklung des technischen Zeitalters gar nichts zu tun.

In einem Hausflur lauert jemand, ein fescher Mann in den besten Jahren. Er trägt eine elegante Redingote. Aber es regnet ja gar nicht. »Meine Dame, darf ich Sie ganz kurz belästigen?«

»Um Himmels willen, haben Sie mich aber erschreckt! Sind Sie vielleicht Jack, der Ripper?«

»Sie sagen es.«

»Schlitzen Sie wirklich Mädchen auf?«

»Natürlich.«

»Dann tun Sie es rasch. Ich kann's gar nicht erwarten.«

Und einer geht am späten Nachmittag den Knaben auf ihrem Heimweg aus der Schule nach. Als die Straßen einsamer werden, erwischt er sie am Hinterhaxel. Das geht dann recht geschwind.

Und jeden Tag ein anderer. Das ist nicht einmal ein Geschäft. Dabei gar nicht ungefährlich. Das Ding da mit den Damen war, damit verglichen, eigentlich gar nichts. Man darf nie vergessen, daß Frankreich seine Damenwelt im Grunde genommen, aus Sparsamkeit und Ordnungssinn, nicht besonders gut leiden kann. Da kann ein Mensch wie Landru jahrelang sein Unwesen treiben. Niemand wird ernstlich dagegen etwas einzuwenden haben.

Da gibt es auch keine Mißfallensbezeigungen auf der Geschworenenbank. Da gibt es keine Ausbrüche seitens des Angeklagten. Manche sind gescheit und verteidigen sich erst gar nicht. Wer sich nicht verteidigt, klagt sich an. Alles geht seinen Weg. Rings um die Guillotine, um das Fallbeil, um den Galgen vollzieht sich jeder Schritt nach einem gewissen Ritus, seit Jahrhunderten ist das so.

Warum aber muß es so sein? Ist nichts dagegen zu unternehmen? Kann nichts geschehen gegen das einzige Verbrechen, das dieses Namens wert ist? Man müßte stundenlang schreien, öffentlich toben, die Fäuste ballen, ganze Wochen lang. Es darf nicht sein!

Aber es ist so.

Es ist der Einbruch in die Natur im Menschen. Man wirft einen Blick im großen Rund und sieht, wie es um den Mord bestellt ist.

Gibt es Mord?

Man erhebe sich und schaue um sich. Das geht heute besser und schneller als vor – sagen wir – zwanzig Jahren. Man bedenke doch den Gleitflug, den Abflug, die Ankunft eines Streckenflugzeuges, es muß ja nicht eben ein Jet sein. Man sehe sich alles dort unten einmal schnell, offenen Auges, genau an. Man schließe wieder die Augen. Man denke, man träume, man fliege weiter, rascher als alle Jets, man fliege mit der eigenen Phantasie.

Wir erkennen sehr bald, wie leer die Erde noch ist, sogar in unserem menschengeplagten Europa. Wie leer. Und wie friedlich.

Man denke es zu Ende und schwinge sich, wie die Spinne an ihrem Garn an diesem Faden durch die Welt. Wie unbegreiflich erscheint uns da, geschwind wie Traum und Vision, die Möglichkeit, in jenem gruppierten und ausgebreiteten Idyll, den Tod herbeizuführen, ihm gefällig zu sein, ihn zu fördern und auszubreiten, als spiee man ihn von sich. Wenn es ihn geben muß auf diesen Gehöften, kleinen Bauten, in Städtchen, Dörfern, im Wassergraben der Anlagen, am Ufer der Fischereigewässer, in den finsteren Bauernstuben, bedeckt bis zur Decke mit warmen Tuchenten, warmen Leibern, warmer Liebe, in den helleren Gaststuben, wo das Bier wie flüssiger Schnee aus den Zapfhähnen rinnt, wo die Menschen sich gruppieren, debattieren, diskutieren, streiten, brüllen, auf den Tisch hauen – meinetwegen – ins Gesicht einander hauen, aber nicht morden! Nicht morden! Dies übersteigt unsere Phantasie – selbst wenn wir über die Städte sausen, parallel mit einer Bahnlinie, parallel mit einer langen trüben Zeile voll Straßenbahn, winzig unter uns, alles winzig, noch winziger die Menschen darin, in den Schachteln, Zinnsoldaten ohne Zinnschuhe an den Füßen, laufen auch, galoppieren ohne Sattel über Land, alle, alle den Geschäften hingegeben, dem einzigen Geschäft, das sie kennen, jemals kennen werden, dem Geschäft, zu leben.

Und nur selten zu sterben. Und zu morden? Nie?

Ist unserer Vorstellungsgabe eine Grenze gesetzt? Können wir einfach nicht weiter, wo es geheim und mulmig wird, durchdringen unsere Augen nicht die Wände der Büroräumlichkeiten, wo eben der Anwalt den kleinen Revolver in die Rücktasche steckt, bevor er zu dem abenteuerlichen Stelldichein aufbricht? Durchdringen wir nicht die Gemäuer der Polizeikaserne, wo sich gerade die ausgesuchte Truppe mit Gasbomben und Zielfernrohren ausrüstet, auf dem Weg zu dem Treffpunkt mit der geheimen Vereinigung? Sind wir nicht nur blind, sondern auch taub, geruchlos, blöde geworden?

Es wird mehr gemordet als je zuvor in der Geschichte. Alles hängt mit allem zusammen. Die Technik hat sich verfeinert, die Religionsgemeinschaften fallen auseinander, die Kinder lieben die Eltern nicht, die Eltern vergessen die Kinder. Es ist nicht mehr der Mord von mir an dir, es ist nicht mehr der Mord der einzelnen an den einzelnen – es ist auch nicht mehr Krieg, Bürgerkrieg, bewaffneter Aufstand, Attentat, Repressalie, Metzelei, Massenschlachtung – es ist dies alles zusammen, gemischt und gekreuzt, Angriff gegen die Gesellschaft, Abwehr der Gesellschaft. Es ist nicht mehr der raffinierte, gemeine, schlaue, entartete Mensch, der die Bauchschlingen der Hure um sein Messer wickelt, nicht mehr der Zerstückler der Frauenleichen, der Hackeschmied der kleinen Knaben – es ist all das und noch mehr.

Es gab den Landru, den Jack the Ripper, den Harmann – sie alle gab es – mit dem Dschingis Khan, den General Kitchener, der die Derwische in die MGs laufen ließ, den Schlächter der Insel Bali, den Massenmörder von der Insel Melos, und da war das schöne und klassische Altertum. »Das wäre ja Mord, reiner Mord«, sagen wir im Gespräch, und zweifelsohne ist es immer Mord, auch wo wir ihn nur gesprächsweise in den Mund nehmen.

Es ist die Ursünde, die erste Sünde, die letzte Sünde, wir klagen darum, wir glauben nicht mehr daran, wir glauben während des Flugs über den Wald sogar an die Unschuld der Dinge, doch nein, nein, überall wird gefressen, gewürgt, erstickt, vergiftet, gehängt, erschlagen mit schweren Gegenständen und sogar mit leichten – ins Wasser gestoßen – vor allem, bedenkt: die Entwicklung! – es wird erschossen. Es wird mit der Kugel erschossen, mit der Granate, der Handgranate, in Eierform und anderswie, es wird mit Napalm zugedeckt, mit Panzern zerquetscht, mit der Atombombe weggewischt. Liquidiert. Durchlöchert. Gesiebt. Fürs Weiterleben unbrauchbar gemacht. Es wird gemordet.

Nimm diese Pille. Nimm diesen Schluck Wein. Beug dich vor. Kannst du sie sehen? Beug dich mehr vor. Und dann hinunter ... In den Tod, geliebtes Weib. Das ist der Mord. Der Mord vom Gatten an der Gattin, vom Freund am Freund, vom Bruder am Bruder, vom Polizisten am Studenten, vom Terroristen am Oberpriester, vom Schuldigen am Unschuldigen, vom Unschuldigen am Schuldigen. Denn es ist alles Mord.

Es muß etwas geschehen. Es ist schon viel gemacht worden. Es gibt zwei Wege. Es gibt den gesunden Menschenverstand. Und es gibt das Wunder. Die Utopie.

Wir haben schon alles mit dem gesunden Menschenverstand unternommen, um den Mord aus der Welt zu schaffen. Wir haben Kongresse mit feierlichen Formeln gegen den Krieg abgehalten – nicht einmal: dreimal, viermal. Wir haben Organisationen gegründet, den Völkerbund, die Vereinten Nationen. Wir haben scharfe Strafgesetze gehabt, unter den Diktatoren, wir haben milde Strafgesetze gehabt, mit offenen Gefängnissen und mit ethischer Anrede an den Verbrecher, in den Demokratien – Schweden, Österreich. Wir haben sie aufs Rad geflochten, Auge um Auge und Zahn um Zahn; wir haben sie spazierengehen lassen. Wir haben die Todesstrafe abgeschafft, eingeführt, wieder abgeschafft, wieder eingeführt.

Es läuft am Schluß auf dasselbe hinaus. Die Zahl der Kriege, der Bürgerkriege, der Aufstände, der Revolten nimmt zu. Denn die Welt mit ihren Menschen nimmt zu. Wir haben neue Verbrechen eingeführt, denn alles hängt mit der technischen Entwicklung zusammen. Es gibt die Einzelentführung, es gibt die Massenentführung, das geht mit dem neuen technischen Spielzeug, dem Flugzeug zusammen. Es heißt alles, gemütlich und scherzhaft: Hijacking, Kidnapping. Es geht ums Geld. Es geht immer ums Geld.

Ums Geld und um den Haß.

Man kann in den Hochhäusern New Yorks und Chikagos nur bis zum zwölften Stockwerk fahren. Dann steigt jemand ein. Ein Unbekannter. Er ist dein Mörder. Unten, im Parterre, wenn jemand die Klingel betätigt, kommt nur noch eine Leiche an. Der Mörder ist inzwischen ausgestiegen. Er fährt mit dem nächsten Lift.

Und im Central Park, wenn die Abendlüfte wehen – da gibt es Gewehre mit »Silencer«, du hörst es nicht, und niemand hört es, aber du bist tot. Das ist das Geld. Das ist der Haß.

Dagegen will man mit dem gesunden Menschenverstand an? Du säst Milde und erntest Gefängnisrevolten. Du säst Galgen, elektrischen Stuhl, Garotte und erntest Tod, Tod, Tod.

Gegen den Tod ist kein Kraut gewachsen. Er ist die Krone des Lebens. In der Dramatik dieser Welt spielen mehr Szenen auf dem Totenbett als auf dem Corso der Champs Elysées oder der Ringstraße. Aber der Mord! Der Mord?

Es ist jede Utopie besser, ja praktischer, als sich den Tatsachen zu beugen und sich auf Minima zu beschränken. Es gibt so viele Utopien; sie gehen alle von dem vorgefaßten Standpunkt des großen und grausamen Reformators Calvin aus. Es kommt dazu, daß wir zur Erkenntnis gelangen müssen: auf der einen Seite räkeln sich die Mörder, die Giftmörder, die Schlag- und Stoßmörder, die Schießmörder, die Schreibtischmörder, die Befehlsmörder, die Würger, die Erschlager.

Auf der anderen Seite pressen sich die Ermordeten aneinander – gleich an Zahl mit den Mördern. Sie wissen, daß auch ihre Zeit kommen muß, die Mörder wissen, daß ihre Zeit kommen muß: der Erschießer findet den Erschossenen, der Vergifter findet den Vergifteten, der Schreibtischmörder findet die Insassen der Gaskammern. Und umgekehrt.

So will es die Vorbestimmung Calvins, so will es der Teufel.

Gott will es nicht.

Darum denken wir, darum träumen wir, darum denken wir, daß alle Ermordeten die Mörder ermorden sollen, bevor es zu Ende geht mit ihnen selbst.

Die Juden Europas hätten sich erheben sollen – Waffen? Ja, ohne Waffen. Es sollten alle hingerichtet werden, die zu den Mördern gehören, bevor sie nur einen Schuß gefeuert haben, sie sollen zusammengepfercht werden in ein ungeheures Freiluftgefängnis, sie sollen durch die medizinische Wissenschaft im Mutterleib festgestellt werden, man soll sie das Licht der Welt nicht sehen lassen, man soll versuchen, Präventivkuren einzuleiten, riesige Kliniken sollen die Menschheit aufnehmen. Man soll die Kleinkinder im Hirn operieren, alle, alle, die Mörder und ihre Opfer, man soll ihnen allen den entscheidenden Hirnlappen herausschneiden, sie werden auf vieles verzichten müssen, vielleicht auf den Kunstgenuß, vielleicht auf die Jagd, bestimmt auf den Stierkampf und die Autorennen – aber sie werden keine Mörder mehr sein.

Dann wird man aber auch die andere Seite operieren müssen. Man wird sie alle so lange operieren, bis wir am Ende der Gegensätze stehen.

Die Konfrontation ist zu Ende. Sie ist zu Ende, wie sie begonnen hat: wieder stehen einander gegenüber Kain und Abel, Kaspar und Anton, eins gegen eins steht es. Und es siegt Abel, denn das Leben liebt den Kreisgang, die Sinuskurve, Abwechslung muß sein. Kain liegt tot auf dem Boden, Abel entfernt sich hygienisch. Doch vorher haben sie einander lange in die Augen geblickt, Ewigkeiten lang, es geht um Ewigkeiten, das haben wir schon gesagt. Niemand ist entkommen, nur ganz im Vordergrund treffen wir noch auf Chimären, das sind unsere Hirngespinste, unsere Utopien, Schatten ohne Fleisch und Herz und Hirn, Träume – es sind Wesen ohne Wesenheit. An ihnen hat die Allmutter Natur bereits das Geschäft der großen Operation durchgeführt – sie wissen nicht, was sie tun, sie wissen nicht, was sie getan haben.

Was wissen wir? Es wird gemordet. Der Menschheit wird der Strick um den angeschwollenen Hals gelegt. Wir sind verloren, wenn wir nicht innehalten. Aber wir können nicht innehalten. Wir sind verloren.

Und der vierte Akt des »Figaro«? Und die Sonnenuntergänge vor der Nordküste Siziliens? Alles verloren. Alles umsonst.

Continuat

ANGELA FRUMM

Das große Eckhaus zur Praterstraße war zu jener Zeit abgekürzte Chronik und Spiegel des großen Konfliktes, der die Welt zerriß. Schon in den ersten Wochen nach der Befreiung Wiens waren die siebenundfünfzig Mieter, die vor allem Parteimitglieder der ersten Stunde und ehemalige Illegale gewesen waren, auf mehr oder weniger sanfte Art durch Widerstandskämpfer und Kommunisten ersetzt worden. Die »Neuen« waren vielfach KZler, ihr Vorgehen war gerecht, aber rauh. Die Frauen machten den größten Wirbel; sie dienten, stammten sie aus dem Elend, der Freiheit auf ihre eigene Art; oft sprachen sie, aus dem Slavenland kommend, nicht die Landessprache. Sie gruben in den Kellern die Weinfässer aus, entdeckten Geldtruhen und schnitten mit riesigen Scheren den ehemaligen Nazi-Frauen die Haare ab. Bald war das Haus leer von Unerwünschten, Rotarmisten kamen und verteilten Lebensmittel und Zusprüche, denn die Tschechinnen und Polinnen verstanden sie sehr gut. Manchmal brannte es tagelang auf den Gängen und in den Gärten: Papier, Holzwolle, Abfall.

Die Hausvertriebenen lagerten viele Wochen in den Prater-auen, das Wetter war günstig. Einige von den am meisten Kompromittierten wurden eingesperrt und oft grausam behandelt, die Bilanzsummen an Elend kamen sich manchmal sehr nahe.

Nur wenige von den »Alten« waren geblieben. Eine italienische Familie, die Strapozzas, war als erste draußen gewesen und hatte ihr kleines Mädchen von vierzehn zurückgelassen, Avalla, mit pechschwarzen, schulterlangen Haaren, im Haus kurz Averl genannt. Die Strapozzas hatten den Krieg hindurch die gesamte italienische Kolonie in Wien bespitzelt. Papa hatte das Averl immer beschuldigt, ein kleiner Bastard zu sein, dazu hatte es viel Prügel gesetzt. Da saß sie nun auf den Stiegen und heulte und rührte sich nicht.

Avalla Strapozza

Also, die Familie Strapozza war typisch italienisch. Laut, kinderreich, fleißig, geschwätzig, freundlich, heuchlerisch, geschäftstüchtig, kinderlieb, eifersüchtig, verräterisch, schön und hübsch. Sie waren geboren als Fremdarbeiter. Solche gab es in Europa schon lange bevor staatlich anerkannte Stellen in Mittel- und Westeuropa offiziell sich darum zu kümmern hatten, daß die unter übergroßem Angebot von Arbeitskräften leidenden Überschüsse der Bevölkerung in Süd- und Südost-Europa wie Spanien, Italien, Griechenland und der Türkei für unangemessenen, aber durchaus erträglichen Lohn nach den Ländern transportiert wurden, wo sie unter dem amtlichen Siegel »Fremdarbeit« einige Jahre in der Fremde schufteten, um dann nach einer Periode des Leides und zugefügter Verachtung mit leeren oder auch mit vollen Taschen in die Heimat zurückzukehren. Nein, viel früher schon, bereits in den Dreißigerjahren gab es in Wien die Großfirma eines Groß-Faiseurs, Import und Export L. Orial & Pauschenwein, die, offenbar in einer gewissen unerlaubten Ausweitung des Begriffes »Import« ins Sklavenhändlerische hinein, es sich angelegen sein ließ, ihre guten italienischen Beziehungen dahingehend auszunützen, daß durch ihre Agenten in gewissen besonders verelendeten Bezirken Italiens ganze Familien auf dem Land, manchmal auch in mittelgroßen Städten angeworben wurden, mit Sack und Pack, Kind und Kegel nach Österreich zu übersiedeln, wo ihnen zwar nicht gleich eine fixe Arbeitsstelle garantiert, hingegen ein gewisses bescheidenes Handgeld vorausbezahlt und das Blaue vom Himmel versprochen wurde. Der Faschismus stand diesen Privatunternehmungen nicht unfreundlich gegenüber, mischte sich nicht offiziell ein, »empfahl« aber, trocknete seine schwarzen Hände am schwarzen Hemd, denn dies war ja die kurze Zeit der Dollfuß-Mussolini-Freundschaft, die sich auch auf solche Privatsphären auswirkte.

»Kurz« ist das passende Wort. Kurz währte das alles. Kurz währte des Dollfuß Leben, kurz die Freundschaft zwischen Italien und Österreich, denn auch Österreich währte nur noch kurz. Und die Familie Strapozza war kurzerhand und in kurzer Zeit erledigt.

Strapozza, der Vater: klein, mit wilden, leicht quellenden Augen, ein Anti-Faschist, ein Tausendsassa.

Strapozza, die Mutter: gebogen wie ein Türkensäbel, flink, sinnlich, ungezähmt, betsüchtig.

Strapozza Avalla, die älteste Tochter: sanft, verschreckt, schön, langhaarig.

Strapozza Federico, der älteste Sohn: dreizehn Jahre alt, stupsnäsig, häßlich, verwegen, gemein.

Strapozza Ugo, der zweite Sohn: zehn Jahre alt, ein bleicher Wildfang, geräuschvoller als alle anderen zusammen, ein Spaßmacher.

Strapozza, das Baby: weiblich, vier Monate, still und krank.

Die Strapozzas kamen mit schwerem, aber wertlosem Gepäck. Dabei waren noch zwei Kanarienvögel und eine schwangere Hündin sowie sieben Schachteln aus Pappdeckel. Ferner hütete man das Andenken an einen gewissen Conticino im fernen Italien, vermutlich einstiger Liebhaber der vormals überaus reizvollen Signora, der von Vater Strapozza verdächtigt wurde, Vater der hübschen Avalla zu sein. Dies gab ständig Anstoß zu fürchterlichen Eifersuchtsszenen, auch nach ihrer Geburt, schon in Wien, Ursache schrecklicher und ungerechter Prügel für das sonst besonders liebenswürdige Kind. Daraus entwickelte sich ein allgemeiner Krawall; es folgten Beschwerden der Hausgenossen, Verlust der Verkäuferstelle bei der Gefrorenes-Firma Ferckel & Söhne, letztlich also auch der Grund für den Hinauswurf aus dem Hause. Arbeitslosigkeit des Vaters, Wechsel der früheren politischen Gesinnung, Einzug in den 12er Block, Aufnahme des Berufs eines politischen Spitzels für den *Partito Nazionale Fascista*, waren das Ergebnis.

Wie alles zusammenspielt! Weil Signore Strapozza für Sprachen so begabt war, fiel ihm eine Verständigung auf Wienerisch bald nicht schwer. Weil er sich so gern über seine Beschwerden mit seinen Käufern unterhielt, kam seine alte Anti-Gesinnung zutage. Weil die Gesinnung gerade damals, nach 1934, den Käufern nicht gut paßte, fielen die Verkaufsziffern stark ab, und weil es zu Hause immer knapper wurde und besonders die Jungens durch die Luftveränderung immer mehr Hunger hatten, war also der Hunger groß und überall. Und Avalla wurde sehr mißhandelt. Und die Signora ging auf den Strich, die Praterstraße hinauf bis zum Carltheater, die Praterstraße hinunter bis zum Praterstern, natürlich ohne Büchel, aber wer wollte etwas dagegen sagen, kein

Einwand, weder beim Papa noch bei sich selbst, der Mama, bei der schon gar nicht! Sie war eine wilde Frau, mit gefletschten Zähnen wie eine Abbruzzenräuberin, wenigstens Abwechslung wollte sie haben in diesem Steinbergwerk, und der Mann stand weiter beim Gefrorenenstand und schwatzte und schwatzte und lernte sogar mit der Zeit böhmisch, und dem Averl ging's schlecht. Überall in dem Haus waren Hinterhalte für sie aufgerichtet, bei der Wasserleitung zog sie jemand am Zopf, bis sie das Glas von den Lippen fallen ließ; im Außenklosett festgesetzt, mußte sie bald ihre Einkerkerung feststellen, und wenn sie die Tür sprengte, schlug von oben ein Brett auf ihre langen, schönen, offenen Haare. Es gab im Dunkel Hände, die sie anpackten, zwickten und allgemein verteufelten; und wenn sie um die Ecke bog, streckte sich plötzlich ein Bein heraus und brachte sie zu Fall. Aber auch ganz und gar landesübliche ordinäre Trachten Prügel waren ihr von den Kindern zugedacht, deren Gesichter sie sich niemals merken konnte, so verwischt waren sie von Schmutz und Bosheit. Vom Vater, der zu Hause auf dem Bett saß und die verhurte Mutter erwartete und sich die Wartezeit durch Ohrfeigen und Fußtritte verkürzte, ganz zu schweigen. Lange konnte das nicht so weitergehen.

Ein Mann hatte schon wochenlang beobachtet, wie Signore Strapozza kein Gefrorenes verkauft, sondern nur Vorträge gehalten hatte. Der Mann begann bald ein Gespräch und so nebenbei wurde gefragt, was man denn wirklich in Italien von Mussolini halte, ob er noch immer . . . »Sie kennen hier in der Stadt viele Landsleute?« So nebenbei. Schon war der Chef der Familie daran, eine seiner üblichen anarcho-sozialistischen Brandreden zu halten, da fiel sein Blick auf irgendetwas, das ihn stoppen hieß. So von oben – er war größer und stand außerdem höher –, da hatte doch der andere, so ein typisch Untersetzter in das Futter seines Mantels ein PNF hineingestrickt. Genug, jeder wußte, wann es geschlagen hatte – jeder auch, wieviel es geschlagen hatte. Es hatte geschlagen, der Entschluß war gefaßt, Hunger ist Hunger. Man arrangierte sich auf Jahre hinaus.

Gut wird so etwas nie bezahlt. Die Not blieb. Avalla wurde weiter geprügelt. Die ganze Familie wohnte jetzt vier Blöcke weiter in jenem braunen Haus, in dem sich später so viel ereignen sollte. Daß sich Signore Strapozza auch in diesem neuen Beruf nicht sehr bewährte, braucht nicht erst erwähnt zu werden. Ein seltsamer Tausendsassa! Er setzte sich gewöhnlich mit seinem ausersehenen Opfer in eine niedere Schenke: am Schluß wußte der Bespitzelte mehr von seinem Spitzel als umgekehrt. Außerdem war der lange Kerl mit dem pfiffigen Gesichtsausdruck und der geschwätzigen Zunge bald in allen Kreisen der Stadt unter dem Namen »Vittorio, der Angeber« wohlbekannt. Manche seiner auf Spesenkonto verbuchten Heurigenausflüge endeten damit, daß unter den beiden Partnern ganz genau ein Schlachtplan ausgehandelt wurde, wonach die Anzeige, Verantwortung und eventuelle Verwarnung an einen Anti-Faschisten erfolgen sollte.

Das Haus war wohntechnisch für die Familie gleich einem Paradies, verfiel aber bald nach einer Druckwelle, als die Bomben auch hier fielen. Überhaupt war das allgemeine Ende auch das Ende dieser Familie in Wien. In der Mitte des riesigen Hofes, der einmal wohl von Gras grün gewesen sein mochte, wuchs nichts mehr außer Abfall.

Die Zustände des Mädchens Avalla waren bejammernswert. Ihr Gehen wurde ein Laufen, das Laufen ein Rennen. Mißgunst, Angst, Grausamkeit, Verwirrung, Geilheit, Hunger, Feigheit, Tollkühnheit, Wahn, Weh, Schmerz, Einsamkeit, Lärm, alles stieg in einer extremen Spirale. Was Rettung war, wurde Verhängnis, das Nebensächliche wurde bedeutungsvoll. Avalla entdeckte, daß sie in der Mitte des Hofes am sichersten war. Man war ihr überall auf der Spur, ihr Haar war ihr Verräter, sie zog es im Fliehen hinter sich her wie ein schwarzes Tuch. Sie band es in einen Sack, den sie mit einer Schnur zusammenschloß.

Der Schmutzberg wuchs hoch. Viele alte Kisten von einem ausgebrannten Magazin bildeten seinen Kerz. Avalla baute daraus eine Schutzburg; meterhoch, gleich einem Labyrinth. Allein sie wußte den Weg ins Innere, fand ihren Platz, vielleicht zwei Ellen im Geviert. Dort wohnte sie, schlief, versteckte sich. Sie hatte sogar ein Stück Rasen aufbewahrt, Gras, das noch grün war, mit einer winzigen Regenpfütze, zur Erhaltung der Natur.

Nur das schlimmste Getöse drang zu ihr, als es mit Wien zu Ende ging. Man hatte die Familie gewarnt, sie solle sich vor den Russen absetzen. Federico, ihr Bruder, war Avalla einmal nachgeschlichen, jetzt kroch er zu ihr, nachts, rot von den Feuersbrünsten, er wand sich vor ihr wie ein Wurm. Er riß ihr den Haarsack auf, was er sagte, konnte man nicht hören, Handgranaten explodierten ganz in der Nähe, eine Batterie schoß vom Nebenhaus gegen St. Stephan. Er zerrte an ihrem Kleid, das fürchterliche Gesicht grinste sie an, mit der schmutzigen Hand stieß er gegen ihre Jungfernschaft, sie kratzte, biß, spuckte. Es half nichts. Er rannte weg, als ihn der Vater rief, bevor die Familie abzog. Wohin?

Avalla weinte die ganze Nacht, dann ging sie daran, sich ihr Kleid zu flicken. Um den Haarsack kümmerte sie sich nicht mehr. Sie wagte, den Blick zu erheben, in einem Stück Glas frisierte sie sich. Ihre Eitelkeit war nicht gering, stellte sich heraus.

Viele Stunden donnerte und bellte es noch in der Nähe. Das schwere Fuhrwerk rollte die Praterstraße hinab aus der Stadt. Die gesamte Müllabfuhr wurde nach Westen fortgeraubt, von den Deutschen. Der Hauptteil unserer Mieter flüchtete gleich in den Prater. Gegen zwölf Uhr nachts wurde es still. Ganz still, kein Fußtritt im Haus, keine Schritte auf der Straße, kein Motorengeräusch, Rumpeln oder Pumpern. Averl steckte die Nase heraus. Sie ging zum Haus hinüber, schnupperte. Es stank nach Brand, halb Wien lag in Asche.

Sie ging ins Haus hinein, von 57 Mietern waren nicht mehr als ca 20 geblieben, auch diese verkrochen sich, bald kamen die ersten Russen, Leute aus Usbekistan auf winzigen Pferden, die im Hof angebunden wurden. Es war ein kribbliges Gefühl, durchs schweigsame Haus zu schleichen, das war wie ein Friedhof auf den Gängen, dort tropfte eine Wasserleitung, jemand hustete durch die Wand, ein Klosett funktionierte nicht, rauschte dann wie ein Niagara. Avalla ging zum alten Masopust, der gelähmt auf dem Rücken lag. Er machte ihr, wie sie glaubte, schweinische Zeichen. Sie rannte wieder fort. An die Wand gelehnt, stand das Motorrad seines Sohnes, der bei Stalingrad verschollen war. Der Alte betete es an, an des Sohnes Statt.

Avalla mußte stehlen, um sich und das Haus zu versorgen. Die alte Hanni, Angelas Mutter, umschmeichelte sie, bekam also am meisten, denn sie selbst, die Alte, wagte sich nicht aus dem Haus. Sie hatte durch ihre Russischkenntnisse wenigstens bewirkt, daß Avalla um den Nacken ein Plakat trug, auf dem in Russisch geschrieben stand: »Unter besonderem Schutz des Sowjet Stadt-Kommandanten!« Sie war also nur einmal geschändet worden, und das von ihrem eigenen Bruder, Federico.

Als nach einigen Tagen die KZler eingewiesen wurden, rannten die ausgemergelten Kinder allen anderen voran, es waren viele, vielleicht fünfzehn, zwanzig. Sie heulten und schrien und schwenkten ihre Stäbchen von Armen, sie hatten sogar schon etwas gegessen seit Mauthausen. Wer es überstanden hatte, trug einen Kugelbauch. Sie schwitzten und hatten Fetzen am Leib, die vor übelriechender Nässe troffen. Avalla trat aus ihrer Abfallfestung, sie hatte etwas Farbe auf den Wangen, sonnverbrannt war sie geworden auf ihren Diebeszügen. Sie stand so da, als die wüsten Kinder herantobten.

Die Kinder blieben bei ihrem Anblick ganz kurz stehen. Dann wollten sie weiterjagen, Avalla machte ihnen einen Schritt entgegen. Plötzlich jubelten die Kinder auf, als hätten sie den Erlöser gesehen. Sie begannen zu tanzen, aber nicht mehr so schnell, jetzt beinahe zierlich; hielten einander an den Händen, immer im Kreis um Avalla herum, der sie auf diese Weise huldigten. Sie war das erste einer neuen Art, das sie gesehen hatten. Avalla ließ es sich gefallen. Sie trat einen Augenblick in ihre Höhle zurück und kam mit vollen Händen wieder. Sie hatte den Tag vorher einen Zuckerladen geplündert, alles konnte Hanni für sich allein doch nicht auffressen, der alte Masopust erbrach sich auf Zuckerwaren.

Die Kinder rauften sich zuerst; dann sahen sie, daß genug vom Zuckerwerk da war, jetzt benahmen sie sich halbwegs gesittet. Die Mütter und Väter aus Mauthausen waren nun auch eingetroffen und ließen sich von Avalla einweisen. Sie selbst wohnte in der ehemaligen Wohnung ihrer Eltern. Sie nahm noch zwei ganze Familien darin auf; Leute, die weit herkamen, Westfalen, aus Belsen. Von den anderen Strapozzas kein Wort. Auch später nie.

Die Eigentumsübertragung am Motorrad war wider Erwarten sehr leicht und ging deshalb so glatt vor sich, weil der alte Masopust von einer Leidenschaft für Avalla erfaßt worden war. Er ließ sie zwar aus Scham und Angst in seine Höhle nur eintreten, wenn dazu aus hygienischen Gründen unbedingt eine Notwendigkeit vorlag, aber die Kinder, die ihrem Averl unbedingt ein Geschenk machen wollten, stürmten einfach hinein und rissen das alte Zeug aus seiner Ecke. Die Fahrübungen begannen sofort im Hof, nur die Treibstofffrage war noch ungeklärt. Auch hier mußte der alte Gott der KZler und Diebe, der Schutzheilige aller Besiegten, Hermes, hilfreich zur Hand sein: die kleinen Mädeln wußten schon, wie man mit dem Personal der militärischen Tankstellen umgeht. Als Liebesopfer wurde dann alltäglich das Benzin der Schwarzhaarigen, Langhaarigen feierlich überreicht.

Eine motorisierte Beweglichkeit ohnegleichen hatte das Eckhaus ergriffen. Als hätte der Diebesgott tatsächlich kleine Flügel an den Knöcheln. Der Nutzwert für die Allgemeinheit war sehr groß. So galt es manchmal, Hilfe zu suchen, wenn eine Russenpatrouille ihre Übergriffe zu weit ausdehnte, und Mannsvolk nicht bei der Hand war: fort sauste s'Averl, um jene Polizeistreifen herbeizuholen, die willens waren, sich sogar mit solchen Ruhestörern einzulassen; wesentlich dabei war die zahlenmäßige Überlegenheit. Auch kam es, wenn einer Partei im Hause in einem westbesetzten Bezirk ein Streifzug gegen eine amerikanische Militärküche geglückt war, bei der Teilung sehr oft zu Stechereien, Prügeleien, Hauereien – da war es vor allem der Arzt, der motorisiert herangebracht werden mußte.

Doch gebraucht wurde sie von allen, überall und stets: fürs Essen. Fressen. Vertilgung der Lebensmittel. Nicht für sich, auch für sich – für ihre Wohnungsgenossen, für ihre kleinen Freunde, für die Hanni, die es weiterhin vermied, das Haus zu verlassen. Und schließlich für die neu aufgetauchte Tochter, für Angela.

Das Weiblein war hereingeschlichen – aus dem Leben in Norwegen, der kurzen Kriegsgefangenschaft, der mysteriösen Seereise, der langen Landreise: zur Mutter. Und das Mäderl dort, mit dem langen schwarzen Haar? Wie die nur geht, geradezu wandelt, und wie reinlich: Avalla kam über den Hof, aus ihrer Privattoilette heraus – denn zu einem Garderoberaum war der winzige Platz zwischen dem Abfall und den Kisten geworden, mit einem versteckten Spiegel. Angela, die Heldin eines ganzen Krieges, starrte das Kind an – war es noch ein Kind? –, das sehr gelitten hatte und jetzt so geliebt wurde. Von einem ganzen Haus. Von Angela. Sofort.

Auf diese Weise war zwischen den beiden jene Beziehung entstanden, für die es kein Wort gibt, auch flüsternd kann sie nicht beschrieben werden. Sie hatten eben eine Zuneigung füreinander, um es kurz zu bezeichnen. Die kleine Angela, die schon rundlich war und stark versehrt; und die junge Dünne, die so heranwuchs, als hätte es nichts gegeben. Am besten, man schließt die Augen und öffnet sie rasch wieder, und schließt sie und öffnet sie, wie eine Art Privatkino, in dem man unbekannte Bilder sieht.

Denn sie kamen wohl jede aus einem andern Volk, einer anderen Klasse; Bildung und Leben waren anders, die Hautfarbe war verschieden, doch nicht sehr wahrnehmbar verschieden, nur innen, ganz innen.

Da stand die Angela an einem Pfosten beim Tor und blickte zu Avalla auf, und die stand neben ihr. Da standen beide, herangelaufen, und hatten sich vor dem gemeinsamen Abort im Zwischenstock getroffen, und beide machten tiefe Verbeugungen, um der anderen den Vortritt zu lassen, als wären sie Chinesen. Oder Chinesinnen. Da gab es sogar die ungeheuren Tatsachen gegenseitiger Gefälligkeiten: daß Avalla mit dem Rad einen Weg machte, um für Angela, die das vergessen hatte, Schnittlauch aufzutreiben. Wie sie sich ganz kurze Geschichten erzählten – die

Kleine und Ältere von ihrem Dienst bei den fabulosen Amerikanern – Avalla, wie es gewesen war, als die Nazis hier in Österreich geherrscht und sie alle gequält hatten.

Am Rande tobten noch immer die Kinder aus dem KZ herum und äugten zu den beiden hin, riefen ihnen aber keine Wörter nach und zogen sie nicht einmal am Kleiderzipfel. Es wurde das Ganze zu einer schleichenden Bewegung, noch immer voll Erstaunen über die mit den langen schwarzen Wellen, und nicht einmal mit allzuviel Spott für die Bedienerin.

Wie lange wohl? An der Zeit kann man den Vorbeigang unerklärlicher und unbeschreiblicher Zuneigung nicht richtig messen. Es gibt Steine, die vom Himmel fallen, Typhusbazillen, die ihre Opfer hinstrecken; es gibt Schüsse, Erdbeben, Zusammenstöße; das geht dann alles sehr schnell und ist am Sekundenzeiger ablesbar. Man sagt: es ist vorbei, bevor es gekommen war. An jenem Nachmittag der Tode –

Das Mädchen Avalla machte ja nicht nur Nutzfahrten, es machte auch Luxusfahrten, Übungsfahrten. Das ging über den Wiener Wald hin, in den Bezirk zurück über den Kanal, den Kanal entlang, die Donau-Auen kreuz und quer, in immer kleineren Kreisen sich nahend, so kommt man dem Schicksal nahe, wenn man muß. Das ging ums Haus herum, oft zweimal, dreimal. Diesmal nur einmal; denn was wollten hier die vielen Menschen? Sie winkten.

Sie sauste heran. Man machte ihr noch mehr Zeichen. Sie sah, wie der, den niemand kannte, weil sein Gesicht so zerschmettert war, vor ihr herunterkam. Sie sprang vom Rad, da waren schon andere zwischen ihr und dem Unbekannten, helfen, helfen, weiterfahren, Hilfe holen. Avalla sauste die andere Seite davon, am Haustor vorbei, da war sie. Da lief sie. Da lief sie ihr ins Rad. Da stürzten beide um. Lagen da, Angela, die Davongerannte, Avalla, die Hilfe suchte, beide hingestreckt, beide umgestülpt in ein anderes Leben. Es war aus.

Das Rad war Angela über die linke Wade gefahren. Avalla hatte die linke Lenkstange nicht ausgelassen, schließlich fiel sie mit dem Gesicht in einen Schotterhaufen. Niemand kümmerte sich um die kleine Gruppe, weil oben im IV. Stock und unten größere Gruppen größere Aufmerksamkeit erregten. Angela jammerte sehr laut, ihr toter Bruder, ihr Stiefvater und der andere schienen von ihr völlig verdrängt. Während sie kaum blutete, nur etwas unter dem Knie, war Avalla kaum zu erkennen, überdeckt und eingetunkt, vom Blut, ins Blut. Beide wurden auf die Unfallstation gebracht. Als man von der Angela Legitimationen verlangte, verschwand sie und kam nicht wieder. Ihr Knie blieb steif, weil die Heimbehandlung nicht eben fachgemäß war, obwohl zufällig von Dr. Hacker durchgeführt. Dem Averl nähte man die Risse und Quetschungen, auch die Haare wurden ihr geschnitten. Sie versteckte sich wochenlang in ihrem Zimmer.

Die Wunden heilten langsam, die Krusten fielen nicht ab. Die Haare wuchsen nicht richtig nach. Angela aber hinkte wie ein kleiner Teufel. Bei den Schadenersatzforderungen gab es Schwierigkeiten; es war geteiltes Verschulden, aber Angela war wegen der bekannten Unordnung in ihren Papieren natürlich nicht versichert. Selbst auf den geringsten Betrag bestand kein Anspruch. Bei einer kurzen Verhandlung sahen sich die beiden, im Hause begegneten sie einander kaum. Angela stieß mit dem Fuß nach dem Mädchen, als es sie ansprach. Ein anderes Mal, als Avalla im Gang auf sie zukam, die Haare noch immer kurz in einem Knoten in ein Tuch gesteckt, brach die andere in kicherndes Gelächter aus und zeigte, obwohl niemand zugegen war, mit zwei Fingern auf sie. Da wandte sich auch Avalla um und rannte davon. Sie weinte erst, als sie allein war.

Die Kinder im Hause – aber waren es denn noch Kinder nach all den Jahren? – hielten alle zu ihr, der Avalla. Ein Mädchen arbeitete in einer Bonbonfabrik, sie wollte Avalla etwas Gutes tun, sie brachte ihr jeden Tag Bonbons und Bonbons. Das Averl arbeitete dann, weil man ihr doch helfen wollte, auch dort, so wurde die Zufuhr an Süßigkeiten größer und größer; und sie wurde dikker und dicker. Ihr Platz in der Wohnung, den sie jetzt einnahm, wurde aber geringer und geringer, weil die Leute neben ihr Kinder bekamen und dort weiter wohnten, und Vettern kamen an, angeblich auch KZler, die Anspruch erhoben, dort zu wohnen. Und 's Averl, noch immer geliebt und verhätschelt von allen, litt unter der Verhätschelung und Liebe. Es bekam ihr schlecht, denn niemand hatte so viel Phantasie, ihr einmal als Zeichen der Anhänglichkeit keine Bonbons zu bringen. Sie aß sie in sich hinein, denn seit sie mit Angela nichts mehr sprach und auch kein Rad mehr hatte – denn niemand konnte ihr jetzt eines kaufen! – machte sie sich nicht mehr viel aus dem Leben.

Am Fließband stand sie, in einer Ecke daheim hockte sie, und sie fühlte, wie sich alles aufblähte in ihr und zu einem Stoff wurde, weder von dieser noch von jener Welt.

Denn wenn jemand durch seine angeborene Liebenswürdigkeit anderen Gutes tun will, so mag er es tun, und es wird auch von manchen wieder Gutes hervorlocken; aber er kann sicher sein, daß er bei der schließlichen Abrechnung doch dastehen wird wie ein begossener Pudel. Er hat die Bosheit des Schicksals nicht ins Kalkül gezogen.

Continuat

Angela Frumm

Was nun sonst das berüchtigte 12er Haus anbelangt, so ist eben dort hauptsächlich das »Singvogerl« interessant: Hanni, Angelas Mütterchen. Sie war schon sehr lange dort ansässig, sofort nach dem Genuß ihrer letzten Johannesfreuden war sie eingezogen. Wie gesagt, mit den Russen konnte sie sich ganz gut verständigen, wegen ihrer tschechischen Kenntnisse. Sie zeigte ihnen auch mit schlauem Augenblinzeln den Wein bei der Frau Katterwahl. Dankbarkeit war die Folge: Hanni durfte im Haus bleiben. Sie legte sich auf lange, lange Strecken einfach ins Bett und erklärte, krank zu sein.

Zwanglos fand sich zu ihr die älteste Tochter, plötzlich stand sie in der Mitte des Zimmers, mit wenig Gepäck, mit phantastischer, leicht zerfetzter Bekleidung, ohne jeglicher Legitimation. Auch der jüngste Sohn trat dazu; als einer der letzten aus einem illegalen Versteck in West-Ungarn entkommen, der Karli, noch in Uniform, die er nachts im Garten so rasch wie möglich verbrennen wollte.

Die überströmenden Liebesbezeugungen der Mutter, stets eine zärtliche Natur, fanden bei der Tochter kaum Widerhall. Angela sprach wenig, erzählte gar nichts, auch wenn man sie fragte, versteckte sich wie die Mama im Bett und zeigte sich überhaupt gänzlich abgeneigt. Was sie wirklich interessierte, freute, sogar begeisterte, und zwar auf ganz eigene Art, war die junge schwarzhaarige Strapozza. Sonst saß die ganze Zeit die blasse Angst hinter ihr und als sie dann zweimal im Rathaus vernommen worden war, verschwand sie zeitweise auf Tage aus der Wohnung.

Doch dann kam sie einmal an einem Donnerstag früher nach Hause und erklärte, sie habe als »Mädchen für alles« bei einem hochstehenden amerikanischen Besatzungsoffizier, bei der »Besatzungsmacht« eine Stellung angenommen. Sie wusch ihre vier Wäschestücke gründlichst, stahl von Karl ein Stück Seife und gab ihrer Mutter einen Kuß. Der Kuß für's Averl war schon länger und inniger, aber dann ging sie doch, versprach aber, zweimal in der Woche mit geraubten Nahrungsmitteln auf Besuch nach Hause zu kommen und huschte schließlich geräuschlos davon, wie sie es sich – seitdem sie keine Papiere besaß – angewöhnt hatte. Noch einmal strich sie der Avalla über das Schwarzhaar.

Und dann absolvierte Angela wieder einmal eine Strecke Paradies. Die Herrlichkeit war schier vollkommen: eine requirierte Villa mit prächtigem Garten in vollem Blumenschmuck, zwei Katzen und ein Hund, Hausfrau, Hausherr und junger Herr: der Hausherr fesch, die Hausfrau gutmütig, der junge Herr schön und lustig. Einige Badezimmer, viele Aborte, Kammern und Keller. Gekocht wurde von der Dame, unterstützt vom Angerl, bei Mitkontrolle über die Speisekammer. Lange Dialoge wurden versucht, die Verständigung war nicht allzu leicht, da Angela sich jetzt bemüßigt sah, das sonst überall aus nationalen Gründen besonders hervorgekehrte Wienerisch-Österreichisch durch fremdländische Phrasierungen – aus dem Preußischen, Französischen und Englischen – zu ersetzen, jedenfalls zu ergänzen.

Die übliche Intimität zwischen Sieger und Besiegtem war bald geschaffen. Der Colonel verschenkte alte Zeitungen an die Bedienstete, und Mrs. Boltzmayer, genannt Bosie, hielt sich nicht an die Vorschriften des obersten Besatzungskommandos, wonach Lebensmittelreste lieber zu vernichten seien, als an die Zivilbevölkerung abzugeben. Die freundliche Dame mit dem grau-blauen Haar ihrer Generation glaubte, in der winzigen Hilfskraft eine ihr ähnliche, gutmütige Seele gefunden zu haben – war es doch bei einem Spaziergang auf dem Schafberg gewesen, daß die Herrin aus Milwaukee die Dienerin zum ersten Mal getroffen hatte – wie sie dasaß, ein ausgehungertes schnurrendes Kätzchen, das sie liebevoll streichelte, im Schoß. Ein vielversprechendes Anzeichen von Gutmütigkeit und Tierliebe.

Angela hatte manchmal die Alleinherrschaft über das ganze Haus, wenn der Colonel im Dienst und »Stutz« in seiner amerikanischen Schule war. Angela plapperte dann stundenlang mit ihrer Herrin, das war am Vormittag. Am Nachmittag, gegen Abend besonders, hatte sie es auf den jungen Herrn abgesehen. Ihre Geschwätzigkeit wurde von Stutz zur Vervollständigung seiner Deutschkenntnisse ausgenützt. Bald aber wurde sie ihm lästig, denn Angela, von Neugierde, Reinlichkeitstrieb und Sinnlichkeit angeheizt, rückte dem schönen Jungen auf den Leib. Sie schlich ihm nach, belauschte ihn. Sie hatte eine unvermauerte Ritze in der Wand entdeckt, durch die sie imstande war, aus der von ihr stets so bevorzugten Toilette das Badezimmer des jungen Herrn, wenigstens teilweise einzusehen. Das tat sie denn auch zu ihrem Genuß und weidete sich, ihn bei seinen ausführlichen Ablutionen zu belauschen, auf diese Weise ihrer wohl tieferen Neigung zu Avalla untreu werdend.

Familie Boltzmayer

Der Großvater war aus Deutschland gekommen, das Unternehmen blühte von Anfang an; trotzdem war die Familie in der Stadt allgemein unbeliebt. Die Knopffabrik war krisenfest, sogar in der Depression. Der Junior-Chef hieß noch Walter, sprach – weil man so etwas in der Nachkriegszeit mied – aber kein Wort deutsch. Er heiratete eine Kanadierin aus einer ersten Unitarier-Familie, was seiner Integration in die Bierbrauerstämme von Milwaukee ebenfalls im Wege stand.

Aus dem Junior wurde bald ein Senior, denn Walters Vater starb an einem Herzschlag, die Aufregungen der Krise waren zu groß. Man hatte sich außerdem beim Umbau der alten Germanenburg materiell übernommen: die an Stelle der traditionellen Paläste errichteten Bungalowsiedlungen versanken langsam unter dem Seeniveau. Schuld der Architekten? Damals war alles Schwindel.

So waren die Boltzmayers zu allem auch noch aus den vordersten Reihen des Kapitalismus zurückgetreten, was ihrer Beliebtheit nicht förderlich war. Die junge Bosie sang und zwitscherte zwar durch das Haus, aber Walter B. wurde sehr bald zu einem frühen Sonderling, haßte seine Landsleute, las Kant und Goethe, lernte deutsch aus einer alten Grammatik und pflegte sein Hobby, das Sammeln und Studium von Landkarten aller Art.

Der Sohn wurde 1932 geboren und erhielt den Namen *Erasmus*, in *Eri* abgekürzt, in Wirklichkeit wurde er »*Stutz*« gerufen.

Mit den großen Exemplaren war das Arbeitszimmer daheim tapeziert, es waren auch Exemplare in Merianscher Projektion dabei.

Im Büro durfte niemand etwas davon wissen, denn W. Boltzmayer hatte Angst vor seinen Angestellten.

Daran schloß sich die ganze Skala: von Atlanten der »Times« und Justus Perthes zu kleineren Stadtplänen, besonders beliebt solche aus alten Ausgaben des Baedekers, natürlich auch ganz Moderne mit abweichender Höhenschraffierung.

Walter Boltzmayer sprach leise und liebevoll zu seiner Familie, obwohl er im Grunde genommen mit ihr nicht viel anzufangen wußte; kalt und gebieterisch benahm er sich nur vor seinen Karten und Plänen. Er war ein langer, ein wenig überhängender Mensch, einem gutmütigen Raubvogel gleichend. Dieser Eindruck entstand durch den Umstand, daß er seinen Mantel oder Überrock, sogar seinen Pelz niemals über die Ärmel zog, sondern stets nur umhing, als wolle er bloß ganz kurz über die Straße oder im alten Bürohaus irgendwohin, in eine Registratur oder aufs Klosett. Dabei war W. Boltzmayers zweites Hobby seine ausgedehnten Spaziergänge, vor allem am Seeufer des Michigan, soweit man dort überhaupt noch gehen konnte.

Bosie, seine Frau, war klein, rosig, herzig, froh, wurde nur selten von den Melancholieanfällen aller Schwarzhaarigen in einer blonden Umgebung heimgesucht. Sie zwitscherte und glaubte an die Güte der Menschen. Vor allem Deutschen hatte sie Angst, ohne gleichzeitig auch auf diesem Gebiet ihrer maßlosen Neugierde Einhalt gebieten zu können.

Stutz, der Sohn, war vom ersten Augenblick an aus der Art geschlagen, der Art der Eltern und Vorfahren. Er war ein vorzeitiges Exemplar jener Rasse komischer Rotzbuben, die überall auf Erden den Untergang sinnvoll, planlos, spielerisch und ernsthaft zustande zu bringen versuchen, wie immer man sie nenne: Beatniks, Hippies, Yippies oder wie sonst. Er gehorchte nie, stellte sich, als verstehe er keine Sprache, hatte eine rötliche Farbe der Haut, verquerstehende Augen, quälte Tiere und Menschen, war blitzgescheit und verachtete seine Eltern.

Aber schön war er; auf seine Art.

Es ist dem späteren Colonel Boltzmayer hoch anzurechnen, daß er bei seiner großen Deutschen-Liebe auf den sich besonders im Ausland so verführerisch präsentierenden Quatsch von Nazismus niemals hereingefallen ist. In dem seit undenklichen Zeiten besiedelten, beherrschten und emporgebrachten Staat Wisconsin ist es natürlich nicht zu verwundern, daß die Stimmung für Roosevelt und den Kriegseintritt gegen Hitler nicht eben hohe Wellen schlug. Wer mußte, ging: Walter Boltzmayer war einer der wenigen, die sich freiwillig zum »draft« nach Übersee, und zwar Europa meldeten.

Bosie und der älteste Prokurist übernahmen die Leitung der Fabrik. Walter zog zu Feld, um Kant und Goethe, vor allem die von ihm so verehrte Weimarer Republik der Freiheit aus den Krallen des Satans zu reißen, denn so überschwenglich und pathetisch dachte er damals, als er sich mit dem Rang eines Oberleutnants nach England einschiffte. Viele seiner kleineren Landkarten nahm er mit.

Aus unerfindlichen Gründen sagte ihm die englische Szene nicht sehr zu, wenn ihm auch in dem kleinen Dorf, wo er ein Detachement Telephonisten kommandierte, große Ehren seitens einer technisch zurückgebliebenen Bevölkerung zuteil wurden; vielleicht mochte er die Pauschalablehnung aller Deutschen durch die ungebildeten Jokeln nicht leiden. Einige Tage nach dem sogenannten »D-Day« nach Frankreich transferiert, wegen fortgeschrittenen Alters vom Frontdienst der ersten Linie befreit, fand er sich schließlich an der Spitze eines ad hoc zusammengestellten Detachements in halber Bataillonsstärke, Diener, Pferdewärter, Chauffeure, Köche für die höheren Stäbe, dazu noch Mechaniker aller Art für die Panzertruppe.

Wie sehr auch diese Leute zusammengewürfelt, disziplinlos und manchmal sogar marodierend waren, Boltzmayer kam mit ihnen vorzüglich zurecht, weil gerade diese militärisch-zivilistischen Laster und Tugenden seine Eitelkeit und Neugierde zur Leistung, sogar zu einer befehlshaberischen herausforderten.

Diese Truppe, dem Armeeverband direkt unterstellt, wurde in oft hastigem, dann wieder ungeheuer verlangsamtem Tempo hinter der Linie nachgezogen.

Boltzmayer fühlte sich hier wohl. Er war ein Idealist.

Als dann der Armee Rundstedt mitten im schneereichen Winter 1944/45 ihr kurzfristiger Durchbruch gelang, kam die große Prüfung im Leben des Kartensammlers. Um den Ort Bastogne hatten sich die Amerikaner bekanntlich eingeigelt und hielten in altmodischem Bodenkampf, ohne Luftunterstützung und -angriffen, da Nebelwetter herrschte, altmodisch den Vorstoß und das Weltgeschehen auf. Das geschah nicht ohne rasch befohlene Eingriffe aller, aber wirklich schon aller Reserve-, Maroden- und Hilfsdetachements. Auch die Köche Walters mußten heran.

Sie kämpften mit dem, was sie hatten, als seien sie zur Schlacht von Waterloo zu spät gekommen. Auch Tranchiermesser fanden Verwendung. Eine nicht zu Unrecht »blutiges Ringen« genannte taktische Auseinandersetzung ist von allen lokalen Blättern zwischen Schelde und Mississippi bezeugt und überliefert.

Boltzmayer, der während der Kampfhandlungen tatsächlich mehrere Male den Inhalt seines Armeerevolvers in Körper und Köpfe seiner von ihm so verehrten Deutschen entleert hatte, wurde zum Lohn außertourlich zum Titular-Obristen befördert, hing viele Monate dementsprechend beschäftigungslos herum, bekam jedoch schließlich, bald nach dem Waffenstillstand, einen

Dauerposten in der schönen Wienerstadt. Seine Familie folgte ihm im März 1946.

Das Haus lag in einer Mulde, unweit der Schafbergsiedlung, dort, wo der Hang nach Südwesten wieder steil abwärts führte. Es bestand nur aus einem Stockwerk, war klein, aber mit allem modernen Komfort eingerichtet, nichts fehlte, nicht einmal die hier sogenannte »amerikanische« Küche. Auch eine Garage war da, aber noch kein Wagen.

Wochenlang beschränkte sich Walter auf seinen Dienst (in dem amerikanischen Element der Kontrollkommission in der Josefstadt) und auf kleine Entdeckungsfahrten im Haus und um das Haus. Hier konnte Walters topographische Leidenschaft kleine Triumphe feiern. Weiter wagte er sich nicht hinaus.

Aus zwei Gründen: erstens wollte Walter Boltzmayer einmal noch rasch seinen Wiener Dialekt aufbügeln. Und zweitens fehlte es ihm leider für größere Entdeckungsfahrten – außer an dem Fahrzeug – auch an Kartenmaterial, was für ihn viel wichtiger war. Der Herr Oberst verfügte wohl über einen ihm zugeteilten »Burschen«, der jedoch ein zwar wunderschöner, aber aufsässiger Schwarzer aus Süd-Kalifornien war, immer fror und oft krank war.

Die Vormieter des Hauses – ursprünglich jüdischer, von den Nazis beschlagnahmter Besitz – war eine Berliner Familie mit Doppelwohnsitz gewesen, offenbar Lokalpatrioten, denn über dem Schreibtisch im Kinderzimmer war ein kleiner Stadtplan von Berlin angebracht. Die Beschriftung des Stadtnamens war allerdings getilgt und darüber mit dicken Buchstaben der Name *Wien* eingeschrieben, in untilgbarer blauer Tinte.

Gierig hatte sich der Colonel, den Irrtum wegen Unkenntnis der wahren Lage nicht erkennend, darauf gestürzt und den Stadtplan seiner eigenen Sammlung auf dem Schreibtisch einverleibt.

Ereignislos verliefen die Wochen bis zur Ankunft von Bosie und Stutz, der, jetzt fünfzehnjährig, in der Ausländerschule, die er in Döbling frequentierte, wegen seines kurzgeschnittenen Haares ganz allgemein so gerufen wurde, von Eri keine Rede mehr. Stutz blieb. Nach der Ankunft aber kam es Schlag auf Schlag, wie bei Bastogne.

Gleich am nächsten Tag war der schwarze Uniformierte nirgends zu finden; wie sich bald herausstellte, war er desertiert und hatte sich über die Demarkationslinie nach Ungarn abgesetzt. Am Mittwoch darauf war Schulbeginn für Stutz. Donnerstag verbrannte im großen verwilderten Garten hinter dem Haus ein riesiger Holzstoß – Stroh, Heu, abgeschnittene Äste – es konnte nur Brandstiftung sein, die Aufregung war groß, aus der Nachbarschaft kam man mit Wasserkübeln, aber es brannte weiter, bis die Feuerwehr des XVI. Wiener Gemeindebezirkes anrückte und zwei Stunden lang den Garten und den Nachbargarten verwüstete. Kriecherische Ergebenheit unter den Anrainern und Diensttuenden wechselte mit unterdrückten Flüchen. Stutz gestand es später lachend ein, Papa tat ihm ebensowenig leid wie die trällernde Mutter, der bei dieser Gelegenheit rechtzeitig die Melodie des Feuerzaubers von dem typischen Deutschen Richard Wagner eingefallen war.

Freitag konnte sich Walter endlich den Dienstwagen aus der Garage abholen, einen Chevrolet, ohne Chauffeur natürlich, Dienstgrad zu niedrig. Er begab sich sofort auf eine kleine Aufklärungsfahrt durch die Hauptstadt; zum englischen Dinner (wegen Stutzens Schule), also gegen vier Uhr sollte er wieder daheim sein.

Er war es nicht. Denn er benützte den Stadtplan von Berlin für seine Rundtour durch Wien. Einige Abenteuer ergaben sich.

Unterstützt wurden die Irrtümer durch den winzigen Druck, der teilweise auf dieser Berliner Karte verwischt war, und durch den Umstand, daß der Colonel seine Lesebrille daheim vergessen hatte. Ferner ist zu bedenken, daß auch bei einem Amerikaner deutscher Abstammung das Wissen über Europa, insbesondere auf historisch-geographischem Gebiet in einem Zustand sich stets neu vermischender Gärung und Verwechslung begriffen ist; in Walters Hirn leuchteten Blickpunkte und Haltesignale auf: Unter den Linden, Stephansdom, Friedrichstraße, Karlskirche, Hofburg, Schloß, Krolloper.

Unschwer konnte er die Ost-West-Achse Kaiserdamm-Bismarckstraße (auf dem Plan) mit der Alserstraße (in Wien) identifizieren, die Charlottenburger Oper war dann zweifellos das Bankvereinsgebäude. Boltzmayers Staunen wurde nur sogleich durch die Ansammlung von mittelgroßen Häusern in engen Gassen erregt, wie es in Wien der I. Bezirk darstellt, er suchte vergeblich danach auf seiner Berliner Karte und war erst zufrieden, als er endlich in dem Stadtpark, jenseits der »Inneren Stadt«, den »Tiergarten« zu erkennen glaubte. Um der Realität seiner vorgedruckten Fata Morgana ganz sicher zu sein, neigte er sich aus seinem Führersitz, um einen vorüberschlendernden Halbwüchsigen mit Militärkappe andeutungsweise in gebrochenen Worten zu fragen, ob man dort rechts »Unter den Linden« finden könne.

Der jugoslawische Deserteur nützte die Chance, bat, mit Geste und Wort, als Beifahrer eingelassen zu werden und schwang sich, nach Knoblauch riechend und überhaupt verdächtig, neben den Colonel in den Chevrolet. Er dirigierte ihn zum Prater – ob er wirklich dort die »Linden« herzeigen zu können glaubte oder schon immer Böses plante, weiß man nicht. Boltzmayer sah die Brandstätte des eingeäscherten Wurschtelpraters und empfand Schmerz ob so viel abgewürgten Frohsinns, nur um einige hundert Meter weiter von dem heimatlosen Kroaten mit einem Taschenfeitel bedroht zu werden. Der Angriff wurde durch einen in allen Ausbildungsstätten der USA gelehrten Judo-Griff im Nu abgewehrt, der Mann sprang in der ersten günstigen Sekunde ab, und der große Wagen sauste in das Praterdickicht um das Lusthaus weiter.

Der Orientierungssinn an der Karte hatte längst versagt, die freie Phantasie begann – die Anblicke, Begriffe und eventuelle Antworten von angehaltenen Bevölkerungsangehörigen vermischend – ihr Spiel. Walters Stimmung schwankte zwischen Angst, Staunen und Erleichterung, besonders erleichtert war er darüber, daß die Menge der angerichteten Bomben- und Brandschäden denn doch nicht überall dem in den Zeitungen geschilderten Unheil entsprach. Vor der Tegethoffsäule auf dem Praterstern hielt er an und fragte drei Frauen in Kopftüchern, ob das dort oben wohl Hindenburg sei. Darauf entstand ein lautes Geschrei, Hände wurden in Schrecken zum Himmel erhoben, auch zu Fäusten geballt. Diese Weiber, aus dem tiefsten Waldviertel, hatten Hindenburg mit Hitler verwechselt, den sie, auf Ehr' und Gewissen, wirklich immer gehaßt hatten, und verschworen sich, hier in Austria gäbe es keine Nazis mehr, worauf sie eine drohende Haltung einnahmen. Colonel Boltzmayer fuhr rasch weiter.

Dann wich er von der breiten Praterstraße ab, identifizierte den Donaukanal fälschlich als Spree und verlor sich in die Huren- und Elendsviertel bei der oberen Taborstraße, deren Namen in ihm sogar den allertiefsten Zweifel an der endgültigen Identität dieser Stadt aufkommen ließen. Böhmisch?

Bald ging es nicht weiter. Hundekadaver, Handkarren, Brennholz, Trümmer und Stein versperrten die schmale Gasse. An Wenden war nicht zu denken. Bald wimmelte es. Zu des Colonels grenzenloser Verwirrung sprachen ihn zwei Halbwüchsige zu allem noch auf preußisch an, dazwischen erklangen tschechische Rufe, einer bettelte, der zweite drohte, der wieder wollte unbedingt in den Wagen hinein, doch diesmal war der Colonel gewitzt. Während er stand, kam es zu einem Gespräch, man verlor viel Zeit, endlich war man auch dieser Skylla entronnen.

Nachdenklich und an den Rändern leicht verschmutzt, verspätet und enttäuscht fand er endlich den Weg zurück in den XVI. Wiener Gemeindebezirk, Ottakring, draußen, wo die Vögel wieder sangen.

Man war beunruhigt gewesen, Bosie sagte nichts, Stutz nahm das Abendessen auf seinem Zimmer ein, eine Strafmaßnahme; der Colonel meinte abschließend: »Die Wiener sind keine Deutschen. Sie nennen sich übrigens Weaner.« Es schien ihn nicht zu befriedigen.

Die Neugierde blieb, aber sonst verbreitete sich Enttäuschung. Ein gültiger Stadtplan wurde aufgetrieben, die Schwierigkeiten bestanden hauptsächlich in einem Fraternisierungsverbot, gegen das Walter B. auf keinen Fall verstoßen wollte. Der schwarze Diener blieb verschwunden. Bosie, die keine Gewissensbisse empfand wie ihr Gemahl, trieb in dem bereits geschilderten Treffen mit Angela endlich eine Art von Arbeitskraft für das Haus auf, die jedenfalls durch ihre bloße Anwesenheit für ein wenig Abwechslung sorgte, auch die Neugierde des ethnologisch wie kartographisch forschenden Obristengeistes befriedigte.

Für sie, Angela, war dies nochmals eine herrliche Zeit. Ihrem Gesang, dem ihrer Mutter vergleichbar, voll der Melodien aus den Waldviertler Wäldern und steirischen Büheln, gesellten sich die Hillie-Billies der ewig freundlichen und gut gelaunten Bosie Boltzmayer.

Denn zutraulich und vertrauensselig war sie, die kleine Kanadierin, geradezu seelenverwandt jener europagewandten Hilfskraft der Heeresgruppe Todt. Die konnte ihr alles erzählen, und sie glaubte es.

Sie saßen zusammen, allein im Hause, draußen war es Frühling. Das Radio spielte Wiener Lieder, und Angela berichtete von norwegischen Fjorden und steirischen Strömen. Es war gemütlich.

Die Wiener Wesensart begann sich in jenen Monaten langsam Bahn zu schaffen in der schief gegangenen Weltgeschichte. Es wurde ganz kuschelig in dieser Ecke der Welt. Was darunter lag, blieb wieder einmal den meisten verborgen. Unerinnert. Die Weaner waren keine Deutschen.

Das Geschirr, das in der Küche abgetrocknet wurde, die Messer und die Gabeln und die Löffel, dazu die Gläser, machten alle winzige Geräusche, ein kaum hörbares Geklirr und Gesirr, das Wasser, das aus dem Hahn floß, brauste wie ein Niagara im Lande Liliput. Nach dem Schlachtengedonner waren die Taubenfüße des Friedens gekommen. Des Friedens? Mindestens machten die Menschen weniger Lärm.

Schließlich sangen Bosie und Angela zweistimmig. Bosie begann Angela ihrerseits von den Städten und hohen Häusern Amerikas zu erzählen. Wenn Stutz eben Schule schwänzte, was recht häufig der Fall war, brachte er sein Photoalbum und zeigte Angela Bilder enormer amerikanischer Ereignisse.

Vögel flogen schwirrend über das Haus, zum Nisten war kein Platz. Die Blumen wurden von Angela gewartet, sie hatte auch freundliche Worte für jede Krähe und jeden Fliegerich. Die Ernährung war ihr zwar fremd, und es fehlte vieles, was sie wieder den Fremden zeigen konnte, Gulasch vermochte sie, richtig und ausgiebig mit Gewürzen ausgestattet, auf eine ganz und gar hinreißende Art zu erzeugen. Wie lange hatte sie doch ihre Gewürze entbehrt, bei den strengen und hungernden Deutschen! Wie schön war das alles für sie! Sie blieb manchmal stehen, den Teller in das Tellertuch eingeschlagen wie die abgeschlagene Hand eines Feindes, so verharrte sie, die blauen Augen unbeweglich, ihr starker Wille ruhte, und sie genoß leise das Leben.

Angela hatte bei der Gartenarbeit ein altes Parteiabzeichen gefunden und brachte es zu Bosie ins Haus. Es war ganz von Erde verschmutzt.

»I kenns«, sagte sie. »Is von anem Herrn Ober-Sturmbannführer. I mein nur.« Sie seufzte dazu vielleicht ganz leise. Bosie hielt ihr aus dem Stegreif, aber immer gut gelaunt, einen längeren Vortrag über die Scheußlichkeit der Nazis, über Auschwitz und Mauthausen. Angela antwortete gar nicht; nach einer längeren Pause: »I kann die Russen net leiden, Frau Exzellenz«, fügte sie hinzu, wieder nach einer Pause: »Kennen S' Juden?« Frau Oberst mußte verneinen, sie kannte wirklich keine Juden, weder in den USA – noch hier? Aber Angela schwieg jetzt auch.

Die Männer gehörten nicht so recht dazu. Stutz schloß sich durch sein wildes, fahriges, wüstes Wesen selbst von allen gemütlichen Beschäftigungen aus. Er konnte keine Sekunde stille stehen, dachte ununterbrochen an neue Streiche, sprang und rannte, raufte und prügelte sich mit seinen Mitschülern.

Seine Antipathie gegen seine engeren Landsleute auf der Schulbank war unüberwindlich, auch die Franzosen und Engländer konnte er nicht schmecken. Mit den Russen ging es noch eher; am besten vertrug er sich mit den Ur-Wienern, größtenteils mit den verkommenen Burschen auf der Straße, die nichts hatten und auf Raubzüge ausgingen, um in den verschiedenen Verpflegungsstellen der Alliierten ihren Hunger zu stillen.

Dabei war Stutz ein brillanter Studiosus, lernte spielend, war frühreif in allem und jedem. In der Stadt und deren Umgebung fand er sich bald zurecht wie in Milwaukee; seine Verachtung für bürgerlich akzeptierte Werte wie Vermögen, Stellung und Lebensalter war nicht zu schildern. Viele seiner Streiche richteten sich, oft in Gesellschaft seiner abscheulichen Spießgesellen aus Hernals und Ottakring, gegen einzeln wandelnde Damen reiferen Alters, gegen Herren mit kleinen Hunden, Greisinnen mit größeren Einkaufstaschen, die ihnen von hinten weggerissen wurden, ihr Inhalt auf der Erde verstreut, die Hunde kamen mittels Leinenumschlingung auch öfters zu Schaden, ja zum Tode. Die älteren Damen lagen manchmal selbst in der Gosse und schnauften besorgniserregend.

Ein hübscher Bursch war er schon, der Stutz.

Zu Hause hatte er bald entdeckt, daß Angelas blaue Klein-Kalbsaugen bewundernd auf seinem Leibe lagen, wenn er, nur notdürftig bekleidet, auf dem Weg ins Badezimmer die Küche passierte. Auch hatte er herausgefunden, daß es durch eine sonderbare Kombination von Spiegeln und Zwischenfenstern Angela möglich war, ihn im Bade völlig nackend zu belauschen. Seitdem machte er sich einen Sport daraus, das arme Ding durch die Heraufbeschwörung von Erscheinungen der Vergangenheit in Fleisch und Blut geschlechtlich zu erregen und in Panik zu versetzen. Plötzlich erschien er vor ihr in irgendeinem Korridor völlig unbekleidet, sprang auf und ab wie ein Irrwisch einer besseren Welt, verschwand wieder, nachdem er der verzaubert Gebannten sein Hinterteil entgegengestreckt hatte. Ja, er brachte es zustande, nach dem Bade die ganze Prozedur im Erektionszustand vorzuführen, ein Satyr vor einer ältlichen Bauerndirn.

So frühreif war unser Junge!

Der Colonel war weder dies noch jenes: verspätet war er, und wirklich reif würde er wohl kaum noch jemals werden. In der Ausbildung seines spinnigen Charakters war er jedoch den Einwohnern der ehemaligen Kaiserstadt keineswegs unähnlich.

Wie die Wiener hielt sich auch Walter Boltzmayer abwechselnd für einen Gott (größte Knopffabrik in Milwaukee!), abwechselnd für einen Teufel, wenn auch für einen armen und leicht lächerlichen – für einen Mann, der nicht einmal Wien und Berlin hatte auseinanderhalten können.

Ja, die erste negative Erfahrung bei der Rundfahrt mit der falsch beschrifteten Karte hatte sich tief in des Colonels Hirn gegraben und in ihm einen Haufen enigmatischer, peinlicher und qualvoller Gefühle ausgelöst. Wie konnte er nur?!! Gerade auf seinem Lieblingsgebiet, mitten in seinem Hobby! Hatte es einer von den Wienern gemerkt? Und wenn schon! Was waren denn die? Ein Haufen von starrsinnigen, heuchlerischen, unbekehrten Nazis.

Ein Idealist, der sein Lehrgeld zahlte und zahlte – jeden Tag und jede Stunde. Immer fühlte sich der Colonel verfolgt, immer beleidigt und war dabei selbst zu einem Vorgesetzten geworden, der mit Tadel und Schärfe nicht sparte. Auch in dieser Hinsicht glich der Colonel aus Amerika seiner Wiener Umgebung und paßte sich ihr immer mehr an.

So entstand aus Unsicherheit Angst, aus Angst wurde Mißtrauen: im Mißtrauen stürzten seine Träume ein und auch seine Autorität. Wie ein Geier hing der Colonel über seiner Familie – von ungesunder Gesichtsfarbe, mit stets schwächer werdender Sicht auf beiden Augen, mit den emporgezogenen Schultern, der Hakennase, den Mantel übergeworfen, als sei nicht einmal Krieg und Militär wert, ernst genommen zu werden – so hing er da wie ein römisches Feldzeichen, dieser trübe gewordene, unreife Raubvogel. Selbst Angela lachte ihn hinter dem Rücken aus, und Stutz bestahl ihn, wo er nur konnte. Seine Anbiederung an eine Idyllisierung des Kriegs und der Weltgeschichte überhaupt mißlang ihm unter den Händen, denn immer, wenn es am stillsten war im Haus, fiel ihm unwillkürlich die Episode mit einem besonders heimtückischen Nazi ein, einem erpreßten Geständnis, einer Entführung über die Sektorengrenze.

Sehr selten setzte sich, spät am Abend, Bosie zu ihm und spielte ihm auf dem Banjo vor, wozu sie sich, je nach Jahreszeit, ein Büscherl Veilchen oder eine kleine Rose in das an den Schläfen leicht ergrauende Haar gesteckt hatte. In jenen Tagen war es üblich, daß Berichte über Gewalttaten, begangen in einem der vier Sektoren von Wien, womöglich nicht in die Zeitung kamen, da jede der Besatzungsmächte das größte Interesse daran hatte, nicht in einem Blatt der anderen Drei durch nicht ganz wahrheitsgetreue Darstellungen in den Augen der einheimischen Bevölkerung herabgesetzt oder verächtlich gemacht zu werden. Es war also keineswegs die Schuld der Boltzmayers, daß sie sich das plötzliche Ausbleiben ihrer munteren und sangesfrohen Hilfskraft nicht erklären konnten. Der Colonel bestand außerdem darauf, man dürfe sich, als Bewohner von »God's Own Country«, bei einer solchen Nachforschung nach Leben und Verbleiben einer Angehörigen eines minderwertigen Stammes, nämlich der Wiener, der ja doch größtenteils aus Nazis bestand, nichts von seiner Würde vergeben. Bosie wieder machte sich Vorwürfe, daß sie es in ihrer verhuschten Art unterlassen hatte, Angela auch während der längsten Gespräche nach ihrer Anschrift zu fragen. (Stutz war zu jener Zeit schon viel zu sehr mit seiner verhängnisvollen Aktivität befaßt, um sich viel um etwas anderes zu kümmern.) Doch mit dem Ausscheiden Angelas aus dem Kreis der kleinen amerikanischen Familie begann auch deren Untergang. Dies mag vielleicht als allzu starkes Wort angesehen werden, doch ist zu bedenken, daß eine gewisse Starrheit in Benehmen und Gesinnung, das Festhalten an einer im Grunde unnatürlichen und unangemessenen Handlungsweise sehr wohl als der letzte Schritt vor dem Abbröckeln und der Auflösung einer ursprünglich wohlgeplanten Lebensart erkannt werden mag.

Aus der Ablehnung der noch immer nazistisch eingestellten Bevölkerungsteile durch den Colonel wurde eine Verfolgungsmanie, die sehr oft zu peinlichen Szenen, sogar auf der Straße oder in Ausflugsorten führte. Die Versuche der Besatzungsbehörden, nach Aufhebung der Nicht-Fraternisierungsordre eine Art von Verkehr zwischen ihren Stabsoffizieren und den notorischen Streberschichten Wiens herzustellen, versagten im Falle Boltzmayer vollkommen. Walter B. war zu grob, Bosie war zu ordinär, um bei der höheren und niederen Aristokratie am Ort Eindruck zu hinterlassen.

Da das kleine Haus durch die sich stets mehr ausbreitenden Zirkel der Tratscherei immer tiefer in den Ruf der Österreich-Feindschaft geriet, wuchs auch diese Feindschaft innerhalb seiner vier Wände. Sie saßen am Abend noch da, hörten dem Rundfunk zu, mit eingetrockneten Worten um die Lippen, einen Whisky vor sich, manchmal auch ein Buch in der Hand, unaufgeschlagen, aufgeblättert; nur daß in Bosies Fall diese Bücher immer öfter zu frommen Büchern wurden. Ja, Bosie war heimlich, ohne Wissen ihres Gatten, zum Katholizismus übergetreten, sie ging in die Frühmesse, bevor er sich nur vom Bett erhoben hatte, betete oft, statt zu singen – glaubte an alles, was ihr die Frau Helmetsberger um die Ecke in ihrem kleinen Laden wochen- und monatelang vorerzählt hatte – ein altes Weib, das auf Bosie, die niemals eine Mutter gekannt hatte, mit allem, was sie sagte und predigte, einen tiefen Eindruck machte.

Denn einen Menschen brauchte sie ja doch. Stutz bekam sie fast niemals zu sehen, der Gatte entrückt, Angela verschwunden – die Jungfrau Maria und vor allem die vielen, vielen Heiligen im Halbkreis um den Erlöser waren der einzige Ersatz, da man ja, wie sich zeigte, mit diesen Wienern doch nicht vorwärts kam. Kein Verkehr für sie, eine sinnlose Episode im Leben eines großen amerikanischen Knopffabrikanten.

War er es noch? Denn zu alldem traf Ende 1945 eine Verständigung aus Milwaukee ein, vom ersten Prokuristen und stellvertretenden Leiter des Werks, eingeschlossen letzte Bilanz und Rechnungsabschluß: schlechte Nachrichten. Was während der großen Krise nach 1931 durch Einsatz aller Kräfte und Kredite erfolgreich abgeschlagen werden konnte, drohte offenbar jetzt unabwendbar: Konkurs, mindestens Ausgleich und Zahlungseinstellung.

Kabel flogen hin und her, ein Sofortprogramm wurde vom Colonel in einer schlaflosen Nacht ausgearbeitet und telephonisch an Mr. Gowan weitergegeben: die Entscheidung, den Heeresdienst zu verlassen, die mittels Rundschreiben für die Zeit nach dem Zustandekommen des Staatsvertrages seitens des Pentagons älteren Jahrgängen nahegelegt wurde, fiel der erstarrten Familie um so leichter, als für denselben Zeitpunkt auch die Zwangsmiete des kleinen Hauses ablief, ja sich die ehemaligen Vormieter bereits des öfteren persönlich gemeldet hatten, darunter auch jener Scherzbold, der einmal mit so peinlichen Worten an Stelle des Namens BERLIN – WIEN geschrieben hatte.

So geschah es also – so kam es, das Ende, unter erinnerungswerten, sonderbar schrecklichen Umständen.

Am Tag der Übergabe standen seit dem frühen Morgen zwei kleine, aber bullige Ziehwagen auf der Straße oben vor der Biegung abwärts und warteten auf ihre Fuhren: der eine sollte das zusätzlich angeschaffte Ziehgut der Familie Boltzmayer fortbringen, der zweite war schütter gefüllt mit Möbelstücken, welche die eigentlichen Mieter in der Zwischenzeit angeschafft hatten und jetzt in die rückeroberte Wohnung heimgebracht haben wollten. Die Ziehmänner Boltzmayers taten einen Blick auf die Möbel im Haus, spuckten zweimal vor sich hin, zuckten verächtlich die Achseln und sagten, dös wär ja nix, worauf sie sich um die Ecke und auf der Straße zum »Krenner« begaben, um schon zu früher Stunde den in diesem Jahre besonders köstlichen »Heurigen« zu probieren. Da die anderen Ziehmänner sich weigerten, ihre Stücke hineinzubringen, da dort ja kein Platz sei, folgten sie dem

Beispiel der Konkurrenz und auch deren Spuren, heurigenwärts.

Das Ehepaar sah sich also auch in diesem winzigen Zusammenhang ungebraucht, tatenlos und beinahe schon ohne Adresse in der noch von ihnen mitmöblierten Wohnung verweilen. Als sie gerade die Fersen erhoben hatten, um aus dem Haus ins Freie zu gelangen – aber wohin? – und als ein wahres Abbild der kleinsten Einheit der menschlichen Gesellschaft in der Halle herumstanden, halb drinnen, halb draußen, erfüllte plötzlich ein entsetzlicher Lärm die städtisch-ländliche Umgebung, und sie hielten inne, gleichsam erfroren.

Es rauchte heran. Dann donnerte es, knatterte es, stampfte und pumperte es. Auf der Zwei-Stufen-Treppe des Porticus hinan zeigte sich Stutz in einem verschmutzten Overall, ohne Kopfbedeckung – überhaupt vollkommen verwildert. Und neben ihm stand ein zweiter streitbarer Jüngling, etwas sorgfältiger gekleidet, über und über behängt mit den Paraphernalien der Photographie- und Filmkunst.

Bosie setzte dazu an, eine mütterliche Bewegung des Umarmens durchzuführen, aber Stutz brüllte beide Eltern an: »Nicht rühren! Keinen Finger rühren! Ihr Eltern! Stehen bleiben, ihr werdet für die Ewigkeit festgehalten!!«

Es klickten Verschlüsse, die Apparate wurden wie Pistolen angehoben und abgefeuert. Stutzens Begleiter hatte allein drei umhängen, zwei weitere in den Taschen. Alle wurden betätigt. Inzwischen wurde in grobem Ton und abgerissener Melodie die große Oper der letzten Ereignisse, die Stutz betrafen, von diesem hervorgestoßen, gebrüllt und den Eltern wie Handgranaten in die Gesichter geschleudert.

Da mit Stutz schon seit vier Monaten keine Verbindung mehr bestand, hatten die Eltern Besuche in der Schule aufgegeben, weil sie dort von allen Interessierten wie Kot behandelt wurden. Stutz habe, so sagte er jetzt, gestern die Abschlußprüfung nicht bestanden, seine Absicht sei, sich endgültig von der Familie abzusetzen, er müsse Wien verlassen, ostwärts. Er habe die minderjährige Tochter des Schulportiers verführt, er habe auch gestohlen und unterschlagen, die Polizei wisse davon noch nichts, werde auch niemals etwas davon erfahren, seine Garde umgebe ihn als bewaffneter Schutzwall. Dies sei sein letzter Besuch, gerade, wie er sehe, zeitgerecht.

Er stieß die Eltern zur Seite, der Colonel hob die Hand, ließ sie wieder sinken, was war das? Nun kam ein Rauschen und Donnern heran, hundertmal, tausendmal stärker als der Lärm vorhin:

die Garde kam. Die Fahrräder wurden an den Straßenrand geschmettert, die Burschen stürmten das Haus und begannen, alles, dessen sie habhaft werden konnten, zu zertrümmern. Stutz war ihnen voran, er hatte sofort mit einem mitgebrachten Stein den Stolz Bosies, den neu erworbenen Toilettenspiegel, in Stücke geschlagen.

Der Colonel leistete Widerstand, wurde abgewatscht, aber nicht verletzt. Unter den rauhen »Rockers«, die nur mit diesem Namen zu bezeichnen waren, befand sich auch der desertierte Neger, Jim, der Offiziersbursche.

Um so größer des Colonels Wut. Trotz eingeheimster Watschen stürzte sich Walter B. mit erhobenen Fäusten auf den starken Kerl, bekam sofort eine mit einem Schläger über den Kopf und wälzte sich im Schatten seines durch Axthiebe vernichteten Schreibtisches auf dem Boden.

Bosie, zum ersten Mal in diesem Kampf, schrie, ganz schrill, fast wahnsinnig: »Polizei! Polizei!« Einer hielt ihr den Mund zu und schlug sie dabei dreimal heftig auf ihr Hinterteil. Wars der eigene Sohn?

Noch bevor die Polizei kam – sie kam dann wirklich! – hatte die Schlacht um sich gegriffen. Die Möbelpacker waren von ihrem Heurigenbesuch zurückgekehrt und stürzten sich ins Getümmel, für die Herrschaft Partei nehmend. Die anderen Packer fühlten sich in ihrer Kampfesehre gekränkt und mischten sich auch ein. Von draußen kamen Nachbarn, drei Leute aus dem Nebenhaus telephonierten gleichzeitig mit der nächsten Wachstube: »Überfallkommando! Gleich! Sofort!«

Die Rockers hatten die Möbelwagen um die Ecke entdeckt und machten sich an deren Inhalt. Zerstörung. Die Vormieter, zwei Mann und eine Frau hoch, muskelgewaltiges Volk (aus Berlin, wie man weiß!) waren ebenfalls auf der Walstatt angekommen und stürzten sich ins Melée. Ihr Personenkraftwagen wurde im Nu in das Vernichtungswerk einbezogen.

Aufgeschlitzte Sitze, herausgerissene Türen, eingewässerter Motor hier; in der Wohnung: Glassplitter, Sesselbeine, Scherben, Koffer, die ihren Inhalt hatten wieder hergeben müssen; der Inhalt: Kleider, Wäsche, beschmutzt, mit Exkrementen bedeckt. Im Garten hatte wieder einmal das Papier zu brennen begonnen. Gerade als die Kampfwut abflaute, mangels Masse und aus Mattigkeit, kam das Überfallkommando, da wurde es ernst, da mußte alles gegen die Polizei zusammenhalten, die Packer wurden Rocker, die Rocker Packer, sogar die Berliner wehrten sich gegen eine

Staatsgewalt, die jetzt mit Tränengas und Wasserstrahl zu arbeiten begann. Nur die Familie Boltzmayer hatte sich in den entferntesten Teil des Gartens abgesetzt, unter die blühenden Apfelbäume, und restaurierte sich. Die Tränen liefen Gatten und Gattin über die Wangen.

Es war ein strahlender Frühlingstag, der über Wien und Umgebung lag.

Dem Colonel lag insbesondere seine Uniform am Herzen, sie war bald wiederhergestellt. Wie lange würde er sie noch tragen? Er sagte zu Bosie ohne Zittern in der Stimme: »Komm, nach Stutz sehen!« Sie begaben sich nach vorn, ins zerstörte Haus.

Nicht alle wurden abgeführt, viele Rocker waren über die Felder entkommen. Stutz war noch da, er blutete, der Colonel sprach mit dem Polizeimajor ein paar Worte, er, der Colonel, übernehme die Verantwortung. Stutz zuckte dabei verächtlich die Achseln und blieb. Viele rieben sich die Augen und husteten. Was die Rokker nicht zerstört hatten, war vom Wasser ruiniert.

Namen und Adressen der Polizei und der Geretteten wurden ausgetauscht, die Berliner zeigten sich renitent. Kleine Wortwechsel schwelten noch nach.

Es würde natürlich eine Verzögerung bei der Abreise geben. Der Schaden war beträchtlich, große Teile vom Gepäck der Boltzmayers waren gottlob schon ein paar Tage früher an die Westbahn gebracht worden. Nachbarn halfen bei den ersten Aufräumungsarbeiten. Die Polizei zog mit ihren Gefangenen langsam ab. Es wurde wärmer. Der Frühlingstag zeigte seine Schönheit.

Plötzlich sagte jemand, man solle sich doch oben beim Heurigen ein wenig stärken und ausruhen. So gingen alle die paar Schritte den Hügel hinan.

Sie saßen dann, fast alle, auf den langen Brettern auf den leeren Fässern vor den langen Tischen und tranken die gelbe Flüssigkeit. Es war eine sogenannte Buschenschenke, nur kurz im Jahr bewirtschaftet, aber wenigstens ein paar Stücke G'selchtes waren zu bekommen, eine Ausnahme, wider das Gesetz. Der Wein war in diesem Jahr hervorragend, süffig, ein ganz klein wenig moussierend.

Von der Polizei waren der Major und zwei andere Offiziere mitgekommen. Zuerst waren es nur die Boltzmayers und von den Berlinern nur die Männer, dann setzten sich die Möbelpacker dazu, auch ein paar Nachbarn. Die Runden wurden abwechselnd bezahlt. Als der Schwierigste und Ungeselligste erwies sich lange Zeit der Stutz, er war wütend über die Festnahme seiner Kameraden und hatte an einem Extra-Tisch Platz genommen. Die Kellnerin aus der Schenke verband ihm seine Stirnwunde. Als er mehr und mehr trank, kehrte er zu den Erwachsenen zurück. Bosie weinte an seiner Brust.

Auch die Vögel, die vor dem Lärm und dem Brand davongeflogen waren, kehrten zurück und sangen in den Blütenbäumen. Es war ein herrliches Sonnenspiel von Grün und Weiß, mit den häßlichen Menschen darunter.

Kurze Zeit später stand dann auf dem Schreibtisch in Milwaukee in gefälligem Rahmen das gewisse Gruppenbild aus dem Wiener Haus, das Ehepaar sah darauf wirklich aus wie die letzten Menschen vor dem Weltuntergang. Die Schwierigkeiten in der Fabrik waren rasch behoben worden, sogar Stutz arbeitete jetzt dort, er hatte darauf bestanden, als einfacher Packer zu beginnen. Von Wien sprach man nur selten, doch wenn die beiden alten Eltern es taten, sahen sie einander dabei in die Augen, Rührung überkam sie. Sie falteten die Hände und sagten, kaum seufzend, alles zusammenfassend: »Das war doch die schönste Zeit unseres Lebens.«

Continuat

ANGELA FRUMM

Das hat dann die Angela über den schrecklichen Tag im 12er Haus ausgesagt:

»Es ist ganz plötzlich gewesen. Die Unannehmlichkeiten haben mich außighaut – aus der Bahn geworfen. Es war scheußlich. I mein so:

Das muß die Angst gwesen sein. Was die Angst alles aus einem Menschen machen kann. Die Russen haben gedrängt, auch die andern waren nicht viel anders. Ich bitte: ich weiß ja nix von die Sachen. Ist schon so lang her. Ich kann mich nicht erinnern. War wie im Theater.

Wie ich also durch den hinteren Hof komm, stehn scho alle herum, mit was i aber nicht spreche, sind doch alles Kommerln, nur die Leut nebenan, da ist die junge Tochter eine Heilige, und der Pfarrer kommt oft und segnet sie, und da solls eine Sekte – eine Sek-te – geben, was zu ihr beten und bringen auch Weihrauch und was zum Essen, mit denen tu i schon sprechen; also die Mutter von denen tut mich aufhalten und packt mich am Rock und sagt: ›Gebens acht, Fräulein Angerl, da is was los, und zündens kein Strafhölzel an, um Gottes willen!‹ Also, beim ersten Stock riech ich schon was, da stehn in der Wohnungstür die Wächter, aber nur zwei, und es ist dunkel im Zimmer, und vor der Tür zur Küche steht ein dritter, es ist also stinkfinster – ich meine nur – es ist ganz dunkel, die Mutter hängt am Fensterkreuz, ganz blau angelaufen, i eini – hinein – in die Küche, da liegt der Karl, mit dem Schlauch im Mund, war doch so ein netter Kerl, was doch der Lieblingssohn von der Mutter war. Und wie ich noch so steh, gehts los vor der Türe, und die Polizeimänner machen Lärm mit ihnere Füß – ihren Füßen – da schießt was durchs Zimmer, von der Tür zum Fenster, und schon hinaus beim Fenster, und ist verschwunden. War ein Mann, und ist unten glegen, aber wissens was? Man hat nie herausgefunden, wer das war; denn wissens was, er ist grad aufs Gsicht gfallen, das war ganz zerknetscht, zermerschert – zermörsert –, kaner hat ihn kennt, muß wer gwesen sein, der die Mutter kennt hat, oder die ganze Familie.

Is aber noch viel ärger kommen.«

Während zwei Familienmitglieder oben auf dem Zimmer in die Horizontale hingestreckt auf den Abtransport wartet, mußte sich jetzt knapp vor dem Haustor auf der Straße auch gleich Angela plötzlich hinlegen, denn sie wurde von einem Motorrad niedergestoßen und blieb dort, einem Embryo gleich, in sich eingerollt. Das Rad gehörte der geliebten Avalla, jenes Geschenk vom alten Masopust. Es war kaum generalrepariert, und das langhaarige Mädchen verstand noch nicht richtig die Bahn einzuhalten. Andere sagen, die durch die jähe Familienberaubung verwirrte und ohnmächtig zusammengerollte Angela sei ihr unversehens im Weg gelegen.

Dem kleinen Averl mußte man das prächtige Haupthaar schneiden, da sie eine Platzwunde auf dem Schädel davontrug. Angela wurde, angeblich mit einer Knieluxation, in die II. Unfallstation gebracht. Als sie, nach einigen Stunden Bewußtlosigkeit zu sich gekommen, in dem behandelnden Arzt Dr. Hacker erkannte, war sie zwar anfangs hocherfreut, ängstigte sich aber bald sehr, da er sie auszufragen begann. Wieder einmal war Böses mit Gutem gemischt unversehens aus dem Hinterhalt über sie hereingebrochen. Sie entzog sich wieder allen Konflikten durch Flucht, sie rettete sich in das jetzt leere Mutterhaus.

BÖSE, der; das BÖSE, mit einigen Hinweisen auf SCHLECHT und SCHLICHT

Diese unsere Epoche, im Weltall bekannt als die Zeit der Astro-Tiere, grausam, blutrünstig und gottlos, schaut so gerne weg. Sie will den Blick abwenden, weil sie dann, wenn sie selbst nicht sieht, nach ihrem festen feigen Glauben, auch ungesehen bleibt. Das gehört in die Verbrechenshistorie unter dem Stichwort: Alibidrang. Sie waren nicht dabei, andere haben es getan: Vietnam, Biafra, Israel, die Juden überhaupt – niemand ist schuld daran, kein Hitler und kein Araber.

Es beginnt natürlich bei der Sprache, der Semantik, der Bedeutungslehre. Verniedlichung ist die Parole. Schon in »Faust II« werden den Mephisto begleitenden Teufeln »neckische« Gebärden nachgesagt. Die Wörter »herzig«, »gemütlich« drängen sich auf. Aus dem »Bösen«, dem »Bitteren«, dem bösen Tod, dem bitteren Teufel wird eine gewöhnlich nie ganz ernst gemeinte Bitte an Ehe- oder Geschäftspartner, doch »nicht böse zu sein«, mit einer ausgesprochenen Zerdehnung des Umlauts, als stünden dort mindestens vier Ö.

All das trifft keineswegs auf das harmlose »schlecht« zu, das wieder seine Verwandschaft mit dem »schlicht« der Seligpreisungen nicht verleugnen kann und sich mit den an der Oberfläche liegenden, dem Willen kaum unterworfenen Qualitäten der kleinen Seelen befaßt. Nein, es ist das zutiefst schlummernde Böse des freien Willens, der Kreuzweg des Indeterminismus, wo es darauf ankommt, ob man Gottes oder des Satans Kind ist – nicht bleiben muß, hinüberspringen kann, aber mindestens bis zur Damaskus-Wahl sich in die Reihen der gewaltigen Unsteten gestellt hat.

Böse ist das Zeichen dieser großen Wahl; es ist das Sigel; das eindeutige Symbol einer Unterordnung im religiös ethischen Sinn. Ohne Autorität gibt es keine Bösigkeit; ohne Gott kein Böses. Von Unten bis Oben reicht die Skala der Werte – zustimmend oder ablehnend. Der Instanzenzug der cölestischen Bürokratie ist identisch mit der Himmelsleiter – Rebell ist derjenige, der Stufen überspringt. Wir erinnern uns an die große Rede des Ulysses in Shakespeares »Troilus und Cressida« – wo »degree« das ausschlaggebende Wort ist – der Grad, die Stufe, die Ordnung; böse ist, wer die Einstufung leugnet, sich gegen seinen Gott erhebt.

»Bitte, nicht böööse sein,« spricht der Gott der Wiener zu dem Satan aus den Sudetenländern, »nicht böse sein, aber Sie müssen ja doch zurück in Ihre Hölle . . .« Wir haben nichts gesehen, was sich an unseren nördlichen Grenzen abgespielt hat.

Einstufung verbindet sich mit der stufenweisen Entwicklung. Fabianer in England sind keine Rebellen. Hier treffen einander Wahrheit und Heuchelei – wer nur vorgibt, auf Gewalt zu verzichten, ist bereits auf dem Weg zum Gewaltverzicht. Das Eingestufte, Ordentliche wird dem Natürlichen gleichgesetzt – wie könnte Natur etwas anderes sein als Ordnung? Wem ein Geschwür aus der natürlichen Reihe wuchert, hinauswuchert und weiter wuchert, unangreifbar, als Rebell der Zellen, dann wird es ein »böses« Geschwür. Ein »böser« Finger ist ein »schwüriger« Finger, ein schwieriger Finger.

Moralische und physische Qualitäten können die Plätze wechseln. Denn die »böse« Zunge ist genauso gut (oder böse?) eine Zunge mit einer Schwellung wie eine Zunge, die durch ihre Bosheit anderen, den Gebissenen, Schwellungen zufügt. Und aus einer bösen Zunge entwickelt sich ein böser Handel, ein böser Brauch. Mit den Leibern beginnt es, und geht in den Geist – aus dem Leben kommt es – gibt es aber ein böses Leben? – und führt in den Tod: ins Böse, ins Bittere; denn süß ist nur das Leben.

Haben es also Vorzugsschüler so gut, wie man glauben sollte? Es kommt darauf an, mit welcher Skala der Werte wir rechnen. Schon Nietzsche wußte, daß man »Jenseits von Gut und Böse« nur wirken kann, wenn man nicht mehr (oder noch nicht?) die Werteskala der christlichen Nächstenliebe verwendet. Oder nicht mehr an die Durchbrechung der *Principia individuationis* im Sinne Schopenhauers glaubt.

Aber besitzen wir andere Maßstäbe, die nicht kompromittiert sind? Wohin verirrt sich unser Fuß, wenn wir über unseren Schatten springen?

Und ganz weit in der Ferne, fast unsichtbar, jene Haufen der Sündigen, die nicht anders können, schlechte Kerle – wir klatschen in die Hände, und sie sind fort, die schlichten braven Burschen! Seht, so nahe wohnen im Unterland Schlecht und Übel beisammen: Jenseits von Gut und Böse.

Oder vielmehr: diesseits.

Lieber an den Teufel glauben, als an gar nichts glauben. Die Verniedlichung ist Sache freundlicher, aber kleiner Geister.

Continuat

ANGELA FRUMM

Nach der riesigen Tragödie ein kleinwinziges Armenbegräbnis. Angela blieb im Bett und war nicht zugegen. Die Familie Boltzmayer kannte ihre Adresse nicht und konnte, sehr besorgt, mit ihr keine Verbindung aufnehmen. Dr. Hacker kam mehrere Male, das Knie wollte nicht heilen, und Angela verwies auf ihre Bürgerrechte, als sie sich gegen einen Abtransport ins Krankenhaus wehrte. Dr. Hacker hatte durch geschickte Befragung und Versorgung mit den in Wien schon zahlreicher werdenden Lebensmitteln herausbekommen, welcher Tatsache Angelas Angstzustände zuzuschreiben waren. Eines Tages überraschte er Angela, die nun allein in der Wohnung lebte und sich nur wenig bewegte – wegen ihres Knies – mit der Aufforderung, mit ihm ins Rathaus zu kommen. Er führte sie dem gleichen Referenten zu, der als Dokumentationsbeamter sie schon zweimal verhört und mit den sonderbaren Umständen des völligen Mangels an Legitimationspapieren ihrerseits zu tun gehabt hatte.

Dr. Hacker, der in einem improvisierten Hospital in Holland, wo er 1943 illegal untergeschlüpft war, den Beamten als verläßlichen Nazigegner kennengelernt hatte, brachte eine Art Vergleich zustande. Alles daran kam Angela zugute, die von nun an allerdings hinkte bis an ihr Lebensende.

Eine eidesstattliche Erklärung, von Dr. Hacker mitunterzeichnet, wurde an Stelle eines Primärdokumentes von der Behörde akzeptiert. Weitere Recherchen sollten eingestellt werden. Auslandsreisen blieben allerdings ausgeschlossen. Frl. Angela Frumm bekam eine wenn auch gering besoldete Anstellung als Garderobefrau in den vom Magistrat Wien beaufsichtigten Bedürfnisanstalten: als Häuselfrau an einem Häusel.

Sie gewöhnte sich nur langsam ein. Ihre erste Arbeitsstätte lag ungünstig und allen Witterungsunbilden ausgesetzt am äußeren Gürtel, eine baufällige Blechhütte, von vielen jungen Pülchern (Jungverbrechern) als Versammlungs- und Unzuchtsort benutzt.

Durch schlaue Zusammenarbeit mit einem Netz von Spitzeln und Polizisten versuchte Angela auch dort, Ordnung und Reinlichkeit herzustellen. Zu Hause hielt sie sich wenig auf, sie hatte Scheu vor dem Todesort, mit Avalla wechselte sie kaum ein Wort in der Woche. Wenn sie aber zugegen war, fegte und rippelte sie auch hier, eine Lady Macbeth aus Ottakring. Sie bewegte sich auf dem Estrich, als gälte es, Blutflecken und eine alte Schuld wegzureiben und zu waschen, als wäre die Todesursache ein Messerstich und nicht Schlinge und Gasschlauch gewesen, vom Tod durch Ertrinken ganz zu schweigen.

Angela wurde alt und einsam.

ALTER

Man könnte sagen: das Niveau einer Kultur kann am besten daran gemessen werden, wie hoch (oder tief) das Alter in dieser Kultur bewertet wird. Man könnte das sagen – sage ich es? Ich fürchte, daß aus dieser Sentenz eine allzu miserable Einschätzung unserer eigenen Kultur abgeleitet werden könnte. Das ist weder die Absicht, noch sprechen Tatsachen eindeutig dafür. Man könnte nämlich auch sagen: die vorläufige, dezennienlange, wenn auch noch so durch gegenseitige Angst motivierte Vermeidung eines Atomkriegs beweist schon eine relative Kulturhöhe. Wozu für Naturwissenschaftler noch die Fortschritte der Wissenschaft auf dem Gebiet der Mondfahrten treten.

Man bedenke andererseits die tiefe Verachtung, den Haß und die Roheit, wie sie in den heutigen Tagen die Jugend dem Alter gegenüber an den Tag legt. Die Chronik der aus reinem Übermut gegen Greise und Greisinnen in den vereinsamten und verdunkelten Straßen der Großstädte durchgeführten Überfälle ist ein negatives Blatt in der Bilanz Jugend/Alter. Die Tritte, die der in die Gosse gestoßene Greis von den Stiefeln der Jugend empfängt, sind die Fußspuren der Barbarei. Dagegen kann eingewendet werden, daß in der Einstufung der Altersklassen ja solche Extremfälle keineswegs die Majorität bilden, was nur beweist, daß es gottlob nicht nur Greise und Rotzbuben auf Erden gibt.

Die Taten des Alters sind geschehen, die Taten der Jugend geschehen. Wir stehen vor den erschreckendsten, weil jede Sekunde sich auswirkenden, Folgen der Zeitdimension. Das Erhaltene des Alters scheint das Zuerhaltende zu sein, vor allem den Alten selbst; das Durchgreifende der Jugend ist vorläufig zeitlos, weist mehr hin, als daß es besteht; deutet in die Nacht und in den (immerhin möglichen) Tag der Zukunft.

Die Bilanz dürfte stabil sein: was auf der einen Seite durch die sogenannten medizinischen Errungenschaften dem Alter zugute kommt, wird weitgehend durch die Geburtenzunahme, Verminderung der Säuglingssterblichkeit, für die Jugend aufgewogen. Unleugbar bleibt heutzutage die Überlegenheit der Jugend in kollektiv-organisatorischer Hinsicht. Betont wird stets bei leitenden

Männern der Politik und Verwaltung, im Kunst- und Theaterleben der Vorzug der Jugend. Der »alte Bauer« (knorrig) verschwindet ebenso wie der historische »Rat der Alten«, dem 1799 unter diesem Markennamen von einem der wirklichen Jugendgenies der Todesstoß versetzt wurde, nämlich am 18. Brumaire durch den General Bonaparte.

Es gibt zornige junge Männer in der Realität – die zornigen alten Männer sind weitgehend nur als Witzwort vorhanden. *Senatus populusque Romanus* würde heute dem Rat und den Beratenen zum Gespött dienen; die ersten Kammern sind größtenteils abgeschafft oder im Begriff abgeschafft zu werden, ob sie jetzt Herrenhaus heißen oder House of Lords. Die Greisenklasse steht ausschließlich passiv, als Objekt, mitten in einer bestenfalls heuchlerisch ihr positiv zugewandten Welt. Hier gibt es Altersheime, Besuche von Einsamkeitspflegerinnen und den weitverbreiteten, wenn auch pervertierten Hang der Gerontophilie seitens der durch jugendliche Sexualbrutalität abgeschreckten jungen Mädchen vegetierender Art. (Keine Fleischfresserinnen!)

Individuell finden und fanden gewaltige Alterssiege über die Jugend statt – von Platons »Staat« über den Tod des Sokrates und die Eroberung des belagerten Konstantinopel durch den vierundneunzigjährigen Enrico Dandolo bis zu Adenauer und Hindenburg, Freud, Goethe, Bertrand Russell, Bloch und Marx. Die Liste kann beliebig verlängert werden, sie zeichnet sich, besonders um die Mitte des Altersjahrhunderts, des neunzehnten, sogar durch eine Art von physiognomischem Typus aus, dem bärtigen, wobei dem entscheidenden Vollbart nicht einmal die Wahl von Form und Länge überlassen blieb. Das Herrische, die Erfahrung waren damals durch die unübliche Anhäufung von langen, an den Seiten jedoch abgerundeten Haaren gewissermaßen um allen Hochmut gebracht und in gemütlich-briefmarkenähnliche Lächerlichkeit abgebogen.

Das Alter wird pompös oder lustig machen: man wird weise oder zur Karikatur. Die Schwächen und Nachteile sind mit der Hand zu greifen. Man kann ebenso gut sagen: »Alter ist Krankheit«, wie »Alter ist Wahnsinn.« Ganz abgesehen von den häufigen Symptomen einfacher Verkalkung, die zu schizophrenen oder paranoiden Auswüchsen führen kann, wird der Gealterte durch die Nähe der Schwelle zu Gedanken, Gefühlen und Äußerungen verführt, die von allem abweichen, was er in seinem Leben bisher unternommen hat. Er wird taub, blind, impotent, launenhaft; ein Sammler, ein Weltreisender, ein Hypochonder, ein Geck – das alles beim männlichen Geschlecht besonders betont. Die Frauen schließen sich zu kleinen, behördlich nicht anerkannten Herden, Gruppen, Konventikeln zusammen, neigen zu Frömmigkeit, Theaterbesuch, Ehrabschneidung, Klatsch – alles keine Gegensätze, sondern bei der Frau Fortsetzung des bisherigen Lebens.

Während die Natur in ihren direkten Äußerungen gewöhnlich auf den Menschen durch relativ unvorbereitete Überfälle einwirkt, und so der vulkanischen Schule, der Schule der Revolution Beweise liefert, und nicht der Schule der Evolution, steht das Alter im Zeichen der langsamen Entwicklung des schleichenden Kausalnexus'. Wie lange dauert es noch, bis die Verkalkung der Arterien uns zuerst gewisse Wörter vergessen macht, dann ganze Sätze, bis die endgültige Sprachstörung im ganzen einsetzt. In großen Abständen verlangsamt sich das Tempo der Greisenschritte, die Bewegung wird gehemmt, andere Körperteile werden miteinbezogen, schon ist es nicht mehr als ein halber Meter, dessen einst stolze Beine zu meistern vermögen, bis das echte Greisengetrippel den Körper wie mit Pech an den Boden bannt.

Wie zittern doch die Greise, wenn sie etwas zart anzupacken haben, und das Zittern vermehrt sich mit den Tagen, den Monaten, den Jahren: die Finger beben wie Espenlaub. Das Alter beginnt in den Beinen. Hier wird erst der eine Fuß steif, dann der andere; für das freie Auge kaum wahrnehmbar, entartet der Knochen am Knie, an der Zehe. »Wie eine Festung wird der alte Mensch von allen Seiten berannt.« Die Aufmerksamkeit auf sich selbst muß völlig ausgeschaltet werden, andernfalls wird das Bild der Welt einzig und allein vom eigenen Leib und dessen Krankheiten ausgefüllt. Man frage sich: »Ist es der Mühe wert, so viel von sich selbst zu wissen?«, wenn die Antwort letzten Endes nur im letzten Ende liegen kann – vielleicht auch darin, daß ein entscheidendes Symptom übersehen werden könnte. Ist es vergnüglicher zu schnüffeln und zu wissen (unter Angst); oder blinden Auges Jahre vorher in den Tod zu rennen? Gerade das Mittelmaß, das auch hier einen Weg wiese, fehlt dem Alter.

Die Freude, die Begeisterung, der Schwung – sie tröpfeln aus dem Gefäß des Lebens und rinnen langsam aus. Freßlust, Sauflust, Streitlust sind an ihre Stelle getreten, manchmal in hohem Maße. Nicht etwa das Gefühl, leergelaufen zu sein, herrscht vor – viel eher eine Anstopfung mit sinnlosen Materialien, Abfall, Lebensabfall.

Mit den Vorteilen, den sogenannten »Kompensationen« des Alters ist es nicht ganz so bestellt, wie man die Greise gern tröstet

– es gibt sie vielfach gar nicht. Das Urteil mag durch viele Analogiefälle sicherer geworden sein – es kann aber auch im Gegenteil durch die lange Vergangenheit zu größeren Zweifeln neigen. Für die Leidenschaft mag sich Liebe eingeschlichen haben wie der Dieb in der Nacht, auf leiser Sohle, über die Schulter blinzelnd, daß man sie nur ja nicht ertappe; da sie aber doch keiner kennt, bleibt es bei der ständigen mißtrauischen Gefährdung. Schmerzempfindlichkeit bringt auch Sensibilität im Großen und Kleinen hervor; der Geruchsinn, der Geschmacksinn sind geschärft – gibt man ihnen auch genug Nahrung?

Wer schön war, wird oft häßlich – wird jeder Häßliche aber auch schön? Der Charakter beginnt den Gesichtsinn zu beherrschen – oft ist's ein übler. (Hier bekommt auch der Bart seinen Sinn, dieser lange Vorhang optischer Verhüllung.) Die Phantasie wächst unzweifelhaft – es führt zu den Alters-Epen eines Faust II, manchmal auch zu Kindesschändung. Jede Kompensation wird ihrerseits wieder kompensiert; wer nicht aus und ein weiß in diesem Spiel auf dem Rangierbahnhof des Lebens, mag sich wie Coleridge in Privat-Irrenpflege begeben. Ein wohliges Gefühl, ausgesorgt zu haben. Laßt andere wachen!

Wie überall hat das Heute auch hier ebenso gelindert wie gequält. Die großen Medizinen der Einsamkeit dürfen vor allem nicht vergessen werden, in erster Linie das Fernsehen und Fernhören. Darüber hinaus sind jetzt alle Hobbies des Alters leichter zugänglich, wohlfeiler und gefahrloser geworden – vom Briefmarkensammeln bis zu gemeinsam von der Stadtbehörde geförderten Schachpartien an leichten Freilufttischchen im Park. Demgegenüber stehen Pein, Angst und Schäden im Straßenverkehr, die Unmöglichkeit, sich außer Haus ohne Hast, Furcht und Atembeschwerden in den Schwaden der Abgase und unter den abgewandten Blicken der dahinrasenden Rotzbuben friedlich zu bewegen. Die aufgeschwemmte Fülle von Mensch, Tier und Maschine wirkt auf den abgebrauchten Menschen von heute tausendmal so schlimm und tödlich ein wie auf ihre tierischen Vorgänger.

Die Menschenfeindlicheit des Alters gegen Jugend und Alter nimmt, mit Zunahme der globalen Gewalttätigkeit, ebenfalls zu. Der Egoismus der letzten Jahre vor dem Ende steigt mit dem stärkeren Genußangebot. Die Wege laufen verwirrt durcheinander, die Jahrhunderte haben einander noch nicht gefunden, sie rennen davon und werden nie eingeholt, sie bleiben zurück und können ohne Schaden nicht besucht werden, es sei denn in den Träumen.

Es sind Träume, habsüchtig, überhitzt und ungeregelt.

Und es ist ihnen doch nichts gelassen als die Träume! Als die Blicke aus aufgeschlagenen Augen. Da wird mit Inbrunst nach Hammer und Nagel verlangt, um das einzige und sekundenkurze Bild am Firmament festzuhalten, mit einigen scharfen Schlägen, aber lautlosen. Denn solche Augenblicke sind selbst lautlose Augenblicke; welcher Mensch würde es wagen, die Stille, die ihm begegnet, durch Greisengeschwätzigkeit, durch Vielgefräßigkeit und Begehren, die Teufelshelfer unserer Greisensünden zu stören? Wir sitzen auf einer abendlichen Terrasse vor dem Haus, den hohen Bäumen nicht fern, nicht fern der Nacht, sie kommt und ist da, mit ihr die rötlichen Windlichter, die kaum flackern. Auch der Mund ist unbewegt, die Hand ist es. Die Stürme sind zu einer Brise geschwächt, die über die Kimme steigt, über den Grat heranweht, eisig wie die Ewigkeit, milde wie das Mittelmeer am Herbstufer der Insel. Die Nähe ist zur Ferne geworden, aber auch die Ferne ist ganz nah, weil sie um uns, in uns liegt. Schwer ist es, den Segen in Worte zu fassen, selbst in singende.

Wir blättern in unserem Buch wie der Wind. Wir schlagen diese Seite auf und jene. Wir gehen vorwärts in Zeit und Raum; da steht ein alter Mann, unterirdisch steht er da in der Toilette, zwischen »Herren« und »Damen«, den Bauch leicht vorgestreckt wie das Zeichen einer Würde, die Nase noch länger als in der Jugend: das Gesicht des Dr. Hacker ist abgemagert – ob er krank ist oder nur alt ist? Sein Gesichtssinn ist ausgeprägt wie eh und je; wäre es mit dem Geruchssinn ebenso bestellt, er würde hier in dem nie ganz zu überwindenden Gestank nicht so lange verharren. Aber er hat doch eben seinen früheren Schützling erkannt, die Angela, wie sie sich drüben, in jenem anderen Bezirk, eben anschickt, vom Kaffee einzuschenken, ihre Kolleginnen vom Kohlmarkt und der Krugerstraße zu bedienen. Er möchte gern daran teilnehmen: zuerst sich zu erkennen geben, vortreten, über die Grenzlinie von Mann zu Weib schreiten und bekennen: »Ich bins! Ich habe Ihnen dieses herrliche Leben verschafft; als Dank einen Kaffee, auch ich bin ein Kollege: ich bin alt und einsam. Bitte um einen Kaffee in der Bedürfnisanstalt!«

Aber er rührt sich schließlich doch nicht; dieser alte Kämpfer gegen den Nationalsozialismus hält sich an die Gesetze des neuen Staates. Er besitzt kein Fernsehen zu Hause, er hat kein Radio, ist ein Sonderling geworden, pensionslos und etwas verarmt. So bleibt er stehen, dann geht er fort, über die Treppe hinauf in die Oberwelt.

Das es gerade heute etwas später ist, schon Abend, muß ein Zufall sein. Genauso ein Zufall wie das Innehalten und Starren und Sinnieren der Angela Frumm, die sich dabei ertappt, daß sie sich daheim länger mit ihrer Wärmflasche befaßt, sie sorgsamer einwickelt als sonst, langsamer den Fuß hebt, bevor sie in ihr kleines Bett steigt, wobei sie zurückdenkt. Daß sie dabei aber nicht an ihren Wohltäter, den jüdischen Herrn Dr. Hacker, denkt, sondern an ihren alten Schatz, den Franzi, die Freude ihrer Jugend, das Feuer, den Glanz ihrer vergangenen Tage, das ist sicher kein Zufall, denn das tut sie an jedem Abend.

Sie ist treu, der Liebe und dem Haß, gegen das Averl und gegen den Franzi; aber auch gegen die Lottie Ebenenz und die Frau Görlitzer, und schon gar gegen die drei auf dem Schiff, die Zittrig, die Kapperl und die Nasenlacht. Ob nun, nach alldem, Gott ein alter Mann ist? Oder eine alte Frau? Oder gar ein altes Kind?

Continuat

Angela Frumm

Die Häusellaufbahn hatte eben gottlob nach einigen Jahren eine endgültige Wendung zum Besseren genommen. Man könnte von einer erfreulichen Krönung dieses Frauenlebens sprechen: ihre Versetzung in eine unterirdische Luxusanstalt am Wiener Graben fand statt. Die Arbeitsstunden lagen günstiger, die Bezahlung war wegen der besseren Trinkgelder aus Damenhand weit höher. Dennoch waren Herren Angela weitaus willkommener. Sie wartete noch immer auf das Auftauchen ihres alten Franzi. Sie verstieg sich bei aller Sparsamkeit sogar so weit, zweimal eine Annonce unter die Aufrufe für »Verschollene und Abgängige« einzurükken, auch verfolgte sie regelmäßig in einem kleinen, von der Mutter ererbten Radiogerät die behördlichen Mitteilungen auf diesem Gebiet. Die Anschläge auf dem schwarzen Brett an der äußeren Front der Polizeidirektion las sie ebenfalls, doch ängstlichen Blikkes; sie hätte um nichts auf Erden ihren Fuß in das Gebäude selbst gesetzt.

Allerdings gab es auch ganz andere, ungünstige Veränderungen in Angelas Leben. Aus irgendwelchen Gründen – vielleicht war es doch damals der Schock mit den vielen Leichen gewesen, die Mutter darunter – hatte sie sich eine ganz andere Gangart zugelegt. Sie ging so rasch, so zielbewußt und in rechten Winkeln, daß man auf die Idee kommen konnte, sie gehorche einer inneren Apparatur. Ihr Kopf war eingezogen und auf dem Hals umgelegt, so rannte sie auf ihr Ziel los; manchmal war das Ergebnis bedeutsamer als erwartet. So kam sie endlich aus dem ungeheuren Totenhaus, dem 12er Haus heraus – und dies, – absichtlich! – ohne Dr. Hackers Hilfe. Sie hatte schon längst begonnen, ihn zu hassen wegen seiner Bereitschaft, sie stets zu unterstützen, und wegen seiner Güte.

Ja, die Einsamkeit hatte sie erledigt. Wieder vollzog sich da ein Stück Menschheitsgeschichte nach dem philogenetischen Grundgesetz. Auch dort auf der Erde waren sie einst aus ihren Höhlen aufgebrochen, aus der dumpfen, feuchten und warmen Gemeinschaft, und in eisige Berge, über windgepeitschte Ebenen fortgezogen. Sie fanden andere Orte, und irgendwo fanden sie auch andere Menschen. Angela war zuletzt in der Höhle nur mit der Mutter allein gewesen, und doch in Wand und Ecke hineingewachsen, ganz anders noch als in so begehrenswerte Lokalitäten wie in die Villa mit der amerikanischen Familie.

Und dann, nach einigen Jahren, rannte sie plötzlich auf einer ihrer Laufstrecken, auf dem Spazierweg zu dem so geliebten Donaustrom, dem sie so gern bei seinem unendlichen Fließen zusah, in das halbzerstörte Haus hinein und gleich in den Raum, den sie von nun an bewohnen sollte. Nur wußte sie es damals ebensowenig wie irgendein anderer.

Das Haus lag in dem relativ neuen Bezirk, dem XX., der Brigittenau, einem echten Volksbezirk, in einer schmalen Querstraße, der Kunzgasse. Sie stand oben im Hausflur, wo es nicht mehr weiterging. Bis eine vorüberschlapfende Frau eines Gaskassiers sie ansprach und fragte, was sie hier wollte.

Denn das Haus war oben ohne Rumpf. Es ging wirklich nicht

mehr weiter. Was weiterging, war das dicht daran gebaute Nebenhaus, aus dessen Fenstern man in den Korridor des 5er Hauses hinabsah. Das 3er Haus war durch eine Brandbombe vor Jahren zu drei Vierteln ausgebrannt. Um Reparaturen kümmerte sich niemand, denn die Hausbesitzerin war eine Jüdin, die ihren Wohnsitz bereits 1939 nach Arizona, USA, nach der Hauptstadt Phönix, verlegt hatte. Als man ihr behördlich von der Rückerstattung ihres Besitzes schrieb, antwortete sie nicht. Die Behörden griffen – wenigstens vorläufig – nicht ein. Es hätte nur Geld gekostet. Die Mieten wurden an einen Verwalter abgeführt.

Die Frau des Gaskassiers sagte zu Angela, sie könnte vielleicht doch »irgendwas finden« – Angela hatte diesen Wunsch noch nicht einmal geäußert.

»Sie schaugn ja aus, wie ane, die was davonrennt. Für so was hammer a Verständnis.«

»I schau gar net aus«, sagte Angela und zupfte sich ihr allzu vergängliches Kopftuch um die verstreuten Eigenhaare zurecht. Aber sonst war sie folgsam an diesem Morgen und ging noch etwa zehn Stufen hinter ihrem Virgil ziemlich finster weiter hinauf.

»Does könnens ham«, sagte es aus einem hellen Raum, der sich auftat wie eine plattgeschlagene Mundhöhle, sobald man nach dem Treppenende kurz um die Ecke gebogen war, »does könnens ham.« »Miete is geradezu lächerlich. Aber Sie zahlens an mi«, fügte sie drohend hinzu.

Das Zimmer oben war auch nicht viel breiter als ein Gang, aber sehr lang. Es war gerade Platz für ihr Bett und das alte der Mutter. Denn von diesem zweiten Bett wollte Angela nicht lassen.

Auch hatte sie drüben bei sich noch einen Tisch und eine Reihe von Haken, die ihr als Kleiderschrank dienten. Auch noch ein ganz kleines Tischchen, auf das sie wegen eines gewissen Gebrechens in der Urinblase nicht verzichten konnte. So wenig braucht der kleine Mensch, wenn er allein ist und in die Einsamkeit der Kleinen fliehen will.

»Es gibt da noch ein paar Sachen«, sagte Frau Notbrunner. Sie führte sie an das Fenster. Es waren eigentlich zwei Fenster, ganz dicht nebeneinander, alles Glas, tadellos, sogar durchsichtig, jemand mußte daran geputzt haben.

»Da hammer no an zweiten Zugang für Ihnere Wohnung. Nämli durch das 3er Haus. Dort könnens direkt hinauf. Dann kommens auf die Pawlatschen bei Ihne und könnens bei sich herein, denn vom Fenster is ja nur a Katzensprung, net wahr, für so a Katzerl . . .«

Da lachte sogar die Frau Gaskassier aus ihren grimmigen Zähnen – immerhin waren es noch zehn gegen die drei von der Angela.

Angela überblickte die Situation und war im Grunde genommen entzückt: von ihrer Pawlatschen sah man auf die zweite vom Nebenhaus, die keine zwei Meter davon entfernt lag, und dahinter ein freier Bauplatz mit einigen Autoleichen, und durch eine Lücke in den Häusern auf etwas Blau-Grünes: das war die Natur. Die sie so liebte. Sie überreichte der führenden Dame aus ihrer Schürzentasche einen schmutzigen Fünfziger.

»Dös wirds sein und dabei bleibts«, murmelte sie, und es gab kein Gegengemurmel.

»Sie wern scho sehn, was da für eine angenehme Verbindung besteht, daneben liegt auch glei der Gang mit der Bassena und dem Häusel. Und der Briefträger kommt, das is hausüblich, auch glei übern Gang und die Pawlatschen. Wenns an Gebrauch für ihn haben sollten . . .

Kriagens vielleicht a Post, Frau . . .?«

»Antscherl, Angela«, sagte Angela und kroch, statt sich aufzurichten, wie es in einem Schundroman gewesen wäre, noch weiter in sich zusammen.

Wegen der fehlenden Legitimationspapiere setzte es später übrigens noch einen rechten Krach, danach gab es die Gaskassierin aber bald auf, so heikel war man ja nicht im 5er Haus.

Schon nach ein paar Wochen fühlte sich Angela »ganz anders« – ob es so etwas war wie »glücklich«? Gab es, hier draußen, in der Kunzgasse, in der Brigittenau, dasselbe wie dort im Cottage bei den Amerikanern? Nun ja, es war die schöne Jahreszeit, und Angela hatte Zeit, solange es noch hell war, nach Betriebsschluß, sich etwas aus dem Fenster hinaus hängen zu lassen. Zu träumen. Zu denken.

Jetzt hielt sie es auch wirklich so, wie man es sie geheißen hatte, mit den Besuchen auf der Pawlatschen, in der Früh auf dem Klosett, oder wenn sie Durst hatte, nachts in der Bassena. (Zu Trinkgläsern hatte sie es ja noch nicht gebracht.) Auch der Briefträger kam vorbei. »Hams denn nie a Post, Frau Antscherl? Na, wenn man nur sonst zufrieden ist . . .«

Sie dachte an das, was nicht mehr da war, hauptsächlich an den Franzl, das Springinkerl, aber auch an die harte Zeit und wie sie das mit den drei Jüdinnen angestellt hatte, und den Weg durch den Winter in Norwegen. Lange her. Aber das machte nichts aus.

Über dem kleinen Körper wuchs ein kleiner Kopf mit einem kleinen Gehirn darin, das war wohl selbstverständlich, aber die Erinnerung lag irgendwo versteckt, in einer Falte, in einem winzigen Bug der grauen Masse, und es war da gar kein gewaltiger Unterschied zwischen dieser Kleinheit und der Größe der Allgemeinheit, wie sie sich seit Jahrtausenden ausbreitete über die riesige Menschheit mit ihren ehernen Gesetzen und ihren vielfältigen Spielereien, Wundern, Erfindungen und Gemeinheiten; mit Geld und Begierden.

Denn ohne Erinnerungsvermögen und das Um-sich-Greifen der Trägheit wäre es ja nie so weit gekommen. Da saßen sie auf ihren Höfen, verstreut wie sündige Ameisen, dann rückten sie wieder zusammen und begannen einander zu befehlen und zu gehorchen, aus den Ratschlägen wuchsen die Schläge, man gedachte der Brüder über dem Fluß, aber hinzugehen, alle zusammen oder einzelne Beflissene, war ja doch zu weit.

Man saß in den Städten, wie das jetzt hieß, als wären es die Höhlen von dazumal. Man baute Wege, man baute Straßen, immer mehr, immer größer, immer länger. Aber das »dort« war kein »hier«, und das »jetzt« war kein »früher«.

Pferde trabten heran. Wagen wurden gebaut, denn jemand hatte das Rad erfunden. Was fern war, wurde nah. So konnte man seiner Erinnerung nachreisen, denn man wußte ja durch das Gedächtnis, daß man einmal zwei Brüder und vier Schwestern und zwei Eltern gehabt hatte. Man schuf alles von neuem.

Schließlich wurden die Postkutschen erfunden, die kaiserliche Post auf den Straßen Persiens und Roms. Dann setzten sich die Menschen in die Wagen, und andere Menschen knallten mit den Peitschen, dann legte man einem Mann Botschaften in die Hand, und der Mann brachte sie den Schwestern und Brüdern. Und im Heiligen Römischen Reich Deutscher Nation hatte die fürstliche Familie der Thurn und Taxis das Postregal.

Das ging alles sehr rasch, wenn man an den gestirnten Himmel denkt. Es ist auch gar kein Zufall, sondern so sehr Gesetz, wie alles Gesetz ist, daß deshalb die Post, ganz allgemein die Kommunikationsmittel, bald obenan standen in der Reihe der schweigenden Herrscher, der Tyrannen, die es sehr lange nicht wußten, aber dann bald herausfanden, wie es um sie bestellt war und wie es um die anderen stand, denen sie die Grüße von der Liebe und die Mitteilung von dem Geschäftsfreund und die Rechnungen von dem Feind im Geschäft brachten, und sehr bald eigentlich alles, woran sie denken konnten und von dem sie wollten, daß die anderen, Bekannte und Unbekannte, auch so darüber denken sollten wie sie selbst.

Die Macht aller, die mit der Kommunikation zu tun hatten, wuchs und wuchs, und einem ist vielleicht einmal im Morgengrauen eingefallen, wie es vor langer, langer Zeit sogar einen Gott gegeben hatte, der mit ihnen allen verwandt war oder mindestens verschwägert, und der trug als primitivstes, aber allerschnellstes Verkehrsmittel an den Knöcheln kleine Flügel, und wenn sie, die Postler, nur den Finger an den Hahn legten und ihn absperrten, dann war eben alles aus, und der Gott der Diebe, dieser Hermes, der half ihnen allen ganz bestimmt bei jedem Generalstreik, so mächtig waren die von der Post.

In Italien brauchte zu jenen Zeiten ein Brief von Turin nach Sizilien manchmal zwei Monate.

Am mächtigsten von all diesen Boten, Postboten, Briefträgern war aber der Herr Karl Himmelbauer aus dem Waldviertel, vierundzwanzig Jahre alt und ein schlauer Kerl. Am mächtigsten nämlich für Angela. Denn sie begann ihn zu lieben. Wie man einen Mann liebt. Und wie man einen Sohn liebt.

Jeden Morgen kam er vorbeigezogen wie ein Planet auf einer ruhigen Bahn. Und sehr früh. Denn er war schon immer da, bevor die Angela in ihren wenig appetitlichen, aber ernährsamen Beruf ging. Er sprach mit Angela und lächelte ihr zu und war gewaltig in der Fülle der Gefühle, die er erregte. Dabei war er nur aus Oberndorf, südlich des Stiftes Zwettl. Trinkgeld bekam er auch niemals.

Er war ein schlauer, aber träger Gesell. Sein Vater, ein Gemischtwarenhändler in einer Seitengasse, wollte etwas »Besseres« für ihn. Er sollte Staatsbeamter werden, und die mächtigsten und unbemühtesten Staatsbeamten waren bei der Post. Karl konnte viel gehen, auf die Berge steigen, auch Fußball spielen (links außen), aber vor Bücher konnte er sich nicht setzen. Trotzdem sagte er, er würde es schon schaffen, sagte es seinem Vater, und der Alte gab ihm etwas Geld, und Karl, mit seinen grünen Augen und seinem braun-gelben struppigen Haar, fuhr nach Wien. Wo er sich einrichtete. Wurde nach sechs Monaten und ohne Prüfung Briefträger in der Brigittenau, in dem Bezirk, wo die alten Hallen und Rangiergeleise des ehemaligen Nordwest-Bahnhofes lagen. Was bekamen die Verschieber, die Unteraufsichtsbehörden schon für Briefe?!

Sein Kopf rollte also jeden Morgen von rechts nach links, rund, manchmal sogar ohne Dienstmütze, die trug er in der Hand, manchmal im Sommer sogar in Hemdsärmeln, am unteren Rand der winzigen Fenster an Angela vorbei. Sie empfand etwas, was sie nicht sagen konnte. Sie grüßte, sonst sprach sie niemals sehr viel. Der Karl war redseliger. Er liebte den Tratsch und lagerte ihn ab, wie er so vorbeikam.

»Die Tritscherl bekommt a Kind, die im Dreier-Haus. Kennens es net?«

Sie kannte sie, aber sie sagte nichts.

»Post kriagens ja nie, Frau . . .« »I brauch ka Post«, sagte Angela und war schon an der Türe. Manchmal nahm sie auch den regelrechten Weg durchs Tor beim 3er Haus. Besonders wenn Herr Karl sie warnte. Denn er war ja auch nützlich, nicht nur vertratscht.

»I möcht nur sagen, gehns heut net durch den Gang. Unten, die feinen Leut, im Dreier-Haus. Die hört ma streiten, bis auf die Gassen, daß mans hört. Is wegen dem Hund, der eine alte Herr, dem er gehört, hat grad dem Herrn Doktor von Tür 18 eine heruntergḥaut. Gehns lieber net vorbei. Is ungut für uns klane Leut, wenn sich die Großen abwatschen.«

Das waren so seine Ratschläge. Auch verständigte er, besonders wenn er früher kam, die Angela von der Lage weiter links auf der Pawlatschen. »Frau Antscherl, wenn Sie sich beeilen, is grad das Häusel frei. Sie wolln doch net a Stunden warten.«

Angela grunzte etwas, daß sie sich bei Häuseln schon auskenne, war aber für den Tip doch dankbar. Aus Pflichtgefühl scheute sie sich nämlich, während der Dienststunden die Dienstklosette, die ihr unterstanden, selbst zu benützen. Das Recht darauf hätte sie gehabt.

»Heut hams a Post«, sagte der Herr Karl und lachte gutmütig. Es war ein bedrucktes Stück Papier, vom neuen großen Lebensmittelladen in der Wallensteinstraße um die Ecke.

»Jetzt machen sogar die Greißler Reklame«, meinte sie verächtlich. Denn ein paar Monate später kam ein echter Brief. Vom Dr. Hacker. Er erkundigte sich von Zeit zu Zeit nach Angelas Befinden. Auch ihn warf sie zuerst mit einem spöttischen Zug um den Mund in die Ecke. Hob ihn dann wieder auf, als der hilfreiche Bursche fort war, und wog ihn in der Hand ab. Sie lebte in jenen Jahren schon lange unter der Wahnvorstellung, alle Mannsbilder seien in sie verschossen.

Ja, das waren eben so ihre sentimentalen Tage. Da hing sie

abendlich stundenlang aus dem Fenster wie eine Fahne, dem Naturgenuß hingegeben.

Ganz in der Früh, wenn sie aufstand, machte ihr jetzt manchmal ihre Gesundheit zu schaffen. Da sah ihr dann der Himmelbauer lang in die Augen. Dann ging er wieder, aber sie hörte, wie er sich umwandte, und dann sah sie seinen runden Kopf zum zweiten Mal im Fenster.

»Föhlt Ihna was, Frau Antscherl? Sie ham ja gweint!?«

Sie antwortete darauf nichts, und der Herr Karl hielt sich auch nicht länger bei Gefühlen auf und verschwand.

Sie hatte auch gar nicht geweint. Es war ihr etwas ins Auge gefallen, das spürte man noch lange, nachdem das störende Stück Ruß vom sterbenden Nordwest-Bahnhof schon längst entfernt war.

In unseren Himmelsstrichen weinen die kleinen Leute nur sehr selten. Der Papa vom Herrn Himmelbauer hatte in seiner Jugend noch den Vater Angelas gekannt, zu der Zeit, als jener gerade in Ottenschlag seine erste Stellung als Forstadjunkt angetreten hatte. Das hatte sich zwischen den beiden schon lange im Gespräch herausgestellt.

Continuat

Angela Frumm

In ihrem neuen, sogar luxuriösen Beruf (der allerdings von vielen bürgerlichen Seelen und Mäulern bereits an sich abgelehnt wurde wegen der dort hauptsächlich behandelten Materie) – dort also im Luxushäusel des weltberühmten Wiener Grabens konnte sich unsere Angela zu alledem noch zwei ganz ausschweifenden Seelenzuständen hingeben: dem Genuß und gleichzeitig dessen Gegenteil – der Sehnsucht.

Zu letzterer: man konnte die Angela während der flauen Geschäftszeit manchmal in ihrem Wirkungsgebiet außerhalb der ihr zugewiesenen Schranken beobachten, wie sie vorschriftswidrig auf den Platz vor den Herrenpissoiren hinausgetreten war, um ihre Blicke hierorts über die Rücken ihrer in diesem Fall nichts zahlenden Klienten schweifen zu lassen. Denn sie durchwühlte ihre Vergangenheit (Sehnsucht!); der Anblick zum Beispiel des Stutzens Boltzmayer wäre ihr willkommen gewesen, die sie doch tatsächlich von allen, mit Ausnahme des Waldviertler Briefträgers, im Stich gelassen war. Viel hatte sie ja in jener amerikanischen Familie gelernt; waren es in der Organisation Todt die Fremdwörter gewesen, so hatte sie sich bei denen das Lauschen und Belauschen angewöhnt, wozu sich in ihrem jetzigen Beruf bei dem Zustand der Bretterwände übergenug Gelegenheit bot. So kam es manchmal zu unerfreulichen Szenen, die deshalb nicht weniger abgeschmackt und unappetitlich waren, weil niemand Zeuge war, die Lauscherin natürlich ausgenommen.

Immerhin hatte sie dort auch eine ganze neue Herrenbekanntschaft gemacht: einen Berufsausflügler, der auch in den Wiener Bedürfnisanstalten ein Steirergewand trug. Mit ihm machte sie eine Bergpartie, nicht mehr wegen ihrer vorgerückten Jahre – auch er war ein Mitt-Sechziger –, und zwar auf die »Hohe Wand«.

Die Berge dieser Erde

Berge sind der Schwung der Phantasie um das langweilige Erdenrund, sind die Ekreszenzen an der Oberfläche dieses Planeten, ohne die der Irrsinn eines ewigkeitshingestreckten Ozeans, die Blödigkeit einer ungarischen oder sarmatischen Tiefebene, der Tod einer riesigen Wüste aus Sand und Stein überall die Vorherrschaft besäßen. Danken wir den Bergen in jeder Gestalt, verlieren wir unsere Blicke an sie, besteigen wir sie, lagern wir an ihren Hängen! Sie sind die Vielfalt des Menschen vor der Einfalt der Tiere, sind abgerundet und spitz, ansteigend in Milde und Steile, bewachsen und kahl, edel und gemein, von Wäldern umgürtet, von Hainen begleitet, von Dschungeln unterwachsen. Sie gehorchen keinen Gesetzen außer den uralten von den Weltzeitaltern, kommen aus der Trias und der Kreide, dem Alluvium und Diluvium, sind die Kalkberge, das Urgestein, die Vulkane. Sie sind die Zeichen, die zu den Himmeln weisen.

Manche sind in Bild und Abbild weltberühmt: der Kahlenberg ebenso wie das Matterhorn, der Großglockner wie der Mount Everest, der Kilimandscharo wie der Fudschijama. Göttern wurde auf ihnen geopfert, in den Schlunden unter den Dämonen. Sie sind den Menschen nicht gut, sie wehren sich gegen die Vertraulichkeiten; als die Menschen noch etwas wußten, wußten sie das und wichen ihnen aus. Ein Dichter stieg als erster über die Wolken: Petrarca auf den Mont Ventoux.

Denn Wolken und Nebel sind ihr Atem, ihr Kleid und ihre Waffe. Viele kommen und sehen nichts von den Bergen, weil der Himmel es nicht will. Viele kommen und werden frech und bauen Straßen und Bahnen und Schwebelifte. Damit hat die Schändung begonnen. Die Schweiz ist die Höllentür, aber auch dort gibt es sanfte Hänge und Wiesen am Wald und den Berg als den großen Zeiger aufwärts.

Man steht einsam und ist näher, mein Gott, zu dir. Es sind die Bergsteiger gewesen, die Touristen, zuerst als einzelne Sonderlinge, dann in den Scharen der Reisebüros, die in den Bergen suchten, was sonst nicht zu finden war. Die Berge zählen zu den wenigen schönen Dingen, die unser Kosmos schafft, ohne daß man es ihm schafft, das Allerschönste. Sie rufen und sie heben uns, sie werfen uns zurück und sie lassen uns an sie heran, auf sie hinauf; sie sind die freundlich-feindliche Natur.

Sie sind rauh und ungebändigt noch im zivilisiertesten Erdteil, unserem Europa; sie arten aus in Exzeß, Gemeinheit und Überfall in Asien und Afrika; sie tun, als wären sie echte Wolkenkratzer in Amerika; sie sind schwach, aber freundlich im fünften Erdteil. Ihre Geheimnisse liegen im Raum und in der Zeit: in ihren Höhlen ruhen die Gebeine der Urtiere, auf ihren Gipfeln wehen die Elemente, ohne Luft und ohne Wasser; denn die Luft ist Sturm geworden und das Wasser Eis und Schnee. Fremd sind die Berge, ungebeugt: ihre Menschenkinder haben sich die Freiheit erdacht und lassen sie nicht. Ließen sie nicht – denn die Schändung hat aus den Kämpfern Portiers gemacht, aus den Hirten Bergbahnschaffner, aus den Träumern Verkäufer von alpinen Juxartikeln. Ein Berg kostet mehr, als alle Millionäre der Welt zusammensteuern könnten.

Es blüht in ihrem Innern, es glüht von ihrem Äußern. Das Gold, das Silber, das Kupfer, das Zinn halten die Berge im Bauch. Die großen Fernrohre stoßen von ihnen in die Firmamente. Heute sind sie ihnen auch mit Fernsehmasten, mit Radarstationen, mit Angelruten für den Kosmos auf den Leib gerückt, aber sie kapitulieren nicht: Bollwerke, Festungen in den Himmeln.

Der Dr. Hacker war ein großer Bergsteiger. Vor dem Krieg hatte er, oft gegen mäßige Bezahlung, mindestens aber gegen Kostenersatz, unter seinen Kollegen an der Klinik Touren organisiert und auch durchgeführt: er war ein wahrer Kenner der Ostalpen. Die Frau Direktor Susanne Görlitzer hat sich einmal auf einer Bergtour mit einer Gesellschaft in einer Berghütte so angetrunken, daß sie die eigentliche Besteigung auf die Wildspitze am nächsten Morgen nicht mitmachen konnte, sie lag in der Hütte auf dem Bett und war noch immer besoffen.

Die anderen mußten früh heraus: wo Gletscher sind, ist im Sommer drei Uhr früh die richtige Zeit zum Aufbruch. Alles muß noch steifgefroren sein; der Weg über den Gletscher im Halbflachen darf die Schuhe nicht mit Wasser benetzen. Dann, wenn nach dem Sonnenaufgang die rasch fließenden Wässerchen um die Sohlen spülen, ist es gut, bis zum Einstieg in die Eiswände nur mehr kurze Zeit vor sich zu haben. Dort ist dann das Stufenhauen eine Freude, aus dem halbharten Eisschnee formt sich geschwind die kleine Grube für den Schuh mit dem Fuß, mit dem Bergsteiger dran.

Atme, steige, fliege, schau um dich. Der Berg ist bezwungen: gute und böse Menschen stehen auf dem Berg. Nur Frau Direktor Susanne Görlitzer liegt unten in der Hütte auf dem Bett, die Nase aufgestülpt nach oben, in unappetitliche Träume verstrickt.

Angela hatte, wie wir wissen, schon in ihrer Jugend Berge gesehen und sie besteigen müssen; jetzt aber war es nur mehr die Hohe Wand (Nieder-Österreich). Damals hatte sie in Norwegen ganz oben sogar Abenteuer gehabt, sie war damals (und immer) sehr klein auf ihrem fremden hohen Berg gewesen. Wir alle sind klein.

Continuat

Angela Frumm

So waren es im großen und ganzen Bilder friedlicher Idylle und Gemütlichkeit, die ihr spätes Leben umrahmten und zum größten Teil auch dessen Inhalt ausmachten. Nur daß sie eben von einer gewissen Altersschlaflosigkeit heimgesucht war: bei Nacht wenig Tiefschlaf; bei Tag Müdigkeit, Schlappheit, Träumerei. Manchmal lag sie zu unmöglichen Stunden auf dem Bett, das ja eigentlich das Bett der Mutter gewesen war, ganz angezogen, in einen ihrer phantastischen Kleidungsgegenstände eingewickelt wie in einen Kokon, und dachte an vieles.

Es war eher ein Film, der an ihr vorbeizog – hatte sie doch ein recht bewegtes, bewegliches und wechselvolles Leben gehabt, an dem sie niemals so ganz und gar wach teilgenommen hatte.

Tod und Ewigkeit

Anfälle! Anfälle waren das von Trauer und Wut, Zorn und Schrecken, von Grübelei und gespenstischer Wiederkehr von Szenen, die Angela doch längst vergessen hatte. Natürlich gab es dafür Voraussetzungen. Die eine war, daß der Wind aus einem gewissen Winkel wehte, man nennt das mit verschiedenen Namen; da sie einer Art Bildung, zuletzt aufgeschnappt bei der amerikanischen Familie, nicht ermangelte, nannte sie es »Föhn«, auch, mit etwas ungewöhnlicher Aussprache: »Zirogo« (Scirocco). Die andere Bedingung war ein Gefühl der Ungemütlichkeit in ihrer eigenen Haut, in ihrem Leib, der ihr wie ein Panzer erschien, ihr Fett würgend, ihre Adern einschnürend. Schon das Bewußtsein, da etwas zu haben, was gleichzeitig ihr gehörte und ihr doch ganz fremd war, von ihr auch wenig gesehen, betrachtet und gepflegt – wusch sie sich doch recht selten und auch dann nur flüchtig –, dieses Spüren von etwas sonst Unspürbarem versetzte sie in einen Erregungszustand, ihr sonst so fremd wie Liebe oder Freundschaft.

Ja, sie hatte Angst, natürlich hatte sie Angst, das war bestimmt der tiefste und stärkste Anstoß. Wenn sie sich gut beobachtet hätte – aber es lag ihr ja nicht, in sich hineinzuhorchen und sich den seelischen Puls zu nehmen –, dann hätte sie vielleicht entdeckt, daß ihren Anfällen fast immer eine längere Zeitungslektüre vorausgegangen war, eine Beschäftigung, die auch wie in Fieberstößen über sie kam, dann nämlich, wenn sich an ihrem Dienstplatz aus diesen oder jenen Gründen, besonders in der Damentoilette, ältere, aber auch ganz neue Zeitungen angesammelt hatten, die gleichsam danach schrien, ausgesondert, etwas besser behandelt zu werden als Dutzende anderer Blätter, mitgenommen, ausgebreitet und gelesen zu werden, wenn die Zeit zu lang, die Luft zu wenig atembar war, in den Sommernächten.

»Na, schauen wir uns halt an, was los ist«, sagte sie dann zu sich, ohne es zu sagen, und war gleichzeitig froh, daß sie die Kunst zu lesen, ihr von ihrem geliebten Vater in Kindertagen beigebracht, niemals aufgegeben und verlernt hatte. Schließlich war man ja auch beim Militär gewesen, im Reich, bei der Organisation Todt, und besonders in jenem norwegischen Winter hatte sie sich über die Zeitungen hergemacht wie ein hungriges Tier über den Fraß. Und welchem Umstand hatte sie es schließlich zu verdanken gehabt, daß sie bei den drei jüdischen Damen Zittrig, Kapperl und Nasenlacht unterkam? Der Kunst des Lesens. Das war unvergeßlich.

Sonst war für sie recht wenig unvergeßlich. Etwa das Springinkerl? Wenn sie es so bedachte – sie war noch heute stolz, im geheimen, zu der großen braunen Masse gehört zu haben, und was jene Verbrecher auf dem Schiff – Leute aus dem Osten, wohlgemerkt! – sie dann schließlich hatten tun lassen – viele, viele Tote hatte es ja damals gegeben, zu Wasser und zu Land und in den Lüften. Gar erst, wie man erzählte, in den Lagern, den jüdischen Lagern.

Nein, daran dachte sie gar nicht. Aber sie dachte gewiß an den Tod, wenn sie so die Zeitungen las. Sie hatten ihr schon immer Spaß gemacht, die zwei Ziffern mit den Lebensdaten und dazwischen den gewissen Strich – (der stand offenbar für das ganze Leben dazwischen, zwischen Geburt und Tod) – irgendwo auf Plakaten oder eben in den Zeitungen zu lesen, sie aufzufassen, manchmal darüber zu grübeln, wenn er besonders lang war, der Zwischenraum, oder besonders kurz. Nun war Angela bestimmt keine Menschenfreundin, die ihre Freude daran gehabt hätte, alle, alle recht lange in diesem Leben wandeln zu sehen oder nur zu denken – aber trotzdem war unleugbar die Genugtuung größer, die für sie von einem größeren als von einem kleineren Zwischenraum ausging. Ja, sie hatte Gelegenheit, die Früchte der langen Zwischenräume bei sich in den Toiletten, den Damentoiletten, an Wintertagen und besonders an Sommertagen, recht deutlich und aus der Nähe zu betrachten, da und dort mit einer Stecknadel, einer Sicherheitsnadel helfend (nicht ohne Trinkgeldanspruch!) einzugreifen – daß sie ihr sehr gefallen hätten, konnte man nicht sagen. Überhaupt hatte sie eher Ekel, immer schon und jetzt gar, vor dem, was man mit Fug und Recht Menschenfleisch nannte und nennt.

Da war höchstens, wenn sie sich schon erinnerte, der junge Stutz Boltzmayer etwas anderes gewesen. Und dann natürlich noch, in der fernen Vergangenheit, das fesche Springinkerl. In diesem Zusammenhang aber mußte sie wieder an das viele Blut bei der Geburt denken, das war schon nichts.

Und ihre wenige und leicht zerrissene Wäsche, die mußte sie wieder so oft rippeln, so oft bügeln, das waren doch im Grunde genommen nicht viel anderes als Fetzen, manchmal noch Seidenfetzen, aus jener Zeit in der Villa am Schafberg.

Aber bei ihren Anfällen konnte es schon geschehen, daß sie gleichsam an sich selbst Hand anlegte, daß sie sich entkleidete – dunkles Mahnen an jenes Striptease im Café Dansant in der Leopoldstadt –, nur kamen hier eben sozusagen vom Leben geplante Scheußlichkeiten zum Vorschein, die tief hängenden Brüste, die Achselhöhlen mit käsigen Schmutzresten darin, der von Kartoffeln stets aufgeblähte Bauch, das verkrüppelte hineingedrehte Knie, das dem ganzen Bein den Anschein von etwas verlieh, das schon lange auf einem Haufen von Leichnamen und Autotrümmern gelegen hatte, von etwas ganz und gar Unnatürlichem.

Sie sah es sich an wie mit Neugierde, wie um sich zu vergewissern. Sie sollte einmal sterben? Nicht daß sie es dachte, aber es würgte sie in der Kehle, und sie hatte doch gelesen, daß da mit dem Gehirn etwas Besonderes los war, daß in dem Gehirn so viele Sachen waren, die Bilder, die Gesichter, die Viecherln, das Nachdenken, so lange Jahre lang aufgestapelt – und das sollte dann plötzlich weg sein?

Gottlob, sie war nur selten krank. Aber doch ein Krüppel?! War sie wirklich ein Krüppel? Und wie alt war sie eigentlich? Sie rechnete, sie rechnete angestrengt, sie sagte sich dann leise die Zahl vor, im Flüsterton, niemand durfte das hören, sonst pensionierte man sie vielleicht vorzeitig, und ohne ihren Beruf – das wäre schon schwer. Nein, sie sagte es sich nicht einmal sich selbst, uns schon gar nicht, wie alt sie war.

Sie hielt inne. Sie lauschte, aber das war, wie wir bereits gesagt haben, eine stille Gasse am Ende der Brigittenau, dieses Bezirks, der selbst ein Ende war. Wie aber konnte sie ein Ende nehmen? Wie konnte das ohne sie weitergehen, dieser Mensch ohne sie, die Kundschaft ohne sie, dieses Katzerl ohne sie, und wer würde das Begräbnis bezahlen – vielleicht doch die Gemeinde Wien, war sie nicht eine Gemeindebeamtin, schon sieben Jahre? Oder waren es siebzehn?

Dann wäre sie also nicht mehr da. Konnte sie denn tatsächlich glauben, was der Pfarrer predigte, was sie in der »Morgenbetrachtung« für die religiösen Menschen, fünf Minuten vor sieben täglich im Radio hörte – daß es weiterging, aber wie weiterging? Das Springinkerl sollte sie wieder treffen und alle die Soldaten und die Trine aus Norwegen, dieses arme Tier – wie aber konnte man einander nur finden? Unmöglich! Da war nichts zu holen. Aus. Aus war es, wenn es aus war.

Das war das Erschreckende – der kleine Mensch lebte nicht

mehr 1850 oder 1750 oder 1650 – er lebte im zwanzigsten Jahrhundert. Und er glaubte an nichts mehr. Er hatte nichts mehr. Er hatte keine Religion. Auch keine Partei, keine Wissenschaft, keinen Menschen.

Sonst war sie doch immer so zufrieden. Mit ihren Zahnstumpen und ihren blauen Äuglein. Warum juckte es sie so unter der Haut? Warum hielt es sie nicht mehr, hier ruhig zu liegen, warum flogen denn ihre Kleider, ihre Wäsche, diese trüben Dinger, jetzt durch die Luft? Warum drehte sie sich wie ein Kreisel, zuerst liegend, dann stehend, um sich und immer um sich, lange Zeit, Minuten, bis die Sonne unten war, bis es dunkel war in dem Zimmerchen des kleinen Menschen. Bis sie so müde war, daß sie auf das Bett zurücksank, im gnadenlosen Zustand ihrer abscheulichen Nacktheit.

Und dabei konnte sie nicht aufhören, zu sinnieren. Denn – was heißt denn das Ganze? Wenn es schon keine Seligkeit mehr gab, gab es auch keine Hölle, dann machte sie niemand mehr müde, dann quälte sie niemand mit blöden Befehlen, gab es keine gnadenlose Herrschaft, niemand schickte sie dahin, wohin sie nicht gehen wollte, denn sie wollte doch so selten überhaupt irgendwohin gehen. Sie war müde, sie war faul, sie war alt. Schließlich war sie ja auch eine Mörderin, wenn man es genau nahm, aber niemand nahm es nach so vielen Jahren noch genau, nein, sie hatte es vergessen, wer straft schon in der Hölle, wenn nicht einmal die Amerikaner oder die Russen später darauf gekommen waren?

Nein, vergessen, schon vergessen.

Sie wetzte weiter, nackt, auf ihrem Bett. Sie mußte plötzlich an die vielen Röhren und Rohre denken, die sie in ihrem Leben gesehen hatte, das waren so Sachen, das war ganz und gar unerklärlich, die verschwanden alle, aber schon alle, alle nach einiger Zeit im Grund und im Boden oder im Mauerwerk, sie versanken ins Unsichtbare, sie waren nicht mehr da, sie nahmen mit sich, was sie schon auf der irdischen Oberfläche mit sich gezogen hatten, die ganze Flüssigkeit, Wasser und Kot oder Erdöl oder sonst geleitete Sachen; nahmen es mit und traten ab.

Wohin denn? Wohin, wenn nicht in die Ewigkeit? Auch sie würde da einmal verschwinden, sie sah sich schon dahinfließen in einer solchen Röhre; oder war das etwa falsch, das waren ja gar keine Röhren, das waren Öfen, da steckte man den toten, wenn auch kleinen Menschen hinein, und er würde verbrannt, nein, nicht bei lebendigem Leib, wir leben ja nicht mehr im Mittelalter oder im Dritten Reich, man war Asche und kam am anderen Ende auch als echte Asche heraus, in einem Kopftücherl konnte man weggetragen werden, wenn sich nur einer fand, der einen wegtrug.

Das waren eigentlich nicht ungute Erwägungen und Schlußfolgerungen; es gab relative Ruhe in der Ewigkeit, aber schließlich, sie hatte so oft von »astronomischen Zahlen« in der Zeitung gelesen, ganz großen Zahlen – war denn die Ewigkeit wirklich noch länger als der Weg von der Erde über die Astronauten bis zum Mars? Und war das vielleicht beruhigend?

Im Gegenteil: es war die höchste Unruhe. Es war die höchste Angst. Sie lag wieder auf dem Bett, sie lag auf dem zerschlissenen Leintuch, sie wirbelte darauf herum, sie kreiste, sie kreiselte, sie war wütend mit gefletschten Zahnlücken, wie einer von den Hunden, wie eine von den Katzen, sie lag auf dem Bauch, die Tränen vermischten sich mit ihrem Rotz, sie bebte vom kleinen Scheitel bis zur kleinen Sohle, vor Zorn.

Daß sie einmal würde sterben müssen. Daß es eine Ewigkeit gab. So lange wirbelte sie herum und weinte und heulte und schrie und drehte sich, bis sie am Ende doch müde wurde, ganz müde. Da dachte sie dann daran, daß die Sache mit der Asche wirklich gar nicht so übel war; und am Ende blieb ihr in dem winzigen Gehirn nur die eine Idee: Wenig – gepackt von vier Winden, gepackt und davongetragen . . .

Am nächsten Tag wußte sie dann am Morgen gar nichts mehr von einem solchen Anfall. Immer vergaß sie es. Und das war gut so.

Continuat

Angela Frumm

Am schönsten war es doch in dem kleinen Zwischenraum zwischen »Herren« und »Damen«, gewissermaßen im Limbus zwischen den einzigen zwei Welten, für deren Evidenz und Existenz weitere Beweisstücke nicht notwendig sind. In jenem Reich, das durchaus ihr und nur ihr gehörte, wurden, um eine Kontinuität der Arbeitszeit zu gewährleisten, natürlich auch die Mahlzeiten eingenommen. Propangas, als der wohlfeilste Brennstoff festgestellt, diente dazu, Wasser auf den zwei Feuerchen am Simmern zu erhalten; zwecks Bereitung heißer Würstchen (Klobassen), Suppe und Eiern (Kocheiern, II. Qualität). Als Selbstverständlichkeit brodelte dort von früh bis abends im Häferl der Häferl-Kaffee, mit besonderer Kunst geradezu soldatisch sparsam zubereitet, zur Speisung mehrere Male nicht nur am Tag als Füllsel und Abschluß, sondern als vollwertige Mahlzeit am Abend herangezogen.

Der Ruhm der ausnehmenden Köstlichkeit jenes Kaffees, im Genuß ein Luxus und in den Kosten ein Geringes, verbreitete sich unter vielen Kolleginnen in der Nachbarschaft, aber auch unter ähnlichen Berufsgenossinnen, wozu sogar geduldete Damen der noch aktiven Prostitution kamen. In der Umgebung war es klatschnotorisch, daß bei Angela die Kaffeekonsummation erst viel später begann, wenn die offizielle Sprechstunde der Bedürfnisanstalten schon längst vorüber war, da sie nicht umhin konnte, den Fliesen und Muscheln, den Wänden und Blechen die allersorgfältigste Reinigung mit Fetzen und Besen, Tüchern und Gewässern noch am selben Abend angedeihen zu lassen. Es war eine überwältigende Orgie mit Flüssigkeiten aller Art, auch solcher zur Wiederaufnahme in den menschlichen Organismus, wie jenes Kaffees, der in der unterirdischen Reinigungsburg um sich griff. Und mitten drin, in der Grenzfeste, aber auch in die benachbarten Gelasse und Räumlichkeiten überquellend, saßen, standen und lehnten die Figuren der Wärterinnen. Sie schwatzten und kauten, kiefelten und tunkten, schlürften und lachten. Auch hier und jetzt wie immer die letzte, schlich sich Angela schließlich nach nochmaliger Säuberungsarbeit nach Hause; und es war wohl merkwürdig, daß dann, wahrscheinlich wegen des Einsatzes hygienisch verwendeten Wassers, die in den unterirdischen Räumlichkeiten zurückgebliebenen Gerüche vorwiegend die des ausgiebigen Kaffeeverzehrs waren und keineswegs andere, vielleicht ebenso gesunde, aber üblicherweise nicht mit ganz so angenehmen Tätigkeiten assoziierte Aktivitäten. Wieder einmal triumphierte in dieser allzu irdischen Welt die Seele über die leiblichen, die bäuchlichen Gewalten.

Der Bauch

Der Bauch hat einen schlechten Ruf: unter den Organen des Menschen hat er den Teufel zu spielen. Dies ist bestimmt ein Überbleibsel der östlich-christlichen Ideologien diverser Art, gefördert durch die anatomische Lage innerhalb des menschlichen Körpers mit seinem aufrechten Gang. Denn alles, was sich in der Vertikalen, unterhalb des Gürtels, also »unten« abspielt, entspricht so den Vorstellungen, daß die Oberwelt göttlich, die Unterwelt aber höllisch, diabolisch ist. »Unter den Gürtel schlagen« hat an und für sich einen Makel an sich. »Unten« liegt entweder das unerforschliche, ozeanische Flüssigkeitsreservoir oder gar erst das dem Menschen noch weniger zugängliche Erdinnere.

Der Bauch teilt mit dem Herzen, und mit ihm allein unter allen anderen Organen, die Eigenschaft, ganz allgemein und weit über seine konkrete Bedeutung hinaus semantisch und ausdrucksbildend in die Vorstellungswelt des Menschen eingegangen zu sein. Dies mag, wie auch im Fall des Herzens, eine Kompensation darstellen für die physiologische Vernachlässigung, von der sich diese beiden wesentlichen Werkzeuge seitens des Menschen betroffen fühlen. Dabei ist unsere Bezeichnung »Bauch« im weitesten Sinne zu verstehen; sie ist bestimmt identisch mit dem Ausdruck Homers, wo das altgriechische Wort »Phren« fälschlich mit »Zwerchfell« übersetzt wird.

Alle Redensarten, die den Bauch bedeutungsbetont hervorheben, berücksichtigen dessen »unteren« Ursprung. Angst, Verächtlichmachung, Verdunkelung, Spott sind die Elemente, die sich hier oft nur andeutungsweise vermengen. Das Geringste ist noch, wenn man dem Bauch nachsagt, daß er studienhemmend auftritt: »Plenus venter non studet libenter.« Daß man sich vor Lachen nicht so sehr die Seiten, als »den Bauch« hält, ist bereits ein leiser Hinweis auf die Qualität des Humors, eben eines zweideutigen, der zu dieser Zwangsbehandlung geführt hat. Die Neigung alles Bäuchigen zu einer übereilten Würdelosigkeit spricht aus dem Wort: »vor jemandem auf dem Bauch liegen.« Es ist das Zeichen despotischer Würdelosigkeit, masochistisch gesehen vom Liegepunkt des Unterworfenen. Einen Ausflug in die perversen Regionen, auf die dieser vielumfassende Körperteil manchmal naturnotwendig übergreifen muß, stellt wohl die Wortbildung »gebauchpinselt« dar, vielleicht eine Erinnerung an Tätowierungsgebräuche, bei denen als besondere Symbole für Ehrung und Hochschätzung die einschlägigen Portraits der äußeren Bauchhaut eingeätzt wurden.

Historische Wesentlichkeit wurde dem Bauch in der berühmten Rede Winston Churchills zuerkannt, als dieser bei Beginn der alliierten Italienoffensive durch die britische VIII. Armee (mit den amerikanischen Begleitarmeen) vom »soft underbelly« der Achsenmächte sprach – voll spöttischer Mißachtung für den (angeblich) ungeschützten Südabschnitt im Mittelmeerraum. Es haben dabei dem großen Formulierer bestimmte Bilder aus alten Volkssagen vorgeschwebt, auf denen Jung-Siegfried (oder wie immer dessen Äquivalent auf englisch heißen mag) dem aufgebäumten Drachentier das Schwert in die ungepanzerte Bauchseite stößt.

Herz und Bauch stehen, wie Ormuzd und Ahriman, einander im Leibe als die Gewalten des Guten und Bösen gegenüber, wobei bei dieser Basisstatuierung die uns einzig zur Verfügung stehenden jüdisch-christlichen Werte als Maßstab herangezogen werden. Notwendig ergibt sich daraus die Unterdrückung und unterschwellige Verdrängung alles Bäuchigen. Die Bewegungen des Gemüts und der Seele sind im Herzen anerkannt – es wird ihnen dort ausgiebig zu Wort verholfen; die Regungen der Triebe –, Ernährung und Fortpflanzung werden durch Totschweigen und Zotenbildung abgewürgt. In den »Bauch« von Paris – les halles – pflegte man sich nächtlich heimlich und mit schlechtem Gewissen zu begeben. Öffentliche Bedürfnisanstalten sind ebensowenig ein »feines« Thema wie Bordelle. Der Bauch und seine Funktionen liegen im Dunkel, wo sie verbleiben sollen.

Wie weit der Bauch rein physisch seinen schlechten Ruf verdient, bleibe dahingestellt. Vor allem ist zu bedenken, daß es sich bei ihm um ein reines Negativum handelt. Im Gegensatz zu dem kompakten Positivum des Herzens, dessen arbeitende Muskelstruktur aufrichtige Einblicke in die direkte Funktion dieses Organs und seiner Neben-Organe und Zuleitungen gestattet, ist der Bauch an sich ein Nichts, eine hinterlistige Höhlung, die aufnimmt, nur um wieder von sich zu geben, deren Arbeit schwer zu belauschen und deren Inneres im Handumdrehen nicht mehr das ist, was es zu sein vorgibt. Bauch-Höhle – in diesem Begriff und Ausdruck ist alles erfaßt. Es ist ein Sack, den das Bauchfell darstellt und in den die Gedärme hineingestopft sind, die wieder das empfangen, was nur teilweise dem Herrn und Meister selbst zukommt, vielmehr quantitativ überwiegend der Mistgrube über dem Abort. Diese Gedärme, die Schlangen unseres körperlichen Paradieses, sind gleichzeitig unsere Windharfen, die sich im Tonus auf einen und einen halben Meter zusammenzuziehen vermögen, um dann, freigesetzt, sich auf sieben Meter auszuspannen.

Die Höhle des Polyphems kann nicht viel anders gewesen sein, auch nicht die Höhle Platons. Welche Schatten an den Wänden, welche Rätsel um Weg und Ausweg! Auf leisen Sohlen gehen die Prozesse vor sich, dieses ist eine Schule der langsamen Evolution. Alles ist doppelbödig und hinterhältig. Jeder Trieb hat seine Arbeitsstätte in dieser Höhle des Bauches, als handle es sich um eine in den Untergrund versetzte Stadt zur Zeit, da die Oberwelt unter Fliegerbeschuß liegt. Es sind die guten und die schlechten Triebe, insoweit wir eine solche Einteilung überhaupt anerkennen: die Triebe der Freude, die Triebe des Schmutzes, Liebe und Stuhldrang. Hier werden die Zellen gebildet, die uns den Himmel vorgaukeln, hier wächst Samen und Ei; hier brodelt und stinkt es – Fäkalien und Urin wollen den Leib noch rascher verlassen als die Schwestern und Brüder.

Die Schnelligkeit ist hier vergleichsweise verblüffend. Sie kann nur aus der Angst der Ungeschützten verstanden werden. Keine Knochenschale legt sich vorsorglich um das, was immerhin auch das Nest der kommenden Generation darstellt, und das Bauchfell ist zu nichts anderem da, als durch die rasche und direkte Reaktionsfähigkeit Alarm zu schlagen, der dem letzten Alarm oft nicht allzu fern liegt. Die höheren Mächte lieben es offenbar, manchmal zu hazardieren; oder geschieht es vielleicht eben darum, weil sie die Oberen sind und weil die Schutzmächte der unteren Organe selbstverständlich nicht Obere sein können und selbst Untere sein müssen, dem finsteren Untergang geweiht und nicht dem Wiederaufstieg? So tragen wir alle unsere eigene Götterdämmerung gemütlich bei uns herum, und es braucht nur des einen Scheits aus Brünhildes Hand, um alles ganz und gar in Flammen aufgehen zu lassen und jenem Nichts zuzuführen, das sich in unserer Zivilisation als Wasserklosett und Kanalsystem neckisch tarnt.

Aus dem Bauch kommt alles Unheil; aus dem Bauch kommt aller Segen – Tod und Leben. Stoßen, schlagen, schießen wir nicht dorthin, wo die Quellen entspringen! Schaffen wir einen Panzer der humanen Immunität! Indem wir wissen, schonen wir. Weil wir erkennen, sind wir auf dem Weg zur Güte und zum Glück.

Finis Operis

Angela Frumm

Aus dem Bauch kommen die Träume. Und Angela litt unter ihnen (oder genoß sie, je nachdem) erst in ihren späten Jahren. Was wunders, daß ihre Tätigkeit in der reinigenden Unterwelt am Wiener Graben ihr so oft Träume von Wasserfluten brachte?

Es waren Fluten von ganz ungewöhnlichen Ausmaßen, brausende, stürzende, wirbelnde Gewässer, mit viel Wasserstaub, diesem weißen, fast luftigen Pulver, aber auch stille und ausgebreitete Meere. Den Blick überall im Kreis abrundend, wie sie sie im wachen Leben immer nur auf den Überfahrten von und nach Norwegen gesehen hatte. Den Deutungen des »Ägyptischen Traumbuches« war Angela natürlich eher geneigt als vertraut mit den Erkenntnissen des Professors Freud – so führte sie ihr Weg zwar häufig zu der »privilegierten Lottostelle«, aber nie, niemals zum Arzt, zum Seelenarzt, zum Psychiater – und wäre es auch der alte Dr. Hacker gewesen. Schon gar nicht zu einer wie immer benannten Behörde. Nein, Angela dachte nicht einmal daran, was es wohl bedeuten konnte, daß die Traumszenen so häufig mit einem kompakten Fall oder Einsturz schlossen.

Was nur wieder beweist: es lebt der Mensch ja nicht – er wird gelebt.

INHALT

HANS FLESCH-BRUNNINGEN lebte in den zwanziger Jahren als freier Schriftsteller in Italien und Frankreich. 1934 emigrierte er von Berlin aus nach London, wo er bis 1958 als Scriptwriter und Übersetzer bei der BBC tätig war. 1963 kehrte der Dichter nach Wien zurück. Hans Flesch-Brunningen war zeitweilig Vorsitzender des Deutschen Kulturbundes, später des P.E.N. Zentrums Deutscher Autoren im Ausland.

Dino Buzzati

Die Tatarenwüste

Ullstein Buch 3362

ein Ullstein Buch

Die Besatzung der Grenzfeste Bastiani, allen voran der junge Leutnant Drogo, fiebert dem langerwarteten Tatarenüberfall entgegen, der ihren harten Dienst erst rechtfertigen wird. Wann dürfen sie sich endlich bewähren?

Dieser Roman über ein Heldentum, das sich ohne Gegner erschöpft, wurde in alle Weltsprachen übersetzt und ist Buzzatis Hauptwerk. Als Parabel über den Sinn des Lebens weckt er Erinnerungen an Kafka und Camus.

Verfilmt mit Vittorio Gassman, Helmut Griem, Jean-Louis Trintignant, Max von Sydow.

Christopher Isherwood

Leb' wohl, Berlin

Ein Roman in Episoden

Ullstein Buch 3087

ein Ullstein Buch

Berlin zu Beginn der dreißiger Jahre, das sind die strahlenden Avenuen und Caféhäuser, die Nachtschwärmer und Phantasten, Laster, Intrigen und Dekadenz, die mit Geld umsichwerfenden Millionäre und die notleidenden Massen, eine Stadt über deren ekstatischem Taumel sich bereits drohend die ersten braunen Schatten einer heraufziehenden Katastrophe ankündigen – in fünf Impressionen ist es Christopher Isherwood, der von 1929 bis 1933 in Berlin lebte, gelungen, die Atmosphäre dieser Stadt und ihrer Menschen einzufangen.

Isherwoods Buch ist die Grundlage für den amerikanischen Erfolgsfilm »Cabaret« mit Liza Minelli, Michael York, Helmut Griem und Joel Grey in den Hauptrollen.